名家名译

高植译托尔斯泰

战争与和平

Ⅳ

[俄] 列夫·托尔斯泰 著

吉林出版集团股份有限公司

本书根据莫斯科国家艺术文学出版局 1937 年版本译出

第四卷

第一部

1

在彼得堡的上流社会里，在路密安采夫派、法国人派、玛丽亚·费道罗芙娜派、皇太子派和其他党派之间，这时正进行着一场比过去任何时候更加剧烈、并像往常那样被宫廷食客的嗡嗡声所掩盖的复杂斗争。但是那种安静、奢华、为捕捉生活的幻影而奔忙的彼得堡生活，还在照旧进行着；由于过着这种生活，要作出很大的努力才能认识到俄国人民所面临的危险和所处的困境。照旧是那样的接见和舞会，照旧是那个法国戏院，照旧是那样的宫廷的兴趣，照旧是那样的对官职的兴趣和阴谋。只在最上层的社会里有人作出了努力，以便提醒人们注意当前的困境。人们都在窃窃私议，说到在这样困难的情况下，两位皇后[①]的行动是多么截然不同。玛丽亚·费道罗芙娜皇后只关心她所管辖的慈善机关与教育机关的安全，她下了命令把这些机关迁到卡桑去，于是这些机关的设备都包装起来了。而叶丽萨斐塔·阿列克塞芙娜皇后在人们问她有什么吩咐的时候，她怀着俄国人固有的爱国心回答说，对于政府机关她不能够下命令，因为这是皇帝的事，至于她个人的事，她说她要最后一个离开彼得堡。

① 毛注：玛丽亚·费道罗芙娜皇后的丈夫是保罗（巴弗尔）。叶丽萨斐塔·阿列克塞芙娜皇后的丈夫是亚力山大一世。她是巴登的公主，在婚后却发扬了她的俄罗斯的爱国主义。

八月二十六日，就是保罗既诺会战那一天，安娜·芭芙洛芙娜家有一个晚会，这个晚会最精彩的内容是要朗读总主教在把圣·塞尔基圣像献给皇帝时所写的那封信。这封信被人当作宗教的爱国主义辞令的典范。这封信要由以朗读的艺术出名的发西利公爵本人来朗读（他常常在皇后面前诵读）。人们认为，他的朗诵响亮，像唱歌一般，既不是拼命呼叫，也不是温柔低语，他的声调与文意无关，在哪些字眼上呼叫，在哪些字眼上低语，完全是偶然的。这次读信和安娜·芭芙洛芙娜所有的晚会一样，具有政治意义。在这个晚会上将有几个要人莅临，他们定会为他们到法国戏院去而感到羞耻，从而唤起爱国情绪。已经到了很多客人，但是安娜·芭芙洛芙娜还没有在客厅里见到她所需要的那些人，因此还不让读信，而在主持着一般的谈话。

这天彼得堡的新闻是别素号娃伯爵夫人的疾病。伯爵夫人在几天前突然得病，好几个集会她都没有参加，而她正是这些集会的装饰品；而且听说，她不接见任何人，她没有请那些一向替她看病的彼得堡名医，却相信一个用某种不同寻常的新方法替她治病的意大利医生。

大家都很清楚地知道，迷人的伯爵夫人得病是由于她不能够同时嫁两个男人，而意大利人的治疗就是要去除她的这块心病；但是在安娜·芭芙洛芙娜面前不但没有人敢这么想，而且好像没有人不知道这回事。

“On dit que la pauvre comtesse est très mal. Le médecin dit que c’est l’angine pectorale.〔听说可怜的伯爵夫人病得很重，医生说是心绞痛。〕”

“L’angine? Oh, c’est une maladie terrible!〔发炎？啊，这是可怕的病！〕”

“On dit que les rivaux se sont reconciliés grâce à l’angine〔听说因为发炎，情敌和好了〕……”

Angine〔发炎〕这字眼被人大为满意地重述着。

“Le vieux comte est touchant à ce qu’on dit. Il a pleuré comme un enfant quand le médecin lui a dit que le cas était dangereux.〔听说，老伯爵

很悲伤。医生向他说这个病是很危险的时候，他哭得像小孩子一样。〕”

“Oh, ce serait une perte terrible. C’est une femme ravissante.〔啊，这是很大的损失。她是那样迷人的妇人。〕”

“Vous parlez de la pauvre comtesse?〔你是说可怜的伯爵夫人吗？〕”安娜·芭芙洛芙娜走上前说。“J’ai envoyé savoir de ses nouvelles. On m’a dit qu’elle allait un peu mieux. Oh, sans doute, c’est La plus charmante femme du monde.〔我派了人去探问她的病情。回话告诉我，她好了一点。无疑，她是世界上最迷人的妇人。〕”安娜·芭芙洛芙娜说，对于自己的热情微笑着。

“Nous appartenons à des camps différents, mais cela ne m’empêche pas de l’estimer, comme elle le mérite. Elle est bien malheureuse.〔我们属于不同的阵营，但这不能阻止我对她表示应有的尊敬。她是那样的不幸。〕”安娜·芭芙洛芙娜说。

一个粗心的青年认为安娜·芭芙洛芙娜是用这些话轻轻揭开着伯爵夫人疾病的神秘之幕，于是竟敢表示惊异，说是没有延请名医，而是由一个江湖庸医在治疗伯爵夫人，他会许用危险的疗法的。

“Vos informations peuvent être meilleures que les miennes.〔你的消息也许比我的好。〕”安娜·芭芙洛芙娜忽然恶毒地攻击这个没有经验的青年。“Mais je sais de bonne source que ce médecin est un homme très savant et très habile. C’est le médecin intime de la reine d’Espagne.〔但是我根据可靠的消息，知道这个医生是一个很有知识很有本领的人。他是西班牙皇后的侍医。〕”

这样地驳倒了那个青年之后，安娜·芭芙洛芙娜便转向俾利平。他在另一个小团体里谈到奥地利人，他皱起了眉头，又显然要舒展开，说un mot〔一个警句〕。

“Je trouve que c’est charmant.〔我觉得这是很有趣的。〕”他说到那个外交文件，它是和彼得堡方面称为le héros de Pétropol〔彼得堡的英雄〕维特根示泰恩[1]所夺得的奥国国旗一同送到维也纳的。

“什么？是什么？”安娜·芭芙洛芙娜向他说道，让别人安静地听着她已经知道的那个mot〔警句〕。

于是俾利平重述了他起草的外交急报中如下的原文：

“L’empereur renvoie les drapeaux Autrichiens,〔皇帝送回这些奥国国旗，〕”俾利平说，“drapeaux amis et égarés qu’il a trouvé hors de la route.〔友谊的，迷失的，在正路之外发现的国旗。〕”俾利平说完，舒展了皱纹。

“Charmant, charmant.〔好极了，好极了。〕”发西利公爵说。

“C’est la route de Varsovie peut-être.〔也许是到华沙的路。〕”依包理特公爵大声地突然地说。大家都看了看他，不明白他说这话的意义。依包理特公爵也愉快而惊异地向四周看了一下。他和别人一样，不明白自己的话是什么意思。他在他的外交活动中屡次注意到，这样忽然说出的话显得是很机智的，并且他每次都是一有什么话就信口说出来，“那也许很好，”他想，“即使不然，他们也知道应付的。”果然，在令人不舒服的沉默中，那个不够爱国的人走进来了，安娜·芭芙洛芙娜正等着感化他；于是她微笑着用一只手指向依包理特点了点，便邀请发西利公爵到桌子前面去，然后送给他两支蜡烛和手稿，请他宣读。大家沉默着。

“崇德宏恩的君主皇帝！”发西利公爵严厉地宣读了一声，然后向听众环顾了一下，似乎是问，有没有人要说出什么不同意的话。但是没有人说出什么。“我们的古都莫斯科，新耶路撒冷，接待它的基督，”他忽然地强调“它的”——“好像是一个母亲用她的双手去拥抱她的热心的儿子们，并且从升起的烟雾里，预见到你的权柄的赫赫光荣，欢喜地高唱：‘和散那，光荣归于我主！’”发西利公爵用哭泣的声音读最后的字句。

① 毛注：这是六月十八、十九日对法国伍第诺军团的胜利。牒文要点是以《彼得后书》二章十五节暗示新近的俄奥同盟，而此刻奥军却帮助拿破仑打仗。

俾利平注视着自己的指甲，显然许多人畏惧了，好像是在问，他们的过错在哪里。安娜·芭芙洛芙娜低声地预先说出下面的话，好像老太婆复述圣餐的祷文一样，她低声说，“让大胆傲慢的歌利亚……”

发西利公爵继续读着：

“让大胆的傲慢的歌利亚从法国的边境用致命的恐怖来围困俄国的土地；谦逊的信仰，这是俄国大卫的投石器，要忽然痛击他的好杀的骄傲的头颅。这个神圣的塞尔基的圣像，古代的保卫我国福利的热诚的战士，被送给皇帝陛下了。我痛惜，我的体力衰弱，我不能看见您的最有恩惠的体现。我向上天作热诚的祈祷，万能的主颂扬维护正义的种族吧，大发慈悲地满足陛下的希望吧。”

“Quelle force！ Quel style！〔多么有力！多好的风格！〕”这是他们对于朗诵者和作者的称赞。

安娜·芭芙洛芙娜的客人们，被这篇言辞所激动，很久地谈论着祖国的境况，对于数日之内就要发生的会战的结果，作着各种各样的预测。

“Vous verrez,〔你会明白的，〕”安娜·芭芙洛芙娜说，“明天，皇帝生日，我们要接到消息的。我有一个很好的预感。”

2

安娜·芭芙洛芙娜的预感果然应验了。第二天，在宫中教堂里为皇帝的生日举行祈祷时，福尔康斯基公爵被人从教堂里叫出去了，他接到库图索夫公爵的公文。这是库图索夫在交战的那天从塔塔锐诺佛写来的报告[①]。库图索夫写的是，俄军没有后退一步，法军的损失远比我们的

① 毛注：彼得堡距库图索夫所在处四百英里，最快的交通是马匹，不能把当晚的消息于次日送到。亚力山大一世的生日是十二月十二日，八月三十日是他的命名日，假使说晚会的日期是八月二十九日就对了，因为三十日在教堂举行皇帝命名祈祷时，确实接到了库图索夫的报告。托氏把日期弄混了。

大，他是在战场上匆忙地写报告的，来不及收集最后的情报。可见，这是一个胜仗。还未走出教堂的人立即为了造物主的帮助和胜利向造物主作感谢祈祷。

安娜·芭芙洛芙娜的预感证实了，整个早晨满城都是高兴的庆祝的心情。大家认为这是完全的胜利，有的人甚至说到拿破仑本人的被俘，说到他的废黜，以及法国新国王的遴选。

离开战地很远，在朝廷生活的环境中，要把事件充分地有力地反映出来，是极其困难的。一般的事件总是不知不觉地和一些个人的偶然事件结合在一起。所以现在朝臣们最高兴的是，一方面我们取得了胜利，另一方面胜利的消息正好赶上了皇帝的生日，在这两件事上，他们是一样地高兴。这好像是一个安排得很成功的意外喜事。在库图索夫的报告中也说到俄军的伤亡，其中提到屠契考夫、巴格拉齐翁和库他益索夫。这个事件的悲哀方面，在彼得堡社会里也不知不觉地和一个事件结合在一起——库他益索夫的死。大家认识他，皇帝欢喜他，他又年轻又有趣。这天大家见面都说：

“多么凑巧啊。正在大家祈祷的时候。库他益索夫的死是多大的损失啊！啊，多么可惜！”

“关于库图索夫，我对你们说过些什么呢？”发西利公爵现在带着预言家的骄傲说，“我总是说，只有他一个人能够打败拿破仑。”

但是，第二天没有接到军中的消息，大家的声色又开始显得不安了。皇帝为不知道真实情况而痛苦，朝臣们因此感到痛苦。

“皇帝的处境是多么困难啊！”朝臣们说，他们现在已经不像前天那样称赞库图索夫，却把库图索夫作为皇帝心情不安的原因加以指责了。这天发西利公爵不再夸奖他的protégé〔被保护者〕库图索夫，而在谈到总司令时却保持缄默。此外，这天傍晚的时候，似乎一切都凑合在一起了，使得彼得堡的居民感到惊慌与不安，又增加了一个可怕的消息。叶仑娜·别素号娃伯爵夫人突然死于那个人们如此津津乐道的、可怕的疾病。在一些大团体里，大家都正式地说别素号娃伯爵夫人死于可怕的angine pectorole〔心绞痛〕的猝发，但在熟人之间，他们谈到详细情形时就说，le médecin intime de la reine d'Espagne〔西班牙皇后的侍医〕要爱仑服少量的能产生一定效用的药剂；但是，一方面由于老伯爵怀疑她，一方面由于她写信给丈夫，而他（那个不幸的放荡的彼挨尔）没有给她回信，使她感到痛苦，于是她忽然服了大量的药剂，未及抢救就痛苦地死去了。据说，发西利公爵和老伯爵要控告那个意大利人；但是意大利人给他们看了不幸的亡妇写给他的那些信件，于是他们立刻罢休了。

大家的谈话集中在三件痛苦的事件上：皇帝不知道真实情况、库他益索夫的丧命和爱仑的死。

在收到库图索夫报告后的第三天，有一个地主从莫斯科来到彼得堡，于是全城传开了法兵占领莫斯科的消息。这是可怕的！皇帝的处境是多么困难啊！库图索夫是国贼，而发西利公爵在客人为他女儿去世前来visites de condoléance〔吊唁〕的时候，说起他从前所称赞的库图索夫，他说，对于一个瞎眼而荒唐的老人是没有什么好期待的了。（他在痛苦的时候忘记了从前说的话，这是可以原谅的。）

"我感到奇怪的只是，怎么能把俄国的命运托付给这样的人呢？"

当这个消息还没有证实的时候，还可以怀疑它，但是第二天寄来了拉斯托卜卿伯爵如下的报告：

"库图索夫公爵的副官送信给我，他在信中要求我派警官把军队送上锐阿桑大道。他说，可惜要放弃莫斯科。陛下！库图索夫的行为决定首都与您的帝国的命运。俄国人民知道了莫斯科要放弃将会大为震惊，在那里集中了俄国的尊严，集中了我们祖宗的骨灰。我要跟着军队走。我把一切东西都运走了，我只能为自己祖国的命运而流泪了。"

皇帝接到了这个报告后，便派福尔康斯基公爵送给库图索夫如下的谕旨：

“米哈伊・伊拉锐诺维支公爵！自八月二十九日以来我从未接到您的任何报告。而在九月一日，我接到莫斯科警备司令由雅罗斯拉夫方面寄来的悲惨的消息，说您决定带走军队放弃莫斯科。您自己可以想象这个消息对我所生的影响，而您的沉默加深了我的惊异。我派侍从武官长福尔康斯基公爵送函，向您探问军队的情况，以及使您作这样可悲的决定的各种理由。”

3

在莫斯科放弃后九天，库图索夫的专使带了放弃莫斯科的正式消息来到彼得堡。这个专使是法国人米邵，他不懂俄语，但是像他自己所说的quoique étranger, Russe de coeur et d’âme〔虽然是外国人，却是俄国人的心肠和灵魂〕。

皇帝立刻在石岛宫中自己的办公室里接见来使。米邵在战争之前从来没有到过莫斯科，又不懂俄语（像他自己所记述的），当他出现在notre très gracieux souverain〔我们的崇德宏恩的君王〕之前，报告莫斯科的dont les flammes éclairaient sa route〔火光照亮了他的路线〕的大火消息时，他仍然觉得自己深受感动。

虽然米邵先生chagrin〔烦恼〕的根源，和俄国人民烦恼的缘由一定不同，但是米邵在他被带到皇帝办公室时，却露出那么忧郁的面色，以致皇帝立刻问他：

“M’apportez vous de tristes nouvelles, colonel?〔你带给我的是悲惨的消息吗，上校？〕”

“Bien tristes, sire,〔很悲惨，陛下，〕”米邵叹了口气，垂着眼回答，“l’abandon de Moscou.〔莫斯科失守。〕”

“Aurait on livré mon ancienne capitale sans se battre?〔他们不战就放弃了我的古都吗？〕”皇帝忽然红了脸，迅速地问。

米邵恭敬地报告了库图索夫要他转告的话，就是，在莫斯科作战是不可能的，并且因为两者之间只能选择一个——或是损失军队与莫斯科，或是只损失莫斯科——元帅不得不选择后者。

皇帝没有望米邵，沉默地听着。

“L’ennemi est-il en ville?〔敌人进城了吗？〕”他问。

“Oui, sire, et elle est en cendres à l’heure qu’it est. Je l’ai laissée tout en flammes.〔是的，陛下，现在城里已经烧成灰烬了。我是在满城大火中离开的。〕”米邵毅然地说，但是看了看皇帝，米邵便为了他所说的话感到恐怖了。

皇帝开始困难地急促地呼吸着，他的下唇打颤，美丽的蓝眼里忽然有了泪。

但是这只经过了一霎那。皇帝忽然皱了皱眉，似乎是责备自己的软弱。他抬起头，用坚决的声音向米邵说：

“Je vois, colonel, par tout ce qui nous arrive,〔上校，由于所发生的一切，〕”他说，“que la providence exige de grands sacrifices de nous…… Je suis prêt a me soumettre à toutes ses volontés; mais dites moi, Michaud, comment avez-vous laissé l’armée, en voyant ainsi, sans coup férir, abandonner mon ancienne capitale? N’avez vous pas aperçu du découragement?〔我知道，天意要我们有重大的牺牲……我决心一切顺从天意；但是你告诉我，米邵，你是怎样离开了不战而放弃我的古都的军队的？你没有看到士气不振吗？〕”

米邵看到他的très gracieux souverain〔崇德宏恩的君王〕镇静下来，自己也镇静了，但是对于皇帝直接的、重要的、需要立刻回答的问题，他还来不及准备回答。

“Sire, me permettrez-vous de vous parler franchement en loyal militaire?〔陛下，准许我像一个忠实的军人那样坦白地说话吗？〕”他说，为了赢得一点时间。

"Colonel, je l'exige toujours,〔上校，我向来要求如此，〕"皇帝说，"Ne me cachez rien, je veux savoir absolument ce qu'il en est.〔什么都不要隐瞒，我一定要知道全部的真实情况。〕"

"Sire！〔陛下！〕"米邵在嘴上带着几乎察觉不出的微笑说，已经用轻松的恭敬的jeu de mots〔文字游戏〕形式为自己作了回答的准备。"Sire！j'ai laissé toute l'armée depuis les chefs jusqu'au dernier soldat, sans exception, dans une crainte epouvantable, effrayante……〔陛下，我离开军队时，全军的人，从司令官到士兵，无一例外，都万分地非常地害怕……〕"

"Comment ca？〔怎么会这样？〕"皇帝严厉地皱了皱眉，插言说，"Mes Russes se laisseront-ils abattre par le malheur……Jamais〔我的俄国人会因为失败而丧气吗……决不会〕……"

米邵只是等待着这句话，好说出他的文字游戏。

"Sire,〔陛下，〕"他带着恭敬而游戏的表情说，"ils craignent seulement que votre Majesté par bonté de coeur ne se laisse persuader de faire la paix. Ils brùlent de combattre,〔他们只怕陛下因为心肠仁慈而订立和约。他们的战斗意志非常高昂，〕"这位俄国人民的代表说，"et de prouver à votre Majesté par le sacrifice de leur vie, combien ils lui sont devoués……〔并且不惜牺牲生命，向陛下证明他们是多么的忠心……〕"

"啊！"皇帝眼里带着亲切的光芒，拍着米邵的肩头，安心地说，"Vous me tranquillisez, colonel.〔你使我安心了，上校。〕"

皇帝垂头沉默了片刻。

"Eh bien, retournez à l'armée,〔好，回到军队里去吧，〕"他说，挺起身子，带着亲切的威严的姿势对米邵说，"et dites à nos braves, dites à tous mes bons sujets partout où vous passerez, que quand je n'aurais plus aucun soldat, je me mettrai, moimême, à la tête de ma chère noblesse, de mes bons paysans et j’userai ainsi jusqu’à la dernière ressource de mon empire. Il m’en offre encore plus que mes ennemis ne pensent,〔在你所到的地方，告诉我们的勇士，告诉我的好百姓说，在我没有一个兵的时候，我要亲自领导我的贵族，我亲爱的农民，我就是要这样地使用我的帝国的最后的力量。这力量还比我的敌人所设想的更大，〕”皇帝说，越来越激动了，“Mais si jamais il fut écrit dans les décrets de la divine providence,〔但是假使神圣的天意注定了，〕”他说，向天上抬起他的那美丽的、温顺的、闪耀着激情的眼睛，“que ma dynastie dût cesser de régner sur le trône de mes ancêtres, alors, après avoir épuisé tous les moyens qui sont en mon pouvoir, je me laisserai croître la barbe jusqu’ici,〔我的朝代要在我祖宗的宝座上断绝，那么，消耗了我所能运用的一切力量之后，我要让我的胡须长到这里，〕”皇帝把手比到胸脯的当中，“et j’irai manger des pommes de terre avec le dernier de mes paysans plulôt, que de signer la honte de ma patrie et de ma chère nation dont je sais apprécier les sacrifices!〔我去同我的最贫苦的农民吃山芋，也不签订条约羞辱我的国家和亲爱的人民，我知道怎样重视他们的牺牲！〕”

皇帝用激动的声音说了这些话，忽然地转过身去，似乎是要不让米邵看见他眼中的泪，他走到办公室的尽头去了。在那里站了一会，他大步地回到米邵面前，用力地握着他的胳膊下端。皇帝的俊俏的、温良的脸上发红了，他的眼睛里发出坚决和愤怒的光芒。

“Colonel Michaud, n’oubliez pas ce que je vous dis ici; peutêtre qu’un jour nous nous le rappellerons avec plaisir……Napolêon ou moi,〔米邵上校，不要忘记了我在这里向你所说的话；也许有一天我们会快乐地想起来……拿破仑或者我，〕”他摸着胸口说，“Nous ne pouvons plus régner ensemble. J’ai appris à le connaitre, il ne me trompera plus〔我们再也不能够同时在位的。我现在知道他了，他不能再骗我了〕……”接着皇帝皱了皱眉，沉默了。

听了这些话，看见了皇帝眼中毅然决然的表情，米邵——quoique étranger, mais Rosse de coeur et d'âme,〔虽然是外国人，却是俄国人的心肠和灵魂，〕——在这个庄严的时候，觉得自己enthousiasmé par tout ce qu'il venait d'entendre〔因为刚才所听到的一切而变得热情，〕（他后来这么说的），并且在他下面的话中表示了他自己的情感和俄国人民的情感（他自认是俄国人民的代表）。

"Sire！〔陛下！〕"他说，"votre Majesté signe dans ce moment la gloire de sa nation et le salut de l'Europe！〔陛下此刻便决定了国家的光荣和欧洲的得救！〕"

皇帝点了点头，让米邵走了。

4

那时候俄国被占领了一半，莫斯科居民逃到遥远的各省，民团一批一批地奋起保卫祖国，我们不是生在那时候的人，不觉地以为那时所有的俄国人，自平民到伟人，所做的事情，只是为了牺牲他们自己，拯救祖国，或者哀哭祖国的灭亡。那时的传说与记载，没有例外地，都只说到俄国人的自我牺牲，爱祖国，失望，悲哀和英勇。其实并不如此。我们以为如此，只是因为我们对于过去只看到那时的历史上的共同利益，却没有看见当时人们的、一切合乎人情的、个人的利益。然而，在实际上，那些个人的眼前利益是远比一般的利益重要，使人从来不感觉到，甚至没有注意到共同的利益。那时大部分的人并不注意大局，只被目前个人的利益所驱使。这些人就是那时候最有用的活动者。

那些试图了解大局并且想要抱着自我牺牲与英雄主义的精神参与其事的人，都是最无用的社会成员；他们看到了一切的混乱情况，而他们为了公益所做的一切，变成了无用的蠢事，例如彼挨尔的团和马摩诺夫的团就曾抢劫俄国乡村，例如小姐们所做的裹伤布就从来没有到达伤员那里，等等。有人喜欢谈到思想问题和表现自己的情感，他们说到俄国的当时的处境，甚至不觉地在他们的言语中夹杂着作假和虚伪的腔调，或者是对于某些人的无用的非难和愤怒，这些人却是为了谁也不能负责的事而受到指责的。在历史事件中，禁食知识树果的道理是最明显的。只有不自觉的活动产生果子，而在历史事件中担任角色的人，决不会了解它的意义。即使他试图了解它，那也是没有结果的。

越是直接参与那时俄国所发生的事件的人，越不明白它的意义。在彼得堡和远离莫斯科的各省，太太们和穿了民团制服的绅士们，哀哭俄国和古都，说到自我牺牲，等等；但是在退离了莫斯科的军队中，几乎没有人说到、没有人想到莫斯科，并且看着城中的火焰，没有人发誓要向法国人复仇，却想到下一季的饷，想到下一个休息站，想到随军女商人马特绕施卡和类似的事。

尼考拉·罗斯托夫没有任何自我牺牲的目的，而是因为战事发生时他在服役，偶然地参加了直接的长时期的保卫祖国的战争，因此他对于那时在俄国所发生的事没有感到失望，没有作忧郁的推论。假使有人问他，他对于俄国当时的境况是什么想法，他便要说，那是用不着他想的，说这是库图索夫和别人的事情，而他听说，团要补充，并且仗一定还要打很久，而且在当时的情况下，他不难在两年之内升做团长。

因为他对于问题是这样的看法，所以在他听到派他出差到福罗涅示去为本师办理补充马匹的消息时，他不但没有惋惜不能参与最近的战斗，而且感到极大的高兴，这一点他并不隐瞒，他的同事们也都知道得很清楚。

在保罗既诺会战的前几天，尼考拉收到了钱和公文，先派了几名骠骑兵在前面走，他自己乘驿马到福罗涅示去了。

只有具备这种经验的人——就是一连几个月在战争和战斗生活的气氛中过日子的人——才能够了解尼考拉离开了有军队征发粮秣、有军需车辆和医院的地方的时候所感到的那种欢喜；在他看不见士兵、车辆、扎营的污秽的痕迹，而看见有农夫农妇的乡村、地主的庄园、牧牛的田野、驿站房屋和打盹的站长的时候，他感觉到那样的欢喜，好像他是第一次看到这一切。特别使他许久地惊讶和欢喜的，是年轻而健康的妇女，她们当中没有一个人的身边会有十来个献殷勤的军官，她们因为过路的军官和她们说笑话而觉得高兴和荣幸。

尼考拉，怀着最快乐的心情，在夜间到了福罗涅示的客店，要了他在军中久未享受的一切，第二天，仔细而又仔细地刮了胡子，穿上了好久不穿的全副军装，去见地方官。

民团的司令官是一个非军人出身的将军，是一个老人，他显然对于他的军职和阶级感到乐趣。他粗莽地（他以为这是军人的特色）接待尼考拉，并且妄自尊大地问他的话，好像他有权利这么做，又好像是在评论一般的局势，赞同着，反对着。尼考拉是那么愉快，因而这只使他觉得有趣。

他从民团司令官那里去见省长。省长是一个矮小的活泼的人，极其和蔼、爽直。他向尼考拉指示了他可以购得马匹的养马场，他又向他介绍了一个城内的马贩，一个离城二十俚的地主，他们那里有最好的马，他还答应了尽力帮忙。

“您是伊利亚·安德来伊支伯爵的儿子吗？我的妻子和您的母亲很要好，我们每星期四招待客人；今天是星期四，请您到我这里来，不拘礼节。”省长送别时说。

尼考拉雇了一辆驿车，和他的曹长坐在一起，从省长那里，一直驶到二十俚外有养马场的地主那里去了。在他初到福罗涅示的时候，尼考拉觉得一切是愉快的轻松的，这是通常如此的，在一个人自己的心情很好的时候，事事都是如意的、顺利的。

尼考拉所访问的地主是一个单身的骑兵老军官、一个识马的人、一个猎人，有吸烟室、百年的香料白兰地酒、匈牙利陈酒和良马。

尼考拉只说了两句话，就用六千卢布买成了十七匹精选的雄马（他这么说）作为新马的标准马匹。罗斯托夫吃了饭并且多喝了一点匈牙利酒，和乡绅互相接吻，他已经同他以“你”相称了，他怀着最快乐的心情，顺着最坏的道路回去，不停地催着车夫，以便赶上省长家的晚会。

换好了衣服，用冷水淋了头，洒了香水，尼考拉·罗斯托夫便到省长的家里去了，虽然迟了一点，却有准备好了的话：“vaut mieux tard que jamais.〔迟到比不到好。〕”

这不是一个舞会，也没有说到要有跳舞；但是大家都知道，卡切芮娜·彼得罗芙娜要在大钢琴上弹奏华姿舞曲和苏格兰舞曲，要有跳舞，大家都这么打算，都像赴跳舞会那样地来赴会。

在一八一二年外省的生活是和寻常完全一样的，只有这点差别，就是：城市里较为热闹，因为从莫斯科搬来了许多富家；并且和那时俄国所发生的一切事情一样，可以看到某种特别的放荡不羁，生活上的无所顾忌，毫不在乎；此外，人们彼此之间所不可少的闲谈，从前是关于天气和共同相识的朋友，而现在却是关于莫斯科、军队和拿破仑了。

集合在省长家的团体是福罗涅示最上流的团体。

妇女们很多，有几个是尼考拉在莫斯科的熟人；但是男子们，没有一个人能够和受圣·乔治勋章的骑士、购马的骠骑兵军官，同时又是善良的有教养的罗斯托夫伯爵相比。在男子当中有一个意大利俘虏，他是法国军队里的军官，罗斯托夫觉得这个俘虏的在场，更加提高他的（俄国英雄的）重要性。这个人好像是战利品。尼考拉感觉到这一点，并且觉得大家也是这样地看待这个意大利人，于是尼考拉尊严地、有节制地对这个军官表示亲切。

尼考拉穿了骠骑兵制服一走进来，大家便围绕着他；他的周身发出香气和酒味，他自己说并且好几次听到别人也向他说这句话：“迟到比不到好。”所有的目光都向他注视着，他立刻觉得，他变成了大家所喜爱的人，这是外省的最适合于他的，是他一向所乐意的一种身份，而此刻，在长时的艰苦生活之后，这是使他感到满足令他陶醉的一种身份。

不但在驿站上，在旅店中，在地主的吸烟室里，女仆们因为受他的注意而觉得荣幸；而且在这里，在省长的晚会里（尼考拉觉得），有无数的年轻妇人和美丽姑娘不耐烦地期待着他去注意她们。妇人和姑娘向他献媚，老人们甚至在第一天就忙着要使这个青年浪子骠骑军官结婚成家。在这些人当中，有省长的妻子本人，她把尼考拉当作她的近亲，称他"尼考拉"和"你"。

卡切芮娜·彼得罗芙娜，果真开始弹奏华姿舞曲和苏格兰舞曲，并且跳舞开始了，在跳舞时，尼考拉由于他的灵巧更加迷惑了省会人士。他甚至以他的特别随便的跳舞姿势使大家吃惊。尼考拉自己有点儿诧异那天晚上自己的跳舞姿势。他从来没有这样地在莫斯科跳舞过，甚至认为这种太随便的跳舞姿势是不好的，mauvais genre〔是坏姿势〕；但是在这里，他觉得必须用什么非常的东西来惊动大家，这种东西，他们一定认为是都城里所通行而是外省还不知道的。

在整个的晚会中，尼考拉最注意一个蓝眼的、肥胖的、好看的、矮小的金发女子，她是一个省官的妻子。尼考拉怀着欢乐的年轻人们的单纯信念，以为别人的妻子是为他们创造的，他没有离开这个太太，并且亲密地、有点儿阴谋地对待她的丈夫，好像虽然他们不说，却知道他们，即是尼考拉和这个丈夫的妻子，会相处得异常之好的。丈夫却似乎并不抱着这种信念，并且力求显得愁眉苦脸地对待罗斯托夫。但是尼考拉的善良的单纯的心情是那样地没有限制，以致有时这个丈夫也不觉地顺从了尼考拉的快乐心情。但是在晚会将毕时，妻子的面孔变得愈红润愈生动，丈夫的脸变得愈忧郁愈死板，好像两人活泼的分量始终一样，妻子方面的活泼增加，丈夫方面的便减少了。

5

尼考拉脸上一直带着笑容，在扶手椅上把身子微微向前探着，向金发女子逼近地俯着头，向她说着神话般的赞辞。

尼考拉得意扬扬地变动着穿紧马裤的腿子的位置，身上发出香气，赞叹着他的女伴、他自己和穿紧靴的小腿的优美线条；他向金发女子说，他想要在福罗涅示这地方诱拐一个太太。

“什么样的人呢？”

“她是个迷人的、神圣的女子。她的眼睛，”尼考拉看了看他的女交谈者，“是蓝的，她的嘴是珊瑚的、象牙的，”他瞥了瞥她的肩膀，“身材好像狄安娜……”

丈夫走到他们面前，闷闷地问妻子在说什么。

“啊！尼基他·依发内支。”尼考拉恭敬地立起来说。并且好像希望尼基他·依发内支参加他的笑话，他开始说出他要诱拐一个金发美女的计划。

丈夫愁闷地微笑着，妻子愉快地微笑着。良善的省长夫人带着不以为然的神气走到他们面前。

“安娜·依格娜姬芙娜想见一见你，尼考拉。”她说，用那样的声音说出“安娜·依格娜姬芙娜”，使罗斯托夫立刻明白安娜·依格娜姬芙娜是一个很有身份的太太。“我们去吧，尼考拉。你让我这样称呼你吗？”

“是的，ma tante〔我的姑妈〕，这个人是谁？”

“安娜·依格娜姬芙娜·马尔文采娃，她听到她的侄女说你救了她……你猜想得到吗？……”

“我救了很多的女子！”尼考拉说。

“是她的侄女，保尔康斯卡雅公爵小姐。她跟姨妈住在福罗涅示。喔唷，你的脸多么红呀，怎么？……”

“我一点儿也没有想到，得了，ma tante.〔姑妈。〕”

“那么，好吧，好吧，啊！你是个多么好的人啊！”

省长夫人把他带到一个高大的、很胖的、戴蓝色小帽的老妇人面前，她刚和城内的一些最显要的人玩过了牌戏。她是马尔文采娃，是玛丽亚公爵小姐的姨妈，一个有钱无子的寡妇，一向住在福罗涅示。罗斯托夫走到她身边时，她站着在算牌账。她严厉地庄重地眯起眼睛，看了他一眼，又继续谴责那个赢了她的钱的将军。

“我很高兴，我的亲爱的，”她向他伸着手说，“请到我家来吧。”

这个显要的老妇人，说到玛丽亚公爵小姐和她的亡父（显然马尔文采娃不喜欢他），又问到尼考拉所知道的安德来公爵的情形（他显然也不能讨得她的欢喜），重复邀请了他到她的家里去，便让他走开了。

尼考拉答应了，在他向马尔文采娃告别时，他又脸红了。在提及玛丽亚公爵小姐时，罗斯托夫体验到一种自己所不了解的羞怯甚至恐怖的心情。

罗斯托夫离开了马尔文采娃，想要再去跳舞，但是矮小的省长夫人把她的胖手放在尼考拉的袖子上，说她需要和他说几句话，把他带到起居室，起居室里的人立刻走出去了，免得妨碍省长夫人。

“你知道，我的好孩子，”省长夫人的善良的小脸上带着严肃的表情说，“瞧吧，这里有你的好亲事；要我替你做媒吗？”

“谁，ma tante〔姑妈〕？”尼考拉问。

“我替你和一个公爵小姐做媒，卡切芮娜·彼得罗芙娜说到莉莉，但我说不是——公爵小姐。愿不愿？我相信你的妈妈要感谢我的。的确，她是那么好的姑娘，好极了！她一点也不丑。”

“一点也不！”尼考拉说，好像是见怪，“姑妈，我像一个军人所应当做的那样，我不强求任何人，也不拒绝任何事情。”罗斯托夫还没有来得及想一想他所要说的话，便说出来了。

“那么你记着，这不是说笑话。”

“怎么会是笑话！”

“是的，是的，”省长夫人说，好像是向她自己在说，“可是，mon cher, entre autres, vous êtes trop assidu auprès de l’autre, la blonde.

〔我的好孩子，我顺便说一声。你对那一个，对那个金发美女，太殷勤了。〕她的丈夫的确有点可怜……”

“啊，不然，我和他是好朋友。”尼考拉爽直地说：他没有想到，对于他是那么愉快的消遣，对于别人会许是不愉快的。

“我向省长夫人说了多么蠢的话哦！”在晚餐的时候，尼考拉忽然想起来了，“她真要着手做媒了，可是索尼亚呢？……”

当他和省长夫人告别时，她微笑着又向他说，“那么你记着。”这时候，他把她拉到旁边说：“但是有一点，我向您说实话，姑妈……”

“什么！什么，我的亲爱的，我们在这里坐一会儿吧。”

尼考拉忽然觉得他希望而且必须向一个几乎是陌生的妇人说出自己的全盘心事（这种心事是他不肯向母亲、妹妹和友人说的）。后来，想起了这个无缘无故的，不可了解的，但是对于他有很重要的后果的道出心事的冲动，尼考拉觉得（在这种情形之下，人们总是觉得如此），这是愚蠢的一时之念；然而这个道出心事的冲动，以及其他微小的事件，对于他，对于他的家庭，有很重要的后果。

“是这么回事，姑妈。妈妈好久就想要我娶富家女子，但是为金钱而结婚这个想法是我所反对的。”

“哦，是的，我明白了。”省长夫人说。

“但是保尔康斯卡雅公爵小姐，又当别论。第一，我向您说实话，我很欢喜她，我很爱慕她，当我在那种情形之下，那么奇怪地遇见她以后，我常常想起：这是命运。特别是，您想想看，妈妈好久便想到这一点，但我从前没有机会遇见她，不知道为什么总是没有遇见的机会。在我的妹妹娜塔莎和她的哥哥订婚的时候，当然我那时候不能够想到要娶她。好像是，我一定要正在娜塔莎解除婚约之后遇见她，那么后来的一切……就是这样。我没有向任何人说过，也决不向人说。只向您说。”

省长夫人感激地捏了捏他的臂肘。

“您知道我的表妹索斐吗？我爱她，我答应了娶她，我要娶她……

因此您知道，这件事是不可能的。”尼考拉吞吞吐吐地脸红着说。

“我的好孩子，我的好孩子，你怎么说这种话？你要知道，索斐是没有财产的，你自己向我说过，你父亲的境况很坏。你母亲呢？这样会使她伤心的，就这一回。那么，索斐，假使她是有心肝的女孩子，她要过的是什么样的生活呢？你的母亲失望，家境衰败……不，我的好孩子，你和索斐都应该明白这一点。”

尼考拉沉默着。他听了这些推断，觉得舒服。

“姑妈，这仍然是不可能的，”沉默了一会，他叹了口气说，“但是公爵小姐会嫁我吗？并且她现在是在服丧。怎能够想到这样的事呵！”

“难道你以为我马上就会要你结婚吗？Il y a manière et manière.〔无论什么事都有一定的做法。〕”省长夫人说。

“您是多么好的媒人呵，姑妈。”尼考拉吻着她的胖手说。

6

玛丽亚公爵小姐和罗斯托夫相遇之后，到了莫斯科，在那里看到她的侄儿和教师，以及安德来公爵的信，信上告诉他们到福罗涅示城姨妈马尔文采娃家的路线。关于旅途的筹划，对于哥哥的挂念，在新屋中生活的安排，和生人会面，侄儿的教育——这一切抑制了玛丽亚公爵小姐心中的那种和诱惑相近似的情绪，这种情绪，在她父亲生病时，在她父亲死后，尤其是在她和罗斯托夫会面以后，使她很痛苦。她感到悲哀。父亲逝世的印象，在她心中和俄国的毁灭连在一起，这印象，当她在安静的生活环境里过了一个月之后，现在被她越来越强烈地感觉到了。她不放心，想到她哥哥——她剩下的唯一的亲人——所处的危险，便不断地觉得难受。她为侄儿的教育焦心，她觉得自己总是不善于处理这件事；但在她的内心里，有一种内在的和谐，这种和谐的产生是由于她觉得她在自己心中压下了那些正要抬头的、与罗斯托夫的出现有关的个人的幻想与希望。

在晚会的第二天，省长夫人去访问马尔文采娃，和姨妈说了她的计划（说明虽然在目前的情况之下，不能想到正式的订婚，但仍然可以使年轻人在一起，让他们互相了解）。省长夫人得到姨妈的赞同，便当玛丽亚公爵小姐的面说到罗斯托夫，夸奖他，并且说他一提到公爵小姐就脸红，这时，玛丽亚公爵小姐并不感到高兴，却感到痛苦。她内心的和谐不复存在，她的愿望、怀疑、谴责与希望又出现了。

在罗斯托夫拜访以前的两天之内，玛丽亚公爵小姐不断地想到她对罗斯托夫应该采取什么态度。有时她决定了，在他来访问姨妈的时候，她不进客厅，因为她在重孝期间，不宜见客；有时她想，在他为她所做的那件事之后，这是不礼貌的；有时她想，她的姨妈和省长夫人对于她和罗斯托夫有什么意思（她们的目光和言语有时似乎证实了这个假定）；有时她想，只有她这样罪恶的人，才能够想到他们这一点；而他们不会不明白的，在她还没有卸孝的时候，在她现在的处境中，这个婚约对于她自己和她父亲的英灵都是一种侮辱。玛丽亚公爵小姐假定着她要接见他，预想着他要向她说的话以及她要向他说的话；有时，她又觉得这些话过分地冷淡，有时又觉得意义太多。在同他会面时，她最怕的是那种惶惑，她觉得，它会在她一看见他的时候征服她，泄漏她的心事。

但在星期日早祷之后，听差在客厅里通报罗斯托夫伯爵来访的时候，公爵小姐还没有显出惶惑；只是她的腮上微微地泛红，她的眼睛射出新的明亮的光芒。

“您见过他吗，姨妈？”玛丽亚公爵小姐用镇静的声音说，她自己不知道她怎么能够在外表上这样地镇静而自然。

在罗斯托夫进房时，公爵小姐把头垂了片刻，似乎是给客人有时间向姨妈问安，然后在尼考拉面向着她的时候，她抬起头，用发亮的眼睛迎接他的目光。她带着高兴的笑容站立起来，她的动作是十分尊严、优美，她向他伸出纤细温柔的手，并且开始用那样的声音说话，这个声音里第一次包含着新的、妇女的、胸腔的音调。部锐昂小姐在客厅里迷惑地惊异地望着玛丽亚公爵小姐。她自己是有经验的风情女子，遇到她所要吸引的男子的时候，她的手段不能再好了。

“或者是黑色适合她的面孔，或者是她确实长好看了，我却没有注意到。尤其是——多么的机敏和优美啊！”部锐昂小姐想。

假使玛丽亚公爵小姐这时候能够想一想，她便要比部锐昂小姐更加诧异她自己所发生的变化了。自从她看见了那副亲切的可爱的面孔以后，就有一种新的生命力支配着她，使她的说话和举止都顾不了她自己的意志。她的面孔，在罗斯托夫进来的时候，便忽然改变了。正如同在雕刻的彩绘的灯笼里点起蜡烛的时候，先前显得粗糙黑暗而无意义的那个复杂的精致的艺术的工作，忽然带着意外的惊人的美丽，在罩子上显现出来了：玛丽亚公爵小姐的面孔便是这样地忽然改变的。她的生活上直到现在所有的那种纯洁的内在的精神活动，第一次全部表现出来了。她的全部的内在的精神活动，她对自己的不满，她的痛苦，她的向善的努力，她的温顺，她的爱，她的自我牺牲——这一切此刻都显露在她的明亮的眼睛里，微微的笑容里，和她的温雅面孔的每一部位上。

罗斯托夫那么明显地看到这一切，好像他知道她全部的生活一样。他觉得，他面前的这个人，和他一直到现在所遇到的那些人完全不同，她比他们都好，尤其是比他自己好。

谈话是最简单的、无关紧要的。他们谈到战争，不觉地和所有的人一样，夸大自己对于战事的忧愁；他们谈到上次的会面，尼考拉这时候极力把谈话转到别的题目上，他们谈到善良的省长夫人，谈到尼考拉和玛丽亚公爵小姐的亲属。

玛丽亚公爵小姐没有谈到她的哥哥，她的姨妈刚刚说到安德来，她便把话头转到别的题目上去了。显然是，关于俄国的不幸，她能够做作地说一点，但是她的哥哥和她的心关系太密了，她不愿意也不能够轻易地说到他。尼考拉注意到这一点，因为他以非他所素有的敏锐的观察力，注意到玛丽亚公爵小姐的性格的各方面，这一切证实了他的信念，就是，她是一个极其特殊的、非同寻常的人。尼考拉和玛丽亚公爵小姐完全一样，在他听人说到公爵小姐时，甚至在他想到公爵小姐时，他便脸上发红，感到惶惑，但是在她面前的时候，他觉得自己是十分自由的，他所说的，完全不是他所准备的话，却是偶然想到然而适时的话。

在有小孩的地方总是如此的，在尼考拉的短促的访问中，在沉默的时候，他便跑到安德来公爵的幼小的儿子面前，抚爱他，问他愿不愿做骠骑兵。他把小孩抱在怀里，开始愉快地转动他，并且回头看了看玛丽亚公爵小姐。她的受感动的、幸福的、羞怯的目光，注视着她的心爱的人手中她的心爱的小孩。尼考拉也注意到这个目光，似乎是明白了它的意义，他高兴得脸红了，并且好意地快乐地开始吻小孩。

玛丽亚公爵小姐因为居丧而不出门，而尼考拉也认为再来拜访她是不适宜的；但是省长夫人仍然继续她的媒妁工作，向尼考拉转达玛丽亚公爵小姐的对他的称赞之词，反过来也是一样，并且坚持要罗斯托夫自己向玛丽亚公爵小姐表明态度。为了这个目的，她安排了这两个年轻人在早祷之前在主教那里的相会。

虽然罗斯托夫向省长夫人说了，他不向玛丽亚公爵小姐表明态度，但是他答应了到那里去。

正如同在提尔西特一样，罗斯托夫不敢怀疑大家公认的好东西是否真好，现在，他一方面试图按照自己的理智处理自己的生活，一方面又要顺服地听从环境，在两者之间的短时的然而是诚恳的斗争之后，他选择了后者，让自己服从了那种权力，这权力（他觉得）不可阻挡地把他向什么地方引导着。他知道，在他答应了索尼亚之后，向玛丽亚公爵小姐表明他的情感，这便是他所谓的卑鄙。他知道，他决不会做卑鄙的事情。但是他也知道（与其说是他知道，不如说是他从心底里感觉到），现在他屈服于环境的压力和领导他的那些人，他不但不是在做任何不好的事，而且是在做一件非常非常重要的事，这是他有生以来从没有做过的重要事情。

在他和玛丽亚公爵小姐会面之后，虽然他的生活在外表上依然如故，但是从前的一切娱乐对他来说都失去了它们的魅力，他还常常想到玛丽亚公爵小姐；但是，他想到她并不像他从前毫无例外地想到社交界中遇见过的所有的姑娘那样，也不像他长久地、某个时候甚至心醉地想到索尼亚那样。如同几乎每一个正直的青年人一样，他想到所有的姑娘，就像想到未来的妻子一样，他在自己的头脑中替她们设想着婚后生活的一切情况——白长裙、烧茶炊的妻子、妻子的马车、小孩、妈妈和爸爸，他们和她的关系，等等，等等；这种对未来的设想使他得到快乐；但是当他想到别人替他做媒的玛丽亚公爵小姐的时候，他从来不能想象到将来婚后生活中的任何情况。假使他试图设想的话，则一切都显得不合适、不真实。他只觉得可怕。

7

关于保罗既诺会战和我方伤亡的可怕的消息，关于莫斯科失守的更可怕的消息，在九月中传到了福罗涅示。[①]玛丽亚公爵小姐只从报纸上知道哥哥负伤，没有得到关于他的任何消息，她打算去寻找安德来公爵，正像尼考拉听说的那样（他本人也没有看见过她）。

尼考拉·罗斯托夫得到保罗既诺会战和莫斯科失守的消息时，没有产生失望、愤怒、立意复仇或类似的情绪。但是他觉得福罗涅示的一切忽然变得枯燥而又讨厌，好像感到羞愧和难堪。他觉得他所听到的话都是假的；他不知道怎样判断这一切，觉得只有回到团里他才能够重新搞清楚这一切。他忙于结束买马的任务，常常无理地对仆人和曹长发脾气。

① 毛注：托氏此种细节描写皆有根据，福罗涅示在莫斯科南约一百七十英里。八月二十六日战争的消息在三个星期后才传到那里，由此足见当时交通的落后。

在尼考拉·罗斯托夫动身的前几天，教堂里举行了一个庆祝俄军胜利的感恩祈祷，尼考拉也参加了这个祈祷。他站在省长稍后一点的地方，保持着军人的礼貌，思索着各种各样的问题，一直站到祈祷完毕[①]。祈祷做完时，省长夫人把他叫到她面前去了。

“你看见公爵小姐了吗？”她说，点头示意着那个站在唱歌班后边、穿黑衣服的女子。

尼考拉立刻认出了玛丽亚公爵小姐，这与其说是从她帽子下露出的侧面，毋宁说是凭着他立刻感觉到的那种小心翼翼的、畏惧的和怜悯的感情认出了她。玛丽亚公爵小姐显然沉浸在自己的思索中，她在离开教堂前画了个十字。

尼考拉惊异地望着她的脸。这张脸跟他以前看见过的一样，同样地流露出细微的内在精神活动的表情；但是现在脸色明朗得有点异样了。她脸上现出一种动人的悲哀、祈祷和希望的表情。正和尼考拉从前常常碰见她的时候一样，他不等省长夫人来劝说，也不问自己在教堂里向她说话是否应该，是否合适，便走到她面前，向她说，他听说到她的悲哀，并且由衷地同情她。她刚刚听到他的声音，她的脸上就燃起了明亮的光辉，同时照亮着她的悲哀与喜悦。

“我只想向您说一件事情，公爵小姐，”罗斯托夫说，“就是，假使安德来·尼考拉伊维支公爵死了，公报上立刻就要公布的，因为他是一个团长。”

公爵小姐望着他，不明白他的话，却高兴他脸上的同情的痛苦的表情。

“我晓得许多例子，中弹片的伤（公报上说是霰弹的伤）不会立刻致命，便是相反的，很轻微，”尼考拉说，“我们应该抱着最大的希望，并且我相信……”

---

① 毛注：在俄国教堂里做祈祷时，或站或跪，但不坐下。

玛丽亚公爵小姐打断了他的话。

“啊，这会是那么可怕……”她开始说，因为激动，没有说完，带着优美的动作（和她在他面前所做的一切一样）垂了头，感激地看了看他，跟在姑母后边走着。

这天晚上，尼考拉没有到任何地方去作客，留在家里和卖马的人结算几笔账目。他算完了账，要到什么地方去，已经太迟了，但是要睡觉又太早了，于是尼考拉在房间里来回走了很久，思索着自己的生活，这是他很少有过的事情。

玛丽亚公爵小姐在斯摩棱斯克省给了他很满意的印象。他那时是在那么特殊的情形中遇见她；有一个时候，他的母亲简直把她当作有钱的配偶向他提起；这两件事引起他对她的特别注意。在福罗涅示，在他拜访的时候，那个印象不但是可喜的，而且是有力的。使尼考拉惊讶的，是他这时在她身上所注意到的那种特别的精神的美。然而他准备离开，他并不觉得，离开福罗涅示，失去和公爵小姐见面的机会，是可惜的。但是这天和玛丽亚公爵小姐在教堂中的见面（尼考拉觉得）留在他心中的印象，比他所预料的更深，比他为了要让自己放心而所希望的更深。那副苍白、清秀、忧郁的面孔，那个明亮的目光，那些娴静的优美的举止，尤其是她脸上各部分所表现的那种深沉而亲切的悲哀，感动了他，并且引起了他的同情。在男子身上，尼考拉没有耐心去看高尚精神生活的表现（就是因此他不喜欢安德来公爵），他轻视地称它为哲学、幻想；但在玛丽亚公爵小姐身上，正是在这个悲哀里，他感觉到一种不可抵抗的吸力，这悲哀表现着那个对于尼考拉是生疏的精神世界的深度。

“她一定是一个了不得的姑娘！简直是一个天使！”他自语着，“我为什么不自由？为什么我对于索尼亚要那么着急？”他不觉把两个人作了一番比较：在精神禀赋上一个贫乏，一个富足，这种禀赋是尼考拉所没有的，因此他非常重视它。他设想着，假使他自由了，会有什么样的情形。他要怎样地向她求婚呢？她会成为他的妻子吗？不行，他不能够设想这件事。他觉得恐惧，并且想不出任何明确的情形。他早已设想了他和索尼亚将来的情况，那一切是简单而明了的，因为那一切是周密地考虑过的，并且他知道索尼亚的一切；但是他不能设想他和玛丽亚公爵小姐的将来的生活，因为他不了解她，只是爱她而已。

关于索尼亚的幻想，有一点愉快的、儿戏的地方。但是想到玛丽亚公爵小姐，总是困难而且有点可怕的。

“她怎样地作祈祷的哦！”他回想，“显然她整个的心灵都在祈祷里了。是的，这就是那种移动山岳的祈祷，我相信她的祈祷会实现的。我为什么不为我所需要的东西去祈祷呢？”他想着。“我需要什么？自由，和索尼亚解除约言。”他想起了省长夫人的话，“她说的对，我娶了她，除掉不幸，不会有别的了。混乱，妈妈的悲伤……家境的困难……混乱，可怕的混乱！而且，我不爱她。我并不是像应该的那样在爱她。我的上帝！把我从这个可怕的没有出路的境况里救出来吧！”他忽然开始祈祷。“是的，祈祷移动山岳。但是一定要有信仰，不要像我们和娜塔莎在小孩的时代那样地祈祷，要雪变成糖，并且跑到院子里去看雪是否变成了糖。不是的，但我现在不是为琐屑的事祈祷。”他说，把烟斗放在角落里，并且站立在圣像前抱着胳臂。因为想起了玛丽亚公爵小姐，受了感动，他于是开始祈祷，他好久没有这样祈祷了。当拉夫如施卡带着公文走进门时，他的眼睛里和喉咙里都有泪。

“傻瓜！不叫你的时候，为什么闯进来！”尼考拉说，迅速地改变着自己的姿势。

拉夫如施卡用睡意朦胧的声音说：“省长派人送信来给您。”

“啊，好，谢谢你，去吧！”

尼考拉接了两封信，一封是母亲的，另一封是索尼亚的。他从笔迹上认了出来，于是先打开索尼亚的信。他还没有看了几行，他的脸色便发白了，他的眼睛惊恐地而又高兴地睁开了。

“不行，这是不可能的！”他大声地说。他不能够坐定下来，他拿了信在手里，念着，开始在房里走来走去。他浏览一下，又把信看了一遍，又看一遍，他耸了耸肩膀，摊开着手臂，目瞪口呆地站在房当中。他刚才祈祷，相信上帝会实现他的祈祷，果然他所祈祷的事情实现了[①]；但是尼考拉却因此是那样地吃惊，好像这是一件非常的事情，好像他从来没有期待过这件事，并且好像这件事如此迅速地实现，正是证明这件事不是他所求的上帝做的，而是由于寻常的偶然机会。

那个似乎是不可解开的、束缚了罗斯托夫的自由的结子，被索尼亚的这封意外的（尼考拉这么觉得）自动的信件解开了。她在信上说到最近的不幸：罗斯托夫家在莫斯科的财产几乎全部损失了；说到伯爵夫人常常表现的愿望，要尼考拉娶保尔康斯卡雅公爵小姐；还说到他最近的沉默和冷淡——这一切在一起使她决定了取消他的约言，并且给他完全自由。

“想到，我会成为这个待我有恩的家庭中的烦恼或不和的原因，我觉得太痛苦了。”她写着，“我的爱只有一个目的，就是让我所爱的那些人有幸福；因此我请您，尼考拉，认为您自己是自由的，并且要知道，不管怎样，没有人能够比您的索尼亚更爱您。”

两封信都是从特罗伊擦写来的。另一封信是伯爵夫人写的。信里写着他们在莫斯科的最后几天的情况，他们的离城，火灾与全部财产的损失。在这封信中伯爵夫人还提到，安德来公爵是在伤员之中，和他们同路。他的情况本来很危险，但是现在，医生说希望更大了。索尼亚和娜塔莎好像女看护一样地侍候他。

第二天，尼考拉带着这封信去见玛丽亚公爵小姐。尼考拉和玛丽亚公爵小姐都没有说到“娜塔莎侍候他”这话可能有的意义；但是由于这

① 毛注：这是托氏用他自己的经验的一例。他在二十三岁时，输钱甚多，出具期票，到期不能偿付。他非常忧闷，祈祷上帝帮助。第二天，他接到哥哥尼考拉的信，说有一人甚爱托氏，他赢了那张期票，他带给尼考拉，送给托氏作赠礼。

封信，尼考拉和玛丽亚公爵小姐忽然接近了，好像是亲戚一样。

第二天，罗斯托夫送玛丽亚公爵小姐上路到雅罗斯拉夫去，又过了几天，他自己回到团里去了。

8

索尼亚给尼考拉的信，好像是他的祈祷的实现，是从特罗伊擦写来的。这封信是这样地促成的。要尼考拉娶有钱的媳妇的想法，越来越使老伯爵夫人念念不忘了。她知道，索尼亚是这件事的大障碍。近来，特别是在接到尼考拉描写他在保古恰罗佛和玛丽亚公爵小姐会面的信以后，索尼亚在伯爵夫人家里的生活是越来越痛苦了。伯爵夫人不放过任何机会向索尼亚作出侮辱的或者残忍的暗示。

但是在离开莫斯科的前几天，当时所发生的一切使得伯爵夫人过于激动和兴奋过度，她把索尼亚叫到她的面前，没有责备她，没有提出要求，却眼泪汪汪地请求她牺牲自己，解除她和尼考拉的婚约，来报答全家对她所做的一切。

“你不答应了这件事，我不会安心的。”

索尼亚痛心地嚎啕大哭，一面痛哭一面回答，说她要办到任何的事，说她准备去做任何的事，但是她没有作出正面的回答，因为她的内心里不能决定去做别人要她去做的事情。为了扶养她、教育她的那个家庭的幸福，她一定要牺牲她自己。为别人的幸福而牺牲自己，是索尼亚的习惯。她在家庭中的地位就是只能用牺牲来表现她的德行，她惯于并且欢喜牺牲她自己。但是从前，在所有的自我牺牲的行为中，她高兴地感觉到，她牺牲自己，是借此在自己和别人的心目中提高她的身价，并且更加配得上她在生活中所最爱的尼考拉；但是现在她的牺牲却是要她放弃她的整个的牺牲的报酬，整个的生活意义。于是在生活中她第一次感觉到她对于那些人的怨恨，他们待她有恩惠，是为了更加使她痛苦；

她感觉到她对于娜塔莎的嫉妒，娜塔莎从来没有体验过这类的事情，从来不需要牺牲她自己，却要别人为她牺牲，而她仍然为大家所爱。索尼亚第一次觉得，在她对尼考拉的平静纯洁的爱情中，忽然开始产生了一种热烈的情绪，它比节操、道德和宗教还有力量；就在这种情绪的支配下，被她的依赖生活不觉地教会了不露真情的索尼亚，用泛泛的含含糊糊的话回答了伯爵夫人，避免和她谈话，并且决定等候和尼考拉会面，以便在这个会面中，不是解除，而是反之，把她自己和他永远联结在一起。

罗斯托夫家最后几天在莫斯科的忙碌和恐怖，压下了索尼亚心中痛苦的悲伤的想法。她高兴她在实际的工作中逃避了这些想法。但是当她知道了安德来公爵在他们家里的时候，虽然她对于他和娜塔莎怀着由衷的怜悯，却有一种高兴的迷信的情绪支配了她——就是上帝不愿她和尼考拉拆开。她知道娜塔莎只爱安德来公爵，并且一直在爱他。她知道，现在，他们在这样可怕的环境中遇在一起，彼此要重新相恋相爱的，而那时候，由于他们之间的亲戚关系，尼考拉便不能娶玛丽亚公爵小姐。虽然这最后几天和途中起初数日所发生的一切事件是很可怕的，但这个心情，就是觉得天意干预她个人的私事，使索尼亚高兴了。

罗斯托夫家在特罗依擦修道院作了旅途中第一次全天的歇息。

在修道院的客堂中，罗斯托夫家住了三个大房间，其中的一间是安德来公爵住着的。这天受伤者大大地好转了。娜塔莎陪他坐着。伯爵和伯爵夫人坐在隔壁房间里，和院长在虔敬地谈话，院长是来拜会他的旧交和施主的。索尼亚也坐在那里，她被好奇心所苦恼：安德来公爵和娜塔莎在说什么呢。她在门外边听到他们的谈话声。安德来公爵的房门打开了。娜塔莎带着兴奋的面孔走出来，没有注意站起迎接她的、拉住右手臂的宽袖的院长，便走到索尼亚面前，拉住她的手。

“娜塔莎，你有什么事？到这里来。”伯爵夫人说。

娜塔莎走到院长面前去受祝福，院长劝她向上帝和他的圣徒[①]祈求援助。

院长刚走出去，娜塔莎便拉住女友的手，同她走进空房间里去了。

“索尼亚，他会活的吗？”她说，“索尼亚，我多么幸福，我多么不幸！索尼亚，亲爱的——一切如旧。但愿他活着。他不能……因为……因……为为……”娜塔莎流泪了。

“啊！我知道！谢谢上帝。”索尼亚说，“他会活的！”

索尼亚，由于她的恐惧与悲伤，和她个人的从未告人的想法，兴奋得并不亚于他的女友。她痛哭着吻了并且安慰娜塔莎。“但愿他活着”，她想。哭过之后，说了话，拭了眼泪，两个朋友一同走到安德来公爵的房门口去了。娜塔莎小心地打开了门，向房里张望了一下。索尼亚和她并排着站在半开的门前。

安德来公爵高高地靠在三个枕头上。他的苍白的脸是宁静的，他的眼睛闭着，她们看见了他均匀地呼吸着。

“啊，娜塔莎！”索尼亚忽然地几乎喊叫出来，拉住表妹的胳臂，从门口向后退。

“什么事？什么事？”娜塔莎问。

“就是那个，那个……”索尼亚说，脸色发白，嘴唇发抖。

娜塔莎轻轻地关了门，和索尼亚走到窗口，还不明白她所听到的话。

“你记得吗？”索尼亚带着惊惶的庄严的面容说，“你记得吗，当我替你在镜子里看的时候……在奥特拉德诺，在圣诞节的时候……记得吗，我看见了什么？……”

“是的，是的，”娜塔莎睁大着眼睛说，模糊地回想着那时索尼亚说过的关于安德来公爵的话，她看见他躺着的。

“你记得吗？”索尼亚继续说，“我那时就看见了，并且告诉了大

---

① 毛注：是建立这个僧院的圣·赛尔基。

家，你和杜妮亚莎。我看见他躺在床上，”她说着，在每一个细节处，用伸出一只手指的手做手势，“他闭着眼睛，他正是盖着粉红色的被，合着双手，”索尼亚说，由于她叙述了刚才她所看见的这些详细情节，她相信这正是她在那时候所看见的。

那时候她并没有看见什么，她却说，她看见了她心中所想到的东西；但是她那时候所臆造的东西，此刻在她看来，是和所有的其他的回忆同样地真实。那时候她说，他回头看了她一下，微笑了一下，他盖着一条红的东西。现在，她不但想起了这件事，而且她坚决相信，她在那时候便看见并且说过他盖着粉红色的，确是粉红色的被，并且他的眼睛是闭着的。

“是的，是的，确是粉红色的，”娜塔莎说，她此刻似乎也想起了她说过是粉红色的，并且把这个看作预兆的最异常最神秘的部分。

“但这是什么意思？”娜塔莎沉思地说。

“啊，我不知道，这一切是多么奇怪啊！”索尼亚抱着头说。

几分钟后，安德来公爵敲了敲铃子。娜塔莎到他那里去了；索尼亚体验到她所极少体验过的兴奋和感伤的心情，她留在窗前，思索着所发生的事情是多么怪异。

在这天，有了向军中寄信的机会，于是伯爵夫人写信给儿子。

“索尼亚，”当侄女从她身边走过时，伯爵夫人从信上抬起头说，“索尼亚，你不写信给尼考林卡吗？”伯爵夫人用轻轻的颤抖的声音说，于是从她那疲倦的、从眼镜上边注视着的目光里，索尼亚领悟到伯爵夫人这些话的全部意义。在这种目光里表现了哀求、对拒绝的恐怖、对要请求的事情的羞怯，以及对万一遭到拒绝会产生的不可和解的仇恨的准备。

索尼亚走到伯爵夫人面前，跪下来吻她的手。

“我要写的，妈妈。”她说。

这天所发生的一切，特别是她刚才看见的幻想的神秘实现打动、激动、感动了索尼亚。现在，当她知道由于娜塔莎和安德来公爵恢复了关系，尼考拉不能娶玛丽亚公爵小姐的时候，她高兴地感觉到自己又恢复了那种自我牺牲的精神，她欢喜并习惯于用这种牺牲精神过日子。于是她眼里含着泪，高兴地意识到她做了一件宽宏大量的事情，她几次都被那使她的天鹅绒般的黑眼睛模糊起来的泪水所打断，写了那封动人的、尼考拉收到后大为震惊的信。

9

在关押彼挨尔的拘留所里，逮捕他的军官和兵士对他怀有敌意，同时又怀有敬意。从他们对他的态度中还可以感觉到，他们在怀疑他是什么人（他是不是个很重要的人物），并且由于他们刚才和他个人发生过冲突而对他怀有敌意。

但是第二天早晨换班时，彼挨尔觉得，从新的看守人——军官和兵士——看来，他已经失去了逮捕他的人所臆想的那种意义。的确，第二天的看守人没有认出这个穿着农民衣服的、高大肥胖的人就是那个富有活力、那么拼命和抢劫者以及巡逻骑兵搏斗，并慷慨激昂地说些拯救小孩话的人，他们只把他看作由于某种缘故而奉命逮捕拘留的俄国人当中的第十七个人。要说彼挨尔有什么特别的地方，那只是他那并不胆怯的、集中思想的、沉思的神情，以及他的法语使法国人觉得他的法语说得非常好。虽然如此，这天他们却把彼挨尔和其他被捕的嫌疑犯关在一起，因为他所住的单间有一个军官要用。

所有的和彼挨尔一起被拘留的俄国人，都是最下层的人。他们知道他是贵族，便都对他疏远了，尤其是因为他会说法语。彼挨尔只是愁闷地听着他们对他的嘲笑。

第二天晚上，彼挨尔知道了所有这些被捕的人（也许他也在内）都要由于纵火罪受审。第三天，有人把彼挨尔和别人带到一座房子里，那里坐着一个白唇髭的法国将军，两个上校和另一个肩上挂着绶带的法国人。他们带着审讯犯人时所常有的那种假定能避免人类弱点的、准确而又明了的口气向彼挨尔和其他人提出这样的问题：他是谁？他住在哪里？他有什么目的？等等。

这样的询问把问题的要点抛在了一边，并且失掉了发现这种要点的可能性，这些问题和在法庭上所提出的所有问题一样，其目的只在于设置一条沟渠，法官希望被审判人的回答顺着这条沟渠流出来，使他达到所希望的目的，即定罪。只要被审判的人一开始说出不合他们定罪目的的话，那他们就把这条沟渠改道，水就流到别的地方去。除此而外，彼挨尔还体验到受审判的人在各种审讯中所体验到的那种疑惑不解的心情：他们为什么向他提出所有的这些问题。他觉得，他们仅仅出于宽容或者似乎出于礼节才运用了那种设置沟渠的手段。他知道，他现在正处在这些人的控制之下；只是由于权力他才被带到这里来了；只是权力给了他们那种要求回答他们的询问的权利；这种集中的唯一目的是要把他定罪。因为他们既有了权力，又有了定罪的愿望，所以询问与审判的手段都是不必要的。显然是，一切回答必须达到定罪的目的。在他被逮捕时，他在做什么，对于这个询问，彼挨尔带着很悲哀的神情回答说，他正要把一个小孩送还他的父母，qu'il avait sauvé des flammes.〔这小孩是他从火中救出的。〕他为什么和抢劫者殴打？彼挨尔回答说，他是保护一个女子，说保护受侮辱的女子是每个男子的责任，说……他们阻止他说话，他们说这是无关紧要的。为什么他在失火的房子的外边？有几个见证人看见他在那里。他回答说，他是到外面来看看莫斯科发生了什么事情。他们又打断了他的话：他们说，他们并没有问他到哪里去，而是问他为什么在火的旁边。他是谁？他们又向他重复了他说过他不愿回答的第一个问题。他又回答说，他不能够说这一点。

“记录下来。这样是不好的。很不好的。”那个有白唇髭的、面色通红的将军向他严厉地说。

第四天苏保夫斯基壁垒起火了。

彼挨尔和其他十三个人被押解到克利姆滩商人家的车房里去了。走过街道时，彼挨尔因为烟气而窒息，这烟气好像笼罩了全城。各方面都看得见大火。彼挨尔那时还不明白莫斯科失火的意义，恐怖地望着那些火焰。

在克利姆滩人家的车房里，彼挨尔又过了四天，在这几天之内，彼挨尔从法兵的谈话中知道了，所有的被押在这里的人每天都在等候元帅的决定。他是什么样的元帅，彼挨尔却不能从兵士的口中探听出来。在兵士看来，这个元帅显然是代表最高而又很神秘的权力。

起初的这几天，在九月八日囚犯们受第二次审问之前，是彼挨尔的最痛苦的日子。

10

九月八日，一个军官来看车房里的俘虏，从卫兵对他的恭敬态度上看来，他是个很重要的人。这个军官，大概是参谋，手里拿着一份名单，点了所有的俄国人的名字，并且称彼挨尔为celui qui n'avoue pas son nom〔不说名字的人〕。他漠然地懒懒地看了看俘虏们，命令看管的军官说，在带他们见元帅之前，要使他们穿得整齐干净。一小时后，来了一连兵，把彼挨尔和其他十三个人押到贞女场。那天是雨后明朗的晴天，空气异常澄洁。烟气不像彼挨尔从苏保夫斯基壁垒中被押出的那一天那样低低地弥漫着，却像柱子一样升腾在澄洁的空气中。没有地方看见火焰了，但是各方面冒起了烟柱，全莫斯科，在彼挨尔所能看见的地方，是一片火场。在各方面都看得见只剩下火炉和烟囱的废墟，有时看得见砖屋四周烧焦的墙。彼挨尔注视火场，却认不出他所熟悉的城厢的区域。有的地方看得见完整的教堂。克里姆林宫，未被破坏，留着望楼和依凡大帝钟塔，在远处发白。在近处，新贞女修道院的圆顶愉快地闪烁着，从那里发出来的祈祷钟声特别响亮。钟声使彼挨尔想起这天是星期日，是圣母诞生的节期。但是似乎没有人庆祝这个节日；处处是烧焦的火场，只偶尔碰见少数的衣衫褴褛的面色惊惶的俄国人，他们一看见法国人便藏躲起来。

显然，俄国的窝巢被破坏、被毁灭了；但是彼挨尔不由地感觉到，在这些破坏的窝巢之上，建起了一个全然不同的然而坚固的法国人的秩序，代替着被破坏的俄国生活秩序。他从那些步行着的，活跃、愉快、行列整齐、押送着他和其他犯人的兵士们的神情上感觉到这一点；他从迎面而来的，由一个兵士驾驭着的双马车中某某法国重要官员的神情上感觉到这一点；他从场地左边传来的愉快的军乐声中感觉到这一点；特别是，从今天早上法国军官来点名时所读的那个名单上感觉到，并且明白了这一点。彼挨尔和几十个别的人被一群法兵先带到一处，又带到另一处；似乎，他们会许把他忘记了，会许把他和别人弄混了。但是不然：他在受审问时的回话：celui qui n'avoue pas son nom〔那个不说名字的人〕变成他的称呼了。他们现在就按照彼挨尔觉得可怕的这个称呼把他带到什么地方去，他们的脸上都显出他们无疑地相信，他和其余的犯人都正是他们所需要的人，并且是把他们带到应该去的地方去。彼挨尔觉得自己是一个无关重要的木屑，落在他所不知道的然而是正常地开动着的机器的轮盘之中。

彼挨尔和其他犯人被带到离修道院不远的贞女场的右边，一座有大花园的白屋子那里。这是歇尔巴托夫公爵的房子，彼挨尔从前常常来看这里的主人，而现在，他从兵士的谈话中，知道元帅爱克牟尔公爵住在这里。

他们被带到台阶前面，一个一个地被带进屋。彼挨尔是第六个人。彼挨尔穿过他所熟悉的玻璃走廊、门廊、前厅，他被带进一间又长又低的书房，有一个副官站在房门口。

大富坐在书房的尽头，脸对桌子，眼镜架在鼻子上。彼挨尔走到他面前很近的地方。大富没有抬起眼睛，显然是在查阅面前的公文。他没有抬起眼睛，低声地问："qui êtes vous?〔你是谁？〕"

彼挨尔沉默着，因为不能够说出话来。在彼挨尔看来，大富不但是一个法国将军，而且是一个以残忍出名的人。大富好像是一个严厉的教师，愿有片刻的忍耐，等待回答，彼挨尔望着他的冷酷的面孔，觉得每一秒钟的拖延都会使他丧失生命；但是他不知道要说什么。说出他在初审时所说的话，他既不敢；公开自己的官衔和地位，又是危险而可羞的。于是彼挨尔沉默着。但是在彼挨尔能够有所决定之前，大富已经抬起了头，把眼镜举到额头上，眯着眼，注意地看了看彼挨尔。

"我认识这个人。"他用不慌不忙的冷淡的声音说，显然是打算恐吓彼挨尔。

一股冷气先掠过了彼挨尔的脊背，然后好像钳子般地挟住了他的头。

"Mon général, vous ne pouvez pas me connaitre, je ne vous ai jamais vu…〔将军，你不会认识我，我从来没有看见过你……〕"

"C'est un espion russe.〔他是俄国的间谍。〕"大富打断他的话，向房中另一个将军说，彼挨尔没有注意到这个将军。大富转过身去。

彼挨尔用意外的震动的声音，忽然迅速地说：

"Non, monseigneur,〔不是，大人，〕"他说，忽然想起了大富是公爵，"Non, monseigneur, vous n'avez pas pu me connaitre. Je suis un officier milicionaire et je n'ai pas quitté Moscou.〔不是，大人，你不会认识我。我是一个民团的军官，我没有离开莫斯科。〕"

"Votre nom?〔你的名字呢？〕"大富又说。

"Besouhof.〔别素号夫。〕"

"Qu'est ce qui me prouvera que vous ne mentez pas?〔有谁能向我证明，你不是说谎？〕"

"monseigneur!〔大人！〕"彼挨尔用那不是委屈的而是请求的声

音大叫了一声。

大富抬起眼睛，注意地看了看彼挨尔。他们互相看了几秒钟，而这一看便拯救了彼挨尔。这个注视，越出了一切战争与法律的条件，使两人之间发生了人类的关系。他们两人同时模糊地感觉到无限数量的事物，并且明白了他们两人都是人类的子孙，他们俩是弟兄。

当大富刚从那份用数字标志人事与生命的表册上抬起头来，乍看彼挨尔的时候，觉得处置他是容易的；大富可以枪毙他，而不在良心上觉得做错了事；但是现在他已经把他看作一个人了。他沉思了片刻。

“Comment me prouverez vous la vérité de ce que vous me dites?〔你怎样向我证明，你说的是真话呢？〕”大富冷冷地说。

彼挨尔想起了拉姆巴，说出了他的团，他的姓名，以及房屋所在的街道。

“Vous n’êtes pas ce que vous dites.〔你并不是你所说的人。〕”大富又说。

彼挨尔发出打颤的不连贯的声音，开始提出他的供词的确实证据。

但是这时候走进来了一个副官，向大富说了什么。

大富听了副官带来的消息，忽然面有喜色了，并且开始扣着衣扣。他显然是完全忘记了彼挨尔。

当副官向他提起俘虏时，他皱了皱眉，向彼挨尔的方向点了点头，命令把他带走。但是他们要把他带到哪里去——彼挨尔不知道：是回到车房里去，还是到同伴们经过贞女场时向他指示的那个准备好的刑场去?

他回头看了一下，看见副官又向大富问了什么。

“Oui, sans doute!〔是的，当然的！〕”大富说。但“是的”是什么意思，彼挨尔却不知道。

彼挨尔记不得他怎么走的，走了多久，走到哪里去。他在完全失去知觉和昏头昏脑的状态中，没有看见四周的任何东西，他随着别人一同移动着腿子，一直到大家都停下的时候，他也停下来了。

在那个时候，彼挨尔心中只有一个想法。这个想法是：究竟是谁，谁判了他的死罪？那不是审问他的那个委员会里的人：他们当中没有一个人想要做这件事，并且显然不能做这件事。那也不是大富，他是那么有人情味地看了他一下。再有片刻的时光，大富就会明白他们做错了，但是这一瞬间被进来的副官阻挠了。这个副官显然也不想要做坏事，但是他可以不进来的。究竟是谁处罚他，杀死他，夺去他的——彼挨尔的——生命，和他所有的记忆、意图、希望和思想的？是谁在做这件事？彼挨尔觉得，谁也不是。

它是一种制度，是各种情况的结合。

是某种制度在杀死他——彼挨尔，在夺去他的生命，他的一切，在消灭他。

11

从歇尔巴托夫公爵的屋子，俘虏们一直被带到贞女修道院左边的贞女场，带到一个菜园里，园中立着一根柱子。柱子的旁边有一个大坑和新掘的土，在坑与柱子的旁边，有一大群人站成一个半圆形。人群中一小半是俄国人，一大半是闲散的拿破仑的兵士：穿着各种军服的德国人、意大利人和法国人。在柱子的左右两边，站着几行穿蓝军服，佩红肩章，穿软统靴，戴高顶帽的法国兵。

犯人按名单上写定的顺序排列着（彼挨尔是第六名），被领到柱子那里。几个鼓忽然在两边打起来，彼挨尔觉得，一听到这种声音，他的心灵的一部分就似乎裂开了。他失去了思维与了解的能力。他只能看，只能听。他心中只有一个希望，就是，希望那件一定要做的可怕的事情赶快做完。彼挨尔环顾着他的同伴们，并且注视着他们。

边上的两个人是剃过头的犯人。一个又高又瘦；另一个是黑皮肤的、脸上毛茸茸的、肌肉发达的、塌鼻子的人；第三个是家奴，四十五岁上下，他的头发白了，他的肥胖的身体是营养良好的；第四个是很漂亮的农民，他有一把金黄色的大胡须和一双黑眼睛；第五个是又黄又瘦的、十八岁上下的、穿外套的工人。

彼挨尔听着法国人在商量怎样射击，是一次一个人还是一次两个人？“一次两个人。”一个上级军官冷淡地沉着地回答。在兵士的行列中有了一阵骚动，并且可以看出大家都在忙着，而他们那样忙忙碌碌，不是像人们急忙要去做大家了解的事情，而是像人们急忙要去结束一件不可少的、然而是不愉快的、不可解的事情。

一个围着围巾的法国官员走到犯人行列的右边，用俄语和法语宣读判决。

后来两对法国兵走到犯人面前，奉长官的命令，抓住站在边上的两个犯人。犯人走到柱子前面站住了，在他们取袋子的时候，犯人们沉默地向四周环顾着，好像受伤的野兽望着临近的猎人一样。有一个老是画十字，另一个在搔脊背，并且嘴唇做出笑容的样子。兵士们双手急急忙忙地蒙住了他们的眼睛，把袋子套在他们头上，然后把他们绑在柱子上。

十二个射击手，带着步枪，踏着整齐的、坚定的步子从行列中走出来，和柱子相隔八步停下来。彼挨尔掉转了头，以免看见那就要发生的事。忽然间有了爆裂声和轰鸣声，彼挨尔觉得比最可怕的雷鸣还要响亮，于是他回顾了一下。有一阵烟。法兵带着发白的脸和颤抖的手在土坑旁边做着什么。他们又带去了两个犯人。同样地，这两个人把同样的眼睛望着大家，只用他们的眼睛默默地、白白地请求保护，他们显然不了解也不相信所要发生的事。他们不能相信，因为只有他们知道，他们的生命对于他们有什么意义，因此他们既不了解也不相信他们的生命会被夺去。

彼挨尔不想看，于是又掉转了头；但是又好像有一种可怕的爆炸声震动了他的耳朵，和这些声音同时，他看见了烟、人血、法国兵的苍白的惊惶的脸，他们又在柱子旁边做着什么，用颤抖的手互相推着。彼挨尔困难地呼吸着，环顾着他的四周，似乎在问：这是怎么回事？在所有的和彼挨尔的目光交遇的目光里，有这个同样的问题。

在所有的俄国人的脸上，在法国兵和军官的脸上，没有例外地，他看到了和他自己内心里同样的惊骇、恐怖和冲突。“但究竟是谁在做这件事？他们都和我一样地感到痛苦。究竟是谁？是谁？”在彼挨尔心中忽然闪过这种想法。

“Tirailleurs du 86-me, en avant!〔八十六队的射击手，向前走！〕”有谁在喊。他们单独带走了第五个人——站在彼挨尔身边的那个人。彼挨尔不知道他自己是得救了，不知道他自己和其余的人被带到这里来，只是为了要他们看到用刑。他怀着有增无已的恐怖，望着目前所发生的事件，并不感觉到高兴与安慰。第五个是穿外套的工人。他们刚触到他的时候，他便恐怖地跳开，抓住彼挨尔，彼挨尔颤抖了一下，离开了他。工人不能走路了。他们挟着他的胳肢窝走着，他喊叫着什么。当他们把他带到柱子那里时，他忽然不作声了。他似乎忽然明白了什么。或者是他明白了呼喊无用，或者是觉得他们不会杀死他，总之，他站到柱子前面去了，等着和别人一道被扎起眼睛，他好像一个中弹的野兽一样，用闪烁的眼睛向他的四周环顾着。

彼挨尔再也不能够把头掉过去了，他闭了眼。在这第五次枪杀时，他和全体的人的好奇与兴奋，达到了最大的限度。和所有的别人一样，这第五个人显得镇静：他裹紧了外套，用一只光脚蹭着另一只脚。

当他们开始扎他的眼睛时，他自己理好了脑后的使他发痛的结子；后来，别人使他靠着沾血的柱子的时候，他向后仰着；又因为这个姿势使他不舒服，他伸直了身体，伸平了双脚，安静地靠着。彼挨尔的眼睛一直盯着他，没有忽视了他的最细微的动作。

一定是命令发出了，一定是在命令之后发出了八支步枪的射击声。但是彼挨尔，无论他后来怎样努力回想，也想不出他听到了一点儿放枪的响声。他只看见，那个工人忽然因为什么缘故倒在绳索上，有两个地方出血，绳索因为悬挂的身体重量松开了，工人不自然地垂了头，屈起一只腿，坐下来了。彼挨尔跑到柱子前面去了。没有人阻挡他。一些面色惊惶而苍白的人在工人的四周做着什么。一个年老的有胡子的法国人的下颚，在解索的时候打颤了。尸体倒了下来。兵士们笨拙地急忙地拖他离开了柱子，开始把他向土坑里推。

大家明白无疑地知道他们是罪犯，他们一定要赶快地掩盖他们的犯罪的痕迹。

彼挨尔向坑里看了一下，看见工人躺在那里，膝盖向上，靠近他的头，肩头一边低一边高。这个肩膀痉挛地、有节奏地、一下一上地动着。但整锹的泥土已经撒在他的全身上面。有一个兵愤怒地、凶狠地、痛苦地向彼挨尔喊叫了一声，要他回去。但是彼挨尔不明白他的话，仍旧站在柱子旁边，也没有人把他赶走。

土坑填平时，下了命令。他们把彼挨尔带到原先的地方，然后排列在柱子两边的法国兵，作了一个半面转弯，踏着整齐的步伐从柱子旁边走了过去。站在圈子当中带了空枪的二十四名射手，在各连兵士走过他们身边的时候，跑步回到了行列中他们自己的地方。

彼挨尔现在用呆滞的眼睛望着这些从圈子当中一对一对地跑出来的射击兵。除了一个人，大家都回到了各自的连。这个面孔死白的年轻的兵士，把高顶帽歪在脑后，放下了枪，还站在土坑对面他刚才打枪的地方。他像醉人一样地摇晃着，前走几步，后退几步，维持着他的快要跌倒的身躯。一个老兵，军曹，从行列中跑出来，抓住年轻兵士的肩膀，拖他回到连里去了。俄国人和法国人的群众开始分散了。大家都垂头沉默地走着。

“Ça leur apprendra à incendier.〔这是教训他们不许再放火了。〕”法国人当中的一个人说。

彼挨尔回头看了看说话的人，看到这人是一个兵，他想要为了刚才所做的事情设法安慰他自己，却不能够。他还没有把话说完，便摇了摇手，走开了。

12

在行刑之后，他们把彼挨尔和别的犯人分开，把他单独放在一个小小的、破烂的、脏污的教堂里。

傍晚的时候，一个守卫的军曹和两个兵士到教堂里来通知彼挨尔，说他已经被免刑了，现在要被解到战俘的棚子里去了。彼挨尔没有了解他们向他所说的话，站起来和兵士一同走。他们把他带到草场上首由烧焦的木板、柱子和条板所搭成的棚子那里，把他带进了其中的一间。在黑暗中约摸二十个各种不同的人围绕着彼挨尔。彼挨尔望着他们，却不知道这些人是谁，他们为什么在这里，他们要他做什么。他听着他们向他所说的话，但是他不明白这些话的意义，他没有从这些话里得出任何结论，也没有加以解释。他回答了他们的问题，但是他没有考虑到谁在听他说，他们将要怎样了解他的回答。他望着他们的面孔和身体，但是他觉得，都是同样的毫无意义的。

自从彼挨尔看见了那些不愿意做那件事的人所做的那种可怕的屠杀之后，他心里的那个维系一切的，并且使一切显得有生气的弹簧，似乎忽然松脱，一切化为一堆无意义的废物了。他虽然自己还没有了解，但他对于宇宙的完整性、对于人类、对于自己心灵以及对于上帝的信心，却被毁灭了。这种心情彼挨尔从前也曾体验过，但是从来不曾像现在这样强烈。从前在他发生这种怀疑的时候，那些怀疑的起源是他自己的过错。彼挨尔那时候在他自己的心坎里觉得，要避免那种失望与那些怀疑，还在他自己。但是现在，他觉得，世界在他眼前崩溃，只剩下一些无意义的废物，这不是由于他的过错。他觉得，他没有力量去恢复对生活的信念。

人们在黑暗中环绕他站立着：大概他有什么地方令他们很注意。他们向他说了些什么，问了些什么，然后把他带到某个地方去，最后他发觉他自己是在棚角落里，和各方面有谈有笑的人在一起。

“瞧吧，弟兄们……那个亲王本人，他……”在对面的棚子角落里有谁的声音在说，特别强调着“他”字。

彼挨尔沉默地不动地坐在墙边的草秸上，时而睁眼，时而闭眼。但他一闭眼，便看到那个工人的可怕的面孔，特别是因为它的质朴而显得可怕的面孔，看到那些被强制的凶手们的因为神色不安而显得更加可怕的面孔。他又睁开眼睛，呆呆地望着他四周的黑暗。

一个矮小的人弯着腰和彼挨尔坐在一起，彼挨尔一开始就从他在一举一动中所发出的强烈的汗味上注意到他的在场。这个人在黑暗中在他的两只腿上做着什么，虽然彼挨尔在黑暗中没有看见他的脸，却觉得这个人不停地注视着他。彼挨尔的眼睛在黑暗中看惯了之后，他明白了他是在解裹腿布。他做这件事的动作引起了彼挨尔的兴趣。

他解了一只腿上扎裹腿布的绳子，细心地绕了起来，立刻一面注视着彼挨尔，一面解着另一只腿上的。在一只手把绳子挂上木钉的时候，另一只手已经在解另一只腿上的裹腿布了。他便是这样地、认真地，用手臂的敏捷的前后衔接的绕圈的动作，解开了裹腿布，把鞋子挂在头上的木钉上，取出小刀，割开了什么，折合了小刀，放在枕头下边，于是更舒服地坐定，把双手抱着高耸的膝盖，对直地注视着彼挨尔。彼挨尔在这些敏捷的动作中，在他把自己的东西放在角落里的妥善安排中，甚至在这个人的汗气中，感觉到一种愉快的、予人安慰的、圆形的东西，他聚精会神地望着他。

“您遇到过许多困难吗？先生？啊？”那个矮小的人忽然说。

在他的唱歌般的声音中有那么多的友爱与朴实的表情，以致彼挨尔想要回答，但是他的下颚打颤，他觉得要流泪了。那个矮小的人在同一秒钟之内，不让彼挨尔有时间显出他的不安，又用愉快的声音说话了。

“哎，好朋友，不要伤心，”他带着俄国老农妇们说话时所有的那种温柔的唱歌般的亲切的声音说着，“不要伤心，好朋友，受苦只有一小时，但是要活一辈子的！就是这样的，我的好朋友。我们活在这里，谢谢上帝，没有委屈。这些人里面，有坏人，也有好人。”他说。他一面说着，一面在灵活的动作中跪着转过身，站立起来，咳嗽着，走到别处去了。

“瞧瞧，贱货，来了！”彼埃尔听到这个同样的亲善的声音在棚子的尽头说，“来了，贱货，它记得！哦，哦，好了。”

于是这个兵士推开向他跳来的小狗，回到自己的地方坐下来。他手里有什么东西裹在一块破布里。

“您尝一尝，先生，”他说，又恢复着先前恭敬的态度，放开布卷，递给彼埃尔几个烤山芋，“吃饭的时候有汤，但山芋好极了！”

彼埃尔整天没有吃东西，他觉得山芋的香味是异常可爱。他感谢了这个兵，动手吃着。

“喂，怎么样？”兵士微笑着说，又拿出一块山芋，“你要这样办。”他又拿出折刀，在自己手掌上把山芋切成均等的两半，从破布里撒了点盐，递给彼埃尔。

“山芋好极了，”他又说，“你这样尝尝看。”

彼埃尔觉得，他从来没有吃过比这更好吃的食品。

“哦，我是很好了，”彼埃尔说，“但是他们为什么枪毙了那些可怜的人呢？……最后一个不过二十岁。”

“啧，啧……”矮小的人说，“罪过哦……罪过哦……”他迅速地说，好像他的话总是在口头上现成的，不觉地流出来的；他继续说：“这是怎么回事，先生，您这样地留在莫斯科？”

“我没有想到，他们来得这样快。我偶然地留下来的。”彼埃尔说。

“他们怎样抓住你的，好朋友？是在你家里吗？”

“不是，我去看火灾，他们在那里抓住我，把我当作放火的人审判我。”

“有审判的地方，就有不公平。”矮小的人说。

“你在这里很久了吗？”彼挨尔问，嚼着最后的山芋。

“我吗？上个星期日，他们把我从莫斯科的一个医院里抓出来的。”

“你是什么人，是兵吗？”

“我们是阿卜涉让团里的兵。我发烧快要死了。他们什么也没有告诉我们。我们大约有二十个人躺在那里。我们没有想到，也没有料到。”

“那么，你在这里，觉得难过吗？”彼挨尔问。

“怎么不难过呢，好朋友。我叫卜拉东，我姓卡拉他耶夫，”他说，显然是要使彼挨尔容易称呼他，“在团里他们叫我小鹰。怎么能不难过呢，好朋友！莫斯科，它是各城市的母亲。看到这个怎能不难过呢。”他迅速地加上一句，“是的，蛆啃包心菜，自己却先死，老年人常常这么说的。”

“什么？你说什么？”彼挨尔问。

“我吗？”卡拉他耶夫问，“我说，事情不凭我们的计划，却凭上帝的判断。①”他说，以为是在重复他所说的话，立刻又继续说，“啊，先生，您有领地吗？有房子吗？你有很多东西了！有妻子吗？老人家在世吗？”他问，虽然彼挨尔在黑暗中不能看见，却觉得，兵士问这个问题时，他稍稍地抿住嘴唇，强忍住亲切的笑容。他显然是因为彼挨尔没有父母，尤其是没有母亲而感到难受了。

“女人为了商量，丈母娘为了接待，但是都没有自己的母亲那么亲爱！”他说，“你有小孩吗？”他继续地问。彼挨尔相反的回答又显然令他失望，于是他又连忙说，“哦，你们还是年轻人，上帝要给的，终归会有的。只要和睦相处……”

“但是现在反正都是一样了。”彼挨尔不禁地说。

“哎，你这个可爱的人，”卜拉东回答说，“讨饭袋和监狱，你永远不要拒绝。”他坐得更舒服一点，咳了一下，显然是准备作长谈。

---

① 类似“谋事在人，成事在天”的意思。——译者

“我的好朋友，我还住在家里的时候，”他开始说，“我们的领地是富足的，土地很多，我们农民过得很好，我们有屋子，谢谢上帝。父亲和我们，七个人出去收割。我们过得很好。我们是真正的农家。事情是这样的……”

于是卜拉东·卡拉他耶夫说了一个长故事，说他到别人家的树林里去找木材，被看守人抓住，他们鞭打他，审问他，送他去当兵。“哦，好朋友，”他说，他的声音因为微笑而改变着，“我们认为那是不幸，结果却是幸事！假如不是因为我的罪过，我的兄弟便要去当兵。但我的兄弟有五个小孩，我呢，你知道，只是留下一个女人。我有过一个女孩，但在我当兵之前，上帝把她拿去了。我告了假回家。我要把情况告诉你。我看到他们过得比从前好。牲畜满院，妇女在家，两个兄弟在外面挣钱。只有顶小的弟弟米哈益洛在家。父亲说，孩子们都是一样的：无论咬了哪一只手指，都要痛的。但是假如不是那时候把卜拉东剃了头去当兵，米哈益洛便要去。他把我们叫到他面前去——你相信——要我们站在圣像前面。他说，米哈益洛，到这里来，跪下来，你，妇女，也跪下来，孙儿们，跪下来。他说，你们明白吗？就是这样的，我亲爱的朋友。运命是注定的。我们总是批评哪个不好，哪个不适宜。我们的幸福，好朋友，好像拖网里的水；你拖，它胀起来，但是你把它拖了出来，什么也没有了。就是这样的。”

卜拉东在草秸上换了个地方。

卜拉东沉默了一会，站起来了。

“啊，我看，你想睡了吧？”他说，开始迅速地画十字，低语着，“主耶稣基督，尼考拉圣徒，弗罗拉和拉夫拉，[①]主耶稣基督，尼考拉圣徒，弗罗拉和拉夫拉，主耶稣基督！可怜我们，救我们！”他说完，跪到地上，立起来，叹口气，又坐到草秸上。“就是这样的。上帝，让

---

① 毛注：弗罗拉和拉夫拉在农民心中是保护马匹的神。

我睡下来像石头，站起来像面包。”他低语着，然后躺下来，把军大衣拉到身上。

“你念的是什么祷告文？”彼挨尔说。

“啊？”卜拉东低语着，他已经快睡着了。“我念什么吗？我向上帝祷告。你不祷告吗？”

“不，我也祷告的，”彼挨尔说，“你说的弗罗拉和拉夫拉是什么？”

“啊，当然，”卜拉东迅速地回答，“他们是马神了。我们也该可怜畜牲，”卜拉东·卡拉他耶夫说，“啊，贱货，你蜷缩起来。你暖和了，狗崽子。”他说，摸了摸脚旁的狗，然后转过身，立刻就睡着了。

外边遥远的地方传来了哭声和叫声，从棚板隙缝里看得见火光；但是棚里是黑暗而寂静的。彼挨尔好久没有睡着，在黑暗中睁着眼躺着，听着躺在身边的卜拉东的均匀的鼾声，并且觉得，先前破碎的世界，现在带着新的美丽，在新的不可动摇的基础上，在他的心灵中活动起来了。

13

在彼挨尔住了四个星期的棚子里，有二十三个俘虏的兵，三个军官，两个文官。

他们后来在彼挨尔的记忆中都印象模糊了，但是卜拉东·卡拉他耶夫在彼挨尔的心中永远保留着最生动最亲切的印象，并且是一切善良的、圆形的、俄国的东西的化身。第二天黎明彼挨尔看见他的邻人时，某种圆形的东西的最初的印象，充分地证实了：卜拉东穿了法国军大衣，腰间系着绳子，戴着军便帽，穿着草鞋，他的整个身躯是圆形的。他的头是完全圆形的，他的背、胸、肩，甚至他的总是好像准备要抱什么东西的胳膊，都是圆形的；他的可喜的笑容，他的亲切的棕色的大眼睛，都是圆的。

卜拉东·卡拉他耶夫，从他这个老兵所参加过的各战役的叙述上看来，一定有五十岁了。他自己不知道，也不能确定他有多大年纪；但是他的明亮的、洁白的、结实的牙齿，都是良好的完整的，在他发笑时（他常常发笑），便显得是两个半圆圈儿；他的胡子和头发里没有一根是白的，他整个的体态显出灵活的样子，特别是坚强和耐劳的样子。

他的脸上虽然有细微的圆皱纹，却有天真和青春的表情；他的声音是好听的、唱歌般的。但是他的言语中的主要特点是直截了当和恰到好处。他显然从来没有思索过他所说的以及他要说的话；因此，在他的音调的迅速与真实中含有特别的不可抵抗的说服力。

在囚禁的初期，他的体力是那么充沛，行动是那么灵活，似乎他不知道什么是疲倦和疾病。每天晚上他睡倒的时候，他说："主啊！让我睡下来像石头，站起来像面包。"早上起来的时候，总是同样地耸动肩膀，说："睡下来，把腰一弯；站起来，身子一抖。"确实，只要他一躺下来，便立刻睡着了像石头一样，只要他身子一抖，便立刻，没有片刻的迟疑，着手做事，好像小孩一起身就要去玩耍一样。他能做一切的事情，做的不很好，但也不坏。他烘面包、做菜、缝纫、削铇、补靴。他总是忙着，只是在夜晚，他才让自己说说话，唱唱歌。他是爱说话的。他唱歌，不像那些知道有人在听的歌者们唱的那样；他唱歌却像雀鸟唱歌一样，显然因为他觉得，这些声音是必须发出来的，正如同人必须伸腰或者散步一样；而这些声音总是尖细的、温柔的，几乎像女性的、忧郁的。在唱的时候他的面孔是很严肃的。

被俘之后，他留了胡子，显然是抛去了一切强加于他的、格格不入的兵士的习惯，不觉地恢复了从前农民的那种习惯。

"退伍的兵士——衬衣又放在裤腰外边了。[①]"他说。他不愿说到自己的当兵生活，然而也不抱怨，他常常说，在他整个的兵役期间，他

① 毛注：农人穿衬衣，在腰间系带，下摆觯在裤腰外边，兵士衬衣的下摆却是在裤腰里边的。

没有被打过一次。在他说话时，他大都是说他从前的、显然为他所珍惜的回忆，如他所说的，“基督徒”生活的即是农民生活的回忆。[①]他的言谈中充满了俗语，这些俗语不是兵士们所说的那种大都是下流粗野的俗语，而是民间的俗语，这些话，单看时，似乎毫无意义，但是适当地说出来时，便顿时显出高深的知识。

他说的话往往和他先前所说的话完全相反，但两方面的话都是正确的。他爱说话，并且说得很好，运用着彼挨尔以为是他自己发明的亲切字眼和俗语来润色他的话；但他的言语的主要魅力，就是那些最简单的事件，有时正是彼挨尔看见而没有注意的那些事件，在他的话里都显得是严肃而恰当的。他爱听一个兵士在晚间所说的故事（总是同样的故事），但他最爱听现实生活的故事。他快乐地微笑着，听着这些故事，时而插言几句，提出问题，要弄明白他所听的那些故事中的道德教训。彼挨尔所了解的恩情、友谊、爱情，是卡拉他耶夫全都没有的；他也曾爱过，也曾和他生活遭遇中的一切，特别是和人——不是和某一个人，而是和他所遇到的那些人——亲爱地生活过。他爱他的狗、爱他的同伴、爱法国人、爱本国的同胞彼挨尔。但是彼挨尔觉得，卡拉他耶夫虽然对他有亲切的深情（他不觉地用这个来表示他对于彼挨尔的精神生活的敬意），却不会因为和他分别而有片刻的悲伤。而彼挨尔也开始对于卡拉他耶夫怀着同样的感情。

卜拉东·卡拉他耶夫在其他的俘虏们看来是一个普通的兵，他们称呼他“小鹰”或卜拉托莎，好意地取笑他，派他送东西。但是在彼挨尔看来，他永远是他在第一天夜里那样的，是一个难以理解的、圆形的、永久的简单与真实精神的化身。

卜拉东·卡拉他耶夫的心中，除了祷告文，什么都背诵不出的。说

① 原文基督徒的音“黑利斯蒂阿宁”与农民的音“克来斯蒂雅宁”很相近，他说得没有分别。——译者

话时，似乎他开了口，便不知道怎样结束。

彼挨尔有时被他的言语中的思想所感动，当彼挨尔请他重述他所说的话时，卜拉东已经记不得他刚才所说的话了，正如同他不能用文字向彼挨尔说出他心爱的歌词。词中有“本乡的，桦树，我心痛”，但这些字眼，若是说出来而不唱出来，便没有任何意义。他不了解，并且不能了解从言语中单独取出的字眼的意义。他的每一个字和每一个动作就是他所不了解的一种活动的表现，这活动就是他的生命。但是他的生命，照他自己的看法，作为单独的生命，是没有意义的。生命只作为整体中的部分，才有意义，这个整体是他不断地感觉到的。他的言语和行动那样均匀地、必然地、直接地从他的身上露出来，正如同香气从花里发出来一样。他不能了解一个单独分开的行为或字眼的价值或意义。

14

玛丽亚公爵小姐从尼考拉·罗斯托夫那里得到了她的哥哥和罗斯托夫家一同住在雅罗斯拉夫的消息，便不顾姨妈的劝阻，立刻准备前去，不仅她一个人去，而且还同侄儿一道。这件事困难不困难，可能不可能，她没有问，也不想要知道：她的责任不仅是她自己要到也许将死的哥哥那里去，并且要作一切可能的努力把他的儿子带到他面前去，于是她准备动身了。玛丽亚公爵小姐认为，安德来公爵自己没有通知她，是因为他身体太弱，不能写字，或者是因为他认为这个长途的旅程对于她和自己的儿子是困难而危险的。

玛丽亚公爵小姐准备几天之内就上路。她的车辆是一辆家庭大轿车（她坐这辆车到福罗涅示来的），一辆半篷车和一辆行李车。和她同行的有部锐昂小姐、尼考卢施卡、他的教师、老保姆、三个女仆、齐杭、一个年轻的听差和姨母派遣的随从。

循通常的路线取道莫斯科，是不能够想的，因此，只得绕道——即是玛丽亚公爵小姐必须取道利撇兹克、锐阿桑、夫拉济米尔、舒雅，而绕道是很远的，因为不是到处有驿马，那是很困难的，并且锐阿桑附近（据说）出现了法国兵，甚至是危险的。

在这个困难的旅途中，部锐昂小姐、代撒勒，和玛丽亚公爵小姐的仆人都诧异她的坚强意志和充沛精力。她睡得比大家晚，起得比大家早，没有任何困难可以阻挡她。由于她的勤快和精力鼓动了她的同伴们，他们在第二个星期末便到了雅罗斯拉夫。

在她住在福罗涅示的最后几天，玛丽亚公爵小姐感到平生最大的幸福。她对罗斯托夫的爱情已经不再苦恼她，不再激动她了。这种爱情充满了她的心灵，成了她自身的不可分割的一部分，她不再反抗这个爱情了。玛丽亚公爵小姐虽然从来没有用明确的言语在内心里向自己说过，但是近来她相信她被人爱并且在爱。当她上一次和尼考拉会面，尼考拉向她说到她的哥哥和罗斯托夫家在一起的时候，她便相信了这个。虽然尼考拉没有一个字提到：假若安德来公爵康复了，则安德来公爵和娜塔莎之间的旧关系便可以恢复，但是玛丽亚公爵小姐从他的脸上看出，他知道并且想到了这个。虽然如此，他对她小心、体贴、钟情的态度，不但没有改变，而且玛丽亚公爵小姐有时似乎觉得，他高兴的是，现在他和玛丽亚公爵小姐之间的亲戚关系，使他可以更自由地向她表示他的友爱。玛丽亚公爵小姐知道，她是平生第一次也是末一次恋爱，觉得她被爱着，并且在这种关系中她是幸福的、心安的。

但是心灵的一方面的这种幸福，不但没有阻止她充分地感觉到她对于哥哥的悲伤的心情，而且反之，心灵的一方面的这种安宁，使她更能够让自己充分体会她对哥哥的情感。这种情感在刚离福罗涅示时是那么强烈，以致送行的人，望着她的憔悴的失望的面孔时，相信她在中途时一定会生病；但正是旅途的困难以及玛丽亚公爵小姐对旅途的积极的安排把她暂时从悲伤中解脱出来，并且给了她力量。

正如同在旅途中总是这样的，玛丽亚公爵小姐只想到旅途的本身，忘记了旅途的目的，但是到达雅罗斯拉夫时，当她又想到不是在几天之后，而是在当天晚上她可能要遇到的事情的时候，玛丽亚公爵小姐的兴奋达到了最大的限度。

有一个随从是被派遣了先到雅罗斯拉夫去探听罗斯托夫家的地址，以及安德来公爵的情况的，这个随从在城门口迎到了进城的大马车，公爵小姐从车子的窗口伸出头来向他望着，当他看见公爵小姐的异常苍白的面孔的时候，他恐怖起来了。

“一切都打听到了，公爵小姐：罗斯托夫家在广场上，在商人不郎尼考夫的房子里。不远，就在伏尔加河的边上。”随从说。

玛丽亚公爵小姐惊惶地疑问地望着他的脸，不明白他为什么不回答主要的问题：哥哥怎样？部锐昂小姐替公爵小姐问了这个问题。

“公爵怎样？”她说。

“公爵大人和他们住在一个屋子里。”

“那么他是活着的，”公爵小姐想，她低声问：“他怎样？”

“用人们说：他还是那样。”

“还是那样”是什么意思，公爵小姐没有问，只是很快地不被注意地瞥了瞥坐在她前面高兴地看着城市的七岁的尼考卢施卡，她垂下了头，直到沉重的、震动的、颠簸的、晃动的车子停下时，才抬起来。被放下的脚踏板响了一声。

车门开了。左边是水——一条大河；右边是大门台阶；台阶上有男仆、女仆，和一个面色红润的、有大黑辫子的姑娘，玛丽亚公爵小姐似乎觉得她令人不快地、虚伪地微笑着。她是索尼亚。公爵小姐跑上楼梯，那个虚伪地微笑的姑娘说：“这里，这里。”于是公爵小姐到了前厅里，面对着一个有东方人脸型的老妇人，她带着深受感动的表情，迅速地走来迎接她。这人是老伯爵夫人。她搂抱着玛丽亚公爵小姐，并且开始吻她。

“Mon enfant,〔我的孩子，〕”她说，“je vous aime et vous

connais depuis longtemps.〔我爱你，早就知道你。〕”

玛丽亚公爵小姐尽管很兴奋，却知道这是伯爵夫人，应该同她说几句话。她自己不知道如何地说了一点恭敬的法语，她的语气正和别人向她说话的语气一样；然后她问：“他怎么样？”

“医生说，没有危险。”伯爵夫人说，但在她说这话时，她叹着气抬起眼睛，在这个姿势中，有和言语相反的表情。

“他在哪里？能看他吗，行吗？”公爵小姐问。

“等一下，公爵小姐，等一下，亲爱的。这是他的儿子吗？”她说，面向着和代撒勒一同进来的尼考卢施卡，“我们可以替所有的人安置住处，房子很大。啊！多么可爱的孩子！”

伯爵夫人领公爵小姐进了客厅。索尼亚和部锐昂小姐在谈话。伯爵夫人抚爱着孩子。老伯爵进客厅来欢迎公爵小姐。老伯爵自从上次公爵小姐和他见面以后，有很大变化。那时他是一个活泼的、愉快的、自信的老人，而现在似乎是一个可怜的、茫无所措的人了。他和公爵小姐说话时，不停地四顾着，好像是问大家，他做得对不对。在莫斯科和他的家产一同毁坏之后，他脱离了生活的常轨，显然不再知道自己的重要性，并且觉得他在生活中已经没有了地位。

公爵小姐虽然一心想要赶快看到哥哥，虽然不高兴在她一心想要看到哥哥的时候，他们招待着她并且虚伪地称赞她的侄儿，她注意到她身边所发生的一切，觉得暂时服从她所加入的新秩序是必要的。她知道，这一切是必要的，虽然这使她觉得不舒服，她却并不对他们恼怒。

“这是我的甥女，”伯爵说，介绍着索尼亚，“你不知道她吗，公爵小姐？”

公爵小姐向她转过身，极力压制她心中对于这个姑娘所起的敌意的情绪，吻了她一下。但是她觉得难受，因为身边各人的心情和她的心情相差得那么远。

“他在哪里？”她又向所有的人问了一声。

“他在楼下，娜塔莎和他在一起，”索尼亚红着脸回答，“派了人去探问了。我想，您疲倦了吧，公爵小姐？”

公爵小姐的眼里涌出了恼怒的泪。她转过身，想要再问伯爵夫人，从哪里去看他，这时候从门口传来了轻微的、急速的、似乎是愉快的脚步声。公爵小姐回顾了一下，看见了几乎是跑着走进来的娜塔莎，从前在莫斯科会面时，她所那么不欢喜的那个娜塔莎。

但公爵小姐还没有来得及细看娜塔莎的脸，便明白了娜塔莎是她在悲哀中的忠实伴侣，因此，是她的朋友。她跑去迎她，抱了她，伏在她肩上哭起来了。

娜塔莎坐在安德来公爵枕边，一听到玛丽亚公爵小姐来了，就悄悄走出他的房间，迈着迅速的、在玛丽亚公爵小姐看来似乎是欢快的步子向她跑去。

当她跑进房间时，她那兴奋的面孔上只有一种表情——爱的表情，一种对他、对她和对与她所爱的人有亲密关系的所有人的无限爱的表情；一种怜悯、为别人而受苦，以及热切希望牺牲她自己的一切而去帮助他人的表情。显然，这时候她完全没有想到自己，也没有想到她和他的关系。

敏感的玛丽亚公爵小姐一见娜塔莎的脸，便明白了这一切，于是她悲喜交加地伏在她肩上哭了。

“去吧，我们去看他，玛丽。”娜塔莎边说边领她走进另一个房间。

玛丽亚公爵小姐抬起头，擦干眼泪，对着娜塔莎转过身去。她觉得，她会从她那里了解一切、知道一切的。

“怎么……”她开始问，但忽然停住了。

她觉得那是无法用言语来问，也无法用言语来回答的。娜塔莎的脸色和眼睛会把一切说得更明白、更深透。

娜塔莎望着她，但似乎怀着恐惧和犹豫不决——要不要说出自己所知道的一切；她似乎觉得，对着这双看到她心灵深处的明亮的眼睛，她不能不说出自己所知道的全部真情。娜塔莎的嘴唇忽然打颤了，难看的皱纹出现在她的嘴唇旁边，她呜咽了一声，用手捂住脸。

玛丽亚公爵小姐明白了一切。

但是她仍然抱着希望，用她自己也不相信的话问道："他的伤怎么样？他的情况大概怎么样？"

"您，您……会看到。"娜塔莎只能说出这么一句话。

为了止住哭泣，然后带着镇静的面容走进房间去看他，她们在楼下他的房间外面坐了一会儿。

"整个病情怎么样了？他的病情早就恶化了吗？这种情况是什么时候发生的？"玛丽亚公爵小姐问。

娜塔莎说，最初因为烧热和疼痛曾出现过危险，但是在特罗伊擦这种情况就过去了，医生只怕出现坏疽。但是这种危险也减少了。在他们到雅罗斯拉夫时，伤口开始化脓（娜塔莎知道一切关于化脓之类的事情），医生说，化脓可能是正常的。烧热出现了。医生说，这种烧热不那么危险。

"但是两天前，"娜塔莎说，"这种情况突然出现了……"她含着泪，"我不知道是怎么的，但您可以看到，他成了什么样子了。"

"他虚弱了吗？消瘦了吗？"公爵小姐问。

"不，不是虚弱，而是更糟。您会看到的。唉，玛丽，他这个人太好了，他好不了了，他好不了了，因为……"

15

当娜塔莎以习惯的动作打开门，让公爵小姐走在她前面的时候，玛丽亚公爵小姐觉得，她喉咙里怪难受，几乎要号啕大哭起来。虽然她已经作了准备，努力使自己镇静，但她知道，看见他不可能不淌眼泪。

玛丽亚公爵小姐明白了娜塔莎说的他在两天前出现了这种情况的话

是什么意思。她知道，这话的意思是说他忽然虚脱了，而他的虚脱与她的感伤便是死亡的征兆。当她走到门口时，她已经想象到了她在童年时代所熟知的安德柔沙的那张面孔，他那张亲切、温和、富于同情的面孔，这是她后来很少看到的，因此总是那么强有力地感动她的。她知道，他要向她说出低声的亲切的话，像她父亲临死之前向她所说的一样，她知道这是她忍受不住的，她要在他面前哭泣的。但迟早这是一定要发生的，于是她走进房去了。在她用近视的眼睛越来越清楚地辨别着他的形体，寻找着他的容貌时，她的呜咽在喉咙里快要爆发了，然后她看见了他的脸，并且和他的目光交遇了。

他躺在长沙发上，四周放着枕头，穿着松鼠皮的长衣。他消瘦、苍白。他的一只瘦瘦的、白得透明的手握着一块手帕，另一只手的指头轻轻地摩着留着的细胡须。他的眼睛望着进来的人。

玛丽亚公爵小姐看见了他的脸，碰到了他的目光，便立刻放慢了她的快步，并且觉得，她的眼泪忽然干了，哭泣也停止了。她看见了他的面部和目光的表情，便忽然畏怯起来，并且觉得自己是不对的。

“但是我有什么地方不对呢？”她内心里自问着。

“那就是，你活着，并且想到生活，而我……”他的冷静而严厉的目光回答。

当他慢慢地看了看妹妹和娜塔莎的时候，在他不是向外看而是向内看的深邃的目光里，几乎含着敌意。

他和妹妹接吻，照他们的习惯，手握着手。

“好吗？玛丽，你怎么到这里的？”他用那种像他的目光一样平静的冷淡的声音说。即使他喊出失望的叫声，那叫声也没有他的话声这样地使玛丽亚公爵小姐觉得可怕。

“你把尼考卢施卡带来了吗？”他用同样平静的慢慢的声音说，并且显然努力地在作回忆。

“你身体现在怎样了？”玛丽亚公爵小姐说，她自己也诧异着她所说的话。

“这个，亲爱的，应该问医生。”他说，显然又在努力，要显得亲切，他只用嘴唇说。（显然是，他全然没有想到他所说的。）

“Merci, chère amie, d'être venue.〔谢谢你来了，我亲爱的。〕”

玛丽亚公爵小姐紧握着他的手。由于她的紧握，他几乎察觉不出地皱了一下眉。他沉默着，她也不知道要说什么是好。她明白了他在两天前所发生的情形。在他的言语中，在他的语调中，特别是在这个目光中——在冷淡的几乎是敌意的目光中——可以感觉到一种对于活人是很可怕的心情——和世间一切的疏远。他显然是在费力地了解一切活的东西；但同时，又令人觉得，他不了解活的东西，这不是因为他失去了了解力，而是因为他了解了别的东西，那东西是活人不了解并且不能了解的，那东西吸引了他整个的注意。

“啊，运命把我们合在一起，多么奇怪呵！”他打破沉默，指着娜塔莎说，“她一直在看护我。”

玛丽亚公爵小姐听着，却不明白他所说的话。他，敏感的、温柔的安德来公爵，他怎么能够在他所爱的，并且爱他的女子面前说这样的话！假使他想活着，他就不能用那样冷淡的痛心的语气说这话。假使他不知道他要死，那么，他怎么能够不可怜她，他怎么能够在她面前说这话！这只能有一个解释，就是他觉得一切都无关重要，而一切都无关重要，是因为别的更重要的东西向他展现了。

谈话是冷淡的，不连贯的，时时中断的。

“玛丽是经过锐阿桑来的。”娜塔莎说。

安德来公爵没有注意到她叫他的妹妹玛丽。而娜塔莎自己，是在他面前这样叫了她以后才注意到的。

“是吗？”他说。

“她听说，莫斯科全烧了，全烧了，好像……”

娜塔莎停住了：不能再说了。他显然是努力想听，却不能够。

“是的，据说烧了，”他说，“这很可惜。”他向前面直视着，用手指漫不经心地理着胡子。

“你遇到尼考拉伯爵了吗，玛丽？”安德来公爵忽然说，显然希望向她们说点高兴的话，“他写信来说，他很欢喜你，”他简单地镇静地继续说，显然不能了解他话里的对于活人的复杂的意义，“假使你也欢喜他，那是很好的……你们结婚。”他稍微更快地加上这一句，似乎因为寻觅了很久终于找出的话而高兴。

玛丽亚公爵小姐听了他的话，但这些话，除了证明他现在距离一切活的东西是多么遥远而外，对于她没有任何别的意义。

“为什么说到我呢！”她镇静地说，然后看了看娜塔莎。

娜塔莎感觉到她的目光，却没有望她。大家又沉默着。

“安德来，你想……”玛丽亚公爵小姐忽然用颤抖的声音说，“你想要看见尼考卢施卡吗？他总是提到你。”

安德来公爵第一次几乎察觉不出地微笑了一下，但是玛丽亚公爵小姐是那么熟悉他的面部表情，她恐怖地明白了这个笑容所表示的不是高兴，不是对于儿子的深情，而是暗自的温顺的嘲笑——嘲笑玛丽亚公爵小姐用她认为是最后的方法来鼓起他的精神。

“是的。我很高兴看见尼考卢施卡。他好吗？”

尼考卢施卡被人带到安德来公爵面前来了，他惊惶地望着父亲，却没有哭，因为没有别人哭；安德来公爵吻吻他，显然不知道要向他说什么。

尼考卢施卡被带走之后，玛丽亚公爵小姐，又走到哥哥面前，吻了他，她再也忍不住了，哭起来了。

他注意地望着她。

“你为了尼考卢施卡吗？”他问。

玛丽亚公爵小姐哭着，同意地点了点头。

“玛丽，你知道福音……”但他忽然不作声了。

“你说什么？”

“没有什么。不该在这里哭的。”他用同样冷淡的目光望着她说。

玛丽亚公爵小姐开始哭的时候，他知道，她哭的是尼考卢施卡要成为无父的孤儿。他作了很大的努力，力求返回到生命中来，并且采取他们的看法。

“是的，他们一定觉得这是很可怜的！”他想，“但这是多么简单啊！”

“天鸟不耕耘、不收获，但你的父养活他们，”他自语着，并且想要向公爵小姐说出同样的话，“但是不行，他们要按照各自的意思去了解的，他们不会了解的！他们所重视的这些感情，在我们看来是那么重要的这些想法——都是不必要的。而这是他们不能够了解的。我们是不能够彼此了解的！”于是他沉默着。

安德来公爵的年幼的儿子七岁了。他几乎还不能读书，什么事都不懂。从那天以后，他经历了很多的事情，他获得了知识，有了观察力，有了经验；但是即使他当时有了他后来获得的这一切的能力，他对于他所看见的他父亲和玛丽亚公爵小姐和娜塔莎之间的那个场面的意义，也不能比当时了解得更真切、更深刻。他全都了解，他没有哭，他走出房间，无言地走到跟他出来的娜塔莎的身边，他的若有所思的、美丽的眼睛羞怯地看了看她；他的噘起的鲜红的上唇颤抖了一下，他的头靠在她身上，他哭起来了。

自从那天以后，他逃避代撒勒，逃避抚爱他的伯爵夫人，或者独自坐着，或者羞涩地走到玛丽亚公爵小姐和娜塔莎面前（他似乎爱娜塔莎超过爱自己的姑母），悄悄地羞怯地对她们表示亲切。

玛丽亚公爵小姐从安德来公爵的房中走出来，完全明白了娜塔莎脸上所表现的一切。她不再和娜塔莎提到挽救他的生命的希望。她和她轮流地坐在他的沙发的旁边，她不再流泪，却不断地祷告，在心灵上转向那永恒的和不可思议的上帝——此刻在濒死的人的身上是那么显明地感觉到上帝的存在。

16

安德来公爵不但知道他要死，而且觉得他正在死，觉得他已经死了一半。他所感到的意识，是对一切人世的事物的疏远，和身体的快乐的、奇怪的轻飘之感。他不着急，不焦虑，等待着他就要遇到的东西。那个严厉的、永恒的、不可知的、遥远的东西——他在自己的一生之中不断地感觉到它的存在——现在和他靠近了，并且，由于他所感觉的身体的那种奇怪的轻飘，几乎是可解的，实在的了……

从前他怕完结。他两度体验过对于死亡——完结——的痛苦的可怕的恐怖，现在他不知道这种恐怖了。

他第一次感觉到这种恐怖的时候，是霰弹好像陀螺一样在他面前打旋，他望着休耕田、灌木和天，并且知道死亡就在他面前的时候。当他在受伤之后恢复了知觉，而那永久的、自由的、与这个生活无关的爱之花朵，好像是从那使它受到限制的、生活的束缚中解放了出来，在他心中忽然开放的时候，他已经不怕死亡，不再想到死亡了。

在受伤之后痛苦的寂寞的与半昏迷的时辰里，他愈思考那向他展示的、永恒之爱的新原则，他愈不自觉地脱离尘世的生活。爱一切的东西，一切的人，永远地为爱而牺牲自己，意思就是不爱任何人，不过这尘世的生活。他愈体会这种爱的原则，他愈脱离生活，愈彻底消灭了那个在没有爱的时候、在生死之间所存在的可怕的障碍。在最初的时候，当他想到他一定要死时，他向自己说，“哦，这有什么关系，这样更好！”

但是，那天夜里，在梅济锡，他在半昏迷状态中，他所希望的女子出现在他的眼前，他把她的手放在自己的嘴唇上，流出了悄悄的高兴的眼泪，那天夜里以后，对于一个女子的爱情又不觉地潜入了他的心，又把他带回到生命中来了。一些快乐的、兴奋的想法开始来到他的心中。回想着在裹伤站里看见库拉根的那个时候，他现在不能再有那时的情绪了；现在苦恼他的是这个问题：库拉根是不是还活着？他却不敢问这个问题。

他的病情自然而然地发生着变化；但是娜塔莎说“他发生了这个”这句话里所指的事情，是他在玛丽亚公爵小姐来到这里两天之前发生的。那是生死之间的最后的精神斗争，在这场斗争中，死亡得到了胜利。那是意外地发觉了，他还珍惜生活，以他对娜塔莎的爱情表现出来的生活，那是对未知事物的最后一次的、终于被克服的恐怖。

是在晚间。和寻常饭后一样，他在轻微的烧热状态中，他的思想异常地清晰。索尼亚坐在桌边。他开始打盹。忽然他有了幸福的感觉。

“啊，她进来了！”他想。

确实，刚才不声不响地走进房间的娜塔莎坐在索尼亚的位置上。

自从她开始看护他以来，他总是体验到一种肉体上的近感，她坐在扶手椅上织袜子，侧身对着他，用身子挡住烛光。（安德来公爵有一回向她说，没有人比织袜子的老保姆照看病人更好了，织袜子的工作能使人感到安慰；从那时候起，她便学会了织袜子。）她那纤细的手指迅速地移动着时而相碰的织针，他可以清楚地看见她那垂头的沉思的侧面。她身子动了一下——线团从她的膝头上滚了下来。她颤抖了一下，看了看他，用一只手遮着烛光，小心、敏捷、准确地俯下身子拾起线团，然后又照先前的姿势坐下来。

他动也不动地望着她，料想她在捡起线团之后，一定会深深地吸一口气，但她没有这样，只是小心地缓缓气。

在特罗伊擦修道院里，他们说到过去，他向她说，假使他还活着，他要永远为自己的伤而感谢上帝，因为受伤使他又能和她在一起；但是从那时起，他们从来没有说到将来。

“这可能不可能呢？”现在他望着她，边想边听着织针发出的轻微声，“难道只是为了我会死，命运才那么奇怪地让我和她遇在一起吗？……难道仅仅是因为我过着虚伪的生活，才向我展现生活的真理吗？在世界上我最爱她。但是，假如我爱上了她，我该怎么办呢？”他想，由于在痛苦中养成了习惯，他忽然不由自主地叹了一口气。

听到这个声音，娜塔莎便放下袜子，朝他侧过身去，看到他那明亮的眼睛，便忽然轻轻地走到他面前，俯下了身子。

“您没有睡着？”

“没有，我对您望了很久；我觉察到您是什么时候进来的。没有人像您这样给我这种柔和的寂静……给我光明。我高兴得简直要流泪了。”

娜塔莎向他靠近了一点。他的脸上显露出狂喜的神色。

“娜塔莎，我太爱您了。世界上我最爱您。”

“我吗？为什么最爱呢？”她说。

“为什么最爱？……啊，您心里，您整个心里是怎么想的、怎么感觉的呢？我还会活吗？您看会怎么样呢？”

“我坚信，我坚信！”娜塔莎几乎叫起来，热情地抓住他的双手。

他沉默了一会儿。

“多么好啊！”他抓住她的手，吻了一下。

娜塔莎觉得又幸福又兴奋；但她立刻想起来不能这样，他需要安静。

“可是您没睡着，”她说，抑制着自己的高兴劲儿，“您睡吧……您睡吧。”

他握过她的手又放开了，她回到蜡烛旁边，又在原先的地方坐了下来。她向他回头看了两次，他那双明亮的眼睛向她望着。她给了自己织袜子的任务，并对自己说，不织完袜子不回头去看他。

果然，他很快就合上了眼，睡着了。他没有睡多久，忽然出了一身冷汗，惊醒了。

睡着的时候，他还在想他近来不断想到的问题——生与死。想得最多的是死。他觉得自己离死更近了。

"爱情？什么是爱情？"他想。

"爱情妨碍死。爱情是生。一切，我所了解的一切，我了解，只是因为我爱。一切现有的，一切存在的，都只是因为我爱。一切都只是由爱结合起来的。爱是上帝，而死对我来说，是爱的一部分，是回到普遍的永恒的本源里去。"这些想法使他感到安慰。但这只是些想法而已。这些想法中缺少点什么，有种片面的、个人的、理性的——但不明显的东西。但还有原来不安与不清楚的地方。他睡着了。

他在睡梦中看见：他仍躺在现实中他所躺着的房间里，但他并没有受伤，而是健康的。许多各种各样的、无足轻重的、漠不关心的人出现在安德来公爵的面前。他和他们谈话，讨论一些无关紧要的事。他们打算到什么地方去。安德来公爵模糊地想起这一切都是无关紧要的，他还有别的更重要的事，但是他继续说了一些空洞的俏皮话，使他们觉得惊异。所有这些面孔渐渐地、不知不觉地开始消失，所有问题都被一个关闭着的门的问题所代替了。他站起来，要走到门前去闩门、锁门。一切都取决于他是否来得及锁门。他走去，心里很着急，但他的腿走不动，他知道他来不及锁门了，但仍然痛苦地鼓起他所有的力量。一种痛苦的恐怖袭击着他。而这种恐怖是种死亡的恐怖；它站在门外。但正在他无力地、畏难地向门走去时，这个可怕的东西已经在那一边推门，要闯进来了。一种非人类的东西——死神——要闯进门来了，必须挡住它。他紧紧抓住门，鼓起了最后的力量去顶门，上锁已经不行了；但他的力量又弱，动作又笨；恐怖所推着的门打开了，又关上了。

它又在外边推门。他最后超自然的努力白费了，两扇门无声地打开了。它进来了，它是死神。于是安德来公爵死了。

但是就在他死去的一刹那，安德来公爵想起他是在睡觉；在他死去的一刹那，他作了一次努力，醒过来了。

"是的，这是死神。我死去——又醒了。是的，死是觉醒。"这想法忽然在他心灵中明朗起来了，先前遮蔽着未知物的幕，现在，在他心灵的幻境中揭开了。他似乎觉得，先前他身上受束缚的力量得到了解放，觉得身上一直有一种奇怪的轻飘之感。

当他出冷汗醒来，在沙发上动了动身时，娜塔莎走到他面前问他发生了什么事。他没有回答她，不明白她的话，用奇怪的目光望着她。

这是玛丽亚公爵小姐来到的两天前他所发生的事。医生说，从那天起，病人那消耗体力的烧热转为恶性的了，但娜塔莎并不关心医生所说的话；她已经看出了那些可怕的、她觉得更加无疑的精神上的迹象。

从那天开始，安德来公爵随着从睡梦中觉醒，也开始从生活中觉醒了。他觉得，从生活中觉醒（比起生命的长度）并不比睡梦中觉醒（比起睡梦的长度）来得缓慢。

在这个相对缓慢的觉醒中，没有什么可怕的和剧烈的东西。

他最后的日子和时辰过得又平常又简单。玛丽亚公爵小姐和娜塔莎没有离开过他，都感觉到了这一点。她们不流泪、不颤栗，而在最后时刻，她们觉得自己不是在看护他（他人已经不在了，已经离开她们了），而是在看护那个使她们最亲切地想起他的东西——他的身体。她们俩的这种感觉是那么强烈，以致死亡的外在的可怕方面没有影响她们，并且她们觉得无须引起自己的悲哀。她们不当他面哭，也不避开他哭，彼此也决不提到他。她们觉得无法用言语来表达她们所明了的事情。

她们两人都知道，他慢慢地、安静地离开她们，越来越深地向什么地方下沉着，她们俩都知道，这是应该这样的，这是对的。

他受了免罪礼和圣餐礼；大家都来和他诀别。当他的儿子被领到他面前时，他用嘴唇吻了他，又把头转过去了，这不是因为他觉得痛苦和可怜（这玛丽亚公爵小姐和娜塔莎都明白），只是因为他觉得，这就是别人对他所要求的一切；但在别人要他祝福儿子的时候，他执行了他们的要求，并且回头看了一下，似乎是问还需要做点什么。

当他那正被精神遗弃的身体在作最后抽搐的时候，玛丽亚公爵小姐和娜塔莎都在那里。

“完结了吗？！”在他的身体已经一动也不动，渐渐变冷，在她们面前躺了好几分钟之后，玛丽亚公爵小姐说。娜塔莎走上前，看了看死去的眼睛，连忙把他的眼睛合上。合上他的眼睛，没有吻它们，却依恋着那个使她最亲切地想起他的东西。

“他到哪里去了？他现在在哪里？……”

当洗过的、穿上了衣服的尸体躺在桌上棺材里的时候，大家都来和他告别，都哭了。

尼考卢施卡哭，是因为那痛苦的困惑使他的心都要碎了。伯爵夫人和索尼亚哭，是因为可怜娜塔莎，因为他不复存在了。老伯爵哭，是因为他觉得，他不久也要走这同样可怕的一步。

娜塔莎和玛丽亚公爵小姐现在也哭了。不过她们哭不是由于她们个人的悲伤；她们哭是由于那种虔敬的感伤的情绪，在她们意识到她们面前所出现的简单而严肃的死亡的神秘性的时候，她们身上充满着这种情绪。

第二部

1

现象的全部原因是人的头脑不能了解的。但是人的心里却有寻找原因的要求。人的头脑往往不考虑现象的无数复杂的条件（每个条件可以单独作为现象的原因），却抓住了最初看到的、最明了的近似原因就说：这就是原因。在历史事件中（这里观察的对象是人们行动的实质），最初的、最原始的近似物是神的意志，后来是那些处于最显著历史地位上的人们，即历史英雄们的意志。但是我们只要探究每一历史事件的实质，即探究参与事件的整个人群的活动，便会相信历史英雄的意志不但不曾领导人群的行动，而且他们自己是经常被领导着的。我们这样了解或者那样了解历史事件的意义，似乎都是一样的。但是，有的人说，西方民族到东方去是因为拿破仑想要这样，有的人说，这事发生了是因为它一定要发生，这两种人之间的差别，正如同下面这两种人之间的差别：有的人肯定地球是停止不动的，群星环绕着地球转动，有的人说，他们不知道地球是靠什么支撑的，但是知道有某种规律支配着地球和其他行星的运动。历史事件的原因是一切原因的总和，除了这唯一的原因之外，没有而且不可能有别的原因。但是有些规律支配着事件，一部分规律是人们不知道的，一部分是可以了解的。只有在我们完全放弃了在个人意志中探求原因的时候，才可以发现这些规律，正如同只有在人们放弃了地球不动的概念的时候，才可以发现行星运动的规律。

历史家们认为在保罗既诺会战、莫斯科被敌人占领和它的火灾之后，一八一二年战争中最重要的插曲是俄军从锐阿桑到卡卢加大道向塔路齐诺野营的运动——是所谓渡过克拉斯那亚·巴黑拉河的侧面行军。历史家们各人把这个天才功绩的荣誉归诸不同的人物，并且争论这个荣誉究竟属于什么人。甚至外国的，甚至法国的历史家们，说到这个侧面行军时，也承认俄国将领们的天才。但是，为什么军事著作家们，以及所有的信从他们的人，都以为这个侧面行军，是某一个拯救俄国、毁灭拿破仑的人的最为深思熟虑的计划，这是极难了解的。第一点难以了解的便是：这个行军的深思熟虑与天才在什么地方；因为要了解军队的最好的地位（在它不受攻击时），是在粮秣最充足的地方，这并不需要很大的心机。每个人，甚至十三岁的笨孩子，也能够毫无困难地想得到，在一八一二年，在撤出莫斯科以后，军队最有利的地位是在卡卢加大道上。因此，我们不能够了解这第一点，历史家们凭什么论断认为这个运动中有深思熟虑的地方。第二点，更难以了解的，是历史家们为什么认为这个运动是促成俄军的得救和法军的覆灭的；因为，假若有了以前的、同时的和以后的其他情况，则这个侧面行军可以促成俄军的覆灭和法军的得救。假使从进行这个运动的时候起，俄军的地位即开始改善，则我们无论怎样也不能认为这个运动是它的原因。

这个侧面行军不但不能带来任何好处，并且，假使没有其他条件的同时发生，还可以使俄军消灭。假使莫斯科没有焚烧，会发生什么事情呢？假若不是牟拉没有找到俄军，会怎样呢？假使不是拿破仑按兵不动，会怎样呢？假若俄军在克拉斯那亚·巴黑拉[①]附近，听了别尼格生和巴克拉的建议，和法军交战，会怎样呢？假使法军当俄军在巴黑拉河那边开拔的时候攻击俄军，会发生什么呢？假使后来拿破仑在他快到塔路齐诺时攻击俄军，即使只用他攻击斯摩棱斯克的十分之一的兵力，会

① 毛注：是流入莫斯科的一条小河。

发生什么呢？假使法军到彼得堡去，会发生什么呢？……所有的这些假定，若是有了一种，侧面行军的得救就可以变为覆灭。

第三点，最难以了解的，便是研究历史的人，故意地不愿看到：这个侧面行军不能归功于任何一个人；没有任何人曾经预见到这一点；这个运动，正如同从菲利[①]的退却一样，在当时，没有让任何人看出它的全部意义，而是一步一步地，一个事件一个事件地，一瞬间一瞬间地，从无数量的、极其多种多样的情形中产生出来的，直到在它已经完成，而且成为过去时，才表现出它的整个的意义。

在菲利会议上，俄国将领中最占优势的意见便是不待言的一直向后退，即是顺着尼示尼道路向后退。它的论据是：会议中大部分的意见，赞成这个主张，尤其是在会议之后总司令和军需监督兰斯考的著名的谈话。兰斯考向总司令报告说，军队的给养大部分储集在奥卡河一带，在屠拉省、卡卢加省，假若向尼示尼退却，则军队与给养储藏处要被宽大的奥卡河隔开，而在初冬渡河是不可能。[②]这是必须避开先前显得极自然的向尼示尼一直退却的第一个证明。军队顺着锐阿桑道路越向南走，越靠近给养储藏处。后来，法军的不动，甚至找不到俄军的所在，关于保卫屠拉省兵工厂的忧虑，主要的是接近自己那些给养地的好处迫使军队更加向南转进，转上屠拉大道了。俄国的将领们强行渡过巴黑拉河转上屠拉大道时，打算驻扎在波道尔斯克，没有想到塔路齐诺阵地去；但无数的情况，先前找不到俄军的法军再度出现，会战的计划，尤其是卡卢加省的粮食充足，使得俄军更加向南转进，从屠拉大道转上卡卢加大道到达地处两条给养线当中的塔路齐诺。正如我们无法回答莫斯科是什么时候放弃的这个问题一样，我们也无法回答是什么时候、是谁决定向塔路齐诺转进的这个问题。直到军队由于无数不同力量作用的结果到达

① 毛注：菲利是俄军退往莫斯科时所到的最后的乡村。

② 毛注：因为有薄冰。

塔路齐诺的时候，人们才开始相信：这正是他们所希望的，并且早就预见到要这样做的。

2

有名的侧翼行军只是这样的：在法军的进攻停止以后，俄军一边顺着和法军进攻相反的方向向后退却，一边改变了起初采取的笔直方向，在摆脱了法军的追击之后，自然地转向有充足给养吸引着它的方向去了。

假使我们设想，没有天才的将领来统率俄军，俄军只是一个没有将领的军队，而这个军队除了在给养最多、物产最丰富的地区兜一个圈子，向莫斯科回转之外，便不能做出别的什么事情。

从尼示尼途经锐阿桑、屠拉到达卡卢加大道的推进，是那样地自然，以致俄军的抢劫分子也顺着这个方向奔跑着，彼得堡方面也要库图索夫率领俄军顺着这个方向走。在塔路齐诺，由于库图索夫率领军队走了锐阿桑大道，接到了皇帝几乎是申斥的信件。皇帝还向他指出了卡卢加对面的阵地，而接到皇帝的信时，他已经到达那个阵地上了。

俄军之球沿着它在整个战争和在保罗既诺会战中所受到的推动力的方向往回滚动着，在滚动力耗尽而没获得新的推动力的时候，接受了对于它是理所当然的位置。

库图索夫的功绩，不在于所谓天才的战略运动，而在于只有他一个人明白所发生的事件的意义。只有他一个人在那时已经明白法军停止行动的意义，他一个人继续肯定保罗既诺会战是胜利的。由于自己总司令的地位，他似乎是一定要攻击，可是只有他一个人尽了全力，为的是阻止俄军进行无益的交战。

在保罗既诺附近受伤的野兽，在离去的猎人扔下它的那个地方躺着；但它是否还活着，它是否还有力量，或者它只是假装躺在那里，猎人并不知道。忽然这只野兽发出了呻吟。

这只受伤的野兽——法军——的呻吟和它灭亡的标志就是派遣劳理斯顿往库图索夫营中去求和。

拿破仑怀着那种并不是好的东西就是好的，而是他头脑中想到的东西才是好的自信态度，把他最初想到的、没有任何意义的话写给了库图索夫。

他写了：

“Monsieur le prince Koutouzov, j’envoie près de vous un de mes aides de camps généraux pour vous entretenir de plusieurs objects intéressants. Je désire que votre altesse ajoute foi à ce qu’il lui dira, surtout lorsqu’il exprimera les sentiments d’estime et de particulière considération que j’ai depuis longtemps pour sa personne. Cette lettre n’étant à autre fin, je prie Dieu, monsieur le prince Koutozov, qu’il vous ait en sa sainte et digne garde.

Moscou, le 30 Octobre, 1812 Signé: Napoléon.

〔库图索夫公爵先生：我派侍从副官长一人和你商谈各项重要的问题。请阁下相信他所说的一切，尤其是在他向你表达我一向对你的尊重和特别敬意的时候。此信别无目的，我祈祷上帝，库图索夫公爵先生，把你置于他的神圣而恩惠的保护之下吧。

莫斯科一八一二年十月三十日拿破仑（签字）〕”

“Je serais maudit par la postèritè Si l’on me regardait comme le premier moteur d’un accommodement quelconque. Tel est l’esprit actuel de ma nation.〔若我被人当作建议举行谈判的人，我便要受后辈的责骂。这就是现在我国的人民的意志。〕”库图索夫回答，并且继续尽他的全力阻止军队进攻。

法军在莫斯科抢劫，俄军在塔路齐诺安然扎营的这一个月之间，两军力量的对比（士气和人数）有了改变，而改变后的优势属于俄军。虽然法军的情况和人数是俄军不知道的，但是对比一有变化，攻击的必要便立刻表现在无数的迹象上。这些迹象是：劳理斯顿的派遣，在塔路齐诺的充足的给养，各方面关于法军停止不动与纪律败坏的报告，俄军后备兵的补充，好天气，俄军的长时休息，军队中通常因为休息而有的急着去做他们聚在一起所要做的事，关于这么久没有看见的法军在做什么的好奇心，俄军前哨现在侦察法军时的勇敢，农民和游击队对于法军所获得的轻易胜利的消息以及因此所引起的艳羡，当法军在莫斯科时人人心中所怀的复仇情绪，尤其是——那不明确的，然而在每个兵士心中所产生的意识：力量的对比现在有了变化，而优势属于我方。力量的实际对比改变了，攻击是不可避免的了。正如同分针转了一圈，自鸣钟就会敲打报时那样地可靠，在上层组织里，由于力量的实际改变，立刻反映出加紧的活动，钟机的嗞嗞声和敲打声。

3

指挥俄军的是库图索夫和他的参谋部和彼得堡的皇帝。彼得堡方面在接到放弃莫斯科的消息之前，已经拟定了一个整个战争的详细计划，送给了库图索夫去执行。虽然这个计划是根据莫斯科还在我们手里那个假设拟定的，但是参谋部赞同了、采用了这个计划。库图索夫只回文说，远处拟定的诱击计划总是难以执行的。于是彼得堡方面为了解决所遇到的困难，又发出了新的命令，派出了新的人，他们的任务是监视他的行动并报告他的行动。

此外，俄军的参谋部现在全部改组了。被打死的巴格拉齐翁和愤而辞职的巴克拉两人的空缺补上了。他们极其认真地考虑A代替B, B代替Д, 或反之Д代替A等等调动，哪样是更好，似乎在B与A的满意之外，还有什么事情是以这个为转移的。

在军队的司令部里，由于库图索夫和参谋总长别尼格生之间的恶感，皇帝的亲信人物的在场，以及这些调动，发生了比平常更加复杂的党派斗争：在所有的可能的调动与裁并中，A暗害B, Д暗害C, 等等。在所有的这些倾轧中，阴谋的主题大都是战争，所有这些人都是以为是他们在领导战争；但是这个战争不以他们为转移地、照它自己所应走的路线进行着，即是，它从来不合乎人们所预想的那样，而是从群众的态度的实质中得出的。这一切互相冲突互相阻挠的计划，在上层组织中，显得只是应该发生的事件的真实反映。

“米哈伊·依拉锐诺维支公爵！”这是皇帝在十月二日写的信，库图索夫在塔路齐诺会战后收到的。“自九月二日起，莫斯科就在敌人手里了。您的最后报告是二十日发的；在整个这段时间内，不但没有采取任何行动来打击敌人、解放古都，而且根据您最后的报告，您甚至更加向后退了。塞尔普好夫已被敌人的一个支队占领，有着军队如此必需的著名兵工厂的屠拉，也处在危险之中。据文村盖罗德将军的报告，我知道敌人一个有一万人的军团正在向彼得堡大道推进。另一个军团约数千人，正向德米特罗夫推进。第三个军团顺着夫拉济米尔大道前进。第四个军团是相当强大的，驻扎在路撒与莫沙益司克之间。拿破仑本人二十五日还在莫斯科。根据这些报告，当敌人把自己的兵力分为强大的支队，在拿破仑带着自己的卫队还留在莫斯科时，您面前敌人的兵力还可能相当强大，不允许您攻击吗？相反，我们可以假定，他大概是用几个支队或至多一个军团在追赶您，兵力比您所统率的军队弱得多。看来您能够利用这些情况，有利地攻击比您兵力弱的敌人，把他们歼灭，或者至少使他们后退，使我们的手中保持着一大部分现在被敌人占领的省份，从而解除屠拉和内地一些城市的危险。假使敌人能够派遣相当强大的军团来威胁无法留下许多军队的首都彼得堡，您是要负责的，因为您有交托给您的军队，您坚决努力地作出行动来，就有很多办法避免这个新的不幸。记住，您要对于受屈辱的祖国负丢失莫斯科的责任。我决心给您奖赏，关于我的决心，您是了解的。我的这种决心是不会减少的，但我和俄罗斯也有权利期待您的全部热情、坚决，以及您的智慧、您的军事天才、您所指挥的军队的勇敢向我们所预告的胜利。”

可是这封表明彼得堡对双方实际力量的对比已有所觉察的信还在途中的时候……库图索夫已无法阻止他所指挥的军队的进攻了，而且已经打了一仗。

十月二日，哥萨克兵沙波发洛夫在巡逻的时候，用枪打死了一只兔子，打伤了另一只。沙波发洛夫在追赶打伤的兔子时，跑进了森林的深处，碰见了牟拉军队没有任何警戒的左翼。这个哥萨克兵笑着对同伴们说，他几乎落入法兵的手中。一个少尉军官听到这件事，报告了他的长官。

这个哥萨克兵被传去询问；哥萨克兵的军官们希望利用这个机会夺取马匹，但是有一个认识高级长官的军官，把这事报告了参谋部的一个将军。近来参谋部里的情况是极其紧张的。叶尔莫洛夫在几天前去见别尼格生时，请他对总司令施加自己的影响，以便发起进攻。

“假如我不认识您，我便要以为，您并不希望您所请求的事了。只要我劝做这一桩事，殿下就一定会去做相反的那一桩事。”别尼格生回答。

哥萨克兵的消息，被派出的骑兵巡逻所证实，它证明了事件最后成熟了。拧紧的发条松动了，钟敲响了，发出了叮当的响声。库图索夫虽然有他名义上的权力、智慧、经验、人事知识，但他考虑到派去向皇帝亲自报告的别尼格生的备忘录，考虑到全体将军所表现的一致愿望和他意料中的皇帝的愿望以及哥萨克兵的情报，他已无法制止那不可避免的推进了，于是对他认为无益有害的事下了命令——他承认了既成事实。

4

别尼格生所提出的关于必须进攻的备忘录，哥萨克兵关于无掩护的法军左翼情报，只是些最新迹象，表明必须下令攻击，而攻击的日期指定在十月五日。

十月四日早晨，库图索夫签署了作战部署。托尔向叶尔莫洛夫宣读了部署，要他作进一步的布置。

“好的，好的，我现在没有工夫。”叶尔莫洛夫说，然后走出了农舍。

托尔所起草的作战部署是很好的。它起草得和奥斯特理兹的作战部署一样，尽管也不是用德文起草的。

“Die erste Colonne marschiert〔第一纵队推进〕到哪里，die zweite Colonne marschiert〔第二纵队推进〕到哪里”，等等。部署中规定，所有这些纵队都要在指定的时间到达各自的地点，并要歼灭敌人。和所有的作战部署一样，这一切都考虑得非常周密，也和所有的作战部署的结果一样，没有一个纵队在指定的时间内到达自己的地点。

当这个作战部署所用的份数准备好时，便叫来一个军官，派他到叶尔莫洛夫那里去，把文件交给他去执行。年轻的禁卫骑兵军官，库图索夫的传令官，对交给他这个任务的重要性感到满意，于是就到叶尔莫洛夫的司令部去了。

“出去了。”叶尔莫洛夫的侍役兵回答。禁卫骑兵军官又到叶尔莫洛夫常去的一个将军那里去了。

“不在，将军也不在家。”

禁卫骑兵军官上了马，到了另一个将军的地方。

“不在，出去了。”

“不要我负拖延的责任就好了！真叫人恼火！”军官想着。他走遍了所有的野营。有的人说，看见叶尔莫洛夫和别的将军们骑马走过去了，有的人说，他一定回去了。这个军官没有吃午饭，一直找到傍晚六点钟。哪里也没有叶尔莫洛夫，没有一个人知道他在哪里。这个军官在同事那里匆忙吃了点东西，又到前卫找米洛拉道维支去了。米洛拉道维支也不在家，但在那里他听说，米洛拉道维支去参加基肯将军的舞会了，叶尔莫洛夫大概也在那里。

“但这究竟在什么地方？”

“就在挨起吉诺。”一个哥萨克军官一边说，一边用手指着远处的一座庄园。

"怎么会在那里，在前哨那边？"

"把我们两个团派到了前哨。现在那里正在举行盛大的宴会，热闹极了！有两个乐队，三个歌唱队。"

军官骑马到前哨那边的挨起吉诺那里去了。离房子还很远，他已经在马上听到了军人舞曲的和谐愉快的声音。

"在草场上……在草场上……"他听到打唿哨和四弦琴的声音，歌声有时被震耳欲聋的叫声压倒了。军官听到这些声音觉得又愉快、又恐惧：他这么长时间还没有送到那个交给他转达的重要命令，将要受到指责。已经快九点钟了。他下了马，走上在俄法两军之间还保持完整的大庄园的台阶。在餐室和前厅里，听差们忙着送酒送菜。许多歌手都站在窗子下边。军官被领进了门，他一下子看见了军中所有的重要的将军，其中有高大的、显眼的叶尔莫洛夫。所有的将军站成一个半圆形，解开了军服，脸色发红，显得非常快活，并在大声说笑着。在大厅当中，一个红脸的、矮小的、英俊的将军活泼而轻快地跳着特来巴克舞。

"哈，哈，哈！跳得真好哇，尼考拉·依发诺维支！哈，哈，哈！……"

军官觉得，他在这个时候带着重要命令走进去，会倍受指责的，他想等一会儿；可是有一个将军看见了军官，知道他为什么而来的，于是他便告诉了叶尔莫洛夫。叶尔莫洛夫带着阴郁的面孔走到军官面前，听了报告，接了他的公文，没有向他说什么。

"你以为他是偶尔走开的吗？"这天晚上，一个参谋部的同事向禁卫骑兵军官说到叶尔莫洛夫，"这是一个诡计。这都是有意的。要和考诺夫尼村为难。看吧，明天会出现多么大的混乱！"

5

第二天大清早，衰老的库图索夫起身后，祷告了上帝，穿好了衣服，不愉快地感觉到他不得不指挥他所不赞同的这个会战，他坐上篷车，走出了离塔路齐诺五俚的列他涉夫卡，到担任进攻的各纵队所要聚集的地方去。库图索夫坐在车里，时而打盹，时而清醒，倾听着是否右边有了枪声，是否已经开战。但一切还是静静的。这是一个潮湿的阴暗的秋日，天上刚刚发白。快到塔路齐诺时，库图索夫看见骑兵们牵马过路去饮水，他的马车正在这条路上走着。库图索夫注视了他们，停了马车，问他们属于哪一团。这些骑兵属于一个应该在前面很远的地方已经埋伏着的纵队。“也许是弄错了。”老迈的总司令想。但是又坐车向前驶了一会，库图索夫看见了各步兵团都架着枪，兵士们穿着衬裤在煮粥，在取柴。他叫来了一个军官。这个军官报告说，并没有接到任何进攻的命令。

“怎么会没有……”库图索夫开始说话了，但立刻又沉默着，命人去把上级的军官找来。他下了车子，垂着头，费力地呼吸着，来回地走着，沉默地等待着。在被找来的参谋本部的军官艾益亨出现时，库图索夫的脸色发紫了，这不是因为这个军官是这个错误的原因，而是因为他够资格做泄怒的对象。老人颤抖着、喘息着，发出他气得在地上打滚时的那种大怒，他向艾益亨面前冲去，用双手向他指划着，叫喊着，用粗话骂他。另一个偶然出现的上尉不罗生，毫无过失，也触了同样的霉头。

“这又是一个什么样的浑蛋？枪毙！浑蛋们！”他沙哑地喊叫着，挥着手臂，蹒跚地走着。

他感觉到身体的痛苦。他，总司令，殿下，大家都相信在俄国从来没有人有过像他这样大的权力，他被弄到这样的地步——成了全军的笑柄。他想到自己：“徒然地那样忙着为今天作祈祷，徒然地夜间未睡，考虑一切！当我还是年轻的军官时，没有人敢这样嘲笑我……但现在！”他感觉到身体的痛苦，好像是受了刑罚，他不能不用愤怒的痛苦的叫声表示出来；但他的体力立刻就不支了，于是他环顾着，觉得已经说了许多很不好的话，便坐上马车，沉默地回去了。

发泄过的怒火不再来了，库图索夫无力地眏着眼，听着辩白与解说（叶尔莫洛夫第二天才敢见他）以及别尼格生、考诺夫尼村和托尔的主张，要在第二天执行这个未执行的运动。库图索夫又不得不同意。

6

第二天傍晚，军队集合在指定的地点，夜间出发前进。那是一个有深紫的云而无雨的秋夜。地面潮湿，却不泥泞；军队无声地前进着，只偶尔听到微弱的炮的铿锵声。人禁止大声说话，吸烟斗，打火；马禁止嘶鸣。事件的神秘性增加了它的魅力。人们愉快地走着。有几个纵队停了下来，把枪架起，躺在寒冷的地上，以为他们到达了应到的地方；有些（大部分）纵队走了一整夜，显然是走到了他们不应走到的地方。

只有奥尔洛夫—皆尼索夫伯爵一个人带了他的哥萨克兵（军队中最不重要的一个支队）在指定时间到达了指定地点。这个支队停在树林边上，在斯特罗米洛发村和笃米特罗夫斯考之间的小道上。

天亮之前，睡着的奥尔洛夫伯爵被唤醒了。有人带来了一个法军阵营中的逃兵。这个人是波尼亚托夫斯基军团的波兰军曹。这个军曹用波兰话说他逃走是因为他在军役中受委屈，说他早就该做军官了，说他比所有的军官都勇敢，因此他抛弃了他们，并且想要处罚他们。他说牟拉宿夜处只和他们相隔一俚；假使他们给他一百名骑兵，他便可以活捉他。奥尔洛夫—皆尼索夫伯爵和同事们商量。这个建议太动听了，不便拒绝。大家自愿前去，大家主张试一试。经过了许多争辩和讨论，格来考夫少将决定了带两团哥萨克兵和这个波兰军曹一同去。

“但是，你记着，”奥尔洛夫—皆尼索夫让军曹走的时候，向他说“假若你说谎，我便下令绞死你，像绞狗一样，若是真的——赏你一百个金币。”

这个军曹没有回答这些话，带着坚决的神色上了马，和迅速集合起来的格来考夫的部队前进。他们在森林中不见了。奥尔洛夫伯爵因为早晨天刚发白时的寒气打着颤，由于他所负责的事兴奋着，送走了格来考夫之后，走出森林，开始察看敌人的阵营，此刻它在黎明的和将熄的营火的亮光中可以隐约地看得见了。在奥尔洛夫—皆尼索夫伯爵的右方，在开阔的斜坡上，应该可以看见我们的各纵队了。奥尔洛夫伯爵向那里望着；虽然在远处也可以看见这些纵队，但是他没有去看它们。奥尔洛夫—皆尼索夫伯爵觉得，特别是根据他的目力很好的副官所说的话，法军阵营里已经开始行动了。

“啊，真是太晚了。”奥尔洛夫看了看阵营之后说。

就像在我们所信任的人不复在我们眼前的时候所常有的情形那样，他忽然完全明白了，并且清楚地看出了，这个军曹是个骗子，他是说谎，并且只是借两个团的调开而破坏全部的攻击计划，这两个团天晓得要被他领到什么地方去了。怎么能够在那么多的军队里擒获总司令！

“他一定是说谎，这个浑蛋。”伯爵说。

“可以叫回来的。”一个侍从说，他和奥尔洛夫—皆尼索夫一样，看见敌军阵营时，觉得这件事是不可靠的。

“啊？真的吗？……您看怎样？让他们去呢？还是不呢？”

“下令叫回来吗？”

“叫回来，叫回来！”奥尔洛夫伯爵看着表，忽然坚决地说，“那太晚了，天已经亮了。”

于是副官跑入树林里去追赶格来考夫。当格来考夫回来时，奥尔洛夫—皆尼索夫伯爵，因为放弃这个打算，因为白白地等了还没有出现的步兵纵队，因为接近敌人而兴奋（这个支队中所有的人都有同样的感觉），他决定了进攻。

他低声下令：“上马！”大家站到自己的地方，画了十字……

“上帝保佑！”

“乌拉”之声在森林中震荡着，哥萨克兵一队一队地，好像是从袋里倒出来一样，横拿着矛枪，愉快地越过小河，向敌营冲去。

第一个看见哥萨克兵的法兵发出了一个失望的恐惧的呼喊声，于是阵营中所有的人，连衣服也没有穿，便睡意朦胧地丢弃了大炮、步枪、马匹，向四处乱跑。

假若哥萨克兵追赶法军，不注意他们背后和四周的一切，他们便擒获了牟拉，掳得了那里的一切了。长官们正是想要这样。但是当他们获得胜利品和俘虏时，便不能够调动哥萨克兵了。没有人服从命令了。在那里捉住了一千五百名俘虏，三十八门大炮，许多军旗，而哥萨克兵们觉得最重要的，是马匹、坐鞍、马被和各样物品。他们要处理这一切，占有俘虏、大炮，瓜分胜利品，他们喊叫，甚至彼此打架：哥萨克兵们忙于这一切。

法军不再被追赶，开始恢复镇定，编了队，开始射击了。奥尔洛夫—皆尼索夫等候各纵队，没有再向前进攻。

这时，迟误的纵队中的步兵，在别尼格生指挥与托尔指导下，按照作战部署中“die erste Colonne marschiert〔第一纵队推进〕”等等，按照应有的顺序前进，并且像一向所有的情形那样，到达了某处，但不是到达了指定的地方。也像一向所有的情形那样，愉快地出发的兵士们，开始停顿了；有了不满意的声音，有了混乱的感觉，他们又后退到了某处。骑马来回跑着的副官们和将军们，呼喊，发火，争吵，说他们完全走错了方向，而且迟误了，他们责骂着什么人，最后他们感到失望了，只是为了要走到什么地方去而行进着。“我们总会走到什么地方去的！”果然他们到了什么地方，但不是应该到达的地方，有的到了应到的地点，但是到得那么迟，一点用也没有了，只是让别人射击他们而已。托尔在这个会战中担任了威以罗特在奥斯特理兹会战中的任务，他热心地从这里跑到那里，处处看到一切都很混乱。例如，在天色已经大亮时，他才在森林中遇到巴高孚特军团，而这个军团是早该到达这里和奥尔洛夫—皆尼索夫会合的。托尔因为失败而焦急、纳闷，并且认为应该有人要负责，便骑马跑到军团长那里，严厉地责备他，并且说他因此要被枪毙。巴高孚特，这个年老、善战而沉静的将军，也因为这一切的耽误、混乱、矛盾而感到苦恼，令大家惊异地，并且完全违反他的性格，大发雷霆，向托尔说了些不好听的话。

“我不愿接受任何人的教训，但我能像任何人一样地率领我的军队去死。”他说，并且带了一师人前进。

激动而勇敢的巴高孚特，在法军的炮火下走上战场，没有考虑到他现在带了一师人进入战斗是否有用，领着他的军队在敌方炮火下，向前直冲，危险、炮弹、枪弹，正是他在怒火中所需要的东西。开头的一颗枪弹打死了他，后面的子弹打死了许多兵。他的一师兵毫无作用地在炮火下停留了相当时间。

7

这时，应该有另一纵队从前线上进攻法军，但是库图索夫在这个纵队里。他明明知道，在这个违反他的意志而开始的会战中，除了混乱，不会有任何结果，他尽他的力量制止着他的军队。他没有前进。

库图索夫沉默地骑在小灰马上，懒懒地回答着进攻的建议。

“你们都在嘴上说进攻，却不知道，我们不能作复杂的调动。”他向请求前进的米洛拉道维支说。

“我们不能在早晨活捉牟拉，不能按时到达指定地点：现在没有办法了！”他回答另一个人。

有人来向库图索夫报告，说在法军的后边，据哥萨克兵的情报，先前并没有人，现在有了两营波兰兵，这时候，他向后边的叶尔莫洛夫斜视了一下，他从昨天起就没有向他说话。

“他们都请求进攻，提出各种的计划，但是一到作战的时候，就什么准备都没有了，可是有了防备的敌人却采取了措施。”

叶尔莫洛夫听了这些话，眯着眼，微笑了一下。他知道，对他而发的脾气已经过去了，知道库图索夫只限于做这样的暗示。

“这是他拿我开玩笑。”叶尔莫洛夫低声说，用膝盖捣了捣身旁的拉叶夫斯基。

刚说过这话，叶尔莫洛夫就走到库图索夫面前，恭敬地报告。

“时候还不太晚，殿下，敌人还没有走。您要下令进攻吗？不然，禁卫军就看不到一点儿烟了。”

库图索夫没有说话，但是当他接到报告说牟拉的军队在退却时，他下令进攻了；但是他每走一百步就要停留三刻钟。

整个的会战仅限于奥尔洛夫—皆尼索夫的哥萨克兵所做的事情；其余的军队只是徒然损失了几百人。

因为这个会战，库图索夫得到了一个钻石勋章。别尼格生也得到了若干钻石和十万卢布，其余的人也各按阶级获得了各种满意的奖赏；在这个会战之后，指挥部里又有了新的调动。

“我们一向就是这样办事，一切乱七八糟！”俄国的军官们和将军们在塔路齐诺会战后这么说，正如同现在人们所说的一样，令人觉得是某些蠢人做了那些乱七八糟的事，我们不会那么做的。但说这话的人，或者不知道他们说的是什么，或者有意欺骗他们自己。每个会战——塔路齐诺会战，保罗既诺会战，奥斯特理兹会战——每个会战都不是像计划者所预定地那样发生的。这是不可避免的。

无数的自由的力量（因为人在任何地方，都不比在生死攸关的会战中，更为自由），影响会战的方向，这个方向决不能够预先知道，并且从来是不和任何一个力量的方向一致的。

假使有许多同时发生而又是方向各异的力量影响某一物体，则这个物体的运动方向不能和这些力量中的任何一个相合，却总是一个中间的方向，就是在机械中表现为力量的平行四边形的对角线。

假如在历史家的，尤其是法国历史家的著作中，我们发现他们的战争和会战是按照预定的计划而执行的，则我们可以获得唯一的结论，便是，这些著作是不可信的。

塔路齐诺会战显然没有达到托尔心目中的目标，这个目标是按照作战部署依次地统率军队加入战斗；没有达到奥尔洛夫伯爵可能有的目标，这个目标是俘获牟拉；没有达到别尼格生和别人可能有的一举而消灭整个军团的目标；没有达到希望参战立功的军官的目标；没有达到想要获得比已得的还要多的胜利品的哥萨克兵的目标，等等。但是假使会战目的就是实际上所发生的事情，就是当时全体俄军的共同愿望（把法军赶出俄境，并且歼灭法军），那么，十分明显的是：塔路齐诺会战，正由于它的不适当，恰是在战争的这个时期所必需的。要设想这个会战的任何结果，比它实际上所有的结果，更合时宜，是很难的，而且不可能的。在最微小的努力和最不足道的损失之下，虽然有极大的混乱，却获得了整个战争中最大的成果，军队由退却转为进攻，法军弱点暴露，并且发动了那个突击，拿破仑的军队只是等待着这个便好开始逃跑。

8

拿破仑在de la Moskowa〔莫斯科河的〕[①]光荣胜利之后，进了莫斯科城；胜利是无可怀疑的，因为战场落到了法军的手中。俄军退却了，丢弃了古都。莫斯科满是给养、军械、炮弹和数不尽的财物，一切都落到拿破仑的手里了。只有法军兵力的一半的俄军，在一个月里没有作过任何一次进攻的尝试。拿破仑的地位是最光荣的。要用加倍的兵力攻击俄军的残余，并且把他们消灭；要谈判有利的和约；或者假如议和被拒绝，则向彼得堡作威胁的推进，甚至假如失败，则回斯摩棱斯克或维尔那，或留在莫斯科；总之，要保持这时法军已有的光荣地位，似乎并

① 毛注：法军称保罗既诺会战为莫斯科河之战。

不需要特别的天才。为了这个，只需要做最简单最容易的事情：禁止兵士抢劫，准备冬衣（在莫斯科有够全军之用的冬衣），适当地搜集莫斯科城内可够全军半年以上之用的给养（根据法国历史家的著作）。拿破仑，如同史家们所断言的，这个有权指挥军队的、天才中最大的天才，却并没有做这类的事。

他不但没有做这类的事，而且相反，利用他的权力，在他面前所有的行动路线之中，选择了最愚蠢的最危险的路线。在拿破仑所能做的这一切之中——在莫斯科过冬，到彼得堡去，到尼示尼—诺夫高罗德去，顺着更加向北的，或者更加向南的，像库图索夫后来所走的路线往回走——想象不出任何一件事是比拿破仑实际上所做的更愚笨，更有害的，即是：在莫斯科留到十月，任兵士抢劫城市，后来不能决定留不留下守备队，退出了莫斯科，走到库图索夫附近，没有交战，却向右转，走到马洛—雅罗斯拉维次，又没有企图突破，没有走库图索夫所走的道路，却顺着荒凉的斯摩棱斯克道路退却到莫沙益司克，像它的后果所表示的，比这更愚蠢的，对于军队更有害的事情，是想象不出的了。假若拿破仑的目的是要消灭他自己的军队，则最熟练的战略家也想不出任何一系列的行动，能够像拿破仑自己所做的行动那样无疑地、与俄军所能做的任何行动无关地、那样完全地消灭了全部的法军。

天才的拿破仑做了这件事。但是要说拿破仑毁灭了他的军队，因为他想要这样，或者因为他很愚笨，正如同说拿破仑率领他的军队到了莫斯科，因为他想要这样，因为他很聪明，他是天才，是同样的不正确。

在这两种情形之下，他个人的活动，并不比每个兵士的个人活动更有力量，仅仅是合乎现象发生时所遵守的那些法则而已。

历史家们（只是因为，后果没有证明拿破仑的行为是对的），向我们完全虚伪地指出，拿破仑的能力在莫斯科减弱了。他却正和从前一样，和后来一八一三年一样，利用了他全部的智慧和能力，替他自己和他的军队作了最大的努力。拿破仑这时候的活动和他在埃及，在意大利，在奥地利，在普鲁士的活动同样地惊人。我们不能正确地知道，拿破仑在埃及——在那个有四十个世纪注视着他的伟大的埃及[①]——时的天才有多少真实性，因为所有这些伟大功绩只是法国人告诉我们的。我们不能正确地估计他在莫斯科和普鲁士时的天才，因为关于他在那里活动的消息，只可以从法文的和德文的资料中去搜集；整个的军团不战而降，要塞不攻而下，这种不可解的情况，一定会使德国人承认，拿破仑的天才是在德国所发生的战争的唯一的解释。但是我们，谢谢上帝，没有理由要承认他的天才，掩饰我们的耻辱。我们付了代价，为了我们有权利简单地明白地观察事件，我们决不放弃这个权利。

他在莫斯科的活动就像他在别处的活动一样，显得惊人而有天才。从他进莫斯科到出莫斯科这段时间，他发出了一道道命令，制订了一个个计划。没有居民和代表团，甚至莫斯科发生的火灾，都不曾使他忐忑不安。他既没有忽视自己军队的福利、敌人的行动、俄国人民的福利、管理巴黎的政事，也没有忽视当前外交上关于和平条件的考虑。

9

在军事方面，拿破仑一进莫斯科就严格地命令塞巴斯第安尼将军注视俄军的运动，派出军团到各条大道上去，并命令牟拉去寻找库图索夫的踪迹。然后他努力安排克里姆林宫的防务，然后在俄罗斯整个地图上作出未来战争的天才计划。

在外交方面，他叫来了财物被抢去的、衣衫褴褛的、不知怎么会逃出莫斯科的雅考夫列夫[②]上尉，向他详细地说明他的整个政策和他的宽

① 毛注：这是拿破仑在埃及向军队所说的话。

② 毛注：他是亚力山大·赫尔岑的父亲，拿破仑进莫斯科时，赫尔岑出世才几个月。在亚力山大·赫尔岑的回忆录中有此记载。

大，并写了一封信给亚力山大皇帝，在这封信里，他认为自己有责任向他的朋友和兄弟说拉斯托卜卿在莫斯科把事情办得很糟，他派了雅考夫列夫到彼得堡去。他同样详细地把自己的计划和宽大告诉了屠托明，又派他到彼得堡去进行谈判。

在司法方面，火灾之后，他立刻下令寻找罪犯并处罚他们。对恶棍拉斯托卜卿的处罚，则是下令烧掉他的房子。

在行政方面，赐予莫斯科一个宪法，建立了一个市政府，颁布了如下的公告：

莫斯科的市民们！

你们的不幸是深重的，但皇帝兼国王陛下希望不再发生这类不幸的事情。可怕的例子已经教训了你们：他是怎样处罚违抗与犯罪的。已经采取了严厉的办法来防止混乱，并恢复公共秩序。从你们自己当中选出人来组成的父老行政局将组成你们的市政厅或市政府。市政府将要为你们、为你们的需要、为你们的利益而操劳。市政府的官员用红色缎带挂在肩头作为标志，市长加系一条白腰带。但是，除办公时间以外，他们只在左臂上缠一条红色缎带。

城市警察局照原先编制建立了，由于他们的工作，已经有了良好的秩序。政府任命了两个总监或称警察总监，二十个监督或称警察局长驻守城厢各区。你们可以从他们左臂上所缠的白色缎带识别他们。一些教派不同的教堂已经开门了，教堂里神圣礼拜不受阻碍地举行着。你们本城的人每日有人返回自己的住处，因此下了命令，使他们在家里能获得由于不幸而必需的帮助与保护。这是政府为了恢复秩序和改善你们的状况所采用的办法；但是要达到这个目的，你们必须和他们共同努力；假如可能的话，就必须忘记你们所遭到的不幸；你们要寄希望于并不那么残酷无情的命运；必须相信，不可避免的可耻的死刑正等着那些妄敢抢劫你们和你们剩余财产的人；最后，你们不要怀疑，你们的生命财产都会得到保护，因为这是所有君王中最伟大、最公正的君王意志。不限国籍的兵士和公民们！恢复公众的信任，这是国家幸福的泉源；居民们像弟兄般地生活，互相帮助，互相保护，团结起来，揭穿坏人的企图，服从军政当局，你们很快就不会再流泪了。

在军队的给养方面，拿破仑命令所有的军队a la maraude〔像强盗一样〕轮流地到莫斯科去为自己筹集粮食，这样法军今后的生活便可以得到保障了。

在宗教方面，拿破仑命令ramener les popes〔带回神甫们〕，恢复教堂里的弥撒。

在商业方面，为了军队的给养，处处张贴了如下的布告：

布　告

你们，镇静的莫斯科居民、技工、工人，不幸的事件把你们逼出城外；还有你们，分散的农民，你们被无故的恐怖留滞在乡间；你们听着！首都的安宁正在恢复，秩序也正在恢复。你们的同胞，看见自己受到尊敬，从他们的躲避处勇敢地出来了。对于他们身体的、对于他们财产的任何暴力，立即受到处罚。皇帝兼国王陛下保护他们，对于你们，除了违抗陛下命令者，概不作敌人看待。他想要结束你们的不幸，使你们返回你们的庭院和家庭。顺从皇帝的恩惠的意旨，毫无恐惧地到我们这里来吧。居民们！带着信心回到你们的家里来吧：你们马上就可以看到满足你们需要的各种方法！工匠们和勤劳的技工们！回到你们的工作、你们的房子、你们的商店来吧，维持治安的卫兵正等候着你们，你们会得到你们的工作所应得的工资！最后，你们，农人们，从你们因为恐怖而躲藏的森林里走出来，无恐地返回你们的家，确信你们会得到保护。城中设立了市场，农人们可以把他们多余的储藏和土产运来。为了保证他们的自由买卖，政府采用了以下的办法：（一）自即日起，农民、佃户和莫斯科四乡的居民，可以平安地把各种的物品运到城内两个指定的市场，即是，莫号伐亚街和禽畜市场。（二）这些物品要按照买卖双方同意决定的价格进行买卖；如卖方不能获得他所要求的公正价格，他可以自由地把物品运回乡村，没有人可以在任何的借口下加以阻止。（三）每星期日及星期三指定为每周大赶集日；因此，在每星期二及星期六派有足够的军队驻扎在各条路上，在城外驻扎的距离足以保护车辆的交通。（四）为了让农民带车马回乡不遇阻碍起见，也采取同样办法。（五）为了恢复寻常商业，要立刻采取各项方法。城乡的居民们，以及不限国籍的工匠们和技工们！号召你们执行皇帝国王陛下的君父的意旨，协助他建立公共福利吧。在他的脚下表示你们的恭敬和信仰，立刻和我们联合起来吧！

在提高士气与民气方面，不断地举行检阅，发给奖品。皇帝骑马游街安慰居民；虽然是有政事的繁忙，他却亲自到他下令开设的戏院里去。

在慈善——君王们的最大的德行——方面，拿破仑也做了他所能做的一切。在慈善院的房子上他命令题写maison de ma mére〔我母亲的房子〕，借此而把深切的孝思和君王的大德联系起来了。他视察孤儿院，把自己的白手伸给他所救的孤儿们接吻，和蔼地同屠托明谈话。然后，如提埃尔所流畅地叙述的，他下令用他所伪造的俄国钞票发饷给兵士们。“Relevant l'emploi de ces moyens par un acte digne de lui et de l'armée française, il fit distribuer des secours aux incendiés. Mais les vivres étant trop précieux pour être donnés à des étrangers la plupart ennemis, Napoléon aima mieux leur fournir de l'argent à fin qu'ils se, fournissent aux dehors, et il leur fit distribuer des roubles papiers.〔用一个和他自己和法军相称的行动，来提倡采用这些办法，他命令把救济品分发给遭受火灾的人。但食物太宝贵了，不能长期分发给异国人民，而且他们大部分是敌人，拿破仑认为最好是发钱给他们，他们可以用钱在城外购买食物；于是他下令把纸卢布发给他们。〕"

在军纪方面，不断地发出命令：对于不尽军职者加以严厉的处罚，并且禁止抢劫。

10

但是说来奇怪，所有这些指示、关怀、计划，是和在类似情况下所有过的指示、关怀、计划同样地好，却都没有触到问题的要点，好像时钟的指针，脱离了机械，没有套上轮子，任意地无目的地转动着。

在军事方面，关于那个天才的军事计划，提埃尔说："que son génie n'avait jamais rien imaginé de plus profond, de plus habile et de plus admirable.〔他的天才却从来没有想到过更深远更巧妙更惊人的计划。〕"并且提埃尔和发恩先生辩论时，证明这个天才计划的拟定不是关于十月四日，而是关于十五日的——这个计划从来没有执行过，并且不能够执行，因为它和事实相差太远了。克里姆林宫的设防，证明了是完全无用的，为了这个设防，必须拆毁la Mosquée〔那个伊斯兰教堂〕，拿破仑这么称圣·发西利教堂。克里姆林宫下面地雷的埋置，只是为了帮助实现皇帝离莫斯科时的愿望，就是炸毁克里姆林宫，这好像小孩子在地板上跌痛了，要殴打地板一样。拿破仑那么关注的追击俄军的事，简直是听也没有听说过的。法军的将领找不到六万俄军的踪迹，据提埃尔说，只是由于牟拉的本领，并且似乎还是由于他的天才，才终于好像找针一样找到了这六万俄军。

在外交方面，拿破仑对屠托明、对那一心只想获得军大衣和马车的雅考夫列夫所说的一切关于他的宽大与公正的议论，都证明了是无用的：亚力山大没有接见这些使者，对两次的来使都没有回话。

在司法方面，在假定的放火者受刑之后，又烧了莫斯科城的另一半。

在行政方面，市政厅的设立，没有阻止抢劫，只让少数参与市行政的人得到好处，他们在维持秩序的借口之下抢劫莫斯科，或者保护自己的财产不被抢劫。

在宗教方面，在埃及时，因为赴伊斯兰教堂而那么容易解决的问题，在这里没有获得任何结果。在莫斯科找出的两三个神甫试图实现拿破仑的意志，但其中一个在祈祷时被法兵打嘴巴，而关于另一个，法国官员有如下的报告："Le prêtre, que j'avais découvert et invité à recommencer à dire la messe, a nettoyé et fermé l'église. Cette nuit on est venu de nouveau enfoncer les portes, casser les cadenas, déchirer les livres et commettre d'autres désordres.〔我所找得到并请来作祈祷的神甫打扫教堂，上了锁。当天晚上又有人来冲破了门，捣毁了锁，撕碎了书，并且发生了别的违反纪律的事。〕"

在商业方面，对于勤劳的工人和农民的布告没有引起任何反应。并没有勤劳的工人，而农民抓住了携带布告走得太远的警官们，把他们杀死。

在设立戏院供人民与兵士娱乐方面，同样地没有获得成功。在克里姆林宫和波斯尼亚考夫家里设立的戏院立刻关闭了，因为男女优伶都遭到抢劫。

连慈善工作也没有得到所希望的结果。真假钞票充斥莫斯科，币值下降。法国人收集赃物，只要金币。不但拿破仑所惠然发给不幸的人民的伪钞没有价值，而且银对金的比价也降低了。

但是这时候，最惊人的事情，就是拿破仑努力恢复纪律和禁止抢劫，而这正说明最高当局的命令是不发生效力的。

这就是军事官员的报告：

“虽有命令禁止，而城中抢劫仍然继续不断。秩序还没有恢复，没有一个商人敢以合法的方式做买卖。只有随军商人敢卖东西，但卖的也是抢劫来的物品。”

“La partie de mon arrondissement continue à être en proie au pillage des soldats du 3 corps, qui, non contents d'arracher aux malheureux réfugiés dans des souterrains le peu qui leur reste, ont même la férocité de les blesser à coups de sabre, comme j'en ai vu plusieurs exemples.〔我的驻区有一部分仍然受第三军团兵士的抢劫，他们夺去躲在地窖中可怜的人民所剩余的极少物品，还不满足，并且残忍地用刀斩他们，我目击了好多次。〕”

“Rien de nouveau outre que les soldats se permettent de voler et de piller. Le 9 octobre.〔除兵士们大胆抢劫偷盗外，没有新的事情。十月九日。〕”

“Le vol et le pillage continuent. Il y a une bande de voleurs dans notre district qu'il faudra faire arrêter par de fortes gardes. Le 11 octobre.〔偷盗与抢劫如旧。我们驻区内有一大群盗贼，必须用强大的力量来逮捕。十月十一日。〕”

“皇帝极为不满，因为虽有严令禁止抢劫，但是只看见成队的进行抢劫的禁卫军返回克里姆林宫。在老禁卫军中，不法行为与抢劫，在昨晚、昨夜和今天重行发现，比以前更加严重。皇帝痛心地看到那些选出来的兵士，是指定了保护他自己并且应做遵守纪律的模范的，却违反命令到那样的地步：他们冲进了为军队所预备的地室与储库。别的兵士更糟，不听从卫兵与守卫的军官，反而骂他们，打他们。”

“Le grand maréchal du palais se plaint vivement,〔皇宫司仪大臣极力埋怨说，〕”总督这么写，“que malgré les défenses réitérées, les soldats continuent à faire leurs besoins dans toutes les cours et même jusque sous les fenêtres de l'empereur.〔虽有一切重申的禁令，兵士

们仍然在屋子外边，甚至在皇帝的窗下，任意大小便。〕”

好像一群无人看管的牛在脚下践踏着可以使他们不至饿死的食料，这个军队，在留驻莫斯科的其余时间里，一天一天溃散着，死亡着。

但是他们没有走开。

直到斯摩棱斯克大道上的运输队遭到截夺以及塔路齐诺会战所引起的惊惶恐怖，忽然袭击他们的时候，他们才逃跑。这个塔路齐诺会战的消息，是拿破仑在检阅时意外地接到的，它唤起了他处罚俄军的愿望，像提埃尔所说的，于是他下令出发，而这正是全军所要求的。

逃出莫斯科时，兵士们携带了他们所抢劫的一切。拿破仑也带走了他私人的trésor〔宝物〕。看见了运输车辆阻碍军队，拿破仑害怕了（如提埃尔所说的）。但是他，有战争的经验，没有下令焚烧所有多余的车辆，如同他到莫斯科时对于一个元帅的行李车所做的那样；他看了看兵士们所坐的那些篷车和轿车，他说这是很好的，这些车辆可以用来运送给养、病号、伤兵。

全军的情形就像一只受伤的野兽的情形，它感觉到它自己的灭亡，却不知道它在做什么。研究拿破仑和他的军队从入莫斯科时到全军覆没时的巧妙的策略与目的，就像是研究受致命伤的野兽濒死时的挣扎与痉挛的意义。受伤的野兽往往是听到一点响声，便对着猎人的射击冲去，跑上前又跑回来，促成自己的死。拿破仑在自己的全军的压迫下，做了同样的事情。塔路齐诺会战的响声惊骇了野兽，他向着射击处冲去，跑到猎人面前，又往回跑，最后，和任何野兽一样，顺着最不利的危险的路径、然而是熟识的旧的足迹向回跑。

拿破仑在我们看来好像是这整个运动的领导者，正如刻在船头上的神像，在野蛮人看来，好像是领导船只的力量一样，拿破仑在他的全部的活动时间里，好像一个握着系在车内的带子，以为自己是在驾车的小孩。

11

十月六日清晨，彼挨尔走出了木棚，回来时，停在门口，戏耍着在他身边跳跃的短弯腿、紫灰毛、长身腰的小狗。这只小狗住在他们的木棚里，跟卡拉他耶夫过夜，有时它到城里各处走走，又走回来。这条狗大概从来没有主人，现在还没有主人，也没有任何名字。法国人叫它阿索尔，说故事的兵叫他费姆加卡，卡拉他耶夫和别人叫它灰毛，有时叫他鲱尾巴。它没有主人、没有名字、没有种属，甚至没有明确的颜色——这似乎都是这条紫灰色的狗毫不介意的。茸茸的尾巴，坚强地、圆圆地，像一根羽毛向上翘着，他的弯腿伺候它那样地好，以致它常常好像不屑于用四只腿跑，优美地举起一只后腿，很灵活而迅速地用三只腿跑着。一切的东西都使它觉得高兴。它时而高兴地叫着，脊背贴着地打滚，时而带着思索的自负的样子在太阳下晒着，时而欢跳着，玩着一个木片或草秸。

彼挨尔现在的衣服是一件又脏又破的衬衣（这是他剩下来的唯一的从前的衣服），一条兵士的裤子（为了暖和，他听卡拉他耶夫的话，在脚踝上用绳扎紧），一件农民衣服和农民帽子。在这个时期彼挨尔在身体上改变了很多。他已经不显得肥胖，但是仍然有他家所遗传的结实有力的样子。下半个面孔上长满了唇髭和胡须；头上长起的零乱的头发，满是虱子，现在卷在头上像一顶帽子。眼睛的表情是坚决的、宁静的、生动的、有所准备的，这是彼挨尔的目光里一向没有过的。从前连他的眼光中也表现过的弛缓，现在变为毅然对于行动和抵抗有所准备的神情。他的脚是光着的。

彼挨尔时而望着草坪，这天早晨有车辆和骑马的人在草坪上走过；时而望着河那边遥远的地方；时而望着狗，狗装着当真地要咬他的样子；时而望着自己的光脚，他快乐地变换着双脚的姿势，动着他的又脏又肥又大的脚趾。每次他望着自己光脚的时候，他脸上总流露着活泼和自满的笑容。这双光脚的样子使他想起他在这个时期所经历、所了解的一切，而这种回忆是他觉得愉快的。

几日来，天气是无风而明朗的，早晨有薄霜——所谓老妇的夏天[①]。

阳光里的空气是温暖的，这种温暖，混杂着空气中还可感觉到的早霜的令人兴奋的凉意，是特别爽快的。

在远处的和近处的一切物体上，有一种只是在秋天这个时候才有的奇异的、透明的光辉。看得见远处的麻雀山和村庄、教堂、大白屋。光光的树、沙、砖、屋顶、教堂的绿色尖顶、远处白屋的角，这一切，是异乎寻常地、清晰地、在透明的空气中显出了最细致的线条。在附近看得见法国人所住的、熟悉的、烧去一半的贵族宅第的遗迹，和在围墙边上生长的暗绿色的丁香丛。这个破碎的烧焦的屋子，在恶劣天气下，会因为难看而显得讨厌，现在，在明亮的不动的光线下，却甚至显得是令人舒服的、美丽的。

一个法国伍长，居家般地敞着衣服，戴着小帽，在牙齿之间含着短烟斗，从棚子角落后边走出来，友好地眏了眏眼，走到彼挨尔面前。

“Quel soleil hein, monsieur Kiril?〔多么好的太阳呵，是吗，基锐尔先生？〕”法国人都这么称呼他，“On dirait le prin-temps.〔简直像是春天。〕”这个伍长靠着门，把烟斗递给彼挨尔，虽然他每次递，彼挨尔却每次拒绝。

“Si l’on marchait par un temps comme celui-là……〔假若在这样的天气里行军……〕”他说起来了。

彼挨尔问他，关于开拔的事听到了些什么，伍长说，几乎所有的军队都要开走了，说今天应该有关于俘虏的命令了。在彼挨尔所住的棚子里，有个兵，索考洛夫，病得要死，彼挨尔告诉伍长说，应该照料一下这个兵。伍长说彼挨尔可以放心，说既然有移动的和固定的病院，那么病

① 初秋晴和的日子。——译者

人是会得到处理的，说大体上，可能发生的一切，都被当局预料到了。

“Et puis, m-r Kiril, vous n’avez qu’à dire un mot au ca-pitaine, vous savez. Oh c’est un……qui n’oublie jamais rien. Dites au capitaine quand il fera sa tournée, il fera tout pour vous〔并且，基锐尔先生，你知道，你只要向上尉说一句就行了。啊，他是一个……从不忘事的人。在上尉巡查的时候，你向上尉说；他会替你做任何事情的〕……”

伍长所说的上尉，常和彼挨尔作长时间的谈话，并且时常对他表示各种厚意。

“Vois-tu, St, Thomas, qu’il me disait l’autre jour: Kiril c’est un homme qui a de l’instruction, qui parle français; c’est un seigneur russe, qui a eu des malheurs, mais c’est un homme. Et il s’yentend le……S’il demande quelque chose, qu’il me dise, il n’y a pas de refus. Quand on a fait ses études, voyez vous, on aime l’instruction et les gens comme il faut. C’est pour vous que je dis celà, M. Kiril. Dans l’affaire de l’autre jour si ce n’était grâce à vous, ça aurait fini mal.〔有一天他向我说：‘圣·托马斯，你知道，基锐尔，他是一个有教养的人，他说法语；他是一个俄国贵族，他发生了不幸的事，但他是一个好人，他明白事理……假使他需要什么，他向我请求，不会受到拒绝的。当我们有了学问的时候，你知道，我们便欢喜教育，欢喜有教养的人。’这话是我因为你才说的，基锐尔先生。那天的事情，假若不是你，结果是要很坏的。〕”

伍长又说了一会儿，便走了。（伍长所提到的那天发生的事情，是俘虏和法兵打架，彼挨尔劝息了他的同伴们。）有几个俘虏听到彼挨尔和伍长的谈话，立刻来问，伍长说了什么。在彼挨尔向同伴们说到伍长所说的开拔的话的时候，有一个又瘦又黄的、衣衫褴褛的法国兵走到棚子门口。他迅速地羞怯地把手指举到额头作了敬礼，向彼挨尔说话，问他，有一个替他缝衬衫的兵士卜拉托示在不在这个棚子里。

在一星期之前，法兵得到了靴皮和麻布，发给了俄国俘虏们替他们做靴子和衬衫。

“做好了，做好了，亲爱的！”卡拉他耶夫，带着折叠整齐的衬衫走了出来。

卡拉他耶夫因为天气暖，为了工作的方便，只穿了一条裤子和一件黑得像土的破衬衫。他的头发上，像工人们所做的那样，扎了一条菩提树皮纤维的带子，他的圆脸显得更圆更好看了。

“约期不误和干活——是亲兄弟。我说星期五，果然做好了。”卜拉东说，微笑着打开他所做的衬衫。

法兵不安地回顾了一下，似乎克制了他的怀疑，迅速地脱下军衣，穿上衬衫。在法兵的军衣里边没有衬衣，在光光的又黄又瘦的身躯上，穿了一件长长的、有油迹的、印花的绸背心。法兵显然是怕看他的俘虏们笑他，匆忙地把头套进衬衫里。俘虏中没有一个人说话。

“你看，正合身。”卜拉东一面说，一面扯正着衬衫。

法兵把他的头和手从衬衫里穿过来以后，没有抬起头来，望着他的衬衫，注视着衬衫的缝。

“啊，亲爱的，这不是裁缝铺，我没有合适的家伙，古话说：没有家伙，一个虱子也弄不死。”卜拉东说，脸上堆满笑容，显然是为他的手艺而高兴着。

“C’est bien, c’est bien, merci, mais vous devez avoir de la toile de reste.〔好，好，谢谢，但麻布应该还有剩。〕”法兵说。

“你要贴身穿，就更合身了。”卡拉他耶夫说，依旧高兴着自己的制品，“这样就好看，就舒服了……”

“Merci, merci, mon vieux, le reste……〔谢谢，谢谢，好朋友，剩的料……〕”法兵又微笑着说，摸出一张钞票给卡拉他耶夫，“Mais le reste〔但是剩料呢〕……”

彼挨尔看到卜拉东并不想要明白法兵所说的话，便望着他们，没有参与。卡拉他耶夫谢了他，仍旧赞赏着自己的工作。法兵坚持索取剩料，请求彼挨尔翻译他的话。

“他要剩料做什么？”卡拉他耶夫说，“它正好做我们的裹腿布。好，上帝保佑他。”

于是卡拉他耶夫带着顿然改变的、忧愁的面色，从胸口取出一束碎布，递给法兵，没有望他。“哎呀呀！”卡拉他耶夫低声说，便走回去了。

法兵看了看麻布，想了一下，疑问地瞥了瞥彼挨尔，似乎彼挨尔的目光向他说了什么。

“Platoche, dites donc, Platoche,〔卜拉托示，那么，卜拉托示，〕”法兵忽然红了脸，用尖锐的声音叫着，“Gardez pour vous.〔你收下吧。〕”他说，把布片给了他，便转身走了。

“你看吧，”卡拉他耶夫摇着头说，“有人说，他们不是基督徒，但是他们也有良心。所以老年人们说：淌汗的手是慷慨的，干手是吝啬的！他自己光身子，却把这个给了我。”卡拉他耶夫沉思地微笑着，然后望着布片，沉默了一会，“亲爱的，这可以做顶好的裹腿布。”他说了之后，便回到棚子里去了。

12

彼挨尔被俘以来，已经四个星期了。虽然法国人提议把他从兵士木棚里调到官长木棚里去，他却仍然留在他第一天所住的那个棚子里。

在被烧毁被破坏的莫斯科，彼挨尔几乎经历了人类所能忍受的极度的艰苦；但是由于他的直到那时他自己还没有感觉到的强壮体质和健康，特别是由于这些艰苦是不知不觉地到来，因而不能说是什么时候开始的，他不但轻易地而且快乐地忍受了他的境遇。正在这个时候，他获得了他从前求之不得的宁静与自足。他早就在自己的生活中从各方面寻找这种宁静，这种内心的和谐。在保罗既诺会战中的兵士们的这种和谐曾经那样地使他惊异。他在慈善事业中，在共济会中，在社交生活的消遣中，在饮酒中，在自我牺牲的英雄事业中，在对娜塔莎的热烈的爱情中，寻找过这种宁静与和谐；他曾用他的理性去寻找过这种宁静与和谐，但这一切的寻找与尝试都失败了。他没有想到，他只从对死亡的恐怖中，从艰苦中，从他在卡拉他耶夫身上所理解的事物中，获得了这种宁静与内心的和谐。

他在行刑时所经历的那段可怕的时间，似乎从他的想象与回忆中，永久洗去了那些从前他觉得是重要的、使人不安的想法与情绪。他既没有想到俄国、战争、政治，也没有想到拿破仑。他显然觉得，这一切与他无关，他没有判断这一切的使命，因此不能判断这一切。“俄罗斯和夏天并没有必然的联系。”他重复卡拉他耶夫的话，这些话使他得到异常的安慰。他现在觉得，他行刺拿破仑的意图，关于神秘数目和启示录中野兽的计算，都是莫明其妙的，甚至是可笑的。他对妻子的气愤，关于名誉遭受玷污的担心，现在他觉得，不但无关紧要，而且是有趣的。这个女人在别的什么地方过着她所满意的生活，这与他有什么关系呢？他们知道不知道他们俘虏的是别素号夫伯爵，这对别人，尤其是对于他自己有什么关系呢？

现在他常常想起自己和安德来公爵的谈话，完全同意他的意见，但是对于安德来公爵的想法的理解稍有不同了。安德来公爵常想，并且常说，幸福只是消极的，但他是带着怨恨与讽刺的口气说的。他说这话的时候，似乎表示了另一种意思——就是把对积极幸福的追求植入我们的心中，只是为了不使我们得到满足，而使我们痛苦。但是彼挨尔思想上没有任何保留地承认了这话的正确。不再有痛苦，能满足要求，以及因此而产生的选择职业——即生活方式——的自由，此刻在彼挨尔看来毫无疑问是人的最大幸福。在这里，直到此刻，彼挨尔才第一次充分重视想吃时有吃、想喝时有喝、想睡时有睡、冷时有温暖、想谈话和想听人说话时有人说的乐趣。好食物、清洁、自由，这些需要的满足，此刻，当他被剥夺了这一切的时候，在他看来是种完全的幸福；而职业的选择，即生活方式，此刻，当这种选择受到这么大限制的时候，在他看来是那么容易解决的问题，以致他忘记了生活的过于安逸，破坏了人类的要求得到满足时的幸福，而且正是职业选择的巨大自由，即他的教育、财富、社会地位在他生活中给予他这种自由，使职业选择的问题困难到无法解决的地步，并且破坏了取得职业的需要和可能。

彼挨尔现在的全部幻想，都集中在他将来获得自由的时候。然而，后来在他的一生当中，彼挨尔常常不胜欢喜地想起和谈到这一个月的囚徒生活和那些不复返的、强烈的、快乐的感觉，尤其是他在这个时候才体验到的那种完全的心神安宁和完全的内心自由。

当他第二天清早起来，从木棚里走到曙光里，起初看见了新贞女修道院的阴暗的圆顶和十字架，看见有尘土的草上的凝霜，看见麻雀山坡，看见沿着河岸蜿蜒伸展的、隐没在淡紫色远方的树林的时候，当他感觉呼吸到了新鲜空气，听到从莫斯科上空飞过原野的乌鸦的声音的时候，以及后来忽然东方发亮，当太阳从云里庄严地升起来，而圆顶、十字架、霜、远方、河流，一切都在欢乐的阳光下闪烁的时候，他感觉到一种新的、没有体验到的兴奋心情和生命力量。

这感觉在他整个囚禁期间，不但没有消失，而且相反，随着他处境的越益困难而增强。

这种对一切有所准备和精神戒备的心情，由于他进棚不久之后他的同伴们对他所表示的敬佩，在他心中更加强烈了。彼挨尔的语言知识，法国人对他的敬重，他的纯朴，他的有求必应（他一周有三卢布的军官津贴），他把钉子按入棚壁时对兵士们所显示的力气，以及他对同伴们所表现的文雅，他静坐沉思、无所事事而为他的同伴们所不理解的那种本领——这一切使兵士们把他看作一个相当神秘的上等人。在他从前生活过的社会里，他自己那些即使于他无害，也是于他有碍的特点——他的力气，他对安逸生活所显示的轻视态度，他的心不在焉和纯朴，就是这一切，在这里，在这些人当中，给了他一个几乎是英雄的地位。于是彼挨尔觉得，他们的这个看法使他负起了义务。

13

在十月六日和七日之间的夜里，法军开始撤退：炉灶和木棚拆毁了，车辆上都装了东西，军队和行李车全都开拔了。

早晨七点钟，作行军装束的法国护送队，戴着高顶帽，背着枪和背囊和大袋子，站在木棚的前面；法语的生动谈话，夹杂着咒骂，在各个队列里发出来。

木棚里大家都准备好了，穿了衣服，系了带子，穿了鞋子，只等候出发的命令。病号索考洛夫，苍白、消瘦，眼圈有大蓝晕，只有他一个人没有穿衣服和鞋子，坐在自己的位子上，因为脸瘦而显得突出的眼睛疑问地望着那些没有注意他的同伴们，大声地、有节奏地呻吟着。显然使他呻吟的，与其说是痛苦——他患赤痢——毋宁说是他对于单独留下的恐惧与悲哀。

彼挨尔穿着卡拉他耶夫替他用兽皮茶箱上的皮（这是法兵拿来补鞋跟的）做成的鞋，在腰上系着绳子，走到病人面前，在他身边蹲下来。

“啊，索考洛夫，他们并不全走！他们有一个医院在这里。也许你比我们都要好一些。”彼挨尔说。

“主啊！我要死了！主啊！”兵士的呻吟声更高了。

“好，我马上再去问他们一声。”彼挨尔说，站起来，走到棚子门口。

彼挨尔走到门口时，昨天给他烟斗的那个伍长和两个兵正从外边走来。伍长和兵都作行军装束，背着背囊，戴着高顶帽，扣着颚带，这改变了他们的熟识的面孔。

伍长是奉长官的命令到这里来关门的。在释放之前，必须数一数俘虏们。

“Caporal, que fera-t-on du malade? ……〔伍长，这个病人怎样处理

呢？……〕”彼挨尔开口了。

但是在他说这话的时候，他怀疑起来了，这人是他所熟识的伍长呢，还是别的不相识的人呢。伍长在这时候是那样地不像他寻常的样子了。此外，在彼挨尔说这话的时候，忽然传来了两边的鼓声。伍长听了彼挨尔的话，皱了皱眉，然后说了无意义的咒骂，便砰然一声关上了门。木棚子里面变昏暗了；鼓在两边尖锐地响着，压倒了病人的呻吟。

“它来了！……又是它！”彼挨尔自语着，一阵不自觉的冷气掠过了他的背脊。在伍长的改变的面孔上，在他的声音里，在激动的震耳的鼓声中，彼挨尔认识了那个神秘的、无情的力量，那使人们违背自己意志而去杀死自己同类的力量，那个力量的作用，他在行刑的时候看见过。恐惧，力求逃避这种力量，向那些为这种力量服务的人们作请求，或劝告——这都是无用的。彼挨尔现在知道这一点。必须等待，必须忍耐。彼挨尔没有再走到病人的面前去，也没有回头看他。他皱了皱眉，沉默地站在棚子门口。

棚子的门打开时，俘虏们好像一群羊，互相拥挤着，挤在门口，彼挨尔挤到他们的前面，走到那个据伍长保证说准备为彼挨尔做任何事情的上尉跟前。上尉也作行军装束，在他的冷淡的面孔上，也表现了彼挨尔在伍长的话里与鼓声里所认识的那个“它”。

“Filez, filez.〔走过去，走过去。〕”上尉说，严厉地皱着眉，望着从他身边拥挤过去的俘虏们。

彼挨尔知道，他的试图要落空的，但是仍然走到他面前去了。

“Eh bien, qu’est ce qu’il y a?〔哦，有什么事？〕”军官说，冷淡地回头看了一下，好像不认识他。

彼挨尔说到病人。

“Il pourra marcher, que diable!〔他能走，该死的！〕”上尉说，“Filez, filez.〔走过去，走过去。〕”他继续说着没有望彼挨尔。

“Mais non, il est à l’agonie.〔但是，他要死了。〕”彼挨尔开始说。

“Voulez vous bien〔请你〕……”上尉愤怒地皱了皱眉，叫了一声。

咚咚，咚咚，咚咚，鼓响着。于是，彼挨尔明白了，那个神秘的力量已经完全控制了这些人，现在再说什么也是无用的了。

被俘军官和兵士分开了，并且奉命走在前面。军官，连彼挨尔在内，大约三十人，兵士大约三百人。

从别的棚子里走出来的被俘军官都是陌生的人，都穿的比彼挨尔好得多，他们都怀疑地、疏远地看着他和他的鞋。离彼挨尔不远，走着一个穿卡桑式衣服的，用布巾系腰的，面部肥胖、苍黄、愠怒的，显然是被同伴们所尊敬的胖少校。他一只手拿着烟草袋子放在衣襟里，另一只手拿着长烟管。少校喘息着，叹着气，对大家埋怨生气，因为他觉得他们在挤他，他们在不需急忙的时候急忙，在没有可惊异的事情的时候表示惊异。另外一个矮小的瘦军官和大家在谈话，推测着他们现在要被带到什么地方去，他们今天能走多么远。一个穿毡靴和军需制服的官员，向各方面跑着，观看燃烧后的莫斯科，大声地报告他的观察，说烧了什么，说他们所看见的莫斯科这一部分那一部分是什么地方。第三个军官，在发音上听起来是波兰人，他和军需官在争执，向他说，他错认了莫斯科城厢的地方。

“你们在争论什么？”少校忿怒地说，“是尼科拉街，还是夫拉斯街，有什么关系；您知道，都烧光了，都完结了……你为什么要挤，难道路不够走吗？”他忿怒地向背后那个并未挤他的人说。

“哎，哎，哎，他们干的事哦！”看着火场的俘虏们，在两边同时发出这样的声音，“还有莫斯科河那边，苏保佛街，克里姆林宫里……看吧，剩下的没有一半了。我向您说过，整个的莫斯科河那边，果然不错。”

“好，您知道烧了，还说什么！”少校说。

走过哈摩夫尼基街（莫斯科少数未烧的地区之一）经过教堂时，所有的俘虏们忽然挤到一边，并且发出恐怖与厌恶的叫声。

“这些浑蛋！这些邪教徒！一个死人，是的……把他涂了什么。”

彼挨尔也向教堂走近了一点，引起叫声的东西便在这里，他模糊地看见有什么东西依靠在教堂的栅栏上。听了比他看得清楚的人们的话，他知道那是一个死尸，靠在栅栏上站着，脸上涂了煤炱。

“Marchez, sacré nom……Filez……. trente mille diables……〔走呀，该死……走呀……三千魔鬼……〕”这是护送队的咒骂声，于是法兵带着新的怒火，用刀背驱赶那群看死尸的俘虏们。

14

在哈摩夫尼基区的小街里，只有俘虏们和护送队向前走着，属于护送队的篷车和行李车跟在后边；但是走到粮食仓库时，他们落到混杂着私人马车的庞大而又拥挤的炮兵车辆的行列里面了。

大家都停在桥边，等候前面的人走过去。俘虏们在桥上看见他们前前后后都是无数的、前进着的行李车队。在右边，在卡卢加大道经过聂斯库期内转弯的地方，无数的兵士与车队一直延伸到遥远的地方。这是最先开拔的保哈奈军团的兵士；在后边，沿着河岸和石桥上，延伸着奈伊的军队与行李车队。

大富的军队（俘虏归他们管）过了克利姆滩，有一部分已经上了卡卢加大道。但是行李车延伸得那么长，保哈奈的最后一批车辆还没有从莫斯科走上卡卢加大道，奈伊的先头部队已经出了大奥登卡街。

过了克利姆滩，俘虏们向前移动了几步，又停了下来，随后又向前移动，各方面的车辆和人群越来越拥挤了。走了一个多钟头，才走了从桥上到卡卢加大道之间的数百步路，走到莫斯科河区的各条大街和卡卢加大道会合的广场，俘虏们挤成一团，停了下来，在这十字路口等了几个钟头。四面八方都传来不息的好像海涛般的车轮声、脚步声以及不断的愤怒的呼喊声和咒骂声。彼挨尔被挤得紧贴着烧毁的房屋的墙壁站立着，听着这些在他的想象中和鼓声混合在一起的声音。

几个被俘军官，为了看得更清楚，爬上了彼挨尔身边一座烧毁的房屋的墙。

“这么多人！咳，这么多人……连炮上也堆满了东西！看哪：皮货……”他们说，“坏蛋们，他们抢劫……看那个人后边的东西，车子上……那是从圣像上拿下来的东西，我的天哪！……这大概是德国人。一个俄国的农民，我的天哪！……啊，坏蛋们！……瞧，他背了那么多东西走不动了！他们连那些邮车也抢了！……他坐在箱子上。天哪！……他们打架了！……”

“就要这样打他的耳光，打他的耳光！这样等到天黑也走不了。你看，看……这一定是拿破仑本人。看，多么好的马匹！有缩写字母和王冠。那是一座活动房子。那个人掉下了一只袋子，没有看见。他们又打架了。……一个女人带着一个小孩，她长得还不丑。是的，只有这样他们才放你过去……看，没个完。俄国的贱女人，她们真是些贱女人！你看，她们在车子上坐得多么舒坦！”

又像在哈摩夫尼基区教堂旁边一样，共同的好奇心又把俘虏们引到大路上了。彼挨尔由于身体高大，从别人头上看见了那引起俘虏们好奇心的事情。许多穿着鲜艳服装、涂脂抹粉、尖声地叫喊的女人，互相紧靠着，坐在三辆夹杂在军火车辆之间的马车上。

自从彼挨尔认识了那种神秘力量以后，他便觉得没有什么东西是稀奇可怕的了：无论是那个为了开玩笑而在脸上涂了煤炱的死尸，还是这些急着要走的女人和莫斯科的火灾。彼挨尔现在所看见的一切，几乎没有给他留下任何印象——似乎他的心在准备作艰难的斗争，拒绝接受那些可以使他感动的印象。

妇女们的车子过去了。在她们后边又延伸着大车、兵士、辎重车、兵士、炮车、马车、兵士、弹药车、兵士，有时是妇女。

彼挨尔没有看见这些单独的人，只看见了他们的运动。

所有这些人和马似乎被某种无形的力量向前驱使着。在彼挨尔所观察他们的这一小时之内，他们纷纷从各条街道涌出来，都同样希望赶快走过去；他们都同样和别人挤在一起，发火打架；露出白牙，皱起眉头，互相发出同样的咒骂，在所有人的面孔上都同样显出一种大胆坚决和生硬冷淡的表情，早晨在敲鼓的时候，伍长面孔上的这种表情曾使彼挨尔惊讶。

直到傍晚，护送队的长官才集合起自己的部队，叫喊着、争吵着挤进了行李车队中间，于是四面被围住的俘虏们走上了卡卢加大道。

他们走得很快，没有休息，直到太阳快要下山的时候才停下。行李车一辆一辆靠拢着，人们开始准备歇夜了。大家似乎都很生气，都不满意。大家都早已发出咒骂声、忿怒的叫喊声和打架声了。护送队后边的一辆马车，碰到了一辆押送队的车子，车杠把车子戳了一个洞。几个兵从各方面跑到车子那里去了；他们有的打拉车的马的头，把马拉开，有的互相殴打，彼挨尔看见一个德国人的头上受了很重的刀伤。

所有这些人现在都停在田野上，待在寒冷的秋天的薄暮里，似乎都同样感到不愉快，认识到开拔时大家那种急于赶路的心情是不必要的。大家停下来了，似乎明白了，他们不知道还要往哪里去，不知道在这个行程中还会有许多艰难与困苦。

休息时，押送队对待俘虏们比在开拔时更坏了。在这里，第一次用马肉来分发俘虏的肉食。

从军官到列兵看得出每个人似乎对每个俘虏都怀着个人的怨恨，这怨恨那么意外地代替了先前的友好态度。

在俘虏点名时，发觉有一个俄国兵在莫斯科时趁乱假装腹痛逃跑了，在这时这种怨恨更加强烈了。彼挨尔看见一个法国人，因为一个俄国兵离开大道太远而把他毒打一顿；他听到他的上尉朋友由于俄兵的逃跑而责骂一个军曹，并威胁他说，要把他提交法庭审判。军曹回答说，这个兵有病，不能走路，军官说有过命令：凡是掉队的兵都要枪毙。彼挨尔觉得那个在行刑时压倒了他，但在囚禁期间他并没有注意到的宿命的力量，现在又控制了他。他觉得恐惧；但他又觉得，在宿命的力量力求征服他的同时，有一种不以宿命的力量为转移的生命力在他心中产生了，并且得到了巩固。

彼挨尔吃了马肉黑麦面糊的晚饭，和同伴们交谈起来。

无论是彼挨尔，还是他的同伴都没有谈到他们在莫斯科所看见的事情，没有谈到法国人对待他们的暴行，没有谈到向他们宣布的枪毙的命令。大家似乎是在反抗越来越糟的状况，他们显得特别活泼和愉快。他们谈起个人的回忆，谈起他们在行军中所见到的趣事，但避免谈到他们的现状。

太阳早已落下了。明亮的星星在天上闪烁。升起的圆月那赤红如火的光彩在天边照射，这个巨大的红球在灰蒙蒙的雾气中奇怪地摇晃着。天空变亮了。黄昏快要过去，黑夜还未来到。彼挨尔离开他的新同伴，从营火中间走到大路的另一边，他听说俘虏兵都在那里。他想和他们说话。法国哨兵在路上阻止了他，叫他回去。

彼挨尔回去了，但是没有回到营火那里，没有回到他的同伴们那里，却到了一辆无人的、卸了马的车子旁边。他盘起腿，垂下头，坐在车轮旁边冰冷的地上沉思着，一动不动地坐了很久。过了一个多钟头。没有人打搅他。忽然他发出了胖子特有的善意的笑声，笑得那么响亮，以致使他周围的人都惊奇地回顾这种奇怪的、显然是孤独的笑声。

"哈哈哈！"彼挨尔笑着。他大声地、自言自语地说，"哨兵不让我过去。他们抓住我，把我关起来。他们俘虏了我。我是谁？我吗？我的灵魂是不朽的！哈哈哈！哈哈哈……"他含泪笑着说。

有一个人站起来，走过来看看这个奇怪的、高大的人独自在笑什么。彼挨尔止住了笑，站起身来，他离开那个好奇的人远些，向四周环顾了一下。

在大片的、望不尽的露营里，先前还有很响的营火的噼啪声和人的说话声，现在全寂静了；火红的营火渐熄了，火光暗下来了。一轮圆月高悬在明亮的天空上。先前在营地外边看不见的森林和田野，现在远远地展现出来了。在比森林和田野更远的地方，可以看见明亮的、摇摆的、诱人的、望不到边的远景。彼挨尔看了看天和在远处闪烁的星斗。“这一切都是我的，这一切都在我的心中，这一切就是我！”彼挨尔心里想，“他们把这一切都抓起来，关进木板钉成的棚子里！”他微笑了一下，走到自己的同伴旁边，躺下来睡觉了。

15

在十月初，又有一个军使带着拿破仑的信和媾和的建议来见库图索夫，这是佯称从莫斯科带来的，而这时拿破仑已经在卡卢加旧道上离库图索夫不远了。库图索夫回了这封信，像他回劳理斯顿带来的第一封信一样：他说，媾和是谈不上的。

在这件事之后不久，接到了在塔路齐诺左边活动的道洛号夫游击支队的一个报告，说在福明斯克发现了法军，他们是不鲁歇师，这个师与其他的军队隔开了，可以轻而易举地加以歼灭。兵士与军官又要求打仗。参谋部的将军们回忆起塔路齐诺附近取得的轻易胜利，感到很兴奋，坚决要求库图索夫执行道洛号夫的建议。库图索夫认为不必发起任何攻击。结果是采取了势在必行的折中办法：派了一个小支队到福明斯克去攻打不鲁歇。

由于奇怪的偶然机会，这个任务——后来证明了是最困难、最重要的任务——落在道黑图罗夫身上；他就是那个谦逊、矮小的道黑图罗夫。没有人向我们描述他作的军事计划、他在军队前面飞奔和他把十字勋章丢在阵地上等等情形。他们认为，他是一个优柔寡断、感觉迟钝的人，并且这样称呼他。然而就是这个道黑图罗夫，我们发现，在俄国和法国的所有战争中，从奥斯特理兹战役到一八一三年的战役，他只在最困难的地方指挥作战。在奥斯特理兹，当大家都在逃跑、死亡而后卫里没有一个长官的时候，他最后留在奥盖斯特堤上集合起军队，尽他的可能力挽败局。他害着热病，却率领二万人到斯摩棱斯克去守城，抵抗拿破仑的全军。在斯摩棱斯克的马拉号夫门口，他热病发作刚刚睡着，就被炮击斯摩棱斯克的轰隆声所惊醒了，而斯摩棱斯克坚守了一整天。在保罗既诺会战中，当巴格拉齐翁已被打死，我们左翼的军队损失了十分之九，法军的全部炮火向这个地方轰击的时候，被派去的不是别人，正是这个优柔寡断、感觉迟钝的道黑图罗夫；库图索夫本来是派别人到那里去的，后来连忙纠正了自己的错误。于是矮小、沉静的道黑图罗夫骑马到那里去了，保罗既诺会战成了俄军最大的光荣。诗歌和散文给我们描绘了许多英雄，但是几乎只字未提道黑图罗夫。

道黑图罗夫被派往福明斯克，又从那里被派往马洛—雅罗斯拉维次。在那里和法军进行了最后的会战，而法军的覆灭显然就是从这里开始的；他们又给我们描绘了在这个战争时期许多天才和英雄，但是关于道黑图罗夫却只字未提，或者说得很少，或者说得很怀疑。道黑图罗夫的这种默不作声倒是他美德的最明显的见证。

这是很自然的，一个不懂得机器运转的人，在他看见机器运转时，会以为这部机器最重要的部分，就是那个偶然落在机器里，并在机器里转动、阻碍机器运转的碎片。不懂得机器构造的人，不能懂得机器的主要的一部分，不是这个破坏并阻碍工作的碎片，而是那个无声地转动的连接的小齿轮。

十月十日，道黑图罗夫已经走了到福明斯克的一半路程，停在阿锐斯托福村，准备严格地执行他所奉到的命令，就在这一天，全部的法军，在慌乱的运动中到达了牟拉的阵地，他们似乎是要打仗，却忽然无故地向左转，上了卡卢加的新路，开始进入只有不鲁歇所驻扎的福明斯克。这时，道黑图罗夫所指挥的军队，除了道罗浩夫的部队，还有非格聂尔与塞斯拉文的两个小支队。

十月十一日晚上，塞斯拉文带了一个被俘的法国禁卫军的兵来到阿锐斯托福见指挥官。俘虏说今天到福明斯克的军队是全部大军的先锋队，拿破仑也在里面，全军离莫斯科已经五天了。这天晚上，一个从保罗夫司克来的家奴，说他看见了大军入城。道罗浩夫支队的哥萨克兵来报告说，他们看见法国的禁卫军顺大路向保罗夫司克推进。根据这些情报，显然判明了：在以为是只有一个师的地方，现在却有了全部的法军，他们是出了莫斯科顺着意外的方向，顺着卡卢加老路走的。道黑图罗夫不愿采取任何行动，因为他现在不明白他的任务是什么。他奉命攻击福明斯克。但是在福明斯克，先前只有不鲁歇一个师，现在却有了全部法军。叶尔莫洛夫想凭自己的判断采取行动，但是道黑图罗夫坚持一定要奉到殿下的命令。于是决定了送一个情报到总司令部去。

为这件事情选了一个能干的军官，保号维齐诺夫，他须在书面报告之外口述一切。夜间快到十二点钟时，保号维齐诺夫，接受了文书和口头命令，带了一个哥萨克兵和备换的马，到总司令部去了。

16

是一个黑暗的、暖和的秋夜。已经下了四天雨。换了两次马，在一个半小时之内，走了三十俚泥泞的肮脏的道路，保号维齐诺夫，夜间一点多钟，便到达了列他涉夫卡。他在篱笆上挂着“总司令部”的牌子的农舍前下了马，放了马，走进了黑暗的门廊。

“立刻要见值日将军！很重要的事！”他向一个站立起来在黑暗的门廊中嗅鼻子的人说。

“他晚上身体不舒服，三夜没有睡了，”侍从兵的声音恳切地低语着，“您还是先叫醒上尉吧。”

“道黑图罗夫将军派来的，有很重要的事情。”保号维齐诺夫说着，走进他所摸索的打开的门。

侍从兵走在他前面，开始唤醒着一个人。“大人，大人，信使。”

“什么，什么！谁派来的？”尚有睡意的声音说。

“道黑图罗夫和阿列克塞·彼得罗维支派来的。拿破仑在福明斯克。”保号维齐诺夫说，在黑暗中看不见谁在问他，但从声音上推断他不是考诺夫尼村。

被唤醒的人打了呵欠，伸了腰。

“我不想叫醒他，”他说，摸索着什么，“他害了病了！也许这是谣言。”

“这是情报，”保号维齐诺夫说，“我奉命立刻交给值日将军。”

“等一下，我来点火。该死的，你总是放到哪里去了？”伸腰的人向侍从兵说。这是柴尔必宁，是考诺夫尼村的副官，“找到了，找到了。”他补充说。

侍从兵打着火[①]，柴尔必宁摸索着蜡烛台。

“啊，浑蛋！”他厌恶地说。

在火花的光亮中，保号维齐诺夫看见了去拿蜡烛的柴尔必宁那张年轻的面孔和另一个在前面角落里睡觉的人。这人便是考诺夫尼村。

当硫磺木片那先蓝后红的火焰在火绒上点燃时，柴尔必宁一边点起了一支蜡烛（几只啃蜡烛的蟑螂从烛台上逃走了），一边看了看信使。保号维齐诺夫全身是泥，用袖子拭脸时，把脸上也沾上了泥。

“是谁报告的？”柴尔必宁接过封袋问。

“消息是确实的，”保号维齐诺夫说，“俘虏、哥萨克兵、侦探都一致报告同样的消息。”

“没有办法，一定要叫醒他了。”柴尔必宁说，站起来朝那个戴着睡帽、盖着大衣的人那里走去。

“彼得·彼德罗维支！”他说，考诺夫尼村没有动，“总司令部

---

① 毛注：在使用磷头火柴以前是用钢打火石来取火的。火花打在火绒上使它点着，然后再用浸过硫磺的木片到着火的火绒上去引火。

传！”他微笑了一下说，知道这句话一定可以叫醒他。

果然，戴睡帽的头立刻抬起来了。在考诺夫尼村那发红的、俊秀而又坚决的面孔上暂时还留着那种脱离现状的睡意朦胧的表情，但他突然抖擞了一下精神，脸上显出素常那种镇静、坚决的表情。

“哎，什么事？谁派来的？”他立刻问道，但并不着急，对着烛光眨了眨眼睛。

考诺夫尼村一面听着军官的报告，一面拆开封袋看起文书来。他一看完便把穿毛袜的脚垂在泥地上，开始穿鞋。然后他摘下睡帽，梳了梳鬓发，戴上了军便帽。

“你到这里时间不长吧？我们见殿下去吧。”

考诺夫尼村立刻明白，他带来的这个消息很重要，是不能耽搁的。这消息是好是坏，他没有去想，也没有问自己。他对这一点不感兴趣。他不是用智慧，不是用推论，而是用别的什么来看待整个战争的。在他的内心深处有一个不曾表露过的信念，他相信一切都会很好的；但是不应该仅仅相信这一点，尤其不该说出这一点，而是只要做自己的工作。他做了自己的工作，并且尽了他的全力。

彼得·彼德罗维支·考诺夫尼村和道黑图罗夫一样，只是由于礼仪的关系才被载入所谓一八一二年的英雄们——巴克拉之流、拉叶夫斯基之流、叶尔莫洛夫之流、卜拉托夫之流和米洛拉道维支之流——的名册中；他和道黑图罗夫一样，享有能力知识极其有限的名声；他和道黑图罗夫一样，从来不作会战计划，但总是在最困难的地方；从他担任值班将军那时起，总是开着门睡觉，并吩咐允许任何信使唤醒他；在作战时他总是在炮火下，所以库图索夫责备他，不敢派遣他到前线去；他和道黑图罗夫一样，是一个不受人注意的齿轮，虽然这些齿轮没有发出任何响声，却是机器的最主要的部分。

考诺夫尼村在潮湿、黑暗的夜晚走出农舍，皱了皱眉头，这一方面是由于他头痛得厉害，另一方面是由于他心中有个令人不快的想法：他想到参谋部里这整个一群有势力的人，尤其是在塔路齐诺战役之后与库图索夫格格不入的别尼格生，听到这个消息时会发生骚动，他们会提议、争论、发出和撤消命令。他觉得这个预感是不愉快的，然而他知道这是不能没有的。

果然，托尔——他是去向托尔报告这个新消息的——立刻向同住的将军发表自己的意见，考诺夫尼村沉默地疲倦地听了之后，提醒他说，他们一定要去见殿下。

17

库图索夫和所有的老年人一样，夜间睡得很少。他在白天常常忽然打盹，但在夜间，他穿着衣服躺在床上，多半没有睡着并且思索着。

他现在也躺在床上，用肥胖的手托着沉重的受伤的大头，沉思着，一只睁开的眼睛向黑暗中注视着。

自从和皇帝通信的而在参谋部中最有力量的别尼格生，开始躲避他之后，库图索夫觉得放心了——不再有人强迫他和他的军队去参与无益的攻击行动了。库图索夫沉痛地记在心头的塔路齐诺会战的和前一天的教训，一定会影响他们，他这么想。

“他们应当明白，我们攻击，只有失败。忍耐和时间，是我的战士和武士！”库图索夫想。他知道，苹果青的时候，是不该摘取的。它熟的时候，自己会掉落，但你在青的时候摘取，便是损害了苹果和树，而且要使牙齿发酸的。他像一个有经验的猎人，知道这只野兽已经受伤，并且只有俄军的全力才能够使它受到这样的伤，但是否致命，这还是一个尚待解决的问题。现在，由于劳理斯顿和柏代来米的来使，游击队的情报，库图索夫几乎确知这只野兽受了致命伤。但还需要证明，应该等待。

“他们想要跑去看看他们怎样打伤了这只野兽。等一等，我们就明白了。总是调动，总是攻击！”他想，“为什么？只是要自己立功。好像打仗是什么有趣的事。他们好像是小孩，关于事情发生的经过不能从他们那里获得有条理的说明，因为他们都想要证明他们是多么会打仗。但现在问题不在这里了。这些人向我提出了多么巧妙的调动！他们似乎觉得，当他们想到了两三个偶然事件的时候（他想起了彼得堡发出的总的计划），便是想到了一切。但偶然事件是无数的！”

这个未解决的问题——在保罗既诺所受的伤是否致命——在库图索夫的头脑里已经想了整整一个月了。一方面，法军占领了莫斯科。另一方面，库图索夫绝对无疑地觉得，他和全体的俄军竭尽全力所作的可怕的打击，一定是致命的。但是无论怎样，这是需要证明的，他已经等待了整整一个月，时间过得愈久，他愈不耐烦了。他夜里睡不着，躺在床上，他做的正是年轻将领们所做的、他因而责备他们的那种事。他和年轻的人一样，预料一切可能发生的事，但是有这样的一个区别：他不把这些假定作为根据，而且他不是只看见两三件，却是成千上万的可能发生的事。他思索愈久，可能发生的事出现愈多。他预料拿破仑军队的全军的或部分的任何运动——进攻彼得堡，进攻他，或者包围他；他也预料到（他所最怕的）这种可能发生的事，就是拿破仑也许会运用和他同样的武器反对他，留在莫斯科等待他。库图索夫甚至预料到拿破仑军队返回灭对恩与尤黑诺夫的运动；但是有一点他不能预料的，就是所发生的这件事：拿破仑军队在离莫斯科后最初十一天之内的疯狂慌乱的惊逃——这惊逃使库图索夫那时候还不敢想到的事情变为可能：就是法军的全部覆没。道罗浩夫关于不鲁歇师的情报，游击队关于拿破仑军队的艰苦情况的消息，关于法军准备退出莫斯科的传闻——这一切都证实了这个假定，就是法军受了打击，准备逃跑了；但这些只是假定，对于年轻人看来是重要的，对于库图索夫却不以为然了。他凭着自己六十年的经验，知道对于传闻应该怎么看待，知道有所想望的人们会收集各种消息，好像要用这些消息来证实他们所想望的事情，他也知道，在这种情形下他们很乐于忽视各种相反的情形。库图索夫愈这么想望，愈是不敢这么相信。这个问题使他耗费了全部精力。他觉得其余的一切只是日常生活中的惯事。日常生活中的惯事，就是他和参谋人员的谈话，他从塔路齐诺给斯塔叶夫人[①]写信、读小说、发奖赏，以及和彼得堡通信，等等。但只有他一个人预见到法军的覆灭，这是他心中唯一的希望。

十月十一日夜间，他支着臂肘躺在床上，思索着这件事。

隔壁房间里发出了响声，而且传来了托尔、考诺夫尼村和保号维齐诺夫的脚步声。

“哎，谁在那里？进来，进来！有什么消息？”总司令对他们大声说。

在听差点蜡烛时，托尔报告了消息的内容。

“是谁带来的？”库图索夫问，在蜡烛点亮后，他脸上那种冷淡严厉的表情使托尔感到诧异。

“无可怀疑的，殿下。”

“叫他进来，叫他进来！”

库图索夫坐在床上，垂下一只脚，他的大肚子斜靠在另一只盘起的腿上。他眯起那只完好的眼睛，以便看清楚来使，似乎他想从他的面容上看出自己所关心的事情。

“说吧，说吧，好朋友，”他一边用轻微的老年人的声音向保号维齐诺夫说着，一边掩起胸前敞开的衬衣，“来，走近一点。你带给我什么消息？拿破仑离开莫斯科了吗？是真的吗？啊？”

保号维齐诺夫详细地从头报告了他奉命要说的一切。

“说吧，快说吧，别叫我着急。”库图索夫打断了他的话。

保号维齐诺夫把一切都说了，沉默着等候命令。托尔正要说什么，可是库图索夫打断了他的话。他想要说什么，但是他忽然皱起眉头，脸上出现了皱纹；他向托尔挥了挥手，转过脸来望着对面，望着农舍里由

① 毛注：她是拿破仑的死敌。一八一二年她在彼得堡，库图索夫做总司令时，她最先对他表示热烈的祝贺并预祝他胜利。

于挂着圣像而显得黑暗的角落。

“主啊，我的创造者！你听到了我们的祈祷……”他合起手掌，用打颤的声音说，“俄国得救了。谢谢你，主啊！”于是他流下了眼泪。

18

从接到法军退出莫斯科的消息时候起，直到战争结束，库图索夫所有的活动，只是用权力、用计策、用请求来阻止他的军队，不让他们进行无益的攻击和调动，不让他们和垂死的敌人发生冲突。道黑图罗夫到马洛—雅罗斯拉维次去了，但是库图索夫却按兵不动，并下令撤出卡卢加，他觉得退到这个城市的后面去是完全可能的。

库图索夫处处退却，但是敌人不等到他退却，便往回朝着相反的方向逃跑了。

拿破仑的历史家们给我们描写他在塔路齐诺和马洛—雅罗斯拉维次的巧妙的调动，他们推测，若是拿破仑深入到南方富庶的各省，那会发生什么事情。

但是，这些历史家们没有说到，无论什么都阻挡不了拿破仑进入南方各省（因为俄军给他让路），他们忘了，无论什么办法也无法挽救拿破仑的军队，因为军队本身在那时候已经具备了无法避免的灭亡条件。为什么这个军队在莫斯科找到了丰富的给养却不能保存它，而把它糟蹋在脚下？为什么这个军队到了斯摩棱斯克，没有储存给养，却去抢劫给养？为什么这个军队能够在卡卢加省得到好转？那里住着的俄国人和莫斯科的人一样，并且大火也会同样烧掉那些人们点燃的东西。

这个军队在任何地方都不可能好转。它在斯摩棱斯克会战和莫斯科抢劫之后，自身便好像已经包含了化学的分解因素。

这些原先是军队里的人（拿破仑和每个士兵）随他们的长官们一起逃跑，自己也不知道要往哪里逃，大家都只希望一件事：本人尽可能快地逃出那个尽管大家不清楚，但还是意识到的绝境。

正因如此，在马洛—雅罗斯拉维次的会议上，在法国将军们假装是在讨论而发表各种意见时，直率的军人牟东说出了大家心里所想的事情，即尽可能快地逃走，这个最后的意见使大家无话可说，没有人甚至拿破仑也不能够反对这个大家公认的事实。

虽然大家都知道应该离开，但是，对于要逃走这一点仍有羞耻之感。因此需要一种外来的推动力来克服这种羞耻。这个推动力在必要时出现了。这便是法国人所说的le Hourra de l'empereur〔皇帝乌拉〕[①]。

会议的第二天，拿破仑一清早便佯作想去视察军队、视察过去和未来的战场，带了一群元帅和护兵，骑马走在军队的行列当中。寻找战利品的哥萨克兵碰到了皇帝本人，差一点儿把他抓住。哥萨克兵这一次没有抓住拿破仑，因为救了拿破仑命的又是那些使法军灭亡的战利品：哥萨克兵在塔路齐诺，在这里，撇下了人而去争夺的那些战利品。他们没有去注意拿破仑，却去抢战利品，因而拿破仑才得以逃走。

当les enfants du Don〔顿河区的子弟们〕能够在皇帝的军队中抓住皇帝本人的时候，皇帝显然没有别的办法可想，只有尽可能地朝最近的、熟悉的大道上逃跑。拿破仑已经四十岁，挺着大肚子，再没有从前那种灵敏和勇气了，他明白了这种情况的含意。在哥萨克兵给予他恐怖的影响下，他立刻同意了牟东的话，正如历史家们所说的，下令向斯摩棱斯克大道退却了。

拿破仑同意了牟东的话，军队后退了，这不是证明他下了令这么做，而是证明那种支配全军走上莫沙益司克大道的力量，同时也支配了拿破仑。

① 毛注：乌拉是俄军攻击敌人时的一种呼喊声。

19

人在运动中的时候，总是想替自己设想这个运动的目标。为了要走一千俚路，人必定要想走了这一千俚便有好东西。为了要有运动的力量，就必须有一个渴望到达的目的地。

法军前进时渴望到达的目的地是莫斯科，后退时的乐土则是祖国。但是祖国太遥远了，行走千俚的人一定要忘掉最后的目的地而对自己说："今天我要走四十俚路到休息的地方去宿夜。"在第一日的行程中，这个休息处遮没了最后的目的地，并且集中了所有的愿望和希望。在个别人身上所表现出的那些愿望，在人群中总是要扩散的。

对于顺着斯摩棱斯克旧道后退的法军来说，最后目的地是祖国太遥远了，最近的目的地是斯摩棱斯克，在人群中大幅度增长的所有愿望和希望都竭力要到达这个目的地。这并不是因为兵士知道在斯摩棱斯克有许多给养和新部队，也不是因为向他们说了这一点（恰恰相反，军中高级军官和拿破仑都知道那里的给养是很少的），而是因为这样做就可以给他们向前推进和忍受目前困苦的力量。他们以及那些知道和不知道这件事的人，都在同样自欺欺人，他们竭力向斯摩棱斯克推进，就像到乐土去一样。

法军上了大道，用惊人的力量和闻所未闻的速度向他们设想的目的地奔跑。除了把法兵结成一个整体并且给他们以某种力量的共同的愿望之外，还另有一个原因。那就是他们的数量。如同物理学上那个引力定律一样，这个庞大的数量吸引着人们的个别分子。他们数十万人一起运动，好像整整一个国家。

他们当中每个人只希望一件事——投降做俘虏，避免一切恐怖和不幸。但一方面，奔向目的地斯摩棱斯克这个共同愿望的力量，把每个人吸引到同一个方向；另一方面，一个军团向一个连投降是不可能的，虽然法兵利用每个方便的机会，互相分开，在理由不充足的、适当的借口下去投降，而这些借口却是不常有的。他们的数量和密集的迅速的运动，使他们失去了这种可能性，使俄军不但难以阻止、而且无法阻止法军用全体的力量所进行的这个运动。物体的机械分裂不能使加速分裂的过程超过一定的限度。

一团雪不能立刻融化。有一定的时间限度，早于这个时间限度，任何热能都不能使它融化。反之，热能愈大，剩余的雪就凝固得愈结实。

在俄军的将领中，除了库图索夫，没有人了解这一点。当法军确定顺着斯摩棱斯克大道方向逃跑时，考诺夫尼村在十月十一日夜晚所预料的事情才开始出现。所有的高级军官都想要立功，想要切断、阻截、俘虏、击溃法军，大家都要求发起攻击。

只有库图索夫一个人运用了他的全部力量（每个总司令的这些力量都不会很大）反对攻击。

他不能对他们说出我们现在所说的话：为什么要进行交战、拦截道路、损失自己的人和不人道地屠杀不幸的人呢？从莫斯科到维亚倚马，没有交战，军队便损失了三分之一，为什么还要这样做呢？但是他凭着自己老年人的智慧，对他们说了些容易明白的道理——他向他们谈到“金桥”的故事，他们嘲笑他、诽谤他，他们袭击、攻打，并且威吓那只将要被击毙的野兽。

在维亚倚马附近，叶尔莫洛夫、米洛拉道维支、卜拉托夫以及别人都和法军相隔很近，他们无法压制俄军切断和击溃两个法国军团的愿望。他们向库图索夫报告他们的意图时，没有用信封送去报告，却送去一张白纸。

无论库图索夫怎样努力制止军队，我军还是发起了攻击，而且极力拦截道路。据说，我们的步兵吹号击鼓发起攻击，杀死了几千人，自己也损失了几千人。

但是关于切断后路——他们并没有切断任何人的后路，也没有击溃任何法军。法军面临着危险，更加抱成一团，一面继续崩溃，一面仍朝着斯摩棱斯克那条死路走去。

第三部

1

保罗既诺会战和后来莫斯科被占领，以及法军不作新的会战而逃遁，这是历史上最有教益的现象之一。

所有的历史家都同意，若干国家和民族在他们互相发生冲突时的外在活动，是用战争来表现的：由于战争取得的胜利或大或小，使得国家与民族的政治力量直接增强或减弱。

虽然这种历史的描绘极其奇怪，说什么某某皇帝或国王和别的皇帝或国王发生了争执，征集军队和敌人的军队打仗，获得了胜利，杀了三千、五千、一万人，因此征服了一个国家和几百万人的整个民族，虽然不可理解为什么一个军队的失败，一个民族百分之一力量的失败，便使得一个民族屈服——但是所有的历史事实（就我们所知道的来说）都证实这种说法是正确的，即一个民族的军队对另一个民族的军队的或大或小的胜利，是民族力量增强或减弱的原因，至少是一种主要的标志。一个军队获得了胜利，那胜利的民族的权利立刻便增加了，而失败的民族便要遭受损害。一个军队失败了，那这个民族便立刻按失败的程度而丧失权利，在军队完全失败时，这个民族那就完全被征服了。

据历史记载，从远古起直到现在，都是这样。拿破仑的所有战争都证实了这个规律。按奥军失败的程度，奥国丧失它的权利，法国的权利和力量便得到增加。法军在耶拿和奥扼尔斯泰特的胜利破坏了普鲁士的独立生存。

但是忽然在一八一二年，法军在莫斯科城下获得了胜利，莫斯科被占领了，后来没有新的会战，并不是俄罗斯不复存在，而是六十万法军和后来拿破仑的法国不复存在了。硬要拿事实来适应历史规律，说保罗既诺战场是在俄军的手中，说在莫斯科会战之后，有许多会战消灭了拿破仑的军队——是不可能的。

在法军的保罗既诺胜利之后，不但没有大规模的会战，而且也没有重要的会战，然而法军不复存在了。这是怎么回事？假使这是中国历史上的例子，我们可以说，这不是历史现象（在任何事件不合他们的标准时，这便是历史家们的遁辞）；假使这是短暂的冲突，参与其事的只有少数军队，我们可以把这个现象当作例外；但是这个事件发生在我们父辈的眼前，他们觉得这是决定祖国存亡的问题，而这个战争是一切所知的战争中规模最大的一次战争……

一八一二年从保罗既诺会战到法军被逐出境的这段战争时期，证明了胜利的会战不但不是征服的原因，而且甚至不是征服的永久标志；证明了决定各民族命运的力量不在征服者，甚至不在军队与会战，而在别的什么方面。

法国的历史家们，在描写法军退出莫斯科之前的状况时，肯定地说，大军中的情形都很好，除了炮兵、骑兵和辎重兵，这是因为没有草秣作牛马的食料；而这个不幸是无法补救的，因为当地的农民烧掉了他们的干草，不留给法国人用。

胜利的会战并没有带来通常的结果，因为农民们卡尔卜与夫拉斯在法军退出后带了车辆去莫斯科抢劫，并且一点也没有表现个人的英雄气概，无数的这样的农民不把草秣运到莫斯科去卖好价钱，却把它焚去。

让我们设想，两个人带了剑，按照所有的剑术规则去作决斗。斗剑经过了很长的时间，忽然对手之一，觉得自己受了伤——明白了这件事不是开玩笑，却有关他的生命，他便抛了剑，顺手拾起一根棍棒，挥动起来。让我们再设想另一个对手，他很聪明地运用了最好的最简单的方法去达到他的目的，同时由于骑士精神的影响，他想要掩盖事件的真相，坚持说他是按照一切斗剑的规则获得胜利的。我们可以设想一下，这种决斗的叙述会多么混乱和糊涂。

要求按照剑术原则而决斗的剑手是法国人；他的对手，抛剑拿棍的，是俄国人；力求按照斗剑规则说明事件的人——是描写这个事件的历史家们。

从斯摩棱斯克焚烧的时候起，就开始了这个不遵守任何旧日战争传统的战争。城市与乡村的焚烧，交战后的退却，在保罗既诺给敌人的打击和再次退却，莫斯科的焚烧，捉拿抢劫者，拦截运输车，游击战，这都是违反规则的。

拿破仑感觉到这一点，从他采取斗剑的正规姿势留在莫斯科，没有看见对手的剑，只看见在他头上举起的棍棒的时候起，他不断地向库图索夫和亚力山大控诉，说战争打得违反一切规则（似乎屠杀人类，也有什么规则）。尽管法国人控诉不守规则，尽管俄国上层社会的人觉得用棍棒打架是羞耻，并且想要按照规则采取en quarte〔合乎第四条〕或者en tierce〔合乎第三条〕的姿势，作一个合乎prime〔第一条〕的巧妙的刺击，等等，然而民族战争的棍棒，却带着全部威胁而伟大的力量举了起来，并且不管任何人的趣味与规则，不考虑任何的东西，愚笨而单纯地，但合乎时宜地，举起来，落下去，打击法军，直到侵略的军队全部消灭。

这个民族是幸福的，他们不像一八一三年的法国人，他们不按照一切剑术的规则行礼，不掉转剑柄把它庄严地恭敬地交给宽大的胜利者；这个民族是幸福的，他们在紧要关头，不问别人在类似情形中遵守什么规则，却简单轻易地举起顺手拿到的棍棒，用它打击敌手，直到他们心中的愤怒与复仇的情绪变为轻蔑与怜悯。

2

有一个最明显而最有利的违反所谓战争规则的情况，就是分散的人群攻打那挤成一团的人群。这种战斗总是发生在全民性的战争中。这种战斗就是，不以人群对抗人群，而是人员散开，单独地攻击，并且被强大的力量攻击时，便立刻逃走，然后有了机会，便再攻击。西班牙的游击队是这么做的；高加索的山民是这么做的；一八一二年俄国人是这么做的。

他们称这种战争为游击战，以为这么称它是说明了它的意义。同时，这种战争不但不合任何规则，而且正违反尽人皆知的、被认为是绝对不错的、战术的规则。这种规则说，攻击者应该集中自己的兵力，要在交战时比敌方强。

游击战（如历史所表明，总是成功的）正违反这个规则。

这种矛盾产生于如下情况，即是，军事科学以为军队的力量与数量是相等的。军事科学说军队愈大，力量愈大。Les gros bataillons ont toujours raison.〔强大的兵力总是对的。〕

说这话的军事科学，好像那种只从质量上研究运动物体的机械学，根据这种研究而说，物体动量相等或不相等，因为它们的质量相等或不相等。

动量（运动的量）是质量与速度相乘之积。

在军事上，军队的力量也正是质量乘某种别的东西，乘某种未知的X之积。

军事科学，鉴于历史上的无数的这样的例子：就是，军队的质量并不和力量符合，小的支队往往战胜大的军队，便含糊地承认这种未知乘数的存在，并且时而在几何学的队形中，时而在武器中，时而，最通常的，在将领的天才中，极力寻找这种乘数。然而对于这个乘数加了这些不同的意义，却并不产生和历史事件相符合的结果。

然而只要放弃那种为了阿谀英雄而采取的、关于战时上峰指挥的效果的、虚伪的见解，我们就会找出这个未知的X。

这个X是士气，即是组成军队的全体人员的或大或小的战斗愿望与冒险愿望，完全不管他们是不是在天才的指挥下作战，是三横队还是两横队，是用棍棒还是用每分钟射击三十发的步枪。有最大战斗愿望的人们，总是使他们自己处在最有利的战斗条件中。

士气是一个乘数，它乘了质量，便得出力的积数。确定并表现这个未知乘数——士气——的意义，是科学问题。

这个问题要到那样的时候才可以解答，就是，我们不再武断地提出那个力量表现时的那些条件，例如，将领的命令，武器，等等，来代替未知的值X, 不把它们当作乘数的值，却完全无遗地承认这个未知数是或大或小的战斗愿望与冒险愿望。要用方程式表现已知的历史事件，要比较这个未知数的相对的值，那时候我们才能希望确定这个未知数的意义。

十个人，十个营，或十个师，打十五个人，十五个营，或十五个师，打败了十五个的，即是杀死，或掳获了他们全体，而自己损失四个；因此一方面的损失是四，另一方面的损失是十五。因此，四等于十五，因此4X=15Y。因此，X：Y=15：4。这个方程式并没有说出这个未知数的值，但它说出了两个未知数之间的比率。把选择出来的多种多样的历史单位（会战、战争、战争期限）列成这种方程式，可以获得一系数字，在这些数字当中一定有并且可以发现若干法则。

军队在进攻时应当采取群体的行动，在退却时应当分散，这个战术原则不觉地证实了这个真理，即是军队的力量是以士气为转移的。把士兵领到火线里去，比起抵抗敌人的攻击，需要更多的纪律，而纪律是只有借群体的运动才可以得到的。但这个忽视了士气的原则，不断地被证明了是不正确的，特别是在一切的民族战争中，当士气有剧烈的高涨或低落时，它是显然地违反事实的。

法军在一八一二年退却时，虽然按照战术，应该分散地防卫他们自己，却挤成了一团，因为士气是那样地低落，以致只有群体才可以把他们维持在一起。反之，按照战术，俄军应该群体地攻击，事实上却散开了，因为士气是那样高涨，以致个别的兵士没有命令便攻击法军，并且无须被强迫去遭受困难和危险。

3

所谓游击战是从敌人入斯摩棱斯克的时候开始的。

在游击战被我们政府正式承认之前，已经有成千的敌军——掉队、抢劫和抢粮的——都被哥萨克兵和农民们消灭了，他们不自觉地杀死法军，正像狗不自觉地咬死迷路的疯狗一样。皆尼斯·大卫道夫凭着俄国人的敏感性，最先认识了这种可怕的武器的作用，他不顾军事技术的原则，消灭了法军；采取了最初步骤使这种战争方法合法化的荣誉归属于他。

八月二十四日，建立了大卫道夫的第一个游击支队，继他的支队之后，又建立了别的游击支队。战役愈向前发展，这种支队建立的数目愈多。

游击队把大军一部分一部分地消灭。他们拾起了法军这棵枯树上自己掉下来的落叶，有时则摇动这棵树的树干。在十月法军向斯摩棱斯克逃跑的时候，这种规模与性质都不同的游击队已经有几百个了。有的仿效军队的一切方式，有步兵、炮兵、参谋部和生活的安排；有的是哥萨克队和骑兵；有的集中了少数的步骑兵；有的是不为人知道的农民和地主。有一个教堂执事当了游击队长，他在一个月之前，俘获了几百个俘虏。有一个村长的妻子发茜莉萨，杀死了几百个法兵。

十月末是游击战最紧张的时期。这种战争的最初时期已经过去，在这时期，游击队员们对自己的胆量感到诧异，时时刻刻都怕被法军捉住或包围，他们不解马鞍，几乎也不下马，藏在树林中，时时刻刻预防被人追击。现在这种战争已经有了一定的形式，大家都明白对法军可以做什么，不可以做什么了。现在只有那些有参谋部的支队长官们，按照规则远远地离开法军，并认为许多事是不可能的。小游击队早已开始战斗，并且很接近地侦察法军，他们认为大游击队的长官们所不敢想的事是可能的。潜入法军中间的哥萨克兵和农民，现在认为一切都是可能的。

十月二十二日，打游击战的皆尼索夫和他的部队正处在游击战的热情最旺盛的时期。他和他的部队从早晨起便出动了。他整天在靠近大道的树林中，窥视着大批的法军骑兵的行李运输队和俄国俘虏，他们是和别的部队拉开的，并且据侦察兵和俘虏们报告，是在强有力的掩护下向斯摩棱斯克进发的。知道这个运输队的，不但有皆尼索夫以及在他附近带领一个小游击支队的道洛号夫，而且还有一些有参谋部的大支队的长官们：大家都知道这个运输队，并且正如皆尼索夫所说的，他们都对它恨得咬牙切齿。有两个大支队的长官——一个是波兰人，一个是德国人，——几乎同时邀请皆尼索夫加入他们各自的支队去攻击运输队。

“不行，老兄，我自己也长胡子了。”皆尼索夫看了这些公文并回文给德国人说，虽然他衷心愿意在这样英勇有名的将军手下服务，但他不得不放弃这种荣幸，因为他已经接受了波兰将军的指挥①。他对波兰将军作了同样的答复，通知他说，他已经在德国人的指挥下了。

这样处理了之后，皆尼索夫打算不向上级长官报告这件事，就和道洛号夫一起用他们不大的兵力发起攻击，截夺运输队。十月二十二日，这个运输队从米库利诺村开拔到沙姆涉佛村去。从米库利诺到沙姆涉佛的左边有一大片森林，有的地方接近大道，有的地方和大道相隔一俚或更远。在这片森林里，皆尼索夫率领他的队伍走了一整天，有时进入树林的深处，有时走到树林的边缘，但一直钉着运动着的法军。那天早晨在米库利诺附近，在树林接近大道的地方，皆尼索夫部下的哥萨克兵截获了两辆陷在泥淖中的运送骑兵马鞍的车子，带入了树林。从那时起直

---

① 毛注：托氏从大卫道夫的《游击日记》中借用了这个策略，皆尼索夫借此保持自己独立的指挥权。

到傍晚他们没有攻击，只是窥视着法军的运动。不应该惊动他们，让他们平静地到达沙姆涉佛，到那时再和应该在傍晚前到达沙姆涉佛一俚外森林中的哨房里来商谈的道洛号夫会合。黎明时他们就从两边夹攻，好像雪山就在他们头上崩塌，一下就把他们全部击溃并俘虏他们。

在后边，离米库利诺两俚，在树林接近大道的地方，他们留下了六个哥萨克兵，在法军新来的纵队一出现的时候，他们就要立刻报告。

在沙姆涉佛前面，道洛号夫同样察看道路，想知道其他法军离这里还有多远。据估计，运输队有一千五百人。皆尼索夫只有二百人，道洛号夫也只有这么多人。但人数的优势并没有妨碍皆尼索夫的行动。他还必须知道的一件事，便是这些军队是什么样的。为了这个目的，皆尼索夫必须去抓一个舌头（即敌方纵队中的人）。在早晨攻击运输车队的时候，战事进行得那么急促，以致赶车的法国人全被消灭了，只活捉了一个小鼓手，他是掉队的，不能确切说出纵队中的军队是什么样的。

皆尼索夫认为再次发起攻击是危险的，为了不惊动全纵队，他派了从前是个农民的部下齐杭·协尔巴退到沙姆涉佛去，假如可能，哪怕抓到一个法军前队的军需官也好。

4

是秋天里的一个暖和下雨的日子。天空和地面都呈现出浑水般的颜色。有时好像下起雾，有时忽然下起倾斜的大雨。

皆尼索夫骑了一匹纯种的勒紧马肚带的瘦马，穿着淌水的毡外套，戴着皮帽走着。他和他的歪着头、贴紧耳朵的马一样，因为斜雨而皱着眉头，忧虑地看着前方。他那消瘦的、留着密密的、又黑又短的胡须的面孔似乎是怒气冲冲的。

和皆尼索夫并排走着的是一个同样穿着毡外套、头戴皮帽、骑着喂得饱饱的顿河区大马的哥萨克兵上尉，他是皆尼索夫的同事。

第三个人是哥萨克兵上尉洛发依斯基[1]，他是个身材高大、腰杆笔直、面色苍白、头发金黄的人，有一双细小明亮的眼睛，在他的面部和姿态上露出镇静自足的表情，他同样穿着毡外套，戴着皮帽子。虽然说不出马和骑马人的特点，但一看上尉和皆尼索夫就可以看出，皆尼索夫显得又潮湿又不舒服，他是个骑马的人；但一看上尉就可以看出，他似乎像平常一样地舒服而又镇静，他不是个骑马的人，而是个和马合为一体而能力量倍增的人。

走在他们前面一点的，是一个身穿灰色衣服、头戴白帽子、全身被雨淋得透湿的领路的农民。

在他们后面一点是一个身穿蓝色法军大衣的年轻军官，他骑着一匹瘦小的、大尾长鬃的、嘴边磨出血的基尔给斯马。

和这个年轻军官并排骑着马走的是一个骠骑兵，在他背后的马臀上带着一个穿着破烂的法军制服、头戴蓝帽子的小孩。小孩用冻红了的手抓住骠骑兵，晃动着光脚，极力使脚暖和起来，他扬起眉毛，惊异地向四周环顾着。这是早晨捉住的法国小鼓手。

后边，在狭窄、松软、踏出来的林间小道上，骠骑兵们三三两两地拉开着，再后是哥萨克兵，有的穿着毡外套，有的穿着法军大衣，有的头上顶着马衣。棕色和栗色的马都因为身上流着雨水变成铁青色了。马颈因为鬃毛湿透而显得异常细小。马身上散发出热气。马衣、马鞍和缰绳都是潮湿、溜滑、松软的，就像泥土和覆盖路面的落叶一样。人们蜷着身子坐着，动也不动，为了把流到身上的水焐暖，不让鞍子和膝盖下边和颈子后边刚滴下的冷水流进去。在拉开的哥萨克兵当中，有两辆用法国马和哥萨克兵配有鞍子的马拖着的辎重车，辗过枯叶和断枝，驶过路面上积水的辙沟。

① 毛注：这里所写的是实在的事。在大卫道夫（在小说中是皆尼索夫）得到最初的胜利之后，库图索夫给他的两个哥萨克团增强兵力。

皆尼索夫的马绕过路上的水洼时，走到路边，把他的膝盖碰上了树干。

“哎，鬼东西！”皆尼索夫愤怒地大叫，露出牙齿，用鞭子抽了马三鞭，把泥浆溅到自己和同伴的身上。皆尼索夫无精打采，由于下雨和挨饿（从早上到现在谁也没有吃过东西），尤其是因为道洛号夫到此刻还没有消息，派去抓舌头的人也没有回来。

“不会再有今天这样攻击运输队的机会了。单独攻击太冒险，但是延迟到明天——那别的大游击队便要把战利品从我们眼前夺去了。”皆尼索夫想，不断地注视着前面，想看到他所期待的道洛号夫的使者。

走上树林中的一条小道，皆尼索夫便停下来，从这里他可以看见右边遥远的地方。

“有人来了。”他说道。

哥萨克兵上尉朝着皆尼索夫所指的方向看去。

“来了两个人，一个军官，一个哥萨克兵。但是不能预料是不是中校本人。”上尉说，他爱用哥萨克所不知道的字眼。

骑马来的人下了山坡，消失不见了，过了几分钟又出现了。前面的军官用鞭子抽打着马，疲倦地奔驰着，他的衣服褴褛透湿，裤腿卷到了膝上。哥萨克兵立在脚镫上，在后边缓驰着。这个军官是个很年轻的孩子，面孔宽大、红润，目光敏锐、愉快，他骑马跑到皆尼索夫面前，递给他一封淋湿的信件。

“将军的信，”军官说，“请原谅！有点湿……”

皆尼索夫皱起眉头，接过信，拆开信来。

“他们都说危险危险，”军官在皆尼索夫看信时对上尉说，“不过，我和考马罗夫，”他指着哥萨克兵，“已经作了准备。我们每人有两把手枪……而这是怎么回事？”他看见了法军小鼓手问，“是俘虏吗？你们已经打过仗了吗？我可以同他说话吗？”

“罗斯托夫！彼恰！”这时皆尼索夫看完信叫了起来，“为什么你不说你是谁？”

于是皆尼索夫带着微笑转过身去，向军官伸出手去。

这个军官是彼恰·罗斯托夫。

一路上彼恰思忖着他应当怎样像一个成人、像一个军官所应有的那样对待皆尼索夫，不提起他从前和他是熟人。但皆尼索夫刚对他微笑了一下，彼恰便现出了笑容，高兴得脸发红，竟忘了准备好的礼节，说起他是怎样从法军那里经过的，他多么高兴接受了这个任务，说他已经在维亚倚马打了一仗，有一个骠骑兵在那里立了功。

“真的，我很高兴看见你。”皆尼索夫打断了他的话说，脸上又显出了关切的表情。

“米哈益·费阿克利退支，”他向上尉说，“要知道，他又是德国人派来的。他是他的部下。”

于是他又向上尉说，刚才来信的内容是德国将军又要求会师攻击运输队。“假使我们明天不截获运输队，他就要把它从我们面前夺去了。”他把话说完了。

在皆尼索夫和上尉说话的时候，彼恰因为皆尼索夫语气的冷淡而觉得发窘，他以为这样的语气是由于他的裤子的原因，于是他在大衣的下面偷偷地放下了卷起的裤腿，免得被人看见，并且力求尽量显出军人的气派。

“大人有什么命令吗？”他向皆尼索夫说，把手举到帽檐，又恢复着表演他所准备的副官对将军的态度，“我还要留在大人这里吗？”

“命令？……”皆尼索夫思索地说，“你可以留到明天吗？”

“呵，请……我可以留在您这里吗？”彼恰叫着。

“但是将军究竟怎么命令你的？马上回去吗？”皆尼索夫问。

彼恰脸红了。

“他没有什么命令。我想可以吗？”他探问地说。

“那么，很好。”皆尼索夫说。

他转向自己的部属，下了命令：一部分的人到树林中哨房旁边指定的休息处去，骑基尔给斯马的军官（这个军官担任副官的职务）去找道洛号夫，探明他在哪里，他晚上来不来。皆尼索夫自己打算和上尉和彼恰到树林边上靠近沙姆涉佛的地方去，以便察看他们明天所要攻击的法军的驻扎地。

“哦，胡子，”他向做向导的农民说，“领我们到沙姆涉佛去。”

皆尼索夫、彼恰和上尉由几个哥萨克兵和带领俘虏的骠骑兵陪伴着，向左边走，穿过一个山谷，到树林的边上去了。

5

雨止了，升起了雾，树枝上滴着水点。皆尼索夫、上尉和彼恰都无言地骑马跟在头戴小帽的农民的背后，农民轻轻地无声地在草根和潮湿的树叶上迈着他的穿草鞋的、向外撇的双脚领他们到林边去。

上了山坡，农民站住了，环顾了一下，向树木稀疏的地方走去。他站在一株还没有落叶子的大橡树下边，并且向他们神秘地招手。

皆尼索夫和彼恰到了他那里。从农民所站立的地方，可以看见法军。正在树林的那边，在斜坡上，有一片麦田。右边，在深谷的那边，可以看见一个小村庄和一座破顶的地主房屋。在这个村庄里，在地主房屋里，在全部的高坡上，在花园里，在井边和池边，在桥和村庄之间的整个的山道上，大约不出二百沙绳的距离，可以看见在浮动的雾里的人群。可以清晰地听到他们的非俄国人的声音在喊叫拖行李车上山的马匹和互相的呼叫。

“把俘虏带到这里来。”皆尼索夫低声说，眼睛一直盯着那法军。

哥萨克兵下了马，扶下了小孩，和他一同走到皆尼索夫的面前。皆尼索夫指着法军，问小孩，那些法军是什么部队。小孩把冻僵的手插进衣袋，竖起眉毛，惊恐地望着皆尼索夫，虽然他显然地愿意说出他所知道的一切，却在回答的时候慌乱起来了，一味地重复着皆尼索夫所问的话。皆尼索夫皱了皱眉，转过身来，向哥萨克兵上尉说着他自己的意见。

彼恰迅速地转动着他的头，时而看看小鼓手，时而看看皆尼索夫，时而看看哥萨克兵上尉，时而看看村庄里和道路上的法军，力求不要漏掉任何重要的见闻。

“不管道洛号夫来不来，我们要抓住他们！啊？”皆尼索夫愉快地闪亮着眼睛说。

“那是适宜的地点。”哥萨克兵上尉说。

“我们派步兵下去，顺着沼地，”皆尼索夫继续说，“他们要向花园里爬的；你领哥萨克兵从那边冲过去，”皆尼索夫指示着村庄那边的树林，“我从这里，和我的骠骑兵。凭信号枪声……”

“凹地走不过去——是一个泥沼，”哥萨克兵上尉说，“马要陷下去的，一定要从左边绕……”

当他们这么低声说话时，下边，在池边的凹地那里，响起一声枪声，又有一声枪声，冒了白烟，听到了半山腰里几百个法国兵同时的似乎是愉快的叫声。起初，皆尼索夫和哥萨克兵上尉都向后退。他们距离法军是那么近，以致他们觉得这些枪声和呼叫都是对他们而发的。但枪声和呼叫是与他们无关的。下边，在沼地上，有一个穿红衣服的人在跑。显然法国兵是向他开枪，向他喊叫的。

“哦，他是我们的齐杭。”哥萨克兵上尉说。

“他！是他！”

“这个无赖！”皆尼索夫说。

“他逃开了！”哥萨克兵上尉眯着眼说。

他们称为齐杭的这个人，跑到小河边，窜进河里，把河水飞溅起来了，他不见了一会儿，爬出水面，全身因为水而变黑了。他再向前跑。追赶他的法军停止了。

“好伶俐。”哥萨克兵上尉说。

“这个无赖！”皆尼索夫带着同样的恼怒的神情说，“他一直到现在，做了些什么？”

“这人是谁？”彼恰问。

“他是我们的哨兵，我派他去捉舌头的。”

“啊，就是。”彼恰说，对于皆尼索夫的头一句话点着头，似乎他明白了一切，其实他一点也不明白。

齐杭·协尔巴退是部队中一个最有用的人。他是格沙其河附近波克罗夫斯克村的农民。在作战的开始，皆尼索夫到了波克罗夫斯克村，像素常一样，他找来了村长，向他探问他所知道的法军的情形，村长回答的和所有村长们回答的一样，好像是为自己辩护，他说他什么也没有听见，什么也没有看见。但是皆尼索夫向他说明，他的目的是打法国人，并且问，是否有迷了路来到他们这里的法国兵。这时，村长说，确实有过几个“抢盗”，但是村上只有齐示卡·协尔巴退一个人管这种事情。皆尼索夫命令找来了齐杭，称赞了他的活动，当村长的面说了几句话，说到祖国的子孙们应该忠于沙皇和祖国，应该仇恨法国人。

“我们不会对法国人做什么坏事的，”齐杭说，显然是听到皆尼索夫的话，觉得恐惧了，“我们只是和这些孩子们开开玩笑，你知道。我们只打死了二十来个‘抢盗’，但我们没有做什么坏事……”

第二天，当皆尼索夫完全忘记了这个农民而离开波克罗夫斯克村庄时，有人向他说，齐杭爱上了他们的队伍并且要求他们收留他。皆尼索夫下令收留了他。

齐杭起初做些生火、打水、剥马皮等等粗事，不久就显出对于游击战的热心与能力。他常在夜间去夺胜利品，每次都带回法军的衣服和武器，在他奉到命令时，他也带回法国俘虏。皆尼索夫让齐杭停止了粗活，开始带他出动，把他编在哥萨克兵里。

齐杭不欢喜骑马，总是步行，从来不曾落在骑兵的后边。他的武器是一支步枪（他带着步枪多半是为了开玩笑），一根矛枪和一把斧头，他运用斧头，好像狼运用牙齿一样——像狼用牙齿轻易地从毛里捉蚤子、嚼大骨头一样。齐杭准确地挥动斧头劈木柴，同样准确地拿着斧头的背削细木钉、雕勺子。在皆尼索夫的部队里，齐杭处于例外的特殊地位。在需要做什么特别困难的脏活——例如，用肩膀把车子从泥泞中扛出来，抓住马尾巴把马从沼泽里拖出来，剥马皮，潜入到法军中去，一天走五十俚路——的时候，大家便指着齐杭发笑。

“他这个鬼东西什么都能办，身体结实得像匹马。”大家都这么说他。

有一次，齐杭所要捕抓的一个法国兵向他开了枪，打伤了他背上的肌肉。齐杭用伏特加酒给予里外医治的这个伤，成了全队最愉快的笑料，齐杭是很乐意和他们说笑话的。

“怎么，老兄，你不干了吗？你的背压弯了吗？”哥萨克兵们取笑他，而齐杭故意把眉头蹙着，做个怪相，假装发怒，用最令人发笑的诅咒责骂法国人。这件事对于齐杭只产生了这种影响，即他在受伤之后很少捉回俘虏了。

齐杭是部队中最有用、最勇敢的人。没有人比他发现过更多的攻击机会，没有人比他擒获或者杀死过更多的法国人；因此，他成了所有哥萨克兵和骠骑兵开玩笑的对象，他自己也乐意做这样的角色。

现在，还在夜晚齐杭就被皆尼索夫派往沙姆涉佛去捕捉舌头。但是，或者因为他不满足只捕捉一个法国人，或者因为睡了一夜，他在白天爬进法军中间的灌木丛时，正像皆尼索夫在山上所看到的那样，他被法军发现了。

6

皆尼索夫就明天的攻击又同哥萨克兵上尉谈了一会，便掉转马头回去了，这个攻击似乎是皆尼索夫现在看到法军的接近而断然决定的。

“好吧，老弟，我们现在去把身上烘烘干吧。”他向彼恰说。

皆尼索夫到了树林当中的哨房那里停了下来，向树林里注视着。在树林里的树丛当中，有一个腿很长、摆动着一双长手、大步轻快地走动的人，他身穿短外衣，脚穿草鞋，头戴卡桑帽子，肩上背着一支步枪，腰带上插着一把斧头。这人看见了皆尼索夫，赶快把什么东西抛到灌木丛里，摘下帽檐下垂的湿帽子，走到长官面前。这人是齐杭。他那眼睛细小、打皱的麻脸上显露出自满愉快的神色。他边把头仰得很高，好像要忍着笑声，边注视着皆尼索夫。

“啊，你哪里去了？”皆尼索夫说。

“哪里去了？去捉法国人了。”齐杭用沙哑、响亮的低音大胆而又匆忙地回答。

“你为什么在白天去？畜牲！怎么，没抓着？……”

“抓倒是抓了一个。”齐杭说。

“他在哪里？”

“他还是我在天亮时最先抓着的，”齐杭继续说，叉开着穿草鞋的向外撇的平底脚，“我把他带进了树林。我看他没用。我想再去抓一个更有用的。”

“嘿，调皮的家伙，果然是这样，”皆尼索夫向哥萨克兵上尉说，“你为什么不把那个人带来？”

“把他带来有什么用呢？”齐杭生气地、急促地说，“他是个没用的人。难道我不知道您需要的是什么样的人吗？”

“你这个调皮鬼！……哦？……”

“我去抓另一个，”齐杭继续说，“我就这样巧妙地钻进了树林里，身子趴在地上。”齐杭边说边忽然敏捷地趴下，表示他是怎样行动的，“来了一个，”他继续说，“我这样地抓住了他。”齐杭迅速地灵巧地跳起来，“我说，‘我们去见上校。’他闹起来了。他们来了四个人。他们带着刀向我冲。我这样地用斧头迎他们；我说，‘你们是干什么的，基督保佑你们。’”齐杭喊了一声，挥了挥手臂，威胁地皱着眉，挺着胸脯。

“我们在山上看见了，你是怎样穿过那些水池子逃命的。”哥萨克兵上尉眯着明亮的眼睛说。

彼恰很想笑出来，但是他看见别人都忍住了笑声。他迅速地把眼睛从齐杭的脸上移到了哥萨克兵上尉和皆尼索夫的脸上，不明白这一切是什么意思。

“你不要装傻！”皆尼索夫说，愤怒地咳着，“你为什么不把头一个带来？”

齐杭开始一手搔背，一手搔头，忽然他的脸现出喜气洋洋的笨拙的笑容，露出一个牙豁（他因此被称为协尔巴退，即是豁牙齿），皆尼索夫微笑了一下，彼恰发出愉快的大笑，齐杭自己也大笑了。

“但他一点也不中用，”齐杭说，“他穿的衣裳很坏，我怎能把他带来呢？大人，他是那么粗野。他说，‘呵，我是将军的儿子，我不去。’”

“你这个畜牲！”皆尼索夫说，“我要问他……”

“但是我已经问过他，”齐杭说，“他说：他不知道；他说，我们的兵很多，但都是很坏的家伙；他说，只能名义上算得是兵罢了；他说，只要您大声地叫一下，就可以把他们全体抓住了。”齐杭说完，愉快地坚决地看了看皆尼索夫的眼睛。

“我要抽你一百鞭子，教训你，不许装傻。”皆尼索夫严厉地说。

“为什么发脾气呢，”齐杭说，“因为我没有发现您的法国人吗？那么天一黑，我就照您所要的，带三个来。”

“好，我们走吧。”皆尼索夫说。于是他愤怒地皱着眉，沉默地骑马到哨房去了。

齐杭跟在后边，彼恰听到哥萨克兵和他一同在笑，并且笑他把一双鞋子抛到灌木里去了。

在他们对齐杭说话和微笑所发的一阵笑声之后，彼恰立刻明白了这个齐杭杀死过一个人，觉得不舒服。他回头看了看被俘虏的小鼓手，心中觉得悲痛。但这种不舒服只经过了片刻的时间。他觉得他必须把头抬得更高，提起精神，并且带着自尊的神气向哥萨克兵上尉问到明天的任务，这样他便不至于不配在这个团体里了。

道洛号夫所派遣的军官在路上遇见了皆尼索夫，他带来消息，说道洛号夫马上就来，并且他那边一切都好。

皆尼索夫忽然愉快起来，把彼恰叫到他的身边。

“你向我讲讲你自己的事情吧。”他说。

7

彼恰离开莫斯科之后，便和家里的人分手，回到他自己的团里去了。没有多久，他便做了那个指挥大游击支队的将军的传令官。自从他升为军官以来，尤其是在他加入了作战的部队参加了维亚倚马会战之后，他就因为他已是成人而不断地感觉到一种幸福的、兴奋的高兴情绪，并且不断地感觉到一种狂喜的着急的心情，不肯放过任何表现英勇行为的机会。他为了军中所见所闻的事情而觉得很幸福，但同时，他总是似乎觉得，在他所不在的地方，此刻正在创建真正的最英勇的功勋。于是他总是急着要赶到他不在的地方去。

十月二十一日，他的将军表示希望派一个人到皆尼索夫的支队里去的时候，彼恰那么可怜地请求派他去，以致将军不能拒绝。但是将军派遣他去时，想起了彼恰在维亚倚马会战中的疯狂行为，在那地方彼恰没有到派他去的地方，却在前线法军的炮火下骑马奔驰，并且开了两次手枪，所以这次派遣他去的时候，特地禁止彼恰参加皆尼索夫的任何战斗。因此皆尼索夫问他是否可以留下的时候，彼恰脸红并且发窘了。在到达林边之前，彼恰认为他一定要严格履行他的职责，马上回去。但是当他看到法军、看见齐杭时，当他知道今夜一定要攻击时，他像年轻人那样迅速地改变了他的看法，认为他直到现在所尊敬的将军是个无用的德国人，认为皆尼索夫是英雄，哥萨克兵上尉是英雄，齐杭是英雄，他觉得在困难的时候离开他们是可耻的。

当皆尼索夫、彼恰和上尉到达哨房时，天已经快要黑了。在苍茫中可以看见有鞍子的马匹，在林中空地上搭小棚的哥萨克兵和骠骑兵，以及为了避免法兵看见烟而在树林里的凹处点起的发红的篝火。在小棚子的门廊上有一个卷起袖子的哥萨克兵在切羊肉。在这间小棚子里有皆尼索夫部下的三个军官，他们用门当桌子。彼恰脱下了湿衣服给人去烘干，自己立刻帮助军官们安置饭桌。

十分钟后桌子安置好了，铺上了台布。桌上有伏特加酒、一壶甜酒、白面包、烤羊肉和盐。

彼恰和军官们一起坐在桌边，用淌油的手撕着又肥又香的羊肉，对所有的人怀着欣喜的小孩似的温柔的爱，因此相信别人也对他怀着同样的爱。

“那么您是怎么想的呢，发西利·德米特锐支？”他对皆尼索夫说，“我在您这里住一天，没有关系吗？”不等回答，他便自己回答，“要知道，我在奉命打听，我现在就在这里打听……只要您让我住在这个……在这重要的……我不需要奖赏……但我想要……”彼恰咬紧牙回头望了一下，微微向上抬了抬仰起的头，挥动着手臂。

“在这最重要的……但我想要……”皆尼索夫微笑着重复他的话说。

“请您完全让我指挥一下，”彼恰继续说，“这费您什么事呢？啊，您要小刀吗？”他对一个想割羊肉的军官说。

于是他把自己的小刀递给军官。

军官称赞了这把小刀。

“请您留下吧。我有很多这样的……”彼恰红着脸说，“喔唷！我完全忘了，”他忽然叫起来，“我有很好的葡萄干，您知道，是没有核的。我们有一个新来的随军商人，他卖的东西都是那么好，我买了十磅。我习惯吃甜食。您要吃吗？……”于是彼恰跑到门廊上他的哥萨克兵那里，拿来几只袋子，袋子里装着大约五磅葡萄干，“尝一点，诸位，尝一点。”

“您要不要咖啡壶呢？”他对上尉说，“我在随军商人那里买了一把顶好的！他的东西都是顶好的。他很正派。这是很重要的。我一定要送给您。也许您的火石用完了，打完了，这是常有的事。我带在身边，我身边就有……”他拿出了一只袋子，“一百粒火石。我买得很便宜。请您尽量拿，都拿去吧……”彼恰怕自己说得过头，忽然停住了话头，脸红了。

他开始回想起他是否还做了什么蠢事。他思索着当天的事情，想起了法国小鼓手。“我们嘛，过得很好，他怎样呢？他们把他放到哪里去了？他们给他饭吃吗？他们没有欺负他吗？”他想。但是他发觉自己关于燧石说得过头，现在便不敢再说了。

“我可以问的……”他想，“他们要说：他自己是小孩，所以他可怜小孩子。明天我让他们看，我是不是小孩子。假使我问，不是可羞吗？”彼恰想，“啊，没有关系！”立刻他红了脸，恐惧地望着军官，看他们脸上是否有嘲笑的神色，说道：“我可以把那个俘虏的孩子叫进来，给他一点东西吃吗？……也许……”

“可以，那个可怜的孩子，”皆尼索夫说，显然并不觉得这个提议可羞，“叫他到这里来，他叫Vincent Bosse〔文生·保斯〕。叫他来。”

“我去叫。”彼恰说。

“叫吧，叫吧。可怜的小孩子。”皆尼索夫又说。

皆尼索夫说这话时，彼恰站在门口。他从军官们当中走了进来，走到皆尼索夫的身边。

“让我吻您，亲爱的，”他说，“啊，多么好！多么好！”

于是他吻了皆尼索夫，跑到门外去了。

“Bosse！Vincent！〔保斯！文生！〕”彼恰站在门外喊叫。

“先生，您叫谁？”黑暗中的声音说。

彼恰回答说，是叫今天俘虏的那个小法国人。

“啊！维生尼吗？”哥萨克兵说。

他的名字文生已经被哥萨克兵变成维生尼（春天的），又被农民和兵士变成维生尼亚。在这两种称呼中都含有春天的意思，这正符合这个小孩给人的印象。

“他在营火旁边烤火。哎，维生尼亚！维生尼亚！维生尼！”在黑暗中发出互相传呼声和笑声。

“他是一个伶俐的孩子，”站在彼恰旁边的骠骑兵说，“我们刚才给他吃了东西。他饿极了！”

黑暗中有了脚步声，小鼓手在泥泞中踩着双光脚，走到了门前。

“Ah, c'est vous!〔啊，就是你！〕”彼恰说，“Voulez vous manger? N'ayez pas peur, on ne vous fera pas de mal,〔你想吃东西吗？不要怕，他们不会伤害你的，〕”他羞怯地说，亲切地摸他的手，“Entrez, entrez.〔进来，进来。〕”

“Merci, monsieur.〔谢谢，先生。〕”小鼓手用打颤的几乎是小孩的声音说，于是他开始在门坎上蹭着泥脚。

彼恰想要向小鼓手说许许多多话，但他不敢说。他踌躇不前地在门廊上站在他身边，然后在黑暗中抓住他的手紧握着。

“Entrez, entrez.〔进来，进来。〕”他用亲切的低语重复说。

“啊，我能替他做点什么呢？”彼恰向自己说，然后打开了门，让那小孩先走进去。

小鼓手进了小农舍时，彼恰坐得离他很远，认为向他注意，对于自己是有失尊严的。他只在衣袋中摸着钱，不能决定，把钱给小鼓手是不是可羞的。

8

皆尼索夫吩咐了给小鼓手伏特加和羊肉，吩咐给他穿了农民衣服，这样就可以把他留在部队里，不和俘虏们一同送走了。彼恰对小鼓手的注意，被道洛号夫的到来吸引去了。彼恰在军中听过许多关于道洛号夫异常勇敢，和他对法军残忍的故事，因此，从道洛号夫进农舍时，彼恰的眼睛就一直盯着他，而且越来越有精神，他仰起了头，这样他便不至于不配和道洛号夫这样一伙人在一起了。

道洛号夫平常的外表使彼恰大为惊异。

皆尼索夫穿着哥萨克兵的衣服，留着胡须，胸前挂着奇迹创造者尼考拉的圣像，在说话的方式和待人接物上都显出他的地位特殊。道洛号夫从前在莫斯科穿波斯衣服，现在却相反，显出了最拘泥的禁卫军军官的神情。他的脸刮得很干净，身穿禁卫军的棉军服，在纽孔上系着圣・乔治勋章，头上端正地戴着普通的便帽。他在屋角脱下潮湿的毡外套，没有向任何人问好，走到皆尼索夫面前，立刻开始向他问起正事。皆尼索夫向他说到大的支队关于截夺法军运输队的计策，谈到彼恰到这里来的事，谈到他怎样答复了两位将军。然后皆尼索夫说到他所知道的关于法军支队的各种情形。

“是这样的。但一定要知道，是什么样的军队，有多少人，”道洛号夫说，“应该去看一下。他们的人数了解得不准确是不能作战的。我喜欢事情做得认真。那么，诸位当中有没有人愿意跟我一起去看法军阵营呢？我身边还有一套制服。”

“我，我……我跟您去！”彼恰叫喊着。

“根本不需要你去，”皆尼索夫说，又转身对道洛号夫说，“我决不让他去。”

“那好极了！”彼恰大叫一声，“为什么不让我去？……”

“因为用不着。”

“请您原谅，因为……因为……我要去，话说完了。您带我去吗？”他转向道洛号夫说。

“究竟为什么……”道洛号夫一边心不在焉地回答，一边注视着法国小鼓手的脸。

“这个小孩在你这里很久了吗？”他问皆尼索夫。

“今天抓到的，他什么都不知道。我把他留在了我身边。”

“嗯，你把其余的人弄到哪里去了？”道洛号夫说。

“怎么弄到哪里去了？我把他们送走了，打了收据，”皆尼索夫忽然脸红起来，叫了一声，“我敢说，我的良心不会残害一条人命。我照直说，难道你把三十人或者三百人押送到城里去，比保持军人的荣誉还困难吗？”

“这种亲切的话是适于十六岁的年轻伯爵说说的，”道洛号夫冷笑地说，“你不该说这种话了。”

“怎么，我没有说什么。我只是说我一定要跟你去。”彼恰胆怯地说。

“老兄，我同你该抛弃这种好听的话了，”道洛号夫继续说，似乎他特别高兴要说这个使皆尼索夫发怒的话题，“你为什么把他留在身边？”他摇着头说，“因为你可怜他吗？我们知道你的收据。你送走了一百人，只到了三十。其余的都饿死、被杀死了。不送走他们，反正不是一样吗？”

哥萨克兵上尉眯起明亮的眼睛，赞同地点点头。

“这反正一样，此刻用不着讨论。我不想把这件事放在我的心上。你说他们会死的。这就好。只要不是因为我的缘故。”

道洛号夫笑了起来。

“谁不叫他们抓我二十次呢？要知道，他们若是抓住我，就要把我吊在白杨树上，对你和你的骑士精神，也是一样的。”他沉默了一会儿，“但是我们应该作准备了。叫我的哥萨克兵把我的箱子拿来！我有两套法军制服。怎么，你和我一起去吗？”他问彼恰。

“我吗？是的，是的，一定的。”彼恰注视着皆尼索夫，大叫着，脸红得几乎要流泪了。

在道洛号夫和皆尼索夫争执应该如何处置俘虏时，彼恰又感觉到不舒服和着急了；但是他又没有工夫好好了解他们所说的话。“既然成年的有名的人这么想，所以应该是这样的，所以是很好的，”他想，“但最重要的是，不要让皆尼索夫以为我要听从他，他可以命令我。我一定要同道洛号夫到法军营地去。他能够，我也能够！”

皆尼索夫再三地劝他不要去，彼恰总是回答说，他也惯于把一切事情做得认真，他不是随便说的，他从来没有想到个人的危险。

“因为——您会同意的——假使我们不确实知道那里有多少人……这有关几百人的生命，但是这里只有我们两个人。并且我很想做这件事，我一定，一定要去，您不要阻止我，”他说，“那样只会更不好……”

9

彼恰和道洛号夫穿戴了法兵的大衣和高顶帽，骑马走到皆尼索大观看法军野营的林中空地，走出树林，在完全黑暗中下了山坡。道洛号夫命令了陪送的哥萨克兵们等在山下，然后骑马顺大路快驰地向桥上走去。彼恰兴奋得心慌，和他并排走着。

“假使我们被捉住了，我决不活着投降，我有手枪。”彼恰低语。

“不要说俄语。”道洛号夫迅速低声说，正在这时候，黑暗中发出了喊声“qui vive〔谁来了〕”和枪声。

血涌上了彼恰的脸。他抓住了手枪。

“Lanciers du 6-me.〔第六团的矛枪骑兵。〕”道洛号夫说，没有加快也没有放缓马的步子。

哨兵的黑影子站在桥上。

“Mot d’ordre?〔口令？〕”

道洛号夫勒住了马，缓行着。

“Dites donc, le colonel Gérard est ici?〔告诉我，热拉尔上校在这里

吗？〕”他说。

“Mot d’ordre.〔口令。〕”哨兵说，没有回答他，却挡住去路。

“Quand un offcicer fait sa ronde, les sentinelles ne demandent pas le mot d’ordre〔官长巡逻的时候，哨兵不问口令〕……”道洛号夫叫起来，忽然发火了，骑马向哨兵面前走着，“Je vous demande si le colonel est ici.〔我问你，上校在不在这里。〕”

不等待让路的哨兵回答，道洛号夫就骑马慢步地上山去了。

看见了一个黑影子从路上穿过，道洛号夫叫这个人站住，问他司令官和军官们在哪里。这个人是一个兵，肩上有一个袋子，他站住了，走到道洛号夫马前，用一只手摸着马，简单而友好地说，司令官和军官们都在山上，在右边农场（他这样地称地主的房子）的院子里。

走完了两边有法兵在营火旁说话的道路，道洛号夫转入地主家的院子。进了门，下了马，他走到一个熊熊的大营火前，火旁坐着几个人在大声说话。火旁的小锅里在煮东西，一个头戴小帽身穿蓝色军大衣的兵，被火光照亮，跪在旁边用通条在锅里搅着。

“Oh, c’est un dur à cuire.〔哦，他是个不好对付的家伙。〕”坐在火对面阴影中的一个军官说。

“Il les fera marcher les lapins.〔他要使那些傻瓜上当的。〕①”另一个带着笑声说。

两人都沉默了，在黑暗中注视着牵马来到火边的道洛号夫和彼恰的脚步声。

“Bonjour, messieurs!〔诸位，好！〕”道洛号夫大声地清晰地说。

军官们在火光的阴影中骚动了一下，一个长脖子的高高的军官绕过营火，走到道洛号夫面前。

“C’est vous, Clément?〔是你，克来茫？〕”他说，“D’où diable

① 原本注：法国成语。

〔到底〕……”但是他发觉了自己的错误，没有说完，轻轻地皱了皱眉，像对待不相识的人那样地向道洛号夫问好，问道洛号夫，有什么地方他可以替他效劳。

道洛号夫说，他是和同伴在追赶他们的团，并且问大家可知道第六团的情形。没有人知道任何情形；彼恰觉得军官们开始敌意地怀疑地在看他和道洛号夫。大家沉默了一会儿。

“Si vous comptez sur la soupedu soir, vous venez trop tard.〔你若是打算吃晚上的汤，你来得太迟了。〕”火那边的声音忍着笑声说。

道洛号夫回答说，他们吃饱了，他们还须赶夜路。

他把马交给了搅汤锅的兵，在营火旁边长脖子军官的身边蹲下来。这个军官，目不转睛地望着道洛号夫，又问他，他是哪一团的。道洛号夫没有回答，好像没有听到这个问题，却吸着了从荷包里拿出的法国烟斗，向军官们问到前面的路上是否有碰见哥萨克兵的危险。

“Les brigands sont partout.〔处处是盗匪。〕”有一个军官在火那边回答。

道洛号夫说，哥萨克兵只对于像他和他的同伴这样的落伍的人才是可怕的，“但是对于大的部队，哥萨克兵也许不敢出击吧？”他这么疑问地说。没有人回答他。

“好，现在他该走了。”彼恰时时刻刻这么想着，站在营火旁边听他说话。

但是道洛号夫又继续讲着中断了的话，开始直接地探问他们一营有多少人，一共有多少营，有多少俘虏。道洛号夫问到他们的支队中的俄国俘虏的时候，说：“La vilaine affaire de trainer ces cadavres après soi. Vaudrait mieux fusiller cette canaille.〔把这些尸首拖在身边，是讨厌的事情。顶好是把这些废物枪毙了。〕”他大声地发出那么奇怪的笑声，以致彼恰觉得法国人会立刻识破他的欺骗，不觉地离开营火后退了一步。

没有人回答道洛号夫的话声和笑声，一个未被看见的法国军官（他裹着大衣躺着），坐起来向同伴说了什么。道洛号夫站起来，叫了牵马的兵。

“他们牵不牵马来呢？”彼恰想，不觉地向道洛号夫靠近着。

马牵来了。

“Bonjour, messieurs.〔再会，诸位。〕”道洛号夫说。

彼恰想说bonsoir〔再会〕，却一个字也不能够说出来。军官们互相低声在说什么。道洛号夫好久才骑上站立不定的马；然后他缓步地骑马走出门。彼恰在他旁边骑马走着，想要而又不敢回头看一下，法国人是否跑着在追赶他们。

道洛号夫上了路，没有从田野上、却顺着乡村往回走。他在一个地方停下来倾听着。

“听见吗？”他说。

彼恰听得出俄国人的话声，看得见营火旁边俄国俘虏们的黑影子。下到桥边，彼恰和道洛号夫走过哨兵的身边，哨兵一言未发，忧郁地在桥上来回走着，他们回到哥萨克兵在等候的山坳里去了。

“好，再会了。告诉皆尼索夫，天刚亮，凭第一个枪声。”道洛号夫说过，想要走开，但是彼恰抓住他的胳膊。

“不要走！”他喊叫着，“你是一个大英雄！啊，多么好！多么出色！我多么爱您哦！”

“好了，好了。”道洛号夫说，但是彼恰没有放他，道洛号夫在黑暗中看见彼恰向他弯着腰。他想要接吻。道洛号夫吻了他，发出笑声，然后掉转了马，在黑暗中消失了。

10

彼恰回到哨房，在门廊上看见了皆尼索夫。皆尼索夫感到兴奋，不安，以及因为放走了彼恰而对自己的恼怒。他在等候他。

“谢谢上帝！”他大叫了一声，“谢谢上帝！”他又说，听着彼恰的得意扬扬的叙述，“该死，哦，我为了你没有睡觉！”皆尼索夫说，“好，感谢上帝，现在去睡吧。还可以睡到天亮。”

“但是……不，”彼恰说，“我还不想睡。并且我知道我自己，假使睡着了，那就完了。因为我习惯了在会战之前不睡觉。”

彼恰在哨房里坐了一会，高兴地回想着他出行的详情，并且真切地想象着明天将要发生的事情。后来，看到皆尼索夫睡着了，他站起来走出去了。

外面还是完全黑暗的。雨已经止了，但水点还从树上向下滴着。在哨房的附近可以看见哥萨克兵小棚子的，和系在一处的马的黑影子。在哨房的后边可以看见两辆辎重车的黑影子，马系在车边；在山坳里将熄的营火发着红光。哥萨克兵和骠骑兵没有全睡：有些地方，在滴水声和附近的马嚼声之中，可以听到低微的好像低语的声音。

彼恰从门廊里走出来，向黑暗中看了一下，然后走到辎重车那里。有谁在车下面打鼾，车子旁边站立着未解鞍子的在嚼燕麦的马。在黑暗中彼恰认出了自己的马，走到马那里，他称它卡拉巴黑[①]，其实它是小俄罗斯的马。

“哦，卡拉巴黑，明天我们要出力了。”他说，嗅它的鼻孔，并且吻它。

“为什么大人还不睡？”有一个坐在辎重车下的哥萨克兵说。

“不，哦……利哈巧夫，好像你是叫这名字吧？你晓得我是刚刚回来的。我们到了法国人那里。”

于是彼恰不但详细地向哥萨克兵说了他的侦察，而且说了他为什么要去，为什么他认为冒自己生命的危险，要比随便做什么事好些。

“那么，您要睡一下了。”哥萨克兵说。

---

① 毛注：这是高加索南部产马的地区。

“不要，我弄惯了，”彼恰回答，“您们的手枪里的燧石没有用完吗？我带了一点。你要吗？你拿吧。”

哥萨克兵从车子下边伸出头来，以便更接近地看清彼恰。

“因为我习惯把一切事情做得很认真，”彼恰说，“有的人做事随便，事前不准备，事后又懊悔。我不喜欢这样。”

“正是这样。”哥萨克兵说。

“还有一件事，好朋友，请你把我的刀磨磨快，它钝了……（但是彼恰怕说谎）刀从来没有开过口。行不行呢？”

“当然行。”

利哈巧夫站起来，在背包里翻了一阵，于是彼恰便立刻听到钢刀和磨刀石的摩擦声。他在车子旁边坐了下来。哥萨克兵在车旁磨起刀来。

“怎么，弟兄们都睡了吗？”彼恰说。

“有的睡了，有的还没有。”

“那个小孩怎么样？”

“维生尼吗？他躺在门廊那里。他受惊之后睡着了。他多么高兴啊！”

后来彼恰沉默了很久，听着磨刀声。在黑暗中传来了脚步声，出现了一个黑影子。

“你在磨什么？”那人朝大车跟前走来，问道。

“在替这位大人磨刀。”

“是件好事，”这个人说，彼恰觉得他是骠骑兵，“您这里有茶杯吗？”

“就在车轮旁边。”

骠骑兵拿走了茶杯。

“大概天快亮了。”他打着呵欠说，然后走开了。

彼恰应该知道他是在树林里，在皆尼索夫的支队里，离大路只有一俚；他坐在夺来的法军的辎重车上，车旁系着马；哥萨克兵利哈巧夫坐在车旁在替他磨刀；右边的大黑点子是哨房，左边下面鲜红的光点是即将熄灭的篝火；来取茶杯的人是个想喝水的骠骑兵；但是他什么也不知道，也不想知道这一切。他身在幻境中，那里的一切都和现实不相同。大黑点子也许确是哨房，但也许是个通向大地深处的地洞。红光点也许是火，也许是个庞然怪物的眼睛。也许他现在确实是坐在辎重车上，但很可能不是坐在车上，而是坐在极高的塔上，假若从那上面跌下来，他便会整天、整月地朝地面飞来——一直飞却永远飞不到地面上。也许车子旁边只不过是坐着哥萨克兵利哈巧夫，但很可能，他是个世上没人知道的最善良、最勇敢、最奇怪、最出色的人。也许真是一个骠骑兵来取水，回山坳里去了，但也许他只是不见了，完全消失了，不存在了。

现在无论看见什么，没有什么东西会使他感到惊奇。他身在幻境中，在这里一切都是可能的。

他瞧了瞧天。天和地一样，也是幻境般的。天色明朗了，云在树顶上迅速地飘浮着，似乎是要露出星星。有时似乎是天上的云散了，显出黑色无云的天空。有时这些黑块似乎是乌云。有时似乎天在头上向上越升越高；有时似乎天完全垂了下来，连手也可以碰到它。

彼恰开始闭上眼睛，摇晃身子了。

水珠在滴着。出现了低语声。马嘶鸣起来，互相撞挤着。有人在打鼾。

“霍……霍，霍，霍……”磨着的刀发出响声。忽然彼恰听到和谐的音乐声，像是一种陌生的、庄严的、甜蜜的圣歌。彼恰和娜塔莎一样有音乐天才，但超过尼考拉，他从来没有学过音乐，没有想到过音乐，因此他忽然听到了乐曲声，使他觉得特别新鲜而动听。音乐声越来越清晰可闻了。旋律提高了，各种乐器交替演奏着。奏出了赋格曲，尽管彼恰一点也不明白赋格曲是什么。每种乐器——时而像提琴，时而像喇叭，但比提琴和喇叭觉得更好听——每种乐器奏着各自的曲调，还没奏完一个乐曲，就和另一种开始奏起几乎是同一音调的乐器合在一起，然后又和第三种、第四种乐器合在一起；然后所有的乐器都合在一起演奏，又有独奏，又有合奏，有时是庄严的教会音乐，有时是喜气洋洋的胜利曲调。

“啊，是的，我是在做梦，”彼恰向前倾了一下，对自己说，“我听到了这乐曲。也许这是我自己的音乐。好吧，再奏吧。奏吧，我的音乐！哦！……”

他闭上了眼睛。乐声从各方面，好像是从远处飘来，出现了既有协奏、又有独奏、又有合奏的乐曲声，然后又合奏起同样庄严悦耳的圣歌。“啊，这多么美妙！正像我所希望的那样。”彼恰对自己说。他试图指挥这个大乐队。

“啊，轻一点，轻一点，现在停下吧。”于是音乐声听了他的话，“好吧，现在高一点，活泼一点，还要活泼一点。”于是从不可知的远处传来了加强的庄严的乐声，“哦，歌声，合起来吧！”彼恰下了命令。

起初，从远处传来了男子的嗓音，然后是女子的嗓音。嗓音提高了，有节奏的非常庄严的调子提高了。彼恰又惊又喜地注意听着非常悦耳的调子。

歌声和庄严胜利的进行曲合在一起了，水珠在滴，磨刀声响着，霍，霍，霍……马又在互相撞挤、在嘶鸣了，但是没有扰乱合唱的歌声，却合在一起了。

彼恰不知道这种感觉有多长时间：他一直感到快乐，一直对自己的快乐觉得惊奇，可惜没有人和他共享其乐。他被利哈巧夫温和的声音唤醒了。

“磨好了，大人，你可以一刀把法国兵劈成两半。”

彼恰醒了。

“天要亮了，好啊，天真要亮了！”他叫喊着。

先前看不见的马，现在可以从头到尾看得见了，透过光秃秃的树枝可以看见晨曦了。彼恰振作了精神，跳了起来，从荷包中取出一个银卢布给了利哈巧夫，然后挥了一下刀，试了试，便插入了刀鞘。哥萨克兵在解马，在紧马肚带。

“司令来了。”利哈巧夫说。

皆尼索夫从哨房里走出来，叫了一声彼恰，要他去作准备。

11

他们在天色朦胧中迅速找到了他们的马，紧了马肚带，便分成了几个小队。皆尼索夫站在哨房旁边下了最后的命令。步兵的几百只脚在泥泞的道上走着，顺着大道向前走，不久就消失在弥漫着晨雾的树林里了。哥萨克兵上尉向哥萨克兵下了一个命令。彼恰牵着缰绳，着急地等待着上马的命令。他那用冷水洗过的脸，尤其是眼睛，像火在燃烧，一阵凉气掠过了他的背，使全身发出了一阵迅速的、有节奏的颤抖。

“哎，你们一切都准备好了吗？”皆尼索夫说，“把马牵来。”

马牵来了。皆尼索夫因为马肚带太松而向哥萨克兵发火，责骂后便上了马。彼恰蹬上了脚镫，马习惯地好像要咬他的腿，但彼恰没有感觉到自己的重量，迅速地跨上了马鞍，一面回顾着后边在黑暗中走动的骠骑兵，一面向皆尼索夫那里走去。

“发西利·德米特锐支，您给我一点任务吧！请……看在上帝面上……”他说。

皆尼索夫似乎忘记了彼恰。他回头看了看他。

“我要求你一点，”他严厉地说，“听我的话，不要乱跑。”

一路上皆尼索夫没有同彼恰再说话，沉默地走着。到林边的时候，田野上已经看得出天亮了。皆尼索夫和哥萨克兵上尉低声说了句什么话，于是哥萨克兵从彼恰和皆尼索夫身边走了过去。当他们都走过去了，皆尼索夫便刺动他的马，向山下走去。马的臀部蹲着，滑溜着，驮着骑马的人朝山坳里走去。彼恰和皆尼索夫并排走着。他全身颤抖得越来越厉害了。天渐渐亮了，但雾气还遮蔽着远处的景物。下了山，回头看了一下，皆尼索夫向身边的哥萨克兵点了点头。

“发信号！”他说。

哥萨克兵举手开了一枪。于是顷刻之间，便听到了向前奔腾的马蹄声、四面八方的叫喊声和更多的枪声。

在马蹄声和叫喊声出现的顷刻之间，彼恰对他的马抽了一鞭，松开了缰绳，不听向他叫喊的皆尼索夫的话向前直冲。彼恰似乎觉得，在发出枪声的时候，天色忽然像正午一样完全明亮了。他朝桥上跑去。哥萨克兵在前面的路上奔跑着。他在桥上撞上了一个掉队的哥萨克兵，然而他继续向前奔跑。前面有些人——大概是法兵——从大道的右边向大道的左边跑去。有一个跌倒在彼恰马蹄旁的污泥里。

哥萨克兵聚集在一座小屋子的旁边不知在做什么。人群中发出可怕的叫声。彼恰骑马跑到人群那里，他首先看见的是一个面色苍白、下颌打颤的法国人抓住向他刺去的矛枪杆。

“乌拉……弟兄们……我们的……”彼恰叫喊着，放纵了兴奋的马，让它顺着乡村的街道向前奔驰。

前面传来了枪声。哥萨克兵、骠骑兵和从大道两边跑来的衣衫褴褛的俄国俘虏，都大声地、纷乱地叫喊着什么。一个勇敢的、没戴帽子、红着脸皱起眉、穿蓝色军大衣的法国人用刺刀在抵抗骠骑兵。彼恰跑到时，法国人已经倒下了。“又晚了！”这想法在彼恰的头脑中闪现了一下，于是他向枪声密集的地方跑去。枪声是从他和道洛号夫昨夜所待过的那个地主家的院子里发出来的。法兵埋伏在灌木丛生的花园篱笆后边，向挤在门边的哥萨克兵开枪。彼恰到了门边，在硝烟中看见了道洛号夫脸色苍白发青地向兵士叫喊着。“包围！等候步兵！”在彼恰走到他那里时，他这么叫着。

“等候吗……乌拉……”彼恰叫喊着，片刻也不迟疑，便向发出枪声、硝烟最浓的地方跑去。

响起一排枪声，密集的子弹嗞嗞地飞过去，打中了什么。哥萨克兵和道洛号夫跟在彼恰的后面跑进了门。在弥漫的浓烟中，法兵有的扔掉武器，迎着哥萨克兵跑出灌木丛，有的向山下的池塘跑去。彼恰在马上顺着院子奔跑，他没有抓住缰绳，却奇怪地迅速地挥动着两只手，从马鞍上渐渐向一边倾倒过去。马跑到在晨光中将要燃尽的营火那里站住了，彼恰沉重地跌倒在湿地上。哥萨克兵看见他的手和脚迅速地颤抖着，然而他的头动也不动。一颗子弹打中了他的头部。

一个法国上级军官从屋里走出来，在刀上扎了一块白手帕，宣布他们投降；道洛号夫下了马，朝着摊开双手、一动也不动地躺着的彼恰跟前走去。

“完了。”他皱了皱眉头说，然后走到大门口去迎接骑马向他走来的皆尼索夫。

“打死了吗？”皆尼索夫叫喊着，远远地看见了彼恰的为他所熟悉的、无疑已经失去生命的躯体。

“完了。”道洛号夫重复了一遍，似乎说了这话，便可以使他得到满足，然后他迅速地向急速赶到的哥萨克兵所包围的俘虏那里走去，他向皆尼索夫叫喊，“不要抓他们！”

皆尼索夫没有回答；他走到彼恰跟前下了马，用颤抖的手把彼恰沾上血和泥的、已经发白的脸转过来对着他自己。

“我喜欢吃甜食。顶好的葡萄干，您全拿去吧。”他想起了彼恰的话。哥萨克兵惊异地回头看着那发出狗吠般声音的地方，皆尼索夫带着这种声音迅速地转过身，走到篱笆那里，抓住了篱笆。

在皆尼索夫和道洛号夫所救下的俄国俘虏之中有彼挨尔·别素号夫。

12

关于有彼挨尔在内的那群俘虏，自从离开莫斯科以后，法国长官就一直没有发出过任何新的命令。十月二十二日，这群俘虏不再和一同离开莫斯科的那些军队和辎重车在一起了。一半的车子装饼干，在行军的初期跟在他们后边，现在已经被哥萨克兵夺去了，另一半车子走在前面；走在前面的步骑兵已经连一个都没有了；他们全部不见了。起初走在前面的炮兵，现在变成了尤诺元帅的、由韦斯特腓利亚兵护送的庞大的辎重车队。在俘虏后边的是骑兵的辎重车队。

先前排成三个纵队的法军在离开维亚倚马之后，现在只剩下一团人仍向前走着。彼挨尔离开莫斯科后在第一个休息处看到的毫无秩序的情形，现在达到了顶点。

在他们所经过的大道两旁尽是死马；各部队掉队的、衣衫褴褛的兵士们不断地变换着队形，时而加入行进着的纵队，时而又掉队落下了。

在行军途中，发生过几次虚惊，押送兵举枪射击，拼命地逃跑，互相倾轧，但后来又集合起来，为了无故的惊恐而互相责骂。

骑兵军需车队，俘虏押送队，尤诺的行李车队——这三个一起行走的队列仍然组成一支单独的、完整的队伍，虽然三支队伍都在迅速地消失。

骑兵军需车队起初是一百二十辆，现在剩下不到六十辆了；其余的或者被夺去，或者被丢弃。尤诺的行李车队也有若干辆被丢弃或被夺去。有三辆行李车被大富军团的掉队的兵突袭抢去了。彼挨尔从德国人的谈话中听到，派给这个行李车队的卫兵比押送俘虏的还多，又听到他们有一个伙伴，一个德国兵被元帅亲自下令枪毙了，因为在这个兵士身上发现了一把元帅的银勺子。

三支队伍中瓦解最快的是俘虏的押送队。出莫斯科时有三百三十人，现在剩下不足一百人了。俘虏们比骑兵军需车队的马鞍和尤诺的行李更使押送兵感到累赘。马鞍和尤诺的勺子，他们知道也许有点用处，但是为什么要用忍饥挨饿的押送兵看守同样忍饥挨冻的俄国人，这些俄国人一路上大批死去，而掉队的便要被枪毙——这不但是不可理解的，而且是可恨的。押送兵好像怕他们在那种悲惨的情况下会屈服于对俘虏的同情，因而会使自己的情况更糟，于是他们特别愁眉苦脸、特别严厉地对待这些俘虏。

在道罗高部什，当押送兵把俘虏关在马厩里而去抢劫法军自己的仓库时，有几个被俘的兵士在墙角掘了个洞逃走了，但是被法兵抓回来就枪毙了。

先前离开莫斯科时所采用的俘虏军官和俘虏兵士分开走的办法，早已不用了；所有能走的都在一起走，而彼挨尔从第三站起又同卡拉他耶夫和那条紫灰色的、弯腿的、选择卡拉他耶夫为主人的狗合在一起走了。

离开莫斯科后的第三天，卡拉他耶夫在莫斯科医院治疗过的那种热病又复发了。因为卡拉他耶夫身体渐渐虚弱，彼挨尔和他疏远了。可是自从卡拉他耶夫的身体开始虚弱那时起，彼挨尔不知道为什么每次想要到他那里去都觉得很费劲。当彼挨尔走到他那里，听到他通常在休息处躺下时发出的微弱的呻吟，闻到他身上发出的比以前更加强烈的气味时，便离开他更远，不想到他了。

在棚子里，在囚禁期间，彼挨尔不是用他的智慧，而是用他的整个身心和自己的生命知道了人是为幸福而创造的，幸福在于人的自身之内，在于满足人类的自然需要，他也知道所有的不幸不是由于衣食不足，而是由于享受过多；但是现在，在最近三周的行军中，他又知道了一个新的、与人安慰的真理——他知道世上没有什么可怕的东西。他知道了世上没有一种环境人身在其中是幸福的、完全自由的；同样也没有一种环境人身在其中是完全不幸的、不自由的。他知道了痛苦是有限度的，自由也是有限度的，而这种限度是很接近的；他知道了有人为蔷薇花床里凋谢一片花瓣而痛苦，这人所受的痛苦，正和他现在睡在潮湿的光地上，觉得身上一边冰凉、一边暖和的痛苦一样。他知道了当他穿着很紧的舞鞋时所受的痛苦，正如他现在用光着的、有很多疮疤的脚走路（他的鞋子早已破烂了）的时候所受的痛苦一样。他知道，当他似乎觉得是凭自己个人的意志娶了妻子的时候，并不比现在被人关在马厩里过夜的时候更自由。在他后来称为痛苦的而当时几乎感觉不到的所有事情中，最痛苦的是他那光着的、擦伤的、结疤的脚。（马肉鲜美而富有营养，用来代替盐的火药的硝味甚至是令人舒服的，没有遇上大冷，白天在途中总是暖和的，夜晚有营火；咬他的虱子使他身子发热。）起初唯一痛苦的事——就是他的脚。

在第二天的行程之后，彼挨尔在营火边看了脚上的伤，觉得他的脚不能再走路了；但是当大家都站起时，他又跛着脚向前走去，后来，当他身上发热时，他走路便不觉得痛苦了，虽然在晚上他的脚看起来更加可怕了。但他不看自己的脚，却想到一些别的事情。

彼挨尔直到此刻才认识了人类全部的生命力和人类所具有的分散注意的挽救力，它好像汽锅上的安全阀，在气压超过某一限度时，它就放掉多余的蒸气。

他没有看见也没有听到枪毙掉队的俘虏的事，虽然他们当中有一百多人是这样死去的。他没有想到身体日益衰弱的卡拉他耶夫，显然他不久也要遭到同样的命运。彼挨尔对自己想得更少。他的境况愈困难，他的未来愈可怕，他所产生的那些愉快的、与人安慰的想法、回忆与想象和他所处的这种境况愈没有关系。

13

二十二日中午，彼挨尔沿着泥泞滑溜的山路向山下走着，不时地瞧瞧自己的脚和不平的山路。他有时看看四周熟识的人群，又看看自己的脚。人们的和自己的脚同样都是他所熟悉的。紫色的弯腿的灰毛愉快地在路边跑着，有时为了证明自己的灵活与满意，翘起一只后腿，用三只脚跳着走，然后又四脚着地，一面吠着一面向腐尸上的乌鸦冲去。灰毛比在莫斯科时更活泼、更有光泽了。四处都有各种动物的尸体——从人到马的、腐烂程度各不相同的尸体；走路的人使狼不敢接近尸体，因此灰毛可以尽量吃它所要吃的东西。

小雨从早晨下起，似乎随时都会停止，天空随时都会晴朗，但稍停之后，雨下得更大了。浸透了雨水的道路不能再吸收雨水了，雨水顺着车辙流着。

彼挨尔一面向两边注视着，一面向前走着，同时一二三地数着脚步，在屈指计数。他在心里面向雨说：下吧，下吧，再下大一点吧。

他觉得他什么也没想；但是在他的内心又深又远的地方却在想一件重要的与人安慰的事情。这件事是从他昨天和卡拉他耶夫的谈话中所得到的最微妙的精神上的结论。

昨天在歇夜处，在将熄的营火边，彼挨尔感到寒冷，便站起来走到旁边的一堆较旺的营火那里。卜拉东坐在这堆营火旁边，用大衣裹住头，好像裹上袈裟一样。他用他感人的愉快然而虚弱的带病的声音向兵士们讲彼挨尔所知道的故事。已经过了半夜。这是卡拉他耶夫通常在发烧之后特别有精神的时候。彼挨尔走到营火那里，听到卜拉东虚弱有病的声音，看见他那被火光照得很清楚的、可怜的面孔，便感觉到自己心里非常痛苦。他为自己怜悯这个人而觉得害怕，想要走开，但是没有别的营火，于是他只得在火边坐下，极力不看卜拉东。

“你的身体怎么样？”他问。

“身体怎么样吗？你要埋怨疾病，上帝就不让你死。”卡拉他耶夫说，立刻又回到刚开头的故事上去了。

“……就是这样，我的老兄，”卜拉东清瘦苍白的脸上带着微笑、眼里闪现着特别高兴的光芒说，“就是这样，我的老兄……”

彼挨尔早已知道这个故事了[①]。卡拉他耶夫光是对他就讲过六次，并且每次都带着特别高兴的心情。虽然彼挨尔熟悉这个故事，他现在却在倾听着，好像听什么新的故事一样；而卡拉他耶夫在说话时所显然感觉到的那种暗自的喜悦也传给了彼挨尔。这个故事是说一个老商人，

---

① 毛注：卡拉他耶夫的故事是托氏特别爱好的。他在《上帝知道真相但是马上不说》中把这个故事描写得更完美。在《什么是艺术中》他认为这是他两个最好的作品之一。

他和他全家过着舒服的敬神的生活，有一天他和自己的富商同伴到马卡利去。

两个商人住进旅店，睡了一觉，第二天发现他那个商人同伴被杀，并且被盗。在老商人的枕头下找到一把带血的刀。老商人受到审讯，挨了鞭笞，并且被扯掉了鼻孔。卡拉他耶夫说，这理应如此，然后老商人被流放做苦役去了。

“老兄，”彼挨尔是从这里听起的，“这件事过了十年或者更多的年月。老人过着囚犯的生活。他心甘情愿地忍受着，不做坏事。他只是请求上帝让他死。很好。有一天夜里，囚犯们聚集在一起，就像我们在这里一样，那个老人也和他们在一起。他们谈到谁因为什么在受苦，有什么事得罪了上帝。他们都说了，有的说他杀死了一个人，有的说他杀死了两个人，有的说他放火，有的说他只是一个流氓，并没有犯什么罪。他们问老人说：‘老爹爹，你是因为什么受苦的？’他说：‘亲爱的弟兄们，我为我自己的和别人的罪在受苦。我没有杀过任何人，也没有拿过别人的任何东西，我只是帮助过贫穷的弟兄们。亲爱的弟兄们，我是一个商人；我有很大的财产。’他一件一件地说了。他按次序向他们说了全部的经过。他说：‘我不为自己悲伤。这是上帝惩罚我。我只是可怜我的老妻和小孩们。’于是老人开始流泪了。碰巧，那个杀死富商的人正在他们当中。他说：‘老爹爹，这事是在哪里发生的？什么时候？在哪一个月？’他问了一切，他的心开始痛苦了。他这样地走到老人面前——趴在他的脚下。他说：‘老爹爹，你为我在受苦受难哦。’他说：‘这是千真万确的事实，诸位，这个人是无辜地白白地在受苦啊。’他说：‘是我做了这件事，你睡觉的时候，我把刀放在你的枕头下边。’他说：‘老爹爹，请你饶恕我吧，为了基督的缘故。’”

卡拉他耶夫沉默了，看着火，愉快地微笑着，并且架好了木柴。

“老人说：‘上帝要饶恕你的，我们都是上帝面前的罪人，我为了自己的罪过在受痛苦。’他流着痛苦的眼泪。你什么想法呢，亲爱的？”卡拉他耶夫说，他的脸因为得意的笑容越来越明朗了，好像这故事的主要的妙处和全部的意义就是包括在他在下边所要说的话里，“你怎么想法呢，亲爱的？这个凶手向长官自首了。他说：‘我杀过六个人。’他是一个大罪人，他说：‘但是我最可怜这个老人。不要让他为我受苦了。’他自首了。他们好好地写了下来，发出了一个公文。那地方很远，后来要审理案件，他们好好地办理了种种的公文手续，我是说衙门里。公文送到沙皇的面前去了。过了好久，有了沙皇的御旨：释放商人，照原判给予赔偿。文书到了，他们开始寻找那个老人。‘那个无辜地白白地受痛苦的老人哪里去了？沙皇的御旨到了。’他们开始寻找他，”卡拉他耶夫的下巴打颤了，“但上帝已经饶恕了他，他死了。事情就是这样的，亲爱的。”卡拉他耶夫结束了，沉默地微笑着，向着前面看了很久。

现在彼挨尔心中隐隐地快乐地感觉到的，不是这个故事本身，而是它的神秘的意义，卡拉他耶夫说这个故事时脸上所显现的那种得意扬扬的欢喜，和这种欢喜的神秘的意义。

14

“A vos places！〔各就各位！〕”有一个声音忽然喊叫。

在俘虏和护送兵之间发生了一种愉快的骚动，他们期待着幸福的庄严的事情。各方面发出了命令声，从左边出现了一队穿好衣服、骑好马的骑兵，他们缓驰着绕过俘虏。在所有的面孔上都显出了在高级长官临近的时候人们所常有的那种紧张的表情。俘虏们挤成一团，被推到路边去了；护送兵排成了行列。

“L’empereur！L’empereur！Le maréchal！Le duc！〔皇帝！皇帝！将军！公爵！〕”肥胖的骑兵刚刚走过，便有一辆灰色的六套马车轰轰地驰过去。彼挨尔瞥见了一个戴三角帽的人的安详、好看、肥胖的白脸。这人是一个元帅。元帅的目光注视在彼挨尔的高大、显眼的身体上。在元帅的皱眉的转过来的面孔的表情上，彼挨尔似乎看到了同情，和掩饰同情的愿望。

指挥军需车队的将军，带着发红的惊惶的面孔，鞭打着瘦马，在马车后边奔跑着。有几个军官聚在一起，兵士们围绕着他们。他们的面孔都显得兴奋紧张。

“Qu’est ce qu’il a dit? Qu’est ce qu’il a dit? 〔他说了什么？他说了什么？〕……”彼挨尔听到他们在问。

在元帅走过的时候，俘虏们挤成一团，彼挨尔看见了他在那天早晨还没有见面的卡拉他耶夫。卡拉他耶夫披着小大衣，依靠着桦树坐着。他的脸上，除了他昨夜说商人无辜受苦的故事时那种快乐、受感动的表情之外，还显出了平静、庄严的神色。

卡拉他耶夫用他善良的、此刻含着泪的、圆圆的眼睛望着彼挨尔，显然是要他到他的面前去，想要对他说点什么话。但是彼挨尔觉得自己太没勇气了。他装得好像没有看见他的目光一样，赶快走开了。

在俘虏们又向前走的时候，彼挨尔回头看了一下。卡拉他耶夫还坐在路边的桦树下，有两个法国人在对他说话。彼挨尔没有再回头看。他瘸着腿向山上走去。

从后边卡拉他耶夫坐着的地方传来了一声枪声。彼挨尔清晰地听到这声枪声，但正在他听到这声音的一刹那，彼挨尔想起了，他还没有算完到斯摩棱斯克还有多少路程，这种计算是他看到元帅经过之前开始的。于是他又开始计算。两个法兵从彼挨尔身边跑过去，其中一个手里拿着一把冒烟的枪。两人都面色苍白，他们的面部表情显出了类似行刑时他在那个年轻兵士的脸上看见的那种神色；有一个兵羞怯地瞥了瞥彼挨尔。彼挨尔看了看这个兵，想起了这个兵前天在火边烘衬衣的时候，把自己的衬衣都烧了，大家都取笑过他。

狗在后边卡拉他耶夫坐过的地方狂吠着。“多蠢的东西！它狂吠什么？”彼挨尔想。

和彼挨尔并排走着的兵士，像他一样没有回头看那发出枪声的和后来狗叫起来的地方；但是大家的脸上都显露出严肃的神情。

15

骑兵军需车队、俘虏和元帅的辎重车队都停在沙姆涉佛村。大家在营火边挤成一团。彼挨尔走到营火跟前，吃了烤马肉，背向着营火躺下来，立刻就睡着了。他又睡得像他在保罗既诺会战之后在莫沙益司克那样。

现实中的事件又和梦境混合在一起了，又有一个人，是他自己或者别人向他说出了一些想法，甚至说出了他在莫沙益司克做梦时向他说过的那些想法。

“生命就是一切。生命就是上帝。一切都在变化、都在运动，这种运动就是上帝。在有生命的时候，就有那种感知神灵的快乐。爱生命就是爱上帝。最困难而又最幸福的事，就是在自己遭受痛苦时，在遭受无辜的痛苦时，爱这个生命。”

“卡拉他耶夫！”彼挨尔想起来了。

彼挨尔忽然历历如见地想起了那个早已忘记的、和善的和在瑞士教过彼挨尔地理课的老教师。“等一下。”老人说。他给彼挨尔看一个地球仪。这个地球仪是一个活动的、可以转动的、全能看得见的圆球。地球仪的整个表面是由许多密集地挤在一起的点子组成的。这些点子都在运动和变换地方，有时几个合成一个，有时一个分成几个。每个点子极力扩大，要占据最大的空间，但别的点子也在极力做同样的事，挤压这个点子，有时将它消灭，有时和它合并。

“这就是生命。”老教师说。

“这多么简单明了，”彼挨尔想，“从前我怎么不知道呢？”

“上帝在当中，每个点子极力扩大，为了在最大的范围内反映上帝。它生长，合并，被挤出，在表面上消灭，沉到深处，又浮起来。瞧吧，这就是卡拉他耶夫。他扩张，他不见了。”

“Vous avez compris, mon enfant.〔你懂了，我的孩子。〕[①]”教师说。

“Vous avez compris, sacré nom.〔你懂了，糟了。〕”有一个声音叫着，于是彼挨尔醒了。

他爬起来坐着。一个法国兵，刚刚推开了一个俄国兵，蹲在火边，用枪杆在火上烤肉。他的青筋暴起的、卷了袖子的、长满汗毛的、短指的红手，灵活地转动着枪杆。他的棕色的、忧郁的、皱着眉的脸在火光里可以清楚地看见。

“Ça lui est bien égal.〔他觉得反正一样。〕”他迅速地向他身边的兵低声说……“Brigand, Va!〔强盗，走开！〕”

那个兵转动着枪杆，忧郁地看了看彼挨尔。彼挨尔转过身向黑暗中注视着。一个俘虏，就是被法国兵推走的俄国兵，坐在火边，用一只手在拍什么。彼挨尔凑近了看，认出了紫灰狗摇着尾巴坐在兵士的旁边。

“啊，它来了吗？”彼挨尔说，“啊，卜拉……”他开始说，却没有说完。

在他的想象中，忽然同时出现了许多连在一起的回忆——卡拉他耶夫坐在树下向他望着的目光，在那个地方所发出的枪声，狗的吠叫，两个从他身边跑过去的法国兵的自知有罪的面孔，手拿着的冒烟的枪，卡拉他耶夫在这个休息处的缺席；并且他已经准备认为卡拉他耶夫是死了，但是正在这个时候，在他心中，天晓得是怎样地出现了这个回忆：有一个夏天的晚上，他和一个美丽的波兰妇人在他的基辅屋子的露台上。彼挨尔没有把当天的这些印象联系在一起，没有对这些印象下结

---

① 毛注：托氏青年时，便对梦的现象感觉兴趣，他相信一种学说，认为梦无论多么复杂，多么长，都是在将醒的那一片刻发生的，是外界的声音味觉或感觉引起的。

论，却闭着眼，于是乡间夏天的情景和关于洗澡，关于液体般的、颤动的地球的回忆混合在一起，于是他沉到水里去了，水淹没了他的头。

在日出之前，响亮的密集的枪声和喊叫声把彼挨尔惊醒了。法国兵从他身边跑过。

“Les cosaques!〔哥萨克兵！〕”他们当中有一个人喊叫着，片刻之后，有一群俄国人围绕了彼挨尔。

彼挨尔好久还不能够明白，他发生了什么事情。他听到了四周的同伴们的快乐的哭声。

“弟兄们，我的同胞们，亲爱的！”老兵们搂抱着哥萨克兵和骠骑兵，一面流泪，一面喊叫着。

骠骑兵和哥萨克兵围绕了俘虏们，连忙有的给他们衣服，有的给鞋子，有的给面包。彼挨尔坐在他们当中哭泣着，他不能够说出一句话来；他抱着第一个走到他面前的兵，一面流泪，一面吻他。

道洛号夫站在破房子的大门口，让一群解除武装的法国人从他身边走过。法国人由于刚才发生的事情而激动着，大声地互相交谈着；但是当他们经过道洛号夫的身边时——他用鞭子轻轻地敲靴子，用冷淡的、死板的、显出凶兆的目光望着他们——他们的话声沉默了。道洛号夫的哥萨克兵站在对面计算俘虏数目，用粉笔在大门上画着记号，一条线代表一百。

“多少？”道洛号夫问那个在数俘虏的哥萨克兵。

“二百。”哥萨克兵回答。

“Filez, filez.〔走开，走开。〕”道洛号夫说，他学会了法国人的这个字眼，当他和经过的俘虏的目光交遇时，他的眼睛射出残忍的光芒。

皆尼索夫带着忧郁的面孔，脱了帽子，在哥萨克兵后边走着，他们把彼恰·罗斯托夫的尸体向花园中掘好的土坑抬去。

16

在十月二十八日严寒开始以后，法军的逃亡显得更加悲惨了，许多人冻死或者在火旁烤死，而穿皮衣的坐马车的人，带了皇帝和国王们和公爵们所抢的财宝，继续前进；但是法军逃亡和崩溃的程序，自从离开莫斯科之后，根本上一点也没有改变。

从莫斯科到维亚倚马，七万三千法军（禁卫军除外，他们在整个战争中，除了抢劫，没有做任何事情），只剩下了三万六千（其中死在会战中的不到五千）。这是级数的第一项，以下各项可以根据这个级数，像算术那么精确地推算。法军从莫斯科到维亚倚马，从维亚倚马到斯摩棱斯克，从斯摩棱斯克到柏来西那，从柏来西那到维尔那，都按照这个比例瓦解着，消灭着，这和严寒程度的大小，追赶，道路阻塞，以及所有其他特殊的情形是没有关系的。过了维亚倚马之后，法军不是三个纵队了，却挤成一团向前走着，这样地一直到最后。柏提挨写了信给他的皇帝（我们知道，司令官们在描写军队情况时是敢如何地远离事实），他在信上说：

“我认为我应该向陛下报告我在最近两三日内在各站所见的各军团的情形。他们几乎是溃散了。留在各团军旗之下的兵士不足四分之一；其余的人任意地向各方面走着，希望寻得食物，逃避纪律。他们大都认为斯摩棱斯克是他们休息的地方。近日来还发现许多兵士抛去弹药和武器。在这种情形之下，无论陛下的最后计划如何，为了陛下军务上的利益，必须在斯摩棱斯克集合大军，去除无用的人，例如步行的骑兵，无用的行李，以及和实际的兵力不相称的炮兵器材。此外，兵士们因为饥寒与疲倦，很是憔悴，必须有几天的休息和给养。近来有许多兵死在路上，死在露营里。这种情形日益恶化，使我们耽心，假使不采取迅速的措施加以补救，我们就不能在交战时控制军队。十一月九日，距斯摩棱斯克三十俚。”

法军涌进了他们心目中的福地斯摩棱斯克，为了食物互相屠杀，抢劫他们自己的仓库，在一切都被抢光时，又向前跑。

他们都走着，却不知道是向哪里走，为什么要走。这个天才拿破仑比别人知道的更少，因为没有人命令他。但是他和他周围的人仍然遵守他们的旧习惯：下命令，写信，写报告，发Ordre du jour〔日日命令〕；彼此称呼Sire, mon cousin, prince d’Ekmuhl, roi de Nâples〔陛下，我兄，爱克牟亲王，那不勒王〕，等等。但这些命令和报告都只是纸上的空谈，没有一件事是实际执行了的，因为都是不能执行的。虽然彼此称呼陛下、大人、仁兄，但是他们都觉得，他们是可怜而又可憎的人，他们做了许多坏事，现在就是为这些坏事而付出代价。虽然他们装作好像关心军队，他们却各人只想到各人自己，想到怎样赶快逃走，救他自己。

17

在从莫斯科退回聂门的行军中，俄军和法军的行动好像是作盲人游戏一样，两个游戏的人都蒙了眼，一个时时摇铃子，向另一个捉捕的人报告他自己的地方。起初被捕的人摇铃子，不怕敌人，但是当他感到困难的时候，便力求悄然无声地走着，跑着离开敌手，并且常常以为是跑开了，却是一直向敌手的怀抱里走去。起初拿破仑军队还让人知道他的地方——这是在卡卢加道路上初期运动中的情形——但是后来，上了斯摩棱斯克大道，他便用手握着铃舌奔跑着，并且常常以为他们是跑开了，却是一直奔向俄军。

由于法军奔跑和俄军追赶的速度，以及因此而有的马匹消耗，就近侦察敌军情况的主要工具——骑兵斥候——没有了。此外由于两军地位时常迅速的改变，连所得到的任何情报也不能适时递送。假使在二号接到了消息说敌军一号在某处，在三号，在可以做出什么的时候，这个军队已经走了两天的路程，情况完全不同了。

一方的军队逃跑，另一方的军队追赶。在斯摩棱斯克西边，法军有许多条不同的道路；似乎是，法军在那里留了四天，可以知道敌人在哪里，可以做出有利的计划，作出新的举动。但是在四天的休息之后，这个人群，没有任何策略和计划，又向前跑，不向左，不向右，却顺着旧的最坏的道路，顺着克拉斯诺和奥尔沙——顺着走惯的道路。

法军以为敌人是在后面不在前面，于是奔跑着，拉开着，首尾相隔二十四小时的路程。跑在最前面的是皇帝，然后是国王们，然后是公爵们。俄军以为拿破仑要走德聂伯河右边的道路，这是唯一合理的道路，于是俄军也向右转，上了克拉斯诺大道。在这里，好像在盲人游戏中一样，法军撞上了我军的前卫。法军意外地发见了敌人，便混乱了，因为意外的惊惶而停住了，但是后来抛弃了后边的同伴们，又逃跑了。在这里，好像是穿过俄军的夹击一样，法军的分散的各个部队，起初是副王牟拉的，其次是大富的，其次是柰伊的军队，在两面的俄军当中先后地走了三天。他们互相抛弃，抛弃了各自所有的笨重行李、大炮、一半的兵士，并且在夜间，从右边兜着半圆形的圈子绕过俄军向前奔跑。

柰伊走在最后，他忙着炸毁并不妨碍任何人的斯摩棱斯克城墙，因为他们忘记了他们的不幸的处境，或者正因为不幸的处境，他们才像孩子一样地想要殴打那个碰伤他们的地板。柰伊带了一万人的军团，走在最后，夜间偷偷地在树林中渡过德聂伯河，跑到奥尔沙见拿破仑时，只剩下一千人了，他丢下了所有其余的人，所有的炮。

从奥尔沙顺大路跑到维尔那时，他们仍然在向追军作盲人游戏。在柏来西那他们又混乱了，许多人淹死了，许多人投降了，渡过河的继续向前跑。他们的最高首领穿了皮大衣，坐着雪橇，丢下了同伴，独自向前奔跑。能跑走的，都坐车跑走了，不能跑走的，便投降了或者死了。

18

这个战役就是法军在奔跑时，为了毁灭他们自己，尽可能地做了一切。从他们转上卡卢加道路起，到他们的首领从军队里跑开的时候为止，这个团体的运动没有一次是有丝毫的意义——关于战争的这一段时期，历史家们（他们以为群众的行动是由于个人的意志）似乎不能根据他们的学说来叙述这个退却了。

但是不然。关于这个战争，历史家们写了如山的书籍，他们处处描写拿破仑的部署和他的周密的计划——指挥军队的策略，他的元帅们的天才的部署。

在拿破仑面前有一条畅通的道路通达富庶的地区，在他面前展开着一条和他所走的道路相平行的道路（后来库图索夫就是顺着这条路追他的），这时候，他却从马洛—雅罗斯拉维次退却。这个不必要的、顺着荒凉道路的退却——有人向我们说明，是经过周密的考虑的。他从斯摩棱斯克到奥尔沙的退却，也被人说明了是经过同样周密的考虑的。后来又有人叙述他在克拉斯诺的英勇行为，说他准备在那里作战，并且要亲自指挥，说他拄着一个桦树杖走着，并且说道："J'ai assez fait l'empereur, il est tem ps de faire le général.〔我做皇帝做得够久了，现在是做将军的时候了。〕"虽然如此，但是不久之后，他又向前跑了，丢下后边的分散的军队听天由命了。

后来，他们又向我们叙述元帅们的精神伟大，特别是柰伊，他的精神的伟大是：他夜晚在树林里绕道渡过德聂伯河，丢了旗帜和炮兵，丢了十分之九的军队，跑到奥尔沙。

最后，历史家们把伟大的皇帝最后离开英勇的军队的事向我们描写成为伟大的天才的事件。甚至历史家还替这最后的奔跑行为作辩护，这行为是人们的言谈中所谓最低级的无耻行为，是每个小孩都会觉得羞耻的行为。

在历史论断的很有弹性的线条不能够拉得再长的时候，在行为明明是违反全体人类所称的善或者甚至正义的时候，历史家们创造了一个挽救性的概念——伟大。伟大似乎不包括善恶标准。对于伟大的人，恶是没有的。可以归罪于伟人的灾祸也是没有的。

"C'est grand!〔这是伟大的！〕"历史家们说，于是善恶都没有了，只有"grand"与"不grand"了。grand〔伟大的〕是善。不grand〔伟大的〕是恶。在他们看来，grand是所谓英雄的、某种特殊人物的特质。拿破仑丢开了他的部下，他们不但是他的同伴，而且（在他看来）是他带到国外的人，拿破仑不管他们的死活，他自己穿着暖和的皮大衣向回奔跑，他觉得que c'est grand〔这是伟大的〕，他觉得心安。

"Du sublime〔在崇高〕（他认为自己有sublime的地方）au ridicule il n'y a qu'un pas.〔和荒谬之间，不过一步之差。〕"他说。全世界在五十年间重述着："Sublime! Grand! Napoléon le grand! Du sublime au ridicule il n'y a qu'un pas.〔崇高！伟大！拿破仑大帝！在崇高与荒谬之间，不过一步之差。〕"

谁也没有想到，承认那不能用善恶的标准去衡量的伟大，便是承认他自己的无足轻重和不可衡量的卑鄙。

我们有基督给我们的善恶标准，我们觉得没有不可衡量的东西。没有质朴、没有善、没有真的地方，也没有伟大。

19

俄国人看到一八一二年战争最后一段时期的记载，谁不感觉到一种难受的遗憾、不满，与迷惑的心情？谁没有向自己提出这些问题：在全部的三个大军以优势的人数包围了法军的时候，当饥饿、寒冷、溃乱的法军成群地投降的时候，当（正如历史告诉我们的）俄军的目的正是阻止、切断、俘虏全部法军的时候，为什么不俘虏、不消灭全部法军？俄军在人数少于法军的时候打了保罗既诺会战，俄军从三面包围了法军并且目的就是在于俘虏法军的时候，怎么会没有达到这个目的呢？难道法军比起我们有那么大的优越性，以致我们以优势的兵力包围了他们还不能击溃他们吗？怎么会发生这样的事？

历史（这个词本义上所说的历史）在回答这些问题时说，之所以发生这种情况，是因为库图索夫也好、托尔马索夫也好、齐恰高夫也好都没有采取某种措施。

可是他们为什么没有采取那些措施呢？假使没有达到预定的目的是他们的罪过，那为什么不审判、不处罚他们呢？但是，即使假定俄军失败的责任是在库图索夫、齐恰高夫等人身上，我们仍然不能了解，俄军在克拉斯诺和柏来西那处在那样的情况下（在这两种情况下，俄军都拥有优势的兵力），在俄军的目的是要俘虏法军、元帅们、国王们和皇帝的时候，为什么没有擒获他们呢？

俄国军史家们解释这个奇怪的现象时说，这是因为库图索夫阻止攻击，这话是没有根据的，因为我们知道，库图索夫的意志无法阻止军队在维亚倚马和塔路齐诺附近的攻击。

为什么俄军以劣势的兵力在保罗既诺附近战胜了敌人的整个军队，而在克拉斯诺和柏来西那附近拥有优势兵力时，却被慌乱不堪的法军打败了呢？

假使俄军的目的是要截住、俘获拿破仑和元帅们——这个目的不但没有达到，而且所有要达到这个目的的尝试每次都极其可耻地遭到破灭——则战争后期法国人认为取得了一系列的胜利，是很正确的，而俄国历史家们把它看作一系列的胜利，是完全不正确的。

俄国军史家们，在遵守逻辑推理的时候不由自主地得出了这个结论，虽然对于英勇、忠诚等作过一些抒情诗式的赞颂，但他们却不得不承认，法军退出莫斯科是拿破仑的一系列胜利，是库图索夫的一系列失败。

但是我们完全撇开民族自尊心，便觉得这个结论的本身包含着一种矛盾，因为法军的节节胜利使他们遭到完全的覆灭，而俄军的连连失败却使敌人全军覆灭，使祖国获得解放。

这种矛盾的根源就在于：那些根据帝王和将军们的书信，根据回忆录、报告等研究事件的历史家们，对一八一二年战争的后期附加了一个虚假的从来没有过的目的，即要切断并俘虏拿破仑、他的元帅及其军队。

这个目的从来没有提出过，并且是不可能提出的，因为它没有意义，要达到这个目的也是完全不可能的。

这个目的之所以没有任何意义，第一，因为拿破仑溃散的军队以极快的速度逃出俄国，就是说，这正是每个俄国人所希望的。法军逃跑得尽可能地快了，为什么还要对他们发起各种攻击呢？

第二，在路上阻止全力逃跑的人们是没有意义的。

第三，为了消灭法军而损失自己的军队是没有意义的，法军没有外在原因已经按照那样的比例在消亡，他们不受任何途中的阻截，也无法使逃过边境的人数超过他们在十二月实际上越过边境的人数，即全军的百分之一。

第四，希望俘获皇帝、国王们和公爵们是没有意义的，俘获这些人，将会使俄军的行动极感困难，当时最老练的外交家们（J. Maistre〔麦斯特〕[①]和其他人）都承认这一点。当俄国的军队在到达克拉斯诺之前已经损失了一半，一个军团的俘虏需要一个师的押送队的时候，当我们自己的军队并不总是获得充足的粮食而虏获的俘虏已经饿死了许多的时候，希望俘虏法国军团是更加没有意义的。

关于截断并俘虏拿破仑和他的军队的整个周密计划，正像种菜人的这种计划一样：他把践踏他菜畦的牛赶出了菜园，但还想跑到门口去打这头牛。可以替种菜人辩护的一点，是他很愤怒。但是对这个计划的起草人，连这

① 毛注：麦斯特（Joseph de Maistre, 1754—1821），是萨堤尼阿一八〇三至一八一七年驻俄大使。他是新天主教徒和反革命作家。

一点也不能替他辩护，因为他们并没有尝到菜畦被踏坏的痛苦。

切断拿破仑和他的军队不但是没有意义的，而且是不可能的。

这之所以不可能，第一，因为根据经验可以看出，在一次会战中各纵队进行五俚路长的运动，是从来不能符合计划的，齐恰高夫、库图索夫和维特根示泰恩准时在指定地点会合的可能性是那么小，几乎不可能；因为库图索夫也这么想过，他在接到计划时就曾经说过，进行长距离佯攻的计划是不会带来所希望的结果的。

第二，这之所以不可能是因为要使拿破仑军队往回逃跑时的那股冲力完全消失，就要有比俄国的军队多得多的军队。

第三，这之所以不可能是因为这个军事名词“切断”没有任何意义。我们可以切下一块面包，但不能切断一个军队。切断一个军队——阻拦它的道路——是怎么也不可能的，因为总有许多地方可以绕过去，况且还在夜间，在夜里什么也看不见，军事学家哪怕从克拉斯诺和柏来西那的例子中就可以相信这一点。假使被俘的人不同意被俘，那是怎么也不能俘获他的，正如我们无论如何不能抓住一只燕子一样，可是当它落在我们手上的时候，是可以抓住它的。像德国人那样按照战略和战术的原则俘获投降的人是可能的。但是法军认为这样做不合适，这完全对，因为在逃跑和被俘时，等候着他们的是同样的饥饿和冻死。

第四，也是最主要的，这之所以不可能是因为自从有世界以来，没有一次战争像在一八一二年那样可怕的情况下发生的，俄军在追赶法军时也已经竭尽了全力，要再鼓起劲，不使本身遭到毁灭是不可能的。

俄军从塔路齐诺到克拉斯诺的运动中，损失了五万个病号和掉队的兵士，这个数目相当于一个大省城的人口。军队没有作战便损失了一半人。

在战役的这个时期中，军队没有靴子和皮袄，没有足够的粮食，没有伏特加酒，好几个月在十五度[①]的严寒的雪地上过夜；白天只有七八

① 毛注：Reaumur十五度等于华氏零下二度。

小时，其余时间是夜晚，在夜里不可能维持纪律；不像在会战中那样，人们只有几小时被带到没有纪律的死的领域中，在这几个月里人们时时刻刻在同饥饿和冻死作斗争；在一个月之内，军队便损失了一半——就是关于战役的这个时期，历史家们向我们说，米洛拉道维支应该到某处去作侧翼行军，托尔马索夫应该到某处去，齐恰高夫应该向某处调动（在没膝的雪地里调动），某人应该击溃、切断法军云云，云云。

死亡了一半的俄军，为了达到那个无愧于民族的目标，做了他们所能做的和应该做的一切；别的俄国人坐在暖和的房间里，建议他们去做不可能的事，这是他们不能负责的。

事实与历史记载之间的这一切奇怪的，现在不可了解的矛盾，只是由于描写这个事件的历史家们，写的是各位将军的愉快的情绪与言论的历史，而不是事件的历史。

在他们看来，米洛拉道维支的话，这个那个将军所受的奖赏，以及他们自己的假定，似乎是很有趣的；而五万个留在医院和坟墓中的人的问题，甚至引不起他们的兴趣，因为这不在他们的研究范围之内。

然而，只要不去研究报告和一般计划，却探究几十万直接亲身参与事件的人的运动，则那些先前似乎不可解的问题，都可以忽然异常容易地、简单地获得无疑的解决。

切断拿破仑和他的军队的目的，除了在十来个人的想象中，是从来没有过的。这个目的是不能存在的，因为它是没有意义的，而达到这个目的是不可能的。

人民只有一个目的：光复自己的国土。这个目的，第一，自然而然地达到了，因为法军逃走了，因此只要不去阻止这个运动。第二，这个目的因为消灭法军的民族战争而达到了。第三，这个目的因为俄国的大军追击法军，准备在法军的运动停止时施用武力而达到了。

俄军的作用应该像鞭子驱逐逃兽一样。有经验的赶兽的人知道最好的办法是举着鞭子威吓它们，而不是当头鞭打逃兽。

第四部

1

一个人在看见将死的畜牲时，便感觉到恐怖：那个和他自己身体一样的实体，在他的眼前显然地消灭了，不复存在了。但是当那个要死的东西是人，并且是所爱的人时，则在生命消灭时所感到的恐怖之外，还感到一种心灵撕裂和精神创伤，这创伤就像身体的伤痛一样，有时致命，有时复原，但它总是疼痛，害怕外界的刺激性的碰触。

在安德来公爵死后，娜塔莎和玛丽亚公爵小姐同样地感觉到这一点。她们精神消沉，她们闭着眼不看那临到头上的有威胁性的死亡的云，不敢面对生活。她们小心地防护她们的明显的创伤，避免粗暴的致痛的碰触。街道上迅速地走过的马车，提起吃饭，女仆的关于应该预备什么衣服的问题，更糟的，不真心的敷衍的同情的话，这一切，都疼痛地刺激伤处，好像是一种侮辱，并且破坏了那必要的静穆；而她们俩就是在这种静穆中极力倾听那在她们的想象中尚未停止的、可怕的、严肃的合唱的。这一切妨碍了她们注视那向她们显现了片刻的、神秘的、无限的远景。

只有她们俩单独在一起的时候，才不感觉到伤心和痛苦。她们彼此很少说话。即使她们说话，也只说到最无关重要的事情。

她们俩都避免提到和将来有关的事情。承认将来的可能性，在她们看来，是对他的纪念的一种侮辱。她们在谈话中更加小心地避免任何可能与死人有关的东西。她们似乎觉得，她们所体验的所感觉过的东西，是不能用言语表达的。她们似乎觉得，关于他的生活详情的任何字句上的暗示，都会破坏在她们眼前所完成的那个神秘事件的伟大与神圣性。

老是克制说话，经常地极力避免一切可能提到他的话：在各方面都不涉及她们不能说到的东西——这使她们所感觉的东西，在她们的想象中，更纯粹更明白地展示出来。

但纯粹完全的悲哀，正和纯粹完全的快乐一样，是不可能的。玛丽亚公爵小姐，由于她的地位——作为她自己的命运的唯一的独立的主人，作为侄儿的保护人与教师——最先被生活从她过了开头两周的悲哀世界中唤了出来。她接到亲戚们的信，这些信必须答复。尼考卢施卡所住的房间潮湿，他开始咳嗽了。阿尔巴退支带了财务的账目来到雅罗斯拉夫，他提议，并劝告她回到莫斯科去住在夫司德维任卡街的房子里，这个房子还是完好的，只需小小的修葺。生活并没有停止，人必须生活的。虽然玛丽亚公爵小姐觉得走出她一直过到现在的孤独的沉思的世界是痛苦的，虽然丢下娜塔莎一个人是她觉得惋惜而且似乎觉得惭愧的——但是生活上的事情要她过问，她不得不屈服了。她和阿尔巴退支核算了账目，和代撒勒商谈侄儿的事，发出命令并且准备赴莫斯科的旅行。

娜塔莎只剩下一个人了，从玛丽亚公爵小姐开始准备起程时，她便逃避着她。

玛丽亚公爵小姐提请伯爵夫人让娜塔莎和她一同到莫斯科去，父母都高兴地同意了这个提议，他们每天看到女儿的体力的衰退，以为调换地方和莫斯科医生的帮助都是于她有益的。

“我什么地方都不去，”娜塔莎听到这个提议时回答，“我只请你们不要打搅我。”她说过之后，便跑出房，费力地克制着与其说是悲哀毋宁说是烦恼与愤怒的眼泪。

娜塔莎自从她觉得自己被玛丽亚公爵小姐所丢弃，而独自悲哀以来，便大部分时间留在自己的房中，独自盘着腿，坐在沙发的角上，用她的纤细紧张的手指撕着或者扭着什么，把固执不动的目光望着眼睛所落到的东西上。这种孤独使她疲乏，使她痛苦；但这是她所不可缺少的。只要有人走进房来看她的时候，她就迅速地站起来，改变她的姿势和眼睛的神色，拿起书本或针凿，显然是不耐烦地等候打搅她的人走开。

她总是觉得，她马上便要了解、便要看透她的精神的视力带着可怕的、使她不能忍受的问题所注视的那个东西。

在十二月末，消瘦苍白的娜塔莎，身穿黑色毛呢衣服，发辫随便地打成结子，缩作一团地坐在沙发的角上，一面紧张地揉皱又理直她的腰带头子，一面望着门的角落。

她望着他走出去的，走到生活彼岸去的那个方向。生活彼岸，她从来没有想到过，她从前觉得是那么遥远而未必有，现在却觉得比生活此岸更接近、更亲密、更可理解了，在生活此岸，一切是空虚与破坏，或是痛苦与侮辱。

她望着那个地方，她知道他就在那里；但是她不能够认为他和他在这里的时候有什么不一样。她又看见了他，就像他在梅济锡，在特罗伊擦，在雅罗斯拉夫的时候所看见的一样。

她看见了他的脸，听到了他的声音，复述了他的话和她自己向他所说的话，并且有时替她自己并且替他设想出他们在那时候可能说过的话。

他穿着天鹅绒的皮袄躺在扶手椅上，用枯瘦、苍白的手支着头。他的胸口凹陷，肩膀高耸。他的嘴唇紧闭，眼睛发亮，在他苍白的额头上出现了一道皱纹，接着又消失了。他的一条腿几乎察觉不出地迅速颤抖着。娜塔莎知道，他在和难忍的痛苦作斗争。“这个痛苦是什么样的？为什么他会有痛苦？他感觉到什么？他痛得怎样？”娜塔莎心里想。他发现她在注意他，于是抬起眼睛，并没有微笑就开始说话了。

“有一件事是可怕的，”他说，“这就是把自己和一个受苦的人永远结合在一起。这是永久的痛苦。”他又用审视的目光看了看她。娜塔莎像平常一样，还没有来得及想到她要回答的话，便作了回答。她说：“不会这样继续下去的，不会这样的，你的身体会好的，完全会好的。”

她现在又看见他，又体验到她那时所感觉到的一切。她回想起她说这些话时他那长时间看着的、忧郁的、严厉的目光，明白了这个长时间看着的目光中的责备与失望的意义。

“我同意，”娜塔莎现在自言自语着，“假使他永远成了受苦人，那就可怕了。我那时说这话，只是因为他会觉得这是可怕的，会有另一种理解。他以为我会觉得这是可怕的。他那时还想活——怕死。我那么粗鲁、愚蠢地向他说了。我想的并不是这样。我想的完全不同。假使我要把我所想的说出来，我就要说：让他死去吧，在我面前慢慢地死去，和我现在碰到的情况比较起来，我还是幸福的。现在……什么也没有了，什么也没有了。他知道这一点吗？不。他不知道，永远也不会知道的。现在，永远永远无法补救了。”

他又向她说了同样的话，但现在娜塔莎在自己的想象中给他的回答不同了。她阻止了他，对他说：“您觉得可怕，我却不然。您知道，失去了您，我的生活中便失去了一切，和您一起受苦是我最大的幸福。”于是他抓住她的手紧握着，就像他在临死的前四天那个可怕的晚上那样。在自己的想象中她还向他说了别的亲切恩爱的话，这些话是她在那时候就可以说，但是直到现在才说。“我爱你……你……我爱，爱……”她说，痉挛地握紧着自己的手，使劲咬紧自己的牙齿。

一种甜蜜的悲伤攫住了她的心，泪已经涌到她的眼眶里了，可是忽然她问自己：她在对谁说这些话？他在哪里？他现在是谁？于是一切又变得莫名其妙，使人觉得冷酷无情了，她又紧张地皱起眉头，注视着他所在的那个地方。于是，她觉得她就要看透秘密……但是在那不可理解的东西似乎已经向她展现的这一时刻，声音很大的开门声使她痛苦地大吃了一惊。女仆杜妮亚莎迅速地、鲁莽地、带着惊恐的和对她毫不关心的面容走进了房间。

“请到您爸爸那里去吧，赶快，”杜妮亚莎带着奇怪的兴奋的表情说，“祸事，关于彼得·依利支……一封信。”她哽咽着低声说。

2

娜塔莎除了对所有人都感到疏远外，这时对自己家里的人感到特别疏远。家里所有的人：父亲、母亲、索尼亚是和她那么亲密，那么熟悉，那么日常相处，以致她似乎觉得，他们所有的话语和感情是对她最近生活着的那个世界的一种侮辱，于是她不但对他们表示冷淡，而且对他们怀有敌意。她听到杜妮亚莎关于彼得·依利支和祸事的话，但是不明白这些话。

“他们有什么祸事？会发生什么祸事？他们的一切都是老样子，正常而又平静。”娜塔莎心里说。

当她走进大厅时，她父亲迅速地走出了伯爵夫人的房间。他愁眉苦脸，带着泪痕。显然他是从房间里跑出来放声痛哭的。他看见了娜塔莎，绝望地摇了摇双手，痛苦地发出了痉挛的、使他的温柔的圆脸变形的呜咽声。

“彼……彼恰……去吧，去吧，她……她……在叫……”他哭得像小孩一样，迅速地拖着软弱无力的腿走到椅子那里，用手捂住脸，几乎是跌坐在椅子上。

忽然好像触了电一样，娜塔莎全身颤抖了一下。一种可怕的东西疼痛地敲着她的心。她感觉到非常的疼痛；她似乎觉得，她身体内部有什么东西爆裂了，她要死了。但在痛苦之后，她立刻感到她从压在她身上的生活禁令中解放出来了。看见了父亲，听到了门那边母亲那可怕的、刺耳的叫声，她立刻忘记了自己和自己的悲哀。

她跑到父亲面前，但他无力地摇动着一只手，指了指母亲的门。玛丽亚公爵小姐面色发白，下颏打颤，走出了门，她抓住娜塔莎的胳膊，向她说着什么事。娜塔莎没有看她，也没有听她的话。她快步走进门里，站了片刻，似乎在同她自己作斗争，然后跑到她母亲那里去了。

伯爵夫人躺在扶手椅上，异常难看地探着身子，用头撞着墙壁。索尼亚和女仆们拉住她的胳膊。

“娜塔莎，娜塔莎！……”伯爵夫人叫喊着，“不是真的，不是真的，他说谎……娜塔莎！”她叫着，推开周围的人，“都走开吧，不是真的！被打死了！……哈哈哈！……不是真的！……哈哈哈！”

娜塔莎把一只膝盖抵在椅子上，向母亲弯下腰抱住她，用意想不到的力量把她抱起来，把她的脸转过来对着自己，并且紧偎着她的身子。

“妈妈！……亲爱的！……我在这里，我亲爱的妈妈。妈妈。”她向她低声说着，一秒钟也不停。

她没有放开母亲，亲切地和她争执着，要来枕头、水，解开并撕破了母亲的衣服。

“我亲爱的……亲爱的……妈妈……心爱的。”她不停地向她低语着，吻着她的头、手和脸，并且觉得自己的眼泪好像下雨似地、无法克制地流了下来，使她的鼻子和腮帮直痒痒。

伯爵夫人紧握着女儿的手，合上眼睛，安静了一会。忽然她异常迅速地坐起来，茫然地向四周环顾了一下，看见了娜塔莎，开始用力地紧抱住她的头。然后她把女儿因为痛苦而皱起的脸扭过来对着她自己，在她的脸上看了很久。

“娜塔莎，你爱我，”她用轻轻的、信任的低语说，“娜塔莎，你不会骗我的吧？你能把全部真情告诉我吗？”

娜塔莎用含泪的眼睛望着她的母亲，她的眼睛里和脸上只表现出爱和请求宽恕的神情。

“我亲爱的，妈妈。”她又说了一遍，鼓起自己全部爱的力量，以便尽量把那折磨她母亲的悲哀的多余部分担在她自己的身上。

母亲在对现实的软弱无力的斗争中，不相信她的爱儿在青春的盛年被打死了的时候她还能活着，于是她又避开现实，躲到癫狂的世界中去了。

娜塔莎记不清那一天那一夜和第二天第二夜是怎么过去的。她没有睡觉，也没有离开她的母亲。娜塔莎固执的、有耐心的爱，似乎每一秒钟都在各方面搂抱着伯爵夫人，这爱不像解释，不像慰藉，却像回生的呼唤。第三天夜里，伯爵夫人安静了一会，娜塔莎把头靠在椅背上，闭着眼。床响了一下，娜塔莎睁开眼睛。伯爵夫人坐在床上低声说话。

“我多么高兴呵，你来了。你疲倦了，要喝茶吗？”娜塔莎走到了她的面前，“你长好看了，长成大人了。”伯爵夫人握了女儿的手，继续说。

“妈妈，您说什么！……”

“娜塔莎，他没有了，不在了！”于是伯爵夫人抱了女儿，第一次开始流泪了。

3

玛丽亚公爵小姐展缓了行期。索尼亚和伯爵极力要代替娜塔莎，却不能够。他们看到，只有她可以使她的母亲免于疯狂般的绝望。娜塔莎，形影不离地在母亲身边守了三个星期，睡在她房里的躺椅上，给她喝水，给她吃饭，并且不停地向她说话，因为只有她的温柔的亲爱的声音可以安慰伯爵夫人。

母亲的精神创伤是不能治愈的。彼恰的死夺去了她的一半的生命。彼恰死讯传来时，她是一个有精神有气力的五十岁的妇女，一个月后出房时，她已成为一个半死的、对生活没有兴趣的老妇人了。但正是这个伤痛，使伯爵夫人送了半条命，这个新的伤痛，使娜塔莎回生了。

由于精神的割裂而有的精神创伤，虽然似乎很奇怪，却是和身体伤痛一样，会渐渐地复原的。正如同深重的伤痛会痊愈，伤口会长好，精神伤痛，也和身体伤痛一样，只有凭内部的显著的生命力才可以完全复原。

娜塔莎的伤就是这么复原的。她原以为她的生命完结了。但她对母亲的爱忽然向她指示，她的生命的本质——爱——还活在她心中。爱醒了。生命也醒了。

安德来公爵的最后的一些日子，把娜塔莎和玛丽亚公爵小姐结合在一起了。新的不幸更使她们接近。玛丽亚公爵小姐展缓了行期，在最近三个星期看护娜塔莎，好像是看护生病的小孩一样。娜塔莎在母亲房中所过的最近这几个星期，耗尽了她的体力。

有一天下午，玛丽亚公爵小姐注意到娜塔莎因发疟疾在发抖，便把她带到自己的房里，放在自己的床上。娜塔莎躺着，但当玛丽亚公爵小姐放下百叶窗预备出去时，娜塔莎把她叫到自己面前来了。

“我不想睡。玛丽，和我坐一会吧。”

“你疲倦了，睡睡看吧。”

“不，不。你为什么要把我带走？她要问到我的。”

“她好得多了。她今天说话很好。”玛丽亚公爵小姐说。

娜塔莎躺在床上，在房间的幽暗的光线里注视着玛丽亚公爵小姐的脸。

“她像他吗？”娜塔莎想，“是的，又像又不像。但她是独特的，奇怪的，全新的，不可知的。她爱我。她心中有什么？一切是良善的。但那是怎么样的？她是怎么想法？她对我是什么看法？是的，她是极好的。”

“玛莎，”她说，羞怯地把玛丽亚公爵小姐的手拉到自己的面前，“玛莎，你不要以为我不好。是吗？玛莎，亲爱的。我多么爱你哟！让我们做真正的、真正的朋友吧。”

于是娜塔莎抱着玛丽亚公爵小姐，开始吻她的手和脸。玛丽亚公爵小姐为娜塔莎的这种感情外露觉得既害羞又高兴。

从那天起，玛丽亚公爵小姐和娜塔莎之间建立了只有女人之间才有的那种热情的、亲密的友谊。她们不断地接吻，互相说些亲密的话，并且大部分时间都待在一起。假使这个人出去了，那个人便觉得寂寞，就会赶快去找她。她们俩在一起的时候，彼此是那么要好，比她们分开的时候各人自己对自己还要好些。她们之间有了一种比友谊还重的感情：这就是，只有两人在一起才能生活的那种特殊的感情。

有时她们几小时不说话；有时躺在床上她们还说起话来，一直说到早晨。她们说的大都是很久以前的事。玛丽亚公爵小姐说到她的童年、她的母亲、她的父亲和她的幻想；而娜塔莎从前毫不了解地拒绝这种对人忠诚与顺从的生活以及基督徒自我牺牲的诗情，现在觉得她自己和玛丽亚公爵小姐由爱结合在一起，她爱玛丽亚公爵小姐的过去，并且了解她从前所不了解的生活的另一面。她不愿使自己的生活变得顺从别人和作出自我牺牲，因为她惯于寻找别的快乐，但是她了解并且爱上了别人那种她从前所不了解的美德。玛丽亚公爵小姐听娜塔莎说到她的童年和少女时代，也发现了她从前所不了解的生活的另一面：对生活和生活乐趣的向往。

她们仍然不提起他，在她们看来，是为了免得用言语破坏她俩心中的崇高感情；但是没有提起他，使她们俩渐渐地、却不知不觉地忘记他了。

娜塔莎消瘦了，脸色苍白了，而且身体是那么孱弱，以致大家都经常说到她的健康，她对此很感到愉快。但是有的时候，她不但突然感到死亡的恐怖，而且感到疾病、虚弱，以及失去美丽的恐怖，有时她不由自主地凝视着自己的光胳膊，诧异它的消瘦，或者每天早晨在镜子里注视着自己愁闷的、在她看来是可怜的面孔。她觉得，这是应当如此的，同时又是可怕而可悲的。

有一次她快步走上楼，费力地喘着气。她不由自主地立刻想到要下楼，于是又从下面跑上楼，试试自己的体力，观察一下自己的身体。

又有一次，她叫杜妮亚莎的时候声音颤抖。虽然听到了杜妮亚莎的脚步声，她却又叫了一声——她用她平时唱歌的胸音叫喊着，并注意听着这个声音。

她不知道，也不相信，可是从那层在她看来是不可钻破的、遮盖着她心灵的泥土下边，已经长出了纤细的娇嫩的小草芽。小草芽一定会生根的，并用它生机勃发的嫩叶遮蔽那折磨她的悲哀，而使她的悲痛很快克制下去。伤势已从体内渐渐得到了复原。

一月底，玛丽亚公爵小姐到莫斯科去了，伯爵坚持要娜塔莎和她一同到莫斯科去就医。

4

库图索夫在维亚倚马无法制止他军队击溃、切断敌人等等的愿望。在维亚倚马的冲突之后，继续逃跑的法军和追赶的俄军一直到达克拉斯诺都没有进行过交战。法军的逃跑是那么迅速，追赶的俄军赶不上他们，骑兵和炮兵的马都累坏了，而关于法军运动的情报总是靠不住的。

俄军的兵士也由于一昼夜四十俚的连续行军而显得那么疲惫，他们不能走得再快了。

俄军离开塔路齐诺时是十万人，到克拉斯诺时只有五万人。而在离开塔路齐诺之后的全部时间里，伤亡的兵不过五千人，被俘的兵不足一百人。只要明白地了解这个事实的意义，就能了解俄军消耗的程度了。

俄军追赶法军的迅速运动，使得俄军的损失，正如同逃跑使得法军的损失一样。而不同之处，只在俄军的运动是自动的，没有法军所面临着的那种灭亡的威胁，而法军中掉队的害病的兵是落在敌人的手中，掉队的俄军却是留在自己的国家。拿破仑的军队减少的主要原因是迅速运动，它的无疑的证明便是俄军相应的减少。

库图索夫的全部的活动，例如他在塔路齐诺和维亚倚马的活动，只注意在这一点上，就是要在他的权力之内，力求不要阻止这个对于法军是致命的运动（正如彼得堡和军中的俄国将领们所希望的），却促进这个运动，并缓和自己军队的运动。

但是在这一点之外，自从军队里表现了迅速运动所引起的军队的疲乏和大量减少以后，还有另外一个原因使库图索夫缓和军队的运动并且等待时机。俄军的目的是追赶法军。法军的路线是不知道的，因此，俄军在法军的后边相隔愈近，要走的路便愈多。只有隔开相当距离，才能够顺最短的路线横截法军的曲折路线。将军们所提出的一切的巧妙的策略，是军队的运动，行程的延长，而唯一合理的目的却在缩短这种行程。从莫斯科到维尔那的全部战争中，库图索夫的活动总是注意在这个目标上，不是偶然地，不是一时地，而是继续不断地注意在这个目标上，他没有一次改变过这个目标。

库图索夫不是凭理智或科学，而是凭他的全部的俄国人的身心，知道并且感觉到每个俄国兵所感觉的东西：法军被打败了，敌人在逃跑了，并且一定要把他们赶出去；但是同时，他和兵士们同样地感觉到这种在速度和季节上是空前的行军的一切困难。

但是将军们，特别是外籍将军们，希望立功，使人惊服，并且为了某种缘故去虏获某一公爵或国王——这些将军们似乎觉得，现在，在任何会战都是可怕的没有意义的时候，正是作战并征服某某的时候。当他们先后地向库图索夫提出了调动那些鞋袜破烂的、没有皮袄的、忍受饥饿的兵士的计划时，他只耸耸他的肩膀。兵士们在一个月之内没有作战就减少了一半，他们在继续奔跑的最好的条件下，在到达边境之前，还要走完比他们已经走过的更远的路程。

这种渴望立功、调动、击破、切断的想法，在俄军碰到法军时，特别明显。

在克拉斯诺的情形是这样的：在那里他们希望找到法军的三个纵队之一，却碰上了率领一万六千人的拿破仑本人。虽然库图索夫用了许多办法来避免这个毁灭性的冲突，保护自己的军队，但俄军的疲惫的兵士对于法国的溃散人群的屠杀，在克拉斯诺继续了三天。

托尔写了作战命令：die erste Colonne marschiert〔第一纵队前进〕等等。并且和往常一样，所进行的一切都不合乎作战命令。孚泰姆堡的欧根亲王在山上射击逃跑经过的法国兵，并且要求增援，增援却没有到。法军绕路逃避着俄军，夜间散开，藏在树林中，能向前跑的，都向前偷跑了。

米洛拉道维支说过，他并不想要知道任何关于支队中的军需的事情；在需要他的时候，总是找不到他；他自命为chevalier sans peur et sans reproche〔无所畏惧无可责备的骑士〕，他喜爱和法国人谈判——他派了军使去要求法国人投降，他浪费了时间，他没有做他奉命要做的事。

“弟兄们，我把那个纵队送给你们。”他骑马走到军队前面，指着法军向骑兵说。

于是骑兵们，在几乎不能走动的马匹上，用马刺和佩刀催打马匹，在紧张努力之后，缓驰地跑到那个赠送给他们的纵队那里，即是，跑到冻伤的、冻僵了的、饥饿的法国人的群众那里，那个送给他们的纵队抛下武器投降了，这正是他们早已想要做的事。

在克拉斯诺，他们虏获了二万六千俘虏，几百门大炮，和一根叫作元帅杖的棍子，他们争论谁在那里立了功，并且对于这个觉得满意，但是他们很惋惜没有抓住拿破仑，或者至少是一个什么英雄或元帅，他们为了这件事互相责备，特别是责备库图索夫。

这些人，被自己的热情所驱使，只是那最可悲的必然规则的盲目工具；但是他们认为自己是英雄，以为他们所做的事，是最受尊敬最荣誉的事。他们责备库图索夫，说他从战争的开始就阻止他们征服拿破仑；说他只想到满足自己的情感，不想要从麻布工厂前进，因为他在那里很舒服；说他在克拉斯诺阻止运动；他因为听说拿破仑在那里，便完全张皇失措了；说我们可以假定，他和拿破仑之间有勾结，说他被拿破仑收买了[①]，云云，云云。

不仅是情感用事的当时人士都这么说——后代和历史也认为拿破仑grand〔伟大〕，外国人认为库图索夫是狡猾、荒淫、衰弱、奸佞的老

① 原注：威尔逊日记。毛德附注：R. T. Wilson（1774—1849）是英国在俄军司令部中的军事委员（1812—1814），其日记出版于一八六一年。

人；俄国人认为他是不伦不类的人，是一种傀儡，只是因为他的俄国名字而有用……

5

人们在一八一二年和一八一三年公然指责库图索夫的过错。皇帝不满意他。在一本新近由最高当局授意而著作的历史里[①]说到库图索夫是一个狡猾的奸佞的说谎者，说他害怕拿破仑的名字，并且由于他在克拉斯诺和柏来西那的错误，他使俄军失去了对法军取得完全胜利的光荣。

这种命运不是俄国的学者所不承认的那些伟人们（grands hommes）的命运，而是那些罕有的、总是孤独的、能够体会天意，并且使个人的意志顺从天意的人们的命运。这些人由于他们洞察最高的法则而受到群众的憎恨和轻视。

说来奇怪而可怕，俄国历史家们以为拿破仑——这个无关紧要的历史工具，他从来没有在任何地方，甚至在放逐中，表现过人类的美德——以为这个拿破仑是赞扬和喜悦的对象，以为他grand〔伟大〕。库图索夫，这个人，从他在一八一二年的活动的开始直到结束，从保罗既诺到维尔那，没有一次在行为上和言语上改变宗旨，他是历史上少有的、自我牺牲的榜样，他在当时就认识事件的未来意义——但库图索夫被他们当作一个不伦不类的可怜的人，他们说到库图索夫和一八一二年，总觉得有点可耻。

然而我们难以想象一个历史人物，他的活动是那么经常不变地向着一个唯一的目标。我们难以想象一个更有价值、更符合全民意志的目标。我们更难在历史上找到别的例子来说明任何一个历史人物为自己所定的目

① 原注：保格大诺维支的《一八一二年的历史：库图索夫性格和克拉斯诺会战恶劣结果的批评》。

标、是像库图索夫在一八一二年全力以赴的目标那样地完全达到了。

库图索夫从来没有说到“从金字塔上向下看的四十世纪”，说到他给祖国带来的牺牲，说到他所要完成的和已经完成的事情：总之他不说到自己的任何事情，不装模作样，总是显得他是最普通、最寻常的人，说最普通、最寻常的话。他写信给他的女儿们，给斯塔叶夫人，读小说，欢喜和美丽的妇女在一起，和将军们、军官们、士兵们说笑话，从来不反对那些想要向他证明什么的人。当拉斯托卜卿伯爵在雅乌萨桥骑马跑到库图索夫面前，个人对他责备，说他要负莫斯科毁灭的责任，并且说“您不是保证说不打仗就不放弃莫斯科吗”的时候，库图索夫回答说：“我不打仗是不放弃莫斯科的。”虽然，莫斯科已经放弃了。当皇帝派阿拉克捷夫来说应该任命叶尔莫洛夫为炮兵指挥时，库图索夫回答说：“是的，我自己也刚刚说了这话。”虽然他刚才所说的话是完全不同的。这和他有什么关系，他在他周围的愚昧的人群之中，他是当时唯一了解事件全部重大意义的人，拉斯托卜卿伯爵把莫斯科的责任拉在自己身上，或者推在他身上，这和他有什么关系？任命谁做炮兵指挥，这更加不会使他关心了。

这个老人，不但在这些时候说，而且是不断地说些完全没有意义的话，说出他偶然想到的话。他由于生活的经验，相信思想和表现思想的语言不是人类的推动力。

然而就是这个如此忽视自己的言语的人，在他的全部活动中，没有一次说过一句话违反他的唯一的目标，他在全部战争时间里都是向着这个目标前进的。他显然地、不觉地在极其多种多样的环境中，屡次表现他自己的想法，却痛苦地确信别人不了解他。从保罗既诺会战时开始，他的意见就和周围的人不同，只有他一个人说保罗既诺会战是胜利，他在口头上、公文上、报告上重复这话，一直到死。只有他一个人说莫斯科的丧失不是俄罗斯的丧失。他对于劳理斯顿的和谈提议，回答说，和谈是不可能的，因为这是人民的意志；只有他在法军退却时说，我们所有的调动是不需要的，说一切都会自动地完成得比我们所希望的更好，说应该给敌人一座金桥，说塔路齐诺、维亚倚马和克拉斯诺会战都是不需要的，说应该有点兵力到达边境，说他不愿牺牲一个俄国人换十个法国人。

只有他，像别人对我们所描写的，这个佞臣，他为了讨好皇上而向阿拉克捷夫说谎——只有他这个佞臣在维尔那讨皇上的不欢，说远在国境之外的战争是有害而无益的。

但并不仅仅用语言证明了他那时了解事件的意义。他的行为没有丝毫差错地始终向着同一的目标，这个目标有三方面：（一）鼓起他的全部力量和法军战斗；（二）打败法军；（三）把他们赶出俄罗斯，尽可能地减轻人民和军队的痛苦。

他，这个因循拖延者库图索夫，他的格言是“忍耐与时间”，他这个反对决定性行动的人，他进行了保罗既诺会战，他以无比的严肃为这个会战进行准备。他，这个库图索夫，在奥斯特理兹会战之前，他说那个会战将要失败；在保罗既诺，虽然将军们相信这个会战是失败的，虽然，在胜利的会战之后，军队必须退却，这是史无前例的，他却一个人和大家相反，直到临死还相信保罗既诺会战是胜利的。只有他一个人在法军退却的全部时间里，坚持不打在当时是无益的会战，不开始新的战争，不越过俄国的边境。

现在，只要不把十多个人心中的目的当作群众活动的目的，就可以容易理解事件的意义，因为所有的事件及其后果都摆在我们的面前了。

但是这个独自违反众意的老人，那时候怎么能够如此准确地想到人民对于事件的看法的意义，以致他在全部活动中没有一次违反它呢？

看透正在发生的现象的意义是一种异常的能力，它的根源在于他十分纯洁而强烈地怀着民族感情。

只是承认这个老人怀有这种感情，才使人民用那样奇怪的方式，违反沙皇的意志，选出他这个失宠的老人做民族战争的代表。而且只有这种感情，才使他享有人类最崇高的威望，因此他作为总司令，没有把他的全部力量用来杀死人、毁灭人，而是用来拯救人、怜悯人。

这个纯朴、谦逊，因而真正伟大的人物是不能用历史虚构出来的想象中统治着人们的欧洲英雄模式来硬套的。

在奴仆看来，伟大的人是不可能有的，因为奴仆有他自己关于伟大的概念。

6

十一月五日是所谓克拉斯诺会战的第一天。在黄昏前，在那些没有到达应到之处的将军们已经发生了许多争执和错误之后，在副官们带着许多矛盾的命令被派出之后，在已经判明了敌人到处都在逃跑，会战已经不可能发生，并且不会发生了的时候，库图索夫离开克拉斯诺到道不罗叶去了，他的司令部就是在那天迁到那里去的。

那一天是晴朗而寒冷的。库图索夫骑了一匹又壮又白的小马，带着一大群对他不满、在他背后窃窃私语的随从将军来到道不罗叶。当天抓到的成群的法国俘虏（这天法军被俘的共有七千人）一路上都挤在营火边烤火。离道不罗叶不远，一大群衣衫褴褛、随便裹着伤、包着头的俘虏，站在路上一长列卸了马的法国大炮的旁边，在嗡嗡地说话。在总司令走近时，话声便停止了，所有的眼睛都注视着库图索夫，他戴着一顶有红帽圈的白帽，棉军大衣在他那耸起的肩膀上隆起着，他在路上缓缓地前进着。在库图索夫的随员中有一个将军向他报告大炮和俘虏是在什么地方虏获的。

库图索夫似乎有心事，没有听到将军的话。他不满意地眯起眼睛，聚精会神地盯着那些样子显得特别可怜的俘虏们。大部分法国兵冻坏了鼻子和脸颊，变了面相，几乎所有人的眼睛都红了、肿了，并生了眼屎。

一群法国兵正站在路旁，有两个兵在撕一块生肉，其中一个脸上满是伤痕。在他们向骑马走过的人所投去的急速的目光中，在那个有伤痕的兵的恶意的表情中，显出有点可怕的兽性的神态，那个兵看了看库图索夫，立刻转过身去继续做他的事情。

库图索夫长时间地注视着这两个兵；他把眉头皱得更紧，眯着眼，沉思地摇了摇头。在另一个地方他注意到一个俄国兵，这个俄国兵笑着拍拍法国兵的肩膀，向他亲热地说着什么。库图索夫又带着同样的表情摇了摇头。

“你说什么？”他问将军，这个将军继续向他报告，并要总司令注意卜来阿不拉任斯克团前面那面夺得的法国军旗。

“啊，军旗！”库图索夫说，显然是费力地甩开他心中所注意的事情。

他心不在焉地环顾了一下。成千的眼睛在各方面望着他，等着他说话。

他停在卜来阿不拉任斯克团前，深深叹了口气，闭了眼睛。侍从中有人招了招手，要拿军旗的兵士们走来，把旗杆插在总司令的四周。库图索夫沉默了一会，显然是勉强地顺从着因为他的地位而有的义务，抬起头，开始说话。成群的军官们环绕着他。他注意地环顾了四周的军官们，认识他们当中的几个人。

“谢谢大家！”他先对着兵士，后对着军官说。在他四周的寂静中，可以清晰地听到他的缓缓地说出的话声：“谢谢大家的坚苦而忠实的服务。这是完全的胜利，俄罗斯不会忘记你们的。光荣永远是你们的！”

他环顾着沉默了一会。

“放低点，把它的头放低点，”他向一个兵说。这个兵拿着一面法国鹰旗，无意地把它在卜来阿不拉任斯克军旗的前面放低了，“再低一点，再低一点，就是这样，乌拉！弟兄们！”他说，他的下巴向士兵们迅速地动着。

“乌拉——拉——拉！”几千个声音吼着。

兵士们呼喊的时候，库图索夫在鞍子上躬着身体，垂着头，他的一只眼睛里发出温顺的好像是嘲讽的光芒。

“你们知道，弟兄们。”在声音平静时，他说。

忽然他的声音和面部表情都改变了：那不再是总司令在说话，而是一个寻常的年老的人在说话，他显然是希望现在向他的同伴们说一点最重要的事。

在军官之间和士兵行列中有人移动着，以便更清楚地听到他此刻所要说的话。

“你们知道，弟兄们。我知道，你们困难，但是没有办法！忍耐一会儿，不会很久的了。我们要送走了客人，那时候就休息。沙皇不会忘记你们的服务。你们困难，但你们仍然是在本国；他们呢——你们看见了他们弄到什么样子，”他指着俘虏说，“他们比最可怜的乞丐还不如。在他们强大的时候，我们没有可怜他们，但是现在我们可以可怜他们了。他们也是人。是吗，弟兄们？”

他望着四周，在固执的、恭敬的、迷惑的、向他注视的目光中，他看出了他们同情他的话；他的脸因为老年的和善的笑容而越来越明朗了，而且在他的嘴角和眼睛上出现鱼尾巴般的皱纹。他沉默着，好像是迷惑地垂了头。

“但是究竟谁叫他们到我们这里来的？这是他们应得的，这……这……”他忽然抬起了头说。

他挥动了鞭子，在整个战争期间，他第一次骑马奔驰着离开高兴地大笑的、呼喊“乌拉”的、混乱的兵士行列。

库图索夫所说的话是兵士们未必了解的。没有人能够重述总司令的开头是严肃的、而结尾是老年人的真诚的演说的内容；但是这个演说的由衷的诚意不但是被了解了，而且正是老人的好心的咒骂所表现出来的那个伟大胜利的情绪，连同对于敌人的怜悯，以及对于我们的正义行为的认识，也存在于每个兵士的心中，并且是用高兴的好久不停的叫声表现出来了。后来有一个将军问总司令是否要把马车叫来，库图索夫回答时，突然啜泣了一声，显然他是深为激动了。

7

十一月八日，克拉斯诺会战的最后一天，军队到达宿夜地点的时候，已是入暮时分了。整日无风，天气寒冷，飘着小雪；傍晚时，天色明朗了。透过雪花可以看见暗紫色的星空，天冷得更厉害了。

有一个步枪团——离塔路齐诺时是三千人，现在是九百人——是最先到达指定宿夜地点（大道上的一个村庄）的部队之一。军需们遇到了这个团，报告说所有的农舍都被生病和死去的法兵、骑兵和参谋人员占用了。只有一个农舍可以给团长住。

团长骑马朝农舍走去。这个团走过了村庄，在最后几家农舍旁边的路上架起了步枪。

这个团像一只有许多肢体的庞然大物正在着手准备住处和食物。一部分兵士在没膝的雪中分散到村庄右边的桦树林里去了，树林里立刻传出了砍伐声、刀劈声、断枝的响声和愉快的说话声；另一部分兵士在团里集中在一起的车辆和马匹的四周忙碌着，有的拿出铁锅和干粮，有的给马喂料；第三部分兵士分头在村庄里为参谋人员们安置住处，抬出农舍里的法兵死尸，拖些木板、干柴和屋顶上的干草去生火，拖些篱笆去作防卫的栅栏。

在村边农舍的后面，有十五个兵发出愉快的叫喊声，在推着早已掀掉屋顶的仓屋的高篱笆。

“来，大家一齐推！”许多声音叫喊着，于是在黑暗中，落上一层雪的大篱笆发出尖锐的冰裂声，开始动摇了。底下的篱笆柱子发出越来越响的声音，最后篱笆和推着篱笆的兵士一同倒下了。发出了响亮、粗鲁、快乐的叫声和笑声。

“两个人一起抓！拿一根杠子到这里来！这就对了。你到哪里去？”

“好吧，大家一起……等一下，弟兄们！……唱个号子吧！”

大家沉默下来，一个声音不响的悦耳的嗓子唱起了号子。

在第三段的末尾，当最后号子唱完时，二十个人的声音同时喊出："嗨哟，嗨哟！行了！大家一起来哟！要倒了，弟兄们！……"虽然大家一起使劲，篱笆却只是微微动了一下，在出现的沉默中可以听到沉重的喘气声。

"哎，你们第六连的！恶鬼们！助一把力吧……我们也会帮你们忙的。"

走进村庄的第六连的大约二十个人，和拖篱笆的人合在一起了；于是大约五沙绳长一沙绳宽的篱笆，在村庄的街道上向前移动着、压着，擦破了弯下腰、气喘吁吁的兵士的肩膀。

"走呀……怎么……你为什么歇着？哎哎……"

他们不停地说些愉快而又粗鲁的咒骂话。

"你们在干什么？"忽然一个曹长跑到拖篱笆的兵士们面前，气势汹汹地吆喝着。

"老爷们在这里，将军本人也在屋里。你们这些鬼东西，恶棍，在胡闹！我要教训你们！"曹长叫喊着，挥手在第一个走到他面前的兵士的背上打了一下，"声音不能小一点吗？"

兵士们不作声了，被曹长打了一下的兵士一面低声嚷着，一面擦着脸，因为他撞在篱笆上的时候把脸碰出了血。

"看，那个鬼东西，打得多凶！把我的脸打出血了。"曹长走开时，他胆怯地低声说。

"你不喜欢吗？"一个带笑的声音说；于是兵士们压低着声音继续向前走去。

出了村庄，他们又照样大声说话了，在他们的话语中仍然带着无目的的咒骂声。

在兵士们所经过的农舍里，聚集着高级指挥官，他们喝着茶，热烈地谈到昨天的事情和提出的明天的调动。提出的调动是向左方的侧翼进军，切断"副王"的路并俘获他。

当兵士拖来篱笆时，各处都已经燃起了野炊的营火，木柴发出劈劈啪啪的响声，雪融化着，兵士们的黑影子在占用着的踏平了的雪地上来回走动着。

兵士们用斧头和砍刀在四面八方干着活。没有任何命令，一切事情就都做好了。夜间备用的柴都拖来了，长官们的棚子都搭起来了，锅里煮着食物，枪和弹药都放好了。

第八连拖来的篱笆成半圆形地放在北边，由枪架支撑着，在这前面生起了一堆营火。敲过了归营鼓，点了名，吃了晚饭，于是他们分散在火边宿夜了——有的在补鞋，有的在吸烟斗，有的脱光了衣服在烤虱子。

8

我们以为，在当时俄军所处的那些几乎不可想象的、困难的生活条件下——没有暖靴，没有羊皮袄，没有住处，在十八度[①]的雪地上，甚至没有足够的粮食（因为粮食常常赶不上军队）——兵士们一定会表现出最痛苦、最沮丧的情绪。

恰好相反，就是在最好的物质条件下，军队从来也没有出现过比那时更愉快、更活跃的景像了。这是由于每天都从军队里剔除所有显得颓丧或衰弱的人员。身体上和精神上衰弱的人早已甩在后边了：留下了一支精锐的部队——官兵在精力和体力上都是很强壮的。

在围着篱笆的第八连里聚集的兵士最多。两个曹长和他们坐在一起，他们的营火比别的营火烧得更旺。他们把搬来木柴作为坐在篱笆旁边的交换条件。

“哎，马凯夫，你怎么……你是迷路了，还是狼把你吃了？搬点木柴来呀。”一个红脸红头发的兵叫喊着，由于烟气弥漫他眯起眼，眨着眼，但没有离开营火。

① 毛注：相当于华氏零下八度。这是Reaumur温度表。

“乌鸦，你去搬点木柴来。”这个兵对另一个人说。

这个红头发的人既不是军曹，也不是上等兵，而是一个身体健康的兵，因此他命令身体比他弱的人。那个又瘦又小、尖鼻子、被称为乌鸦的兵顺从地站起来正要去执行命令，但在这时候，一个瘦瘦的俊秀的年轻的兵已经抱着一捆柴朝着营火走来了。

“放到这里来。好极了！”

他们折断了木柴，压在火上，用嘴吹着，用衣襟搧着，于是营火发出呼呼的响声、爆裂声。兵士们凑上前去，点着了烟斗。搬柴的年轻俊秀的兵士把双手叉在腰里，开始迅速地、灵活地在地上踏起冻僵的双脚。

“啊，妈呀，露水很冷，但是很清澄，做个步兵也好呀……”他唱着，似乎每唱一个音节都打嗝儿。

“哎，鞋跟要飞掉了！”红头发的兵叫喊着，他看到跳舞的人鞋跟松脱了，“他多么欢喜跳舞呀！”

跳舞的人停下了，撕掉脱落的鞋跟，抛到火里去。

“好，老兄，”他边说边坐下来，从背囊里取出一块蓝色的法国呢，开始裹脚，“水气把脚都冻坏了。”他说着把脚向火边伸去。

“很快就要发新鞋了。据说，等我们把敌人消灭光，那时候大家都能得到双份的东西。”

“瞧，彼得罗夫那个狗崽子总是掉队。”曹长说。

“我早就注意到了。”另一个说。

“什么，一个小兵……”

“据说，第三连昨天少了九个人。”

“是啊，你看看，脚冻坏了怎么走呢？”

“唉，废话！”曹长说。

“你也想要那样吗？”一个老兵责备地对那个说脚冻坏了的人说。

“你有什么想法呢？”那个被人叫作乌鸦的尖鼻子的兵士忽然从营火旁边坐起来，用尖锐颤抖的声音说。

“胖的人正在消瘦下去，瘦的人只有死路一条。看看我吧！我没有劲了，”他忽然坚决地对着曹长说，“吩咐他们把我送进医院吧；我全身酸痛，要不然我总会掉队的……”

“够了，够了。”曹长平静地说。

这个兵沉默下来，别人还继续交谈着。

“今天抓住的法国人还少吗？老实说，他们没有一个人的鞋子是像样的，不过是叫作鞋子罢了。”一个兵开始说到新的话题。

“哥萨克兵把死尸上的靴子都脱下来了。他们在替上校打扫屋子，把死尸抬出去了。看起来多可怜呵，弟兄们，”跳舞的兵说，“他们把死尸都翻过身来，有一个竟还活着，你相信吗？他还用本国话叽里咕噜说着什么。”

“他们都是很干净的人，弟兄们，”第一个兵说，“他们的皮肤是白的，就像桦树皮那样白，有些人很威武，可以说，也都是些高贵的人。”

“你是怎么想的呢？他们是从各种行业中征集来的。”

“他们一点也不懂我们的话，”跳舞的兵带着迷惑不解的微笑说，“我向他说：‘你是哪一国皇帝的臣民？’而他只是叽里咕噜地说些他们的话。真是个奇怪的人！”

“这是件奇怪的事，弟兄们，”那个对他们的白肤色表示惊异的兵继续说，“莫沙益司克附近的农人说，他们在那个打过仗的地方掩埋死尸都埋倦了，要知道，他们的死尸在那里躺了快有一个月了。农人说，他们躺在那里同白纸一样干净，连一点硝烟味都没有。”

“怎么，是冻死的吗？”有一个兵问。

“你这么聪明！冻死的！天气倒是暖和的。要是天冷，我们的人也不会腐烂了。农人说，可是你到我们的人那里去看看，他们都腐烂生蛆了。他说，所以我们用手巾捂住鼻子，扭着头，把他们拖走，我们受不了啦。他说，但是他们的死尸同纸一样白；连一点硝烟味都没有。”

大家都沉默了一会儿。

“一定是饮食的缘故，”曹长说，“他们吃的是绅士的伙食。”

没有人反驳他。

“那个莫沙益司克郊区（那里打过仗）的农民说，从十个村庄拉来的人把尸体运了二十天还不能全部运完。至于那些狼，他说……”

“那才是真正的会战，”一个老兵说，“只有这一次是值得记住的；后来的一切……只是使人民受痛苦罢了。”

“呵，老伯。前天我们碰上了他们，可不是，我们还没有走到他们跟前，他们就纷纷扔下枪，跪下了。他们说饶命吧。这仅仅是一个例子。他们说卜拉托夫抓住了波利昂[①]两次。但是他不会念咒语。他抓是抓住了，可是一瞧，他在他的手里变成了一只小鸟飞走了，飞走了。要杀他也没有办法。”

“基塞列夫，你最会说谎，我看得出。”

“怎么是说谎，这事是真的。”

“要是照我的习惯，我抓住他，把他埋进地里去。在他的坟上钉一根白杨橛子，镇住他。他杀了那么多的人。”

“反正我们就要结束了，他不会再来了。”老兵打着呵欠说。

话声停止了，兵士们开始睡下。

“瞧瞧星星吧，多极了，多么明亮！可以说，就像婆娘们铺开的亚麻布一样。”一个兵赞叹着天河说。

“弟兄们，这是明年丰收的预兆。”

“还要加一点木柴。”

“你烤脊背，肚子却冻坏了。奇怪呵。”

“啊，主啊！”

“你推什么——火就你一个人用吗？看……他躺下了。”

在开始出现的寂静中可以听到几个睡着的人的鼾声；其余的人翻转

① 兵士口中拿破仑之讹。

着身子在烤火，偶尔交谈几句。远处百步之外的营火旁传来了和睦而又快活的笑声。

“第五连的人在笑！”一个兵说，“好多人呵！”

有一个兵站起来，朝第五连那里走去。

“笑得多么开心呵，”他回来时说，“来了两个法国人。一个冻坏了，另一个胆子那么大！他在唱歌。”

“啊……啊！我去看看……”

于是有几个兵到第五连去了。

9

第五连露宿在树林旁边。一个巨大的营火在雪堆之间明亮地燃烧着，把挂着冰凌的树枝都照亮了。

半夜第五连的兵士听到了树林里的脚步声和树枝的响声。

“弟兄们，熊。”一个兵说。

大家抬起头来，仔细听了一下，有两个衣着奇怪的人，互相搀扶着，从树林里朝明亮的火光走来。

这是两个藏在树林中的法国人。他们嘶哑地用兵士们听不懂的话不知说些什么，走到营火那里。有一个人身材较高，戴着军官帽子，身子衰弱极了。到了火边，他想坐下来，却跌倒在地上。另一个矮小结实、头上扎着头巾的兵，力气大一点。他扶起他的同伴，指着自己的嘴，不知说了些什么。兵士们围住法国人，替那生病的兵士在地上垫了一件大衣，给他们拿来了麦粥和伏特加酒。

孱弱的法国军官是拉姆巴，扎头巾的是他的侍从兵莫来。

当莫来喝完了伏特加酒，吃完一碗粥时，忽然反常地快活起来，不断向不懂他的话的兵士们说着什么。拉姆巴不要吃东西，沉默地用胳膊支撑着头，躺在火边，用茫然的红眼睛看着俄国兵。有时他发出拖长的呻吟，然后又沉默下来。莫来指着自己的肩膀要兵士们明白，他是一个军官，应该烤火。一个走到营火前的俄国军官，派人去问上校，是否要把法国军官带到他们屋里去烤火；当去的人回来说上校命令把军官带去时，他们告诉了拉姆巴要他去。他站起来想走，但是他身子摇摇晃晃，若不是一个站在他旁边的兵扶住他，他便倒下来了。

“怎么，你不再跌一次吗？”一个兵嘲笑地眨着眼对拉姆巴说。

“哎，傻瓜！不要说这些无聊话！他是个农民，真正的农民！”大家都指责这个说笑话的兵。

他们围住了拉姆巴，把他放在两个兵互相拉起的手臂上，抬进了农舍。拉姆巴用双手搂住两个兵的颈子。当他们抬他走的时候，他可怜地说：“Oh, mes braves, Oh, mes bons, mes bons amis！Voila des hommes！Oh, mes braves, mes bons amis！〔啊，我的好汉们，噢，我的好朋友，我的好朋友！这真是些好人！我的好汉们，我的好朋友！〕”他像小孩一样，又把头靠在一个兵士的肩膀上。

这时，莫来坐在一个舒适的地方，被兵士们围住了。

莫来这个眼睛发炎、流着泪、矮小结实的法国人，像农妇那样用头巾连帽子一起扎着头，穿着一件女式大衣。他显然是喝醉了酒，用一只手抱住一个坐在他身边的兵，用沙哑的断断续续的声音唱着法国歌。兵士们叉起双臂望着他。

“喂，喂，教教我，怎么样？我马上就能学会的。怎么唱？……”那个爱说笑话、被莫来抱住的歌手说。

Vive Henri quatre！〔亨利四世万岁！〕

Vive ce roi vaillant！〔勇敢的国王万岁！〕

莫来眨着眼睛唱着。

Ce diable à quatre〔这个魔鬼在乱舞〕……

“维瓦里卡！谢鲁瓦鲁！西佳勃利亚卡……”这个兵挥起一只手臂重复着，果然学会了这支歌。

“好哇！哈——哈——哈——哈！……”大家发出了震耳欲聋的高兴的笑声。

莫来皱了皱眉头，也笑了。

“好，再唱，再唱！”

Qui eut le triple talent:〔谁有这三能：〕

De boire, de battre,〔喝酒，打仗，〕

Et d'être un vert galant〔做情人〕……

“唱得好。唱吧，唱吧，萨列他耶夫！……”

“丘……”萨列他耶夫费力地唱着，“丘丘……”他费力地张开嘴，拉长声，“德布德巴，德特拉瓦加拉。”他唱着。

“啊，好极了！唱得就像法国人一样！噢……哈哈哈！怎么，还想吃一点吗？”

“给他一点粥吧，饿了是不能马上吃饱的。”

他们又给了他一点粥，莫来笑着吃了第三碗。所有望着莫来的年轻兵士的脸上都显出了快乐的笑容。老兵们认为做这种无意义的事是不体面的，他们躺在营火的另一边，但有时用臂肘支起身体，微笑着看了看莫来。

“他们也是人，”他们当中一个用军大衣裹着身体的人说，“就是苦艾也是靠根生长的呀。”

“啊！主啊，主啊！满天的星斗，多极了！要大冷了……”

一切又平静下来了。

星辰似乎知道现在没有人看它们，于是在黑暗的天空中眨着眼睛，时而发光，时而暗淡，时而闪烁，彼此之间低声交谈着什么快乐的神秘的话。

10

法军始终按一定的数量消亡着。渡过柏来西那河（关于这件事有很多记载），只是法军崩溃的一个过渡阶段，决非是这个战争中决定性的事件。假若关于横渡柏来西那写过并且还在写很多的著作，在法国方面，这只是因为，法军先前经常地所遭受的灾难，在这里，在柏来西那破桥上，忽然集中在片刻之间，成为一个悲剧的景象，一直留在每个人的记忆中。在俄国方面，只是因为，在远离战场的地方，在彼得堡，作了一个在柏来西那河的战略圈套中擒获拿破仑的计划（又是卜富尔作的）。大家都相信，实际上所要发生的一切都会完全符合计划，因此坚持说，正是横渡柏来西那河使法军毁灭了。而事实上，横渡柏来西那河的结果，照数字看来，在武器和俘虏的损失方面，对法军的致命作用，远不如克拉斯诺的会战。

渡柏来西那河的唯一的意义是在这里，就是，这个横渡显然地无疑地证明了一切切断敌人退路的计划是错误的，库图索夫所要求的唯一可能的行动——只是追赶敌人——是正确的。法军的人群以继续增加的速度逃跑着，用了一切的力量，去达到这个目标。法军像一只受伤的野兽那样地逃跑着，不能在路上停留。证明这个的，与其说是渡河的布置，毋宁说是在各桥上的运动。在桥都已经破坏时，没有武器的兵，莫斯科的居民，法军运输车辆上的妇女和小孩，都在惯性的支配下，没有投降，却向前跑上船，跑到结冰的水里去了。

这种突进是理所当然的。跑的人和追的人的境况是同样地恶劣的。逃跑中的每个人，和自己的同伴在一起的时候，可以希望得到同伴的帮助，和他在同伴当中的确定地位。他若投降了俄军，他的境况还是同样的不幸，但他在生活必需品的分配上享受的待遇就很低了。法国人不需要知道关于半数俘虏死于饥寒的真实消息，俄国人虽然希望拯救这些俘虏，却不知道要怎么办。他们觉得，这是没有别的办法的。最有怜悯心的俄国指挥官，对法国人有好感的人，和在俄军中服役的法国人，对于俘虏们都没有一点儿办法。法国人死于灾难。俄军也遭到这种灾难。要夺去饥饿的、有用的兵士们的粮食和衣服，去给虽然是无害的，未被仇根的，没有罪过的，然而是完全无用的法兵，那是不可能的。有些俄国人这么做了，但他们是例外。

后面是必然的灭亡，前面是希望。已经是破釜沉舟了，除了同阵逃跑，没有别的保全办法了，因而法军的全部力量都集中在这同阵逃跑上。

法军跑得愈远，残余的部队愈可怜，特别是在横渡柏来西那以后（由于彼得堡的计划，俄国人对柏来西那寄以特别的希望），而互相责备的、特别是责备库图索夫的俄国将领们的情绪是愈热烈。他们认为彼得堡方面的柏来西那计划的失败是由于库图索夫，因此，对他的不满、轻视和嘲笑，表现得越来越强烈了。嘲笑与轻视，不用说，是以恭敬的形式表现出来的，使库图索夫也不能问，为什么他们要责备他。他们没有向他认真地说；他们在向他报告，请他作决断时，装出了是在完成不幸的仪式的样子，但在他背后眨眼，极力要在每一个步骤上欺骗他。

所有的这些人，正是因为不能了解他，才认为和这个老人说话是没有用的；认为他永远不会了解他们的计划的周密；认为他回答他们的时候，要说到关于金桥的空话（他们觉得这只是空话），要说到率领溃散了的军队越过国界是不可能的，云云。这些话都是他们听他说过的。他所说的一切，例如，必须等候给养，兵士没有靴子，这一切都是那么简单，而他们所提出的一切是那么复杂而聪明，以致他们显然觉得，他是又老又愚蠢，而他们是无权的天才的将领。

尤其是在显赫的海军上将彼得堡英雄维特根示泰恩加入了军队之后，这种心情和参谋部的谣言达到了极点。库图索夫看到这种情形，只能叹气、耸耸肩膀而已。只有一次，在横渡柏来西那河之后，他发了脾气，给单独能向皇上启奏的别尼格生写了一封如下的信：

“由于您阁下的疾病发作，请接到此信即去卡卢加，在那里听候皇帝陛下进一步的命令和任命。”

但在派出别尼格生之后，康斯丹清·巴夫洛维支大公到军中来了。他在战争的初期曾经参加过战役，但后来被库图索夫从军中调到远处去了。现在大公来到军中，告诉库图索夫皇帝不满意俄军的微小的胜利和迟缓的运动。皇帝打算日内亲自到军中来。

这个老人对于朝政和军事同样都很有经验，这个库图索夫，在本年八月违反皇帝的意志被选为总司令，并把皇储和大公从军中调走，他凭着自己的权力违反皇帝意志，下令放弃莫斯科，这个库图索夫现在立刻明白了，他的时代已经过去了，他的角色已经扮演完了，他那虚假的权力再也没有了。他不是单凭朝廷的态度明白了这一点。一方面他知道，他在其中担任过角色的军务已经结束了，他觉得，他的任务已经完成了。另一方面他同时开始感到由于年老，身体疲乏，感到有休养的必要。

十一月二十九日，库图索夫进了维尔那——像他所说的那样，是他亲爱的维尔那。在他供职期间，他做过两次维尔那省长。在富庶、完整无损的维尔那，除了他那早就失去的舒适的生活外，他还找到了旧友与回忆。他忽然摆脱了一切军务和政务的操劳，在他四周沸腾的热情所允许的程度内，沉陷于平静的、习惯的生活之中，似乎历史领域中所发生的和将要发生的一切都与他无关。

齐恰高夫是个最热衷于主张切断和击溃敌人的人，起初他想对希腊，后来对华沙进行佯攻，但是他怎么也不肯到派他去的地方去。齐恰高夫以敢于向皇帝进谏而出名，他认为库图索夫受过他的恩惠，因为一八一一年皇上没有关照库图索夫就派遣他去和土耳其签订和约，他发现和约已经签订了，于是在皇帝面前承认签订和约的功劳属于库图索夫。这个齐恰高夫在库图索夫所要住的维尔那的城堡里最先遇见了库图索夫。齐恰高夫身穿海军制服，佩着短剑，把帽子夹在腋下，把驻军报告和城门钥匙递给了库图索夫。那种年青人对于昏庸老人的轻视而又恭敬的态度，充分表现在他的一切举止上，他已经知道了库图索夫受到的谴责。

和齐恰高夫谈话时，库图索夫顺便提到，他在保锐索夫夺回的装运瓷器的一些车辆还是完好的，并要交还给他。

"C'est pour me dire que je n'ai pas sur quoi manger……Je puis au contraire vous fournir de tout dans le cas même oŭ, vous voudrez donner des diners,〔你的意思是说我没有吃饭的用具……可是相反，我能为你预备各种餐具，甚至可以让你举办宴会。〕"齐恰高夫生气地说，希望句句话证明自己的正确，因此以为库图索夫也关心这一件事情。库图索夫现出微妙明达的笑容，耸了耸肩膀回答说："Ce n'est que pour vous dire ce que je vous dis.〔我只是说了我要对你说的话而已。〕"

库图索夫违反皇帝的意志，把大部分军队驻扎在维尔那。据他身边的人说，库图索夫住在维尔那时，精神异常颓丧，而且身体也衰弱了。他勉强主持军务，把一切都交给他的将军们，自己过着散漫的生活，等待着皇帝的命令。

皇帝在十二月七日带了随从托尔斯泰伯爵、福尔康斯基公爵、阿拉克捷夫和其他人离开了彼得堡，于十二月十一日到达维尔那，坐着旅行雪橇直抵城堡门口。虽然天气严寒，但在城堡外边却站着上百名穿着全套礼服的将军们和参谋人员，以及塞妙诺夫团的荣誉卫队。

专使驾着一辆三马雪橇在皇帝之前先来到城堡门口，叫喊："驾到！"于是考诺夫尼村跑进门廊去报告在守门人的小房间里候驾的库图索夫。

一分钟后，穿着全套礼服、胸前佩戴着各种勋章、身上挂着绶带的胖大的老人，蹒跚地走上台阶。他把那顶帽檐向着两边卷起的帽子[①]戴在头上，拿起手套，困难地、斜步顺着阶梯往下走，他走下了阶梯，手中拿着预备呈给皇帝的报告。

于是有人跑来跑去，有人低语，又有一辆三马雪橇飞驰而来，于是大家的眼睛都注视着这辆快要来到的雪橇，雪橇上已经可以看见皇帝和

① 毛注：卷边帽叫作三角帽，但在亚力山大时期，实际上它只有两个卷边，戴在头上时随时可以向前后或左右两边卷起。

福尔康斯基的身影了。

由于五十年的习惯，所有这一切使老将军的心里产生了惶惶不安的感觉。他焦急、匆忙地拍拍自己的身子，戴正帽子，在皇帝下了雪橇抬眼看他的时候，他振作了精神，挺直身子，呈递了报告，并用平稳、讨好的声音开始说话。

皇帝迅速把库图索夫从头到脚打量了一番，眉头皱了片刻，但立刻又克制了自己，走上前，伸开双臂，抱住老将军。由于旧习惯的作用，由于他内心的想法，这拥抱又感动了库图索夫，使他啜泣起来。

皇帝问候了军官们和塞妙诺夫团的卫队，又和老人握了一次手，便和他一起走进了城堡。

皇帝和元帅单独在一起时，表示了他对迟缓的追赶、在克拉斯诺和在柏来西那的错误的不满，并说出了他对于未来国外远征的考虑。库图索夫没有表示反对，也没有发表意见。七年前在奥斯特理兹战场上听皇帝的命令时的那种顺从、茫然的表情，现在又在他的脸上显现出来了。

当库图索夫走出办公室，垂着头，迈着沉重、摇摆的步子走过客厅时，有一个人的声音叫住了他。

“殿下。”有人喊他。

库图索夫抬起头，久久地望着托尔斯泰伯爵的眼睛，伯爵端着一个放着一样小玩意的银碟子站在他面前。库图索夫似乎不明白要他做什么。

他似乎忽然想起来了；一丝几乎觉察不出的笑容在他的胖脸上闪过，他深深地、恭敬地鞠躬之后，拿起了碟子上的小玩意儿。这是枚一级圣·乔治勋章[①]。

① 毛注：这种勋章是一七六九年制作颁给有特殊战功的人的，是种很高的荣誉，很少颁发。它的样子是绶带上缀一颗星和一个十字架。

11

第二天元帅举行宴会和舞会，皇帝惠然光临了。库图索夫获得了一级圣・乔治勋章，皇帝向他表示了最高的敬意；但是皇帝对元帅的不满是尽人皆知的。礼节是顾全了，皇帝对这作出了榜样，但是大家都知道这个老人有过错，没有一点用处。在舞会上，当库图索夫按照叶卡切锐娜女皇朝代的旧习，在皇帝进舞厅时，命令把夺得的军旗放在皇帝脚下的时候，皇帝不高兴地皱了眉，并且低声说了一句话，有人听到了几个字是：“老喜剧家。”

皇帝对于库图索夫的不满，在维尔那特别加强了，因为库图索夫显然不想要或者不能够了解当前战争的意义。

第二天早晨，皇帝向聚集在他身边的军官们说，“你们不但救了俄国，而且救了欧洲。”这时候大家便已经知道战争还没有完结。

只有库图索夫不想要了解这一点，并且公然表示自己的意见，说新的战争不能提高俄国的地位，增加俄国的光荣，却只会降低它的地位，减少它现在已经获得、而在库图索夫看来是最高的光荣。他极力向皇帝证明征集新军队的不可能，说到人民的痛苦的情况，失败的可能，等等。

元帅持着这种态度，自然被看作是当前战争的阻力和障碍了。

为了避免和老人冲突，自动地出现了一个办法，就是像在奥斯特理兹对他那样，和在战争开始时对巴克拉那样，不惊动他，不向他说明，却撤去总司令的实权，由皇帝自己收回。

司令部按照这个目标逐步改组了，库图索夫司令部的实权全部没有了，移转给皇帝了。托尔、考诺夫尼村、叶尔莫洛夫受了新的任命。大家都公然地说，元帅很衰老并且健康损坏了。

由于把他的地位让给代替他的人，他的健康必定不好。确实他的身体是衰弱了。

正如同库图索夫那样自然地、简单地、渐渐地离开土耳其，出现在彼得堡的财政部里征集民团，后来正在需要他的时候出现在军队里一样，现在，当库图索夫的角色已经扮演完毕时，在他的地位上同样地、自然地、简单地、渐渐地出现了一个新的必要的演员。

一八一二年的战争，在它的为俄国人心所重视的国家意义之外，还应有另一个——欧洲的——意义。

在各国人民的从西到东的运动之后，还要有各国人民的从东到西的运动，为了这个新的战争，必须有一个新的领导人，他要有和库图索夫不相同的特性、见解，并且为别的动机所驱使。

为了各国人民的从东向西的运动，为了恢复各国疆界，亚力山大一世是不可少的，正如同为了俄国的拯救与光荣，库图索夫是不可少的。

库图索夫不了解：欧洲、均势、拿破仑是什么意义。他不能够了解这个。在敌人被消灭，俄国获得解放并且取得无上光荣的时候，对于俄国人民的代表，作为俄国人民之一，是无事可做了。除了死，没有事情再要民族战争的代表去做了。于是他死了。

12

这种事是通常会有的，彼挨尔直到事过境迁的时候，才感觉到他在囚禁期中所受的身体折磨和过分紧张的影响。他获得解放之后，去到奥来尔，在到达的第三天，准备到基辅去的时候，他生了病，在奥来尔躺了三个月；据医生们说，是患胆热病。医生们替他治疗，放了他的血，给他吃了药水，他便复原了。

彼挨尔从解放时到生病时所发生的一切，在他的心中几乎没有留下任何印象。他只记得灰色的、阴暗的、忽雨忽雪的天气，自己内心的苦恼和脚上、腰上的疼痛。他记得人们的不幸和痛苦的一般印象；记得审问他的将军们和军官们的使他不安的好奇心；他自己寻觅车马的麻烦；

尤其是，记得他自己在那时候不能够有思想和感觉。在他获得解放的那一天，他看见了彼恰·罗斯托夫的尸体。他在同一天知道安德来公爵在保罗既诺会战之后还活了一个多月，直到不久之前才在雅罗斯拉夫死在罗斯托夫家的屋子里。皆尼索夫在向彼挨尔说了这个消息的同一天，还提到爱仑的死，以为彼挨尔早已知道了这个消息。当时彼挨尔只觉得这一切都很奇怪。他觉得他不能了解这些消息的意义。他那时只急忙着赶快离开这些人类互相屠杀的地方，到一个安静的躲避处，在那里恢复精神，休息一下，并且思索他在这时所知道的这一切奇怪的新闻。但他刚到奥来尔，便生病了。在他病后恢复神志时，彼挨尔看到身边有两个从莫斯科来的仆人——切任齐和法西卡——和最大的公爵小姐，她住在他的叶尔次田庄上，听到他的释放和生病，前来照顾他。

在恢复健康的时候，彼挨尔只是渐渐地失去他在过去几个月中他所习惯的旧印象，并且渐渐地习惯着这个新印象，就是，明天没有人再赶他到什么地方去了，没有人会夺去他的温暖的床，他一定会吃到午饭、茶和晚饭。但仍然有好久的时候，他在梦里，看见他自己是在囚禁的状态中。彼挨尔也是同样渐渐地了解他在获释之后所听到的消息：安德来公爵的死、妻子的死、法军的毁灭。

在彼挨尔的复原期间，有一种高兴的自由之感充满了他的心——那是一种完全的、不可缺少的、人类原有的自由，他在出莫斯科后的第一个休息站上，第一次感觉到它的意义。他诧异的是，这种不以外在环境为转移的内心自由，现在似乎有了外在自由作为它的多余的华丽的装饰了。他孤独地住在一个陌生的城里，没有相识的人。没有人要求他什么，没有人送他到什么地方去。他所想要的东西都有了，从前不断地苦恼他的关于妻子的想法，不再有了，因为她也没有了。

“啊，多么舒服！多么好哦！”当别人把一个铺了清洁台布的桌子和喷香的肉汤送到他面前时，或者当他夜间躺在柔软清洁的床上时，或者当他想起妻子和法军都不在时，他便向自己这么说，“啊，多么舒服，多么好哦！”他由于旧习惯，向自己发问：“那么，还有呢？我要做什么呢？”他立刻回答自己说：“没有什么。我要生活。啊，多么好哦！”

从前使他苦恼的、他所继续寻找的生活目标，现在，他觉得，已经不存在了。那个被寻找的生活目标现在不是偶然地不存在，不是现在一时不存在，他觉得这个目标是没有的，并且是不可能有的。这目标的不存在，给了他那种完全的高兴的自由之感，这感觉现在构成了他的幸福。

他不能够有目标，因为他现在有了信仰——不是信仰任何法则，或文字，或思想，而是信仰永生的永远可以感觉到的上帝。以前他在自己所定的目标中寻求上帝。寻求这个目标只是寻求上帝；在他的囚禁期间，他不是凭文字，不是凭理论，而是凭他的直接的感觉，忽然明白了他的老保姆从前向他说过的话：上帝是在这里，在那里，在一切的地方。在囚禁期间，他明白了卡拉他耶夫心中的上帝，比共济会会员们所承认的“宇宙建筑者”，是更伟大，更无限，更难理解。他感觉到那样的心情，好像一个人在他全神贯注，望着远处的时候，却在他的脚下找到了他所寻求的东西。他在全部的生活中，总是从四周的人们的头上望着别的地方，然而他并不须大睁着眼睛，只要望着他自己的面前就行了。

从前他不能在任何东西里面看到那伟大的、难理解的、无限的东西。他只觉得那东西一定在什么地方，并且寻找着这东西。在一切的眼前的可解的现象中，他只看到有限的、渺小的、平凡的、无意义的东西。他装备了智慧的望远镜，观察远方，在那里，那渺小的、平凡的、藏在茫茫远处的东西，只是因为它不能清楚地看见，所以在他看来是伟大的、无限的。欧洲生活、政治、共济主义、哲学、慈善，在他看来便是这样的。然而就在那时，在他认为是自己软弱的时候，他的智慧也看清了这个远处，在那里他看到了那同样渺小的、平凡的、无意义的东西。然而，现在他学会了在一切之中看见伟大的、永久的、无限的东西，因此，自然而然地，为了看到这个，为了享受这种观察，他抛弃了一直到现在他从人们的头上观察远方所用的望远镜，高兴地观察他身边的永远变化着的、永远伟大的、难理解的、无限的生活。他看得愈近，他愈是心安而幸福。从前那个破坏他的一切思想体系的、可怕的问题“为什么”现在对于他是不复存在了。现在，对于这个问题——为什么——在他心中总是预备了这个简单的回答：因为有上帝，这个上帝，没有他的意志，人的头上不会落下一根发丝。

13

彼挨尔在外表的举止上几乎没有改变。在外貌上他还是和从前一样。和以前一样，他精神涣散，似乎他所关心的不是眼前的事情，而是自己的特别的事情。他从前的和现在的情形的差别是这样的：从前当他忘记了他面前的事情或者他所听到的话时，他便痛苦地皱着眉头，好像是试图而又不能看清离他很远的东西。现在他同样地忘记他所听到的话，和他面前的东西，但是现在他带着几乎察觉不出的、好像是嘲讽的笑容注视着他面前的东西，倾听他所听到的话，虽然，他显然所看见所听到的是全然不同的东西。从前他似乎是好心肠的然而是不幸的人：因此人们都不觉地对他疏远。现在，生活喜悦的笑容经常地挂在他的嘴边，他的眼睛里射出了他对人们的同情，和这个问题：他们是和他一样地感到满足吗？并且人们在他面前觉得舒服。

从前他说话很多，当他说话时，他便激动，并且很少听人说话。现在他很少说话不停，并且善于听人说话，所以人们乐意向他说出内心的秘密。

公爵小姐从来不喜欢彼挨尔，并且自从老伯爵死后，她觉得自己受到彼挨尔恩惠的时候，她便对他怀着特别的敌意，她来到这里的意图，是要向彼挨尔证明虽然他忘恩负义，她却觉得自己有看护他的义务；但她在奥来尔小住之后，令她烦恼而吃惊的是，她很快地发觉自己喜欢他了。彼挨尔没有用任何方法去巴结公爵小姐。他只是好奇地研究她。以前公爵小姐觉得，在他对她的态度中是冷淡和嘲笑，并且她在他面前，如同在别人面前一样，觉得畏缩，并且只表现出她的生活的战斗方面；相反的，现在她觉得，他似乎在挖掘她的生活的最深奥的方面；于是她起先怀疑地、后来感激地向他表示她的性格中的深藏的良善的方面。

最机巧的人也不能更巧妙地取得公爵小姐的信任，唤起她对于最好的少年时代的回忆，并且对这些回忆表示兴趣。然而，彼挨尔所有的机巧只是在寻找一种乐趣，从满怀怨恨的、冷淡无情的、骄傲自大的公爵小姐的身上唤起人性的优点。

“是的，当他不受坏人的影响，而是受我这样的人的影响的时候，他是很善良、很善良的人。”公爵小姐向自己说。

彼挨尔所发生的改变也被他的仆人们——切任齐和法西卡——凭他们自己的方法注意到了。他们发觉他变得更纯朴了。[①]切任齐常常脱下了主人衣服，道过了晚安，还拿着靴子和衣服在手里，迟迟不去，等着看主人是否要谈话。彼挨尔在注意到切任齐想要说话的时候，多半留住他。

“哦，告诉我……你怎么弄到了食物的？”他问。

于是切任齐开始说到莫斯科的破坏，说到逝世的伯爵，并且他拿着衣服站立很久，说着话，有时也听彼挨尔说话，然后，愉快地感觉到主人对他亲密、和他对主人友好，走到前厅去了。

替彼挨尔治病并且每天来看他的那个医生，虽然按照医生的习惯，觉得他有责任显出那种好像他的每一分钟对于痛苦的人类都很宝贵的样子，却常常在彼挨尔这里一坐几小时，说他自己心爱的故事，以及他对于一般病人的，特别是对于妇女性格的观察。

“是的，和这种人说话，才觉得愉快，他不像我们外省的人那样。”他常说。

---

① 毛注：纯朴在俄文中通常意义是不作假，自然。

在奥来尔住着几个被俘虏的法军军官，医生带了他们当中一个年轻的意大利军官来看彼挨尔。

这个军官开始常常来看彼挨尔了，公爵小姐常常嘲笑这个意大利人对彼挨尔所表示的那种殷勤。

意大利人，显然只在他能够来看彼挨尔，和他说话，向他说到他的过去、他的家庭生活、他的恋爱，并且向他倾吐他对法国人、特别是对拿破仑的愤慨的时候，才觉得幸福。

“假使所有的俄国人都有点儿像您，”他向彼挨尔说，“C'est un sacrilège què de faire la guerre à un peuple comme le votre,〔和像您这样的人民打仗便是渎神的事了，〕您受了法国人很多痛苦，您对他们连仇恨也没有。”

彼挨尔现在获得意大利人的热烈的情谊，只是因为彼挨尔唤起了他心灵中最好的方面，并且赞赏它们。

彼挨尔住在奥来尔的最后期间，他的旧友共济会会员维拉尔斯基伯爵来看他，这人就是一八〇七年介绍他入会的人。维拉尔斯基娶了一个有钱的在奥来尔省有大田庄的俄国女子，他在城中军需处担任一项临时职务。

维拉尔斯基听说彼挨尔在奥来尔，虽然向来不和他亲近，却带了那样的友谊和亲密的表示来看他，就像是人们在沙漠中相遇时通常所表现的那样。维拉尔斯基在奥来尔觉得无聊，遇到了一个自己圈子中的，并且他以为和他有同样兴趣的人，他很高兴。

但是令维拉尔斯基惊异的是他立刻注意到彼挨尔已远远落后于现实生活，并且，像他向自己所断定的，彼挨尔是陷于无情和自私了。

“Vous vous encroûtez, mon cher.〔您放任您自己了，我的亲爱的。〕”他向他这么说。

虽然如此，维拉尔斯基却觉得现在和彼挨尔在一起比从前更加愉快了，并且每天来看他。彼挨尔现在望着维拉尔斯基，听着他说话，想到自己不久之前还像他那样，便觉得奇怪而难以置信了。

维拉尔斯基是结过婚的、有家室的人，忙于妻子的产业、职务和家事。但他认为这一切的事务是生活的阻碍，这一切是可鄙的，因为这一切的目标是他个人和家庭的福利。军事的、行政的、政治的和共济会的问题，不断地吸引他的注意力。彼挨尔并不力求改变他的观点，也不批评他，却带着自己现在经常所有的暗暗的快乐的嘲笑，欣赏着这个奇怪的、然而是很熟悉的现象。

在彼挨尔和维拉尔斯基、和公爵小姐、和医生以及和他现在所遇到的一切人的关系之中，有了一个使他获得了一切人的好感的新的特点。这就是承认每个人都能够按照他自己的方法去思索、感觉、观看事物；承认语言不能够改变人的信心。每一个人的这种正当的个性，从前常常激动并且激怒彼挨尔，现在却成为他对于人们所发生的同情和兴趣的基础。在人们的见解和生活之间的，以及在人们彼此之间的差异和有时完全的矛盾——使彼挨尔觉得高兴，并引起他的开心的温和的笑容。

在处理实际问题的时候，彼挨尔现在意外地觉得，他有了从前所没有的重心。从前，每个有关金钱的问题，特别是别人请求金钱的帮助——这是他这样很有钱的人所常遇到的事——使他感到无法摆脱的激动和迷惑。“钱给不给呢？”他自问着，“我有钱，他需要钱。但别人更需要钱。谁最需要钱？也许两个人都是骗子吧？”从前在所有的这些推测中，他找不到任何的结论，在他有东西给人的时候，他给一切的人。从前对于有关他的财产的每个问题，在有人劝他这么做，又有人劝他那么做的时候，他感到同样的迷惑。

现在使他吃惊的是，他发现他对于所有这些问题不再感觉到怀疑和迷惑了。现在他心中有了一个裁判者，这个裁判者按照他所不知道的那些规则，决定应该去做什么，不应该去做什么。

他和从前一样，对于金钱问题，是漠不关心的；但是现在，他无疑地知道了应该做什么，不应该做什么。他第一次应用这个新裁判的例子，是一个被俘的法国上校来看他，说了许多自己的功绩，最后说出近似要求的话，要求彼挨尔给他四千法郎寄给他的妻子和孩子。彼挨尔没有丝毫困难或费力，便拒绝了他，后来他诧异，从前似乎不可解决的困难的事情是多么简单而容易。拒绝了法国上校，同时他决定他必须要一点手腕，在他离开奥来尔时，使意大利军官接受他所显然需要的金钱。关于彼挨尔对实际问题有了一定见解的新证明，是他的关于妻子债务问题以及莫斯科房屋和别墅是否重建问题的决定。

他的总管家到奥来尔来看他，彼挨尔和他计算了一下自己的收入。据总管家的计算，莫斯科火灾使彼挨尔损失了大约二百万卢布。

总管家，为了这些损失，安慰彼挨尔，向他提出了一个估计，就是，虽然有这些损失，但是假使他拒绝偿还伯爵夫人所遗下的、而他不应偿还的那笔债务，假使他不重建莫斯科和莫斯科郊外的那些每年要耗费八万卢布却毫无收入的房子，那么，他的收入不但不会减少，而且还会增加。

“是的，是的，这是真的，”彼挨尔愉快地微笑着说，“是的，是的，我一点也不需要这个。我因为破产倒更加有钱了。”

但是在一月里，萨维也利支从莫斯科来，谈到莫斯科的情形，谈到建筑师关于重建莫斯科和莫斯科郊外房屋的预算，他说到这件事好像是说到已经决定的事情一样。同时彼挨尔接到发西利公爵和其他相识的人从彼得堡发来的信。他们在信中说到他的妻子的债务。彼挨尔认定了管家使他那么满意的计划是不对的，他应该到彼得堡去了结他的妻子的债务，在莫斯科盖房子。为什么需要这样，他不知道，但是他无疑地知道这是必要的。他的收入因为这个决定减少了四分之三。但这是必要的，他觉得如此。

维拉尔斯基要到莫斯科去，他们说好了一起去。

他住在奥来尔的整个恢复健康时期，彼挨尔体验到快乐、自由和生命的感觉；而当他在旅途中，发觉他自己是在自由世界中，并且看到成百的新面孔的时候，这种感觉更加强烈了。他在全部的旅行中，感觉到小学生在假期中所感觉到的那种高兴。所有的人——驿车夫、站长、路上和村中的农民——在他看来都有了新的意义。维拉尔斯基不断地抱怨俄国的贫穷、愚昧，以及它在欧洲的落后，他的在场和意见只增加了彼挨尔的高兴。在维拉尔斯基认为是死气沉沉的地方，彼挨尔却看到非常强大的生气勃勃的力量，这力量，在雪上，在这个广阔的空间里，维持着这个完好的、特殊的、独特的人民的生活。他不反对维拉尔斯基，并且似乎同意他（因为表面的同意是避免毫无结果的争论的捷径），快乐地微笑着，听着他说。

14

我们难以说明：为什么蚂蚁要从破坏的蚁穴中向外急奔，向什么地方急奔，有的从蚁穴中把废物、卵子和死尸拖到别处去，有的回到蚁穴里去；为什么它们拥挤，互相追赶，殴斗——同样地我们难以解释那些使俄国人在法军离开之后，拥挤到那个从前叫作莫斯科的地方去的原因。但是正如同在观看散在破穴四周的蚂蚁的时候，虽然蚁穴完全破坏了，一切都毁坏了，却可以凭着掘土的蚂蚁的顽强、精力和巨大数量，看到一种未破坏的、非物质的、组成蚁群全部力量的东西——同样地，在十月里，莫斯科虽然没有政府、没有教堂、没有神龛、没有财富、没有房屋，却仍是八月里那样的莫斯科。一切都破坏了，却还有那非物质的，然而有力量的、不可破坏的东西。

在敌人撤退之后，从四面八方涌到莫斯科去的人们的动机，是各种各样的、个人的，并且在最初，大部分是野蛮的、兽性的。只有一个动机是共同的——想要到从前叫作莫斯科的那个地方去，把他们的活动放在那里。

在一星期后，莫斯科已经有了一万五千居民，在两星期后，莫斯科有了二万五千人，就这样下去。人数逐渐逐渐地增加着，到一八一三年秋天，所达到的数目，超过了一八一二年的人口。

最先进入莫斯科的俄国人，是文村盖罗德支队的哥萨克兵，附近乡村的农民，和跑出莫斯科藏在近郊的居民。进了荒凉的莫斯科的俄国人，看到莫斯科被抢，他们也开始抢。他们继续做了法国人所做的事情。农民的车队来到莫斯科，把一切的丢在破碎的莫斯科房屋里和街道上的东西运回乡村去了；哥萨克兵把能带走的都带到他们的营里去了；屋主们搜集了他们在别家所能找到的一切，借口这是他们的财产，把这些东西运到他们自己的家里去了。

但是在第一批的抢劫的人之后，又来了第二批的、第三批的人，因为抢劫的人加多了，抢劫一天比一天困难了，并且有了更明确的形式。

法国人发现莫斯科虽然是空城，但它还有各种有机的正常的生活的形式，有各行商业、手工业、奢侈品、政府机关和教会。这些形式是没有生命的，但是它们仍然存在。有摊市、商店、货栈、粮食店、商场——大都还有商品；有工厂，有作坊；有宫殿，有充满奢侈品的富家房屋；有病院、监狱、官厅、礼拜堂、大教堂。但法国人留得愈久，这些城市生活的形式消灭的愈多，最后，一切的活动都化为一场混乱的没有生气的抢劫了。

法军的抢劫时间愈长久，莫斯科的财富和抢劫者的力量便损失愈大。随同俄军收复莫斯科所开始的抢劫，却有相反的效果，抢劫的时间越长，参加的人就越多，莫斯科的财富和正常的城市生活就恢复得越快。

除了抢劫的人之外，还有各种各样的人——屋主、教士、大大小小的官吏、商人、技工、农人，有的被好奇心、有的被职务上的责任或被本身利益所驱使，像血脉归心一样从四面八方流入莫斯科。

一星期之后，赶着空车进城去装运物品的农民们，遭到长官的阻止，并被迫把尸体运出城去。别的农民们听到同伴们的失败，便把麦子、燕麦、草秸运进城，互相把售价压得比从前还低。成群的木匠希望得到高工资，每天进入莫斯科，到处都在伐木造新房，修理烧坏的旧屋。商人在棚子里做起生意。在烧坏的房子里开办了食品店和旅店。神甫在许多没有烧到的教堂里恢复了祈祷。捐赠者送来了教堂里被抢的财物。官吏们把铺有呢绒的桌子和有公文的书橱放进了小房间。高级官员和警察处理了法军遗留物品的事情。那些屋子里留着别人家许多东西的房主，则抱怨说把一切物品都送到多面宫去是不公平的。别的房主们坚持说，因为法国人把各家的东西都堆在一起，因此把一个房主那里发现的物品都送给这个房主是不公平的。他们骂警察；他们贿赂警察；他们对烧毁的公家财物作了十倍的估计；他们要求救济。拉斯托卜卿伯爵又出了一些公告。

15

一月底，彼挨尔来到了莫斯科，住在完好如旧的厢房里。他拜访了拉斯托卜卿伯爵和几个回到莫斯科的相识，打算第三天到彼得堡去。大家都在庆祝胜利；在遭受破坏然而正在复原的城市里一切都显得生气勃勃。大家都为彼挨尔高兴；大家都希望看到他，大家也都问他所看到的事情。彼挨尔常常觉得他对所有的人都怀有特别的好感；可是现在，他不由得对所有的人都怀着戒心，以免受到牵连。对于别人向他提出的一切问题，无论是重要的或是最微不足道的问题：他要住在什么地方？他要盖房子吗？他什么时候到彼得堡去？以及是否可以捎带一个小箱子？他都回答说：是的，也许会，我想是，云云。

关于罗斯托夫家的事，他听说他们在考斯特罗马，但是他心里却很少想到娜塔莎的事情；即使想到，那也只是像愉快地回忆起很久的往事一样。他觉得自己不但摆脱了生活的束缚，而且也摆脱了他觉得是他故意在自己心中唤起的那种感情。

到莫斯科的第三天，他从德路别兹考家里人那里打听到玛丽亚公爵小姐在莫斯科。安德来公爵的死亡、痛苦和最后的日子，常常攫住了彼埃尔的心，现在又历历在目地出现在他的脑海里。在吃饭的时候，他听说玛丽亚公爵小姐住在夫司德维任卡街自己没有被烧着的房子里，当晚就去看她了。

在去看玛丽亚公爵小姐的途中，彼挨尔不断想到安德来公爵，想到自己和他的友谊，想到自己和他的每一次相会，特别是在保罗既诺的最后的会见。

“难道他是在当时所处的那种愤恨的心情中死去的吗？难道生命的意义在他死前没有向他展现吗？”彼挨尔想。他想起了卡拉他耶夫，想起了他的死，不由自主地比较起这两个人来，他们是那样不同，然而，由于他对他俩的爱又是那样相同，这是因为两人过去都活着，现在都死了。

彼挨尔怀着最严肃的心情朝着老公爵的屋子走去。这间屋子是完好的。在屋子里可以看到破坏的痕迹，但屋子的结构和以前一样。老用人带着严肃的面孔迎接彼挨尔，似乎要让客人觉得，失去老公爵并没有破坏屋里的秩序，他说公爵小姐到她自己的房间里去了，她每逢星期日会客。

“你去通报，也许会接见。”彼挨尔说。

“就去，”用人回答，“请您到画像室去吧。”

几分钟后，用人和代撒勒来到彼挨尔跟前。代撒勒把公爵小姐的意思转达给彼挨尔，说她很高兴看见他，假使能恕她无礼，就请他上楼到她房间里去。

在一间不高的、点着一支蜡烛的房间里，公爵小姐和一个穿黑衣服的人坐在一起。彼挨尔想起公爵小姐身边总是有女伴的，但这些女伴是谁，是什么样的，彼挨尔既不知道，也不记得。“这是她的一个女伴。”他看了看穿黑衣服的人心里想。

公爵小姐迅速地站起来迎接他，并伸出一只手。

“是的，”在他吻过她的手之后，她注视着他那起了变化的面孔说，“我们就这样又见面了。他在最近也常常说到您。”她说，害羞地把目光从彼挨尔身上移到女伴身上，这神情有一会儿使彼挨尔感到吃惊。

“听说您无事，我多么高兴啊。这是我们好久以来所听到的唯一的好消息。”

公爵小姐更加不安地看了看女伴，想要说什么；但是彼挨尔打断了她的话。

“你可以想象得到，我一点也不知道他的情况，”他说，“我以为他被打死了。我所知道的一切，都是从别人那里间接听来的。我只知道他遇上了罗斯托夫家里的人……命运的安排是多巧妙啊！”

彼挨尔迅速地、兴奋地说。他看了一下那个女伴的脸，看见了她用她那聚精会神的、亲切的、好奇的目光注视着他。就像在谈话的时候所常有的那样：不知为什么他觉得那个穿黑衣服的女伴是一个可爱、善良、很出色的人，她不会妨碍他和玛丽亚公爵小姐的知心的谈话。

但是当他说到关于罗斯托夫家的最后几句话时，玛丽亚公爵小姐脸上的窘促显得更厉害了。她又把目光从彼挨尔的脸上移到穿黑衣服的女子的脸上，对她瞥了一下说：

“难道您不认识她吗？”

彼挨尔又一次瞧了一下那个女伴苍白而又消瘦的面孔，以及那双黑眼睛和奇怪的嘴巴。从那双注意着他的眼睛里流露出一种亲密的、早已遗忘的、异常可爱的神情。

“不，这是不可能的，”他想，“这是张严厉、消瘦、苍白而又变老的面孔！这不会是她。这只会使我想到她。”但在这时玛丽亚公爵小姐喊了一声：“娜塔莎。”那张有一双专注的眼睛的面孔，困难地、费力地、好像打开铰链生锈的门似地微笑了一下，他突然从这扇敞开的门里感受到那早已遗忘的幸福，这幸福攫住了彼挨尔，这幸福是他，尤其是在那时候没有想到的。他感受到这幸福，它迎面向他扑来，并且全部吞没了他。当她微笑了一下后，不能再怀疑了：这是娜塔莎，而且他爱她。

在最初的一刹那，彼挨尔不由自主地对她、对玛丽亚公爵小姐，尤其是对他自己泄漏了他自己也不知道的秘密。他又高兴又痛苦地、难受地脸红了。他想要掩饰自己的激动。但他愈想要掩饰，它反而愈明显——比说些明确的话还明显——他对自己、对她、对玛丽亚公爵小姐表示了他爱她。

"不，这是不可意料的。"彼挨尔想。但是他刚刚想要继续和玛丽亚公爵小姐进行已经开始的谈话时，他又看了看娜塔莎，他的脸色更红了——快乐和恐怖的更强烈的激动支配了他的心。他语无伦次了，在谈话当中停住了。

彼挨尔起初没有注意到娜塔莎，因为他决没有料到会在这里看见她；但他没有认出她，是因为自从他们分别以来，她所发生的变化太大了。她消瘦了、苍白了。但并不是这个使她不能认识。在他进门的时候，她不能够被人认识，是因为这个面孔上的眼睛从前总是显露出充满欢乐的抑制的笑容，现在，当他进来初看她的时候，这个面孔上没有了笑容的影子；只有一双注视的、善良的、忧郁的、疑问的眼睛。

彼挨尔的局促并没有在娜塔莎的脸上引起窘迫，而只是引起了她的几乎察觉不出地使她整个的面孔焕然一新的满意神色。

16

"她是到我这里来作客的，"玛丽亚公爵小姐说，"伯爵和伯爵夫人几天之内就要来了。伯爵夫人的情况是可怕的。但是娜塔莎自己必须看医生。他们硬要她同我来的。"

"是呀，现在会有一家没有苦恼的吗？"彼挨尔向着娜塔莎说，"您知道，这件事正是在我们被解放的那天发生的。我看见了他。他是多么出色的孩子哦！"

娜塔莎望着他，只把她的眼睛睁得更大更亮，作为回答他的话。

"在给人安慰的时候，能够说些什么，想些什么呢？"彼挨尔说，

“什么也没有。为什么那样出色的、生气勃勃的孩子要死呢？”

“是的，在我们这个时代，没有信仰是难以生活的……”玛丽亚公爵小姐说。

“是的，是的。这是千真万确的。”彼挨尔赶快地插言。

“为什么？”娜塔莎问，注意地望着彼挨尔的眼睛。

“怎么要问为什么？”玛丽亚公爵小姐说，“只要想到有什么东西在那里等待着……”

娜塔莎没有听完玛丽亚公爵小姐的话，又疑问地看了看彼挨尔。

“因为，”彼挨尔继续说，“只有这样的人，他相信，有一位上帝在管理我们，才能够忍受像她的……像您的这种损失。”彼挨尔说。

娜塔莎已经张口要说话了，但她忽然中止了。彼挨尔赶快地转身背着她，又向玛丽亚公爵小姐探问他的朋友的临死前的生活情况。

彼挨尔的窘态现在几乎消失了；但同时，他觉得他先前的自由也完全消失了。他觉得现在对于他的每一句话、每一个行为都有一个裁判者，他的裁判对于他比全世界人们的裁判还重要。他现在说话，同时考虑着他的话对于娜塔莎所产生的影响。他并不故意地说那些会使她高兴的话；但无论他说了什么，他都用她的观点批评他自己。

玛丽亚公爵小姐勉强地（在这种时候总是这样的）开始说到她所看见的安德来公爵的情形。但是彼挨尔的问题，他的急切不安的目光，他的兴奋得打颤的面孔，渐渐使她不得不说出详细的情况，而这正是她为了自己的缘故不敢回想的。

“是的，是的，这样，这样……”彼挨尔说，把整个的身体向玛丽亚公爵小姐弯着，热切地听她的叙述，“是的，是的，那么他心情宁静了吗？心情缓和了吗？他总是那样地全心全意地去寻找一件东西——要成为十足的好人，所以他不能怕死。他身上的缺点——假使他有的话——也不是由于他本身的缘故造成的。那么他心情缓和了吗？”彼挨尔说。他忽然转向娜塔莎，用饱含泪水的眼睛望着她说，“他和您见了面，这是多么幸福的事啊。”

娜塔莎的脸颤动着。她皱起眉头，眼睛垂下了一会儿。她迟疑了一下：究竟说不说呢？

“是的，这是件幸福的事，”她用由胸腔发出的低沉声音说，“对我来说大概是件幸福的事，”她停了一会儿，“他……他……在我进去看他的时候，他说他希望这样……”

娜塔莎的声音中断了。她脸红了，把双手撑在膝盖上，显然在努力克制自己，她忽然抬起头来迅速地说：“我们出莫斯科的时候，一点也不知道。我不敢问起他的情况。忽然索尼亚告诉我，说他和我们在一起。我一点也没有想到，而且也不可能想象他处在怎样的状况中；我只需要见见他，和他待在一起。”她气喘吁吁地用发颤的声音说。

她没有让他们打断她，便说出了她从来没有对人说过的话：她在三星期的旅途中和在雅罗斯拉夫的生活中所经历的一切。

彼挨尔张着嘴听她说，他那双含着泪水的眼睛一直望着她。听她说的时候，他既没有想到安德来公爵，没有想到死，也没有想到她说的话。他听她说，只是由于她在此刻叙述时所经受的痛苦而同情她。

公爵小姐坐在娜塔莎旁边，由于想要克制住眼泪而皱起了眉头，她第一次听到她哥哥和娜塔莎相爱的最后几天的情况。

这个痛苦而又快乐的叙述，显然对娜塔莎是必不可少的。

她把心底里的秘密和无关紧要的细节混合在一起说，似乎她的话永远也说不完。她有好几次重复说同一件事情。

门外响起了代撒勒的声音，问尼考卢施卡可不可以让他进房间来道晚安。

“就是这些，就是这些……”娜塔莎说。

当尼考卢施卡进来时，她迅速地站起来，几乎是朝着门跑去，她的头撞到了门帘遮住的门上，发出不知是疼痛还是悲哀的呻吟，冲出房间去了。

彼挨尔望着她出去的那扇门，不明白为什么整个世界上只剩下他孤单单的一个人了。

玛丽亚公爵小姐把他从茫然若失中唤醒，要他看看她那走进房间的侄儿。

尼考卢施卡的脸很像他父亲，在此刻彼挨尔动了感情的时候，对他产生了那么大的作用，以致他吻了尼考卢施卡之后，便赶快地站起来，掏出手帕，走到窗子那里去了。他想和玛丽亚公爵小姐道别，但是她留住了他。

“不要走，我和娜塔莎有时要到两点多钟才睡，请坐一会吧。我吩咐开夜饭。下楼去吧！我们马上就去。”

在彼挨尔走出房间之前，公爵小姐对他说：“这是她第一次这样说到他。”

17

彼挨尔被带到灯火通明的大餐室里；几分钟后，传来了脚步声，公爵小姐和娜塔莎走进了房间。娜塔莎平静下来了，虽然现在她的脸上又露出严厉的、没有笑容的表情。玛丽亚公爵小姐、娜塔莎和彼挨尔都同样感到不自然，这种感觉在认真的推心置腹的谈话以后是常有的。继续先前的谈话是不可能的；谈些琐事是说不过去的；而沉默是不愉快的，因为有了想要说话的意思，而这种沉默好像是虚伪的。他们沉默地走到桌前。用人拉开了又端近了椅子。彼挨尔打开冷的餐布，决心要打破沉默，看了看娜塔莎和玛丽亚公爵小姐。她们俩显然这时也下了同样的决心，两人的眼睛里闪出了对生活的满足，并且承认在悲哀之外，还有快乐。

“您喝伏特加酒吗，伯爵？”玛丽亚公爵小姐说，这些话忽然赶走了过去的阴影。

“您说说自己的事吧，”玛丽亚公爵小姐说，“关于您，他们说了些那样难以置信的奇闻。”

“是的，”彼挨尔带着他现在所惯有的温和嘲讽的笑容回答，“我自己也听到过那些我梦想不到的奇闻。玛丽亚·阿不拉摩夫娜请我到她家去，向我说了一切我所发生的或者应该发生的事。斯切班·斯切班诺维支也教我怎样说我自己的事情。总之我注意到，做一个有趣的人是很容易的（我现在是一个有趣的人了）；他们叫我去，向我说到我的一切。”

娜塔莎微笑了一下，想要说什么。

“我们听说，”玛丽亚公爵小姐抢先说，“您在莫斯科损失了二百万。这是真的吗？”

“但我现在有从前三倍的钱了。”彼挨尔说。虽然他的妻子的债务和盖屋子的费用使他的经济情况有了改变，他却仍然说他有三倍的钱。

“我所确实得到的，”他说，“是自由……”他开始严肃地说；但是他注意到这个太自私的话题，他不想继续了。

“您在盖房子吗？”

“是的，萨维也利支说一定要的。”

“您说吧，您留在莫斯科的时候，还不知道伯爵夫人的去世吗？”玛丽亚公爵小姐说，注意到在他说过他自由了这话以后，她提这个问题，是给他的话添上了他话中原来也许没有的意义，她立刻脸红了。

“没有，”彼挨尔回答，显然并不觉得玛丽亚公爵小姐对他提到自由的话所加的意义是不舒服的，“我在奥来尔听说到这件事，您想象不到，这使我多么吃惊。我们不是模范的夫妇。”他迅速地说，看了看娜塔莎，在她的脸上看到她的好奇心：她想知道他要怎样地说到他的妻子。“但是她的死非常使我吃惊。在两个人争吵的时候，总是两个人都有错。当一个人不在了的时候，另一个人的罪过要忽然变得非常严重了。后来是这样的死了……没有朋友，没有安慰。我很替她难过，很难过。”他结束了，满意地看到娜塔莎脸上的快乐的赞许。

“是的，所以您又是单身汉，可以结婚了。”玛丽亚公爵小姐说。

彼挨尔忽然脸色绯红，好久地极力不望娜塔莎。当他敢看她时，她的脸是冷淡严肃的，他甚至觉得是轻蔑的。

“我们听说您看见了拿破仑，同他说话，是真的吗？”玛丽亚公爵小姐问。

彼挨尔笑起来了。

“没有过，从来没有过。大家总是以为做俘虏，便是在拿破仑那里作客。我不但没有看见他，也没有听说到他的事。我是在地位很低的一伙人里。”

晚饭结束了，彼挨尔起初不愿说到自己的被俘，却渐渐地被引到这个话题上去了。

“但是您留下来，要杀拿破仑，是真的吗？”娜塔莎微笑着问他，“我们在苏哈来夫塔下碰见您的时候，我猜的。您记得吗？”

彼挨尔承认了这件事是真的，从这个问题开始，他渐渐地被玛丽亚公爵小姐的，特别是娜塔莎的问题引过去，对他的历险作详细的叙述。

开始他说的时候，他带着他现在对一切的人、特别是对他自己、所有的那种嘲笑的温和的态度；但是后来，当他说到他所看见的恐怖与痛苦时，他不自觉地悠然神往了，并且说的时候，显出人在回想体验过的强烈印象时所有的那种被压制的激动心情了。

玛丽亚公爵小姐，带着温和的微笑，时而望彼挨尔，时而望娜塔莎。在这全部的叙述中，她只看见彼挨尔和他的善良。娜塔莎用手托着头，带着随故事一同不断变化的面部表情，片刻也不停止地注视着彼挨尔，显然是和他一同在体验他所说的一切。不但是她的目光，而且她的感叹，以及她所提的简短问题，也向彼挨尔表示，在他所说的话中，她正了解着他所想要表达的东西。显然她不但了解了他所说的话，并且了解了他想要而不能用言语表达的意思。关于他和小孩和妇人——他是为了保护他们而被捕的——这个偶然事件，彼挨尔这么说：“那是一个可怕的景象，小孩们被抛弃了，有的是在火里……有一个孩子是在我面前被拖出来的……妇女，她们的东西被抢走了，她们的耳饰被扯下了……”

彼挨尔脸红了，口吃了。

“来了一个巡逻队，那些没有抢劫的人，都被抓了。我也在内。”

“您一定没有全说出来，您一定做了什么事……”娜塔莎说，停了一下，补充说，“更好的事。”

彼挨尔继续往下说。当他说到行刑时，他想要省略掉可怕的详情，但是娜塔莎要求他不要省略掉任何东西。

彼挨尔正开始说到卡拉他耶夫（他已经从桌边站起来，在房中来回走动着，娜塔莎的眼睛注视着他），又停止了。

“不，您不能够了解，我从这个不识字的人，这个顶忠厚的人，学得了什么东西。”

“不能，不能，您说吧，”娜塔莎说，“他在哪里？”

“他们几乎就在我的面前把他杀死了。”

于是彼挨尔开始说到他们撤退的最后时日，卡拉他耶夫的疾病和他的死。他的声音不断地打颤。

彼挨尔那样地说到他的历险，好像他从来没有回想过它们。现在他似乎在他所经历的一切之中看到了新的意义。现在，当他向娜塔莎说这一切的时候，他感觉到妇女们听男子说话时所表现的那种少有的喜悦——不是聪明的妇女们所表现的喜悦，她们听话时，或者极力要记住她们所听的话，以便增加她们的智慧，并且在有机会的时候，重述出来；或者极力使所听到的话符合她们自己的想法，并且赶快说出她们小小智慧作坊中所制出的聪明言语——而是真正的妇女们所表现的那种喜悦，她们禀赋了一种本领，就是善于从男子的谈吐中选择并吸取那最好的部分。娜塔莎自己不知道她是十分注意：她没有忽略彼挨尔的一个字、一次声音的颤动、一次的目光、一次的面部的肌肉的抽搐、一个姿势。她在说话的当中便明白了没有说出的字，把它直接带到自己的坦白的心中，猜测着彼挨尔的全部精神活动的秘密意义。

玛丽亚公爵小姐了解他的故事，同情他，但她现在看见了别的吸引她全部注意的东西；她看到娜塔莎和彼挨尔之间爱情和幸福的可能。这个第一次出现的想法使她的心中充满了快乐。

已是夜里三点钟了。用人们带着忧郁的、严肃的面孔来换蜡烛，可是谁也没有发现他们。

彼挨尔说完了他的故事。娜塔莎用明亮、灵活的眼睛继续固执地注视着彼挨尔，好像希望了解其他的、他也许没有说出来的东西。彼挨尔在害羞而幸福的窘困中很少去看她，只是思索着现在要说些什么话，以便把谈话引到别的话题上去。玛丽亚公爵小姐沉默着。谁也没有想到现在已经是夜里三点钟，是该睡觉的时候了。

"大家都说：不幸，痛苦，"彼挨尔说，"假使现在，此刻有人问我：您愿意仍然维持被俘前那个样子，还是愿意把这一切从头再体验一下呢？看在上帝面上，让我再被俘一次，再吃马肉吧。我们以为，我们一旦脱离了习惯的轨道，便一切都完了，但新的、好的东西到这时才出现。只要有生命，就会有幸福。在我们的前面还有很多很多的东西。这就是我要向您说的话。"他对娜塔莎说。

"是的，是的，"她答非所问地说，"我什么也不希望，只希望把这一切从头再体验一下。"

彼挨尔注视着她。

"是的，再也不希望别的了。"娜塔莎肯定地说。

"不对，不对，"彼挨尔叫喊起来，"我活着就想活下去，我没有过错；您也是这样的。"

娜塔莎忽然把头垂下，用手蒙着脸哭起来。

"您怎么啦，娜塔莎？"玛丽亚公爵小姐说。

"没有什么。没有什么。"她含着眼泪向彼挨尔微笑了一下，"再会，该睡觉了。”

彼挨尔站起来告辞了。

玛丽亚公爵小姐和娜塔莎又像平常一样，在卧室里会面了。她们谈到彼挨尔所说的事。玛丽亚公爵小姐没有说起她对于彼挨尔的看法。娜塔莎也没有谈到他。

“好吧，再见，玛丽，”娜塔莎说，“你知道，我们没谈到他（她的意思是指安德来公爵），好像是怕使我们心里难受，我常常担心这样下去，我们便要把他忘记了。”

玛丽亚公爵小姐沉重地叹了口气，她用这种叹气表示承认娜塔莎的话是正确的；但口头上并没有同意她的话。

“难道能够忘记吗？”她问。

“我今天把一切都说了觉得很舒服；觉得既难受，又痛苦，又舒服，很舒服，”娜塔莎说，“我相信，他确实是爱他的。因此我才向他说的……我对他说了，没有关系吗？”她忽然红着脸问。

“对彼挨尔说了吗？啊，不！他是多么出色的人啊。”玛丽亚公爵小姐说。

“你知道，玛丽，”娜塔莎忽然带着玛丽亚公爵小姐在她脸上好久没有看见过的顽皮的笑容说，“他变得这样干净、整洁、有生气，像是刚洗过澡一样；你明白吗——精神上洗了澡。对吗？”

“是的，”玛丽亚公爵小姐说，“他有很多收获。”

“他穿着短外衣，剪了头发；正像一个刚洗过澡……爸爸常常……”

“我明白了，为什么他（安德来公爵）没有像爱他那样爱过任何人。”玛丽亚公爵小姐说。

“是的，他的性格和他不同。据说，男人们的性格完全不同，便会成为好朋友。这大概是真的。真的，他一点儿也不像他吗？”

“是的，他是极好的人。”

“好吧，再见。”娜塔莎回答。

那种顽皮的笑容，好像是被遗忘了似的在她脸上留了很久。

18

这天夜里，彼挨尔好久还无法入睡；他在房间里来回走着，有时皱着眉，思索着什么困难的问题，有时忽然耸耸肩膀，颤抖着身子，有时幸福地微笑着。

他想到安德来公爵，想到娜塔莎，想到他们俩的爱情，有时也嫉妒娜塔莎的过去，有时因此责备自己，有时宽恕自己。已是早晨六点钟了，他还在房间里踱来踱去。

“假使这是不可避免的，那怎么办呢？怎么办呢？看来是必然会这样的。”他对自己说，急忙脱了衣服，躺到床上，他觉得兴奋、幸福，但没有一点怀疑和犹豫。

“这种幸福虽然是奇怪的、不可能的，但是我一定、一定要尽一切努力使我们俩成为夫妇。”他自言自语着。

彼挨尔在几天前就决定星期五到彼得堡去。星期四当他醒来时，萨维也利支来请他吩咐收拾行装上路的事。

“什么，要到彼得堡去吗？彼得堡怎么啦？谁在彼得堡？”他不由自主地问，虽然只是自言自语，“是的，这件事在很早以前，在决定去之前就想做了，不知道为什么要到彼得堡去，”他回想着，“为了什么呢？也许我要去。他是一个多么善良、多么细心的人，什么都记得啊！”他想，望着萨维也利支那张苍老的脸，“多么愉快的笑容啊！”他想。

“怎么，你不想得到自由吗，萨维也利支？”彼挨尔问。

“大人，我干吗要自由呢？我们在过世的伯爵手下生活过，愿他升入天国，也在您手下生活过，没有受过委屈。”

“嗯，但是你的孩子们呢？”

“大人，孩子们也要活下去的：跟着这样的主人，是能够过好日子的。”

“那我的继承人呢？”彼挨尔说，“我要是结了婚……要知道这事可能会发生的。”他又带着情不自禁地现出的笑容补充说。

“我敢说：大人，这是一件好事。”

“他以为这事是轻而易举的，”彼挨尔想，“他不知道，这是多么可怕，多么危险。太早或者太迟……都是可怕的！”

“那么，究竟怎么吩咐呢？明天要动身吗？”萨维也利支问。

“不走了，我要稍为推迟些。到那时我再告诉你，请原谅。”彼挨尔说，然后望着萨维也利支的笑脸想：“但是，他不知道现在我不到彼得堡去了，首先要决定的是这件事，这有多么奇怪。不过他大概知道，只是装作不知道。和他说吗？他会怎么想呢？”彼挨尔想，“不，晚一点吧。”

在早餐时，彼挨尔告诉公爵小姐，说他昨天去看玛丽亚公爵小姐，在那里遇见了——“您想得出是谁吗？——娜塔莎·罗斯托娃。”

公爵小姐作出那种样子，好像她听到这个消息，一点也不比彼挨尔看见安娜·塞妙诺芙娜那件事有使人感到更有异乎寻常的地方。

“您认识她吗？”彼挨尔问。

“我看见过公爵小姐，”她回答，“我听说有人替她和小罗斯托夫做媒。这是罗斯托夫家的一件好事；据说，他们完全倾家荡产了。”

“不，您认识罗斯托娃吗？”

“我那时候只听到这件事情。很可怜。”

“不，她或者是不了解，或者是装假，”彼挨尔想，“最好也不向她说。”

公爵小姐也替彼挨尔预备了旅途中的食物。

“他们都是多么善良哦，”彼挨尔想，“他们现在，在他们对于这个确实不再感到兴趣的时候，还忙着这一切的事情，并且一切是为我；这才是奇怪的事情。”

就在这天，一个警官来看彼挨尔，要他派一个代表到多面宫去接收在那天发还原主的财物。

“还有这个人，”彼挨尔望着警官的面孔想着，“多么出色的好看的警官，多么善良哦！现在他忙着这种无关重要的事情。他们还说他不正直、受贿。多么无聊的话！况且，他为什么不受贿呢？他是受过那种训练的。大家都那样做。但他的面孔是多么好看、善良哦，并且他望着我微笑。”

彼挨尔到玛丽亚公爵小姐那里吃饭去了。

在街上被焚毁的房屋之间乘车走过时，他对这种废墟的美观感到吃惊了。房子的烟囱，倾倒的墙，在灾区上展开着，互相遮盖着，生动如画地令人想起来因河和大罗马剧场。他所遇的车夫、乘客、砍柱子盖房子的木匠、女贩、店员，都带着愉快的喜气洋洋的面孔——望着彼挨尔，似乎在说：“啊，他来了！我们要看看，会发生什么事情。”

彼挨尔进玛丽亚公爵小姐的房子时，怀疑他是不是果真昨晚在这里看见了娜塔莎和她说了话。“也许这是我虚构的。也许，我进去了，一个人也看不见。”但是他一进房，便以他的全部身心感觉到她的在场，立刻感到自己的不自由了。她仍旧穿了那件有软折的黑衣服，梳着和昨天一样的发式，但她是完全不同了。假使在他昨天进房时她是那样的，他便不至于不能立刻认出她了。

她还是像她几乎是小孩的时候他所认识的那样，像她和安德来公爵订婚之后他所知道的那样。愉快的疑问的目光闪烁在她的眼睛里；她的脸上是亲切的异常顽皮的表情。

彼挨尔吃了饭，打算坐一晚上；但是玛丽亚公爵小姐要去作晚祷，于是彼挨尔和她们一同出门了。

第二天彼挨尔来得很早，吃了饭，坐了一晚上。虽然玛丽亚公爵小姐和娜塔莎显然很高兴客人；虽然彼挨尔的全部生活兴趣现在集中在这个房子里，但是傍晚的时候，他们便说完了一切，而谈话不断地从这个琐屑的题目上转到另一个琐屑的题目上，并且常常中断。彼挨尔这天晚上留得那么晚，以致玛丽亚公爵小姐和娜塔莎彼此交换眼色，显然是想要知道，他是不是就要离开。彼挨尔知道这一点，却不能离开。他觉得难受，不舒服，但是他仍然坐着，因为他不能够起身离开。

玛丽亚公爵小姐看不出就要结束，最先立起来，说是头痛，开始告辞了。

“那么你明天到彼得堡去吗？”她说。

“不，我不去了，”彼挨尔赶快地惊讶地说，似乎是不高兴，“是的……不是……到彼得堡去吗？明天，但我不说再会。我要来看看有什么托付我的事情。”他站在玛丽亚公爵小姐面前说，脸发红，却没有走开。

娜塔莎把手伸给他之后，就走出去了。反之，玛丽亚公爵小姐却没有走开，坐到椅子里，把她的明亮深沉的目光严肃而注意地看着彼挨尔。她刚才显然表现的疲倦，现在全然消失了。她深深地长长地叹了口气，好像是准备作长谈。

彼挨尔的所有的困窘和不舒服，在娜塔莎走开之后，立刻消失了，并且变成了兴奋的激动。他迅速地把椅子移到玛丽亚公爵小姐的附近。

“是的，我想要告诉您，”他说，回答着她的目光，好像是回答她的话一样，“公爵小姐，帮助我吧。我要怎么办呢？我有希望吗？公爵小姐，我的好朋友，您听我说。我全知道。我知道我配不上她；我知道现在不能够说到这件事。但是我想做她的哥哥。不是，这个我不……不想要，也不能够……”

他停住了，用双手拭脸和眼睛。

“那么，呵，”他继续说，显然是在努力要自己说得有条理，“我不知道，我从什么时候爱她的。但我只爱她一个人，在我全部生活中只爱她一个人，我是这样地爱她，没有她，我就不能设想什么是生活了。

我不敢现在向她求婚，但是想到，也许有一天她可以做我的妻子，我也许会失掉这机会……机会……这是可怕的。告诉我，我有希望吗？”停了一会，他说，“您说，我要怎么办呢？亲爱的公爵小姐。”并且因为她没有回答，他碰了碰她的手。

“我在考虑您向我所说的话，”玛丽亚公爵小姐回答，“这就是我要向您说的话。您是对的，您现在向她说到爱情……”公爵小姐停住了。她想说：现在还不能向她说到爱情；但是她停住了，因为她在前天，由于娜塔莎的忽然改变，她知道，假使彼挨尔向她说到他的爱情，娜塔莎不但不会生气，而且她也正希望这一件事情。

“现在向她说……是不行的。”玛丽亚公爵小姐仍然说。

“但我怎么办呢？”

“把这件事交给我吧，”玛丽亚公爵小姐说，“我知道……”

彼挨尔看着玛丽亚公爵小姐的眼睛。

“那么，那么……”他说。

“我知道她爱……”玛丽亚公爵小姐纠正了她的话，“会爱您的。”

她刚说完这话，彼挨尔已经跳起来了，面色惊惶地抓住玛丽亚公爵小姐的一只手。

“您为什么这样想？您以为我有希望吗？您以为？！……”

“是的，我这么想，”玛丽亚公爵小姐微笑着说，“您写信给她父母。这事交给我办。我在能说的时候和她说。我希望这样。我心里觉得，这件事会成功。”

“不，这是不可能的！我多么幸福哦！但这是不可能的！……我多么幸福呵！不，不可能的！”彼挨尔说，吻着玛丽亚公爵小姐的手。

“您到彼得堡去，这样最好。我会写信给您。”她说。

“到彼得堡去吗？去吗？是，很好，我去。但是我明天可以来看您吗？”

第二天，彼挨尔来告别。娜塔莎没有前几天那么活泼了；但这天，彼挨尔有时看看她的眼睛，便觉得他自己消失了，他和她都不存在了，除了幸福的感觉，什么都没有了。“果真的吗？不，不可能。”他对于她的使他心中充满快乐的每个目光、每个姿势、每句话都这么自语着。

当他向她告别，握住她的纤细瘦弱的手时，他不觉地把她的手握得稍微久了一点。

“难道这只手，这张脸，这双眼睛，这一切我觉得生疏的、妇女魅力的宝贝，难道这一切会有一天永远是我的，就像我对我自己一样觉得是熟悉的吗？不，这是不可能的！……”

“再见，伯爵，”她大声对他说，“我很盼望您早点回来。”她又低声说了一句。

这些简单的话、她的目光和在说话时的面部表情，成了彼挨尔两个月当中无穷的回想、解释和幻想幸福的内容。“我很盼望您……是的，是的，她怎么说的？是的，我很盼望您早点回来。啊，我多么幸福！这是怎么回事啊！”彼挨尔自言自语说。

19

彼挨尔的心里，现在一点儿也没有类似他向爱仑求爱时的那种心情。

他没有重复那时候他带着痛苦的羞怯心情所说的话，也没有对自己说：“啊，为什么我没有说这话？为什么？为什么我那时说：je vous aime？〔我爱你？〕”现在却恰恰相反，他在想象中，重新回忆起她的每句话和自己的话，以及各人脸孔上的细部和微笑，他既不想减少，也不想增加任何东西：只是想重新回忆一下。他怀疑的是他自己所做的事是好还是坏——现在连怀疑的影子都没了。只有一个可怕的疑问偶尔出现在他心中。“这一切不是做梦吗？玛丽亚公爵小姐没有搞错吗？我不太骄傲、太自信了吗？我相信这一切；但是一定会出现这样的事：玛丽亚公爵小姐告诉她，她微笑着回答说：‘多么奇怪！他一定搞错了。他难道不知道他是一个普通的人，而我……吗？我完全是另一种人，是更高贵的人。’”

只有这个疑问常常出现在彼挨尔心中。他现在也不作任何计划。他觉得眼前的幸福是那么难以置信，只要得到这种幸福，接下去什么都不可能有了。一切都到此为止了。

那种高兴的、意外的，彼挨尔觉得他自己不会产生的疯狂劲支配着他。生活的全部意义（不但对于他一个人，而且对全世界来说）在他看来，只在于他的爱情和她爱他的可能性。有时他觉得，所有的人只忙于一件事情——他的未来的幸福。有时他觉得，所有的人都和他一样高兴，只是极力掩饰这种高兴，装作只关心别的事。他从别人的每句话和每个动作上都看出对他的幸福的暗示。他常常以自己的意味深长的、表现出内心和谐的、幸福的目光和笑容，使遇到他的人都觉得惊奇。但是，当他明白了人们不能了解他的幸福的时候，他便由衷地可怜他们，并想方设法向他们说明，他们所关心的一切是完全白费的、无关紧要的、不值得注意的事。

当别人建议他去服役，或者当人们评论什么一般的国家大事和战争，并认为每个人的幸福取决于这个或者那个事件的结果的时候，他便带着温和、同情的笑容听着，并以他的奇特的意见使得和他说话的人感觉惊讶。在这个时期，彼挨尔是怀着一种内心十分喜悦的心情去想象所有的人——那些在彼挨尔看来是理解人生真正意义的，即理解了他心中感情的人们，和那些显然不理解这一点的不幸的人们都一样——因而他无论遇到什么人，不费丝毫的气力，便立刻看出他所有好的和值得去爱的地方。

处理他亡妻的事务和文书时，他对她没有任何的怀念，只可惜她不知道他现在所知道的这种幸福。发西利公爵现在因为得到新的地位和勋章而感到特别骄傲，在他看来他是一个使人感动的、善良的、可怜的老人。

彼挨尔后来常常想起这个异常幸福的时期。他在这时候对于人们和环境所持的一切的见解，在他看来，永远是正确的。他后来不但不否认他对于人们与事物的这些见解，而且相反，在他有内心的怀疑和矛盾时，他便采用他在这个疯狂时期中所有的见解，这个见解永远是正确的。

“也许，”他想，“我那时显得奇怪，可笑；但我那时实际上并不像我所表现的那么疯狂。相反，我那时比任何时候是更聪明，更敏锐，并且了解生活中值得了解的一切，因为……我那时是幸福的。”

彼挨尔的疯狂是这样的，他不像从前那样，为了要爱人们而等待着发现人们的个人的属性，即是他所谓美德，而是爱充满了他的内心，他毫无理由地爱人们，因而发现了许多无可辩驳的理由，就是因为这些理由便应该去爱他们。

20

娜塔莎在彼挨尔走了之后的第一个晚上，带着快乐而又嘲讽的笑容，向玛丽亚公爵小姐说了，“他正像，正像出浴一样，穿了短外衣，剪了头发。”——从那个时候起，便有了一种潜在的、她自己还不知道的，然而是不可抵抗的东西，在娜塔莎的心中觉醒了。

一切：面孔、步态、目光、声音——她的一切都忽然改变了。她自己也觉得意外的、生命的力量，对幸福的希望，浮上心头，要求满足。从第一天晚上起，娜塔莎似乎忘记了她所发生的一切。从那个时候起，她没有一次再抱怨自己的境况，没有一句话说到她的过去，她也不怕对于将来作愉快的计划了。她很少说到彼挨尔，但是当玛丽亚公爵小姐提到他时，那久已熄灭的火光便又在她的眼睛中燃起，她的嘴唇撅成奇怪的笑容。

娜塔莎所发生的改变起初使玛丽亚公爵小姐吃惊，但是当她明白了它的意义时，这个改变使她悲伤了。“难道她是那么薄情地爱我的哥哥，因而她这样迅速地把他忘记了吗？”玛丽亚公爵小姐独自思考这个改变时，这么想着。但是她和娜塔莎在一起时，她不气她，也不责备她。那支配娜塔莎的觉醒的生命力，是显然那么不可压制，那么出她自己意外，因而玛丽亚公爵小姐在娜塔莎面前觉得，她就连自己的内心里也没有权利责备她。

娜塔莎那么充分地真诚地顺从了这个新的情绪，她没有试图掩饰：她现在不悲伤，却高兴而快乐。

在她和彼挨尔的夜谈之后，玛丽亚公爵小姐回到了她自己的房里，娜塔莎在房门口迎她。

“他说了吗？是吗？他说了吗？”她重复说。

于是娜塔莎脸上显出了高兴而又可怜的，和因为高兴而求恕的表情。

“我本想在门口听，但是我知道你要告诉我的。”

虽然，娜塔莎对她望着的目光，在玛丽亚公爵小姐看来，是可以了解而动人的，虽然她看到娜塔莎的兴奋，觉得娜塔莎可怜，但是娜塔莎的话在最初的片刻却使玛丽亚公爵小姐伤心了。她想起她的哥哥，和他的爱。

“但是怎么办呢？她不能不这样。”玛丽亚公爵小姐想。

于是她带着忧郁的、有些严厉的面色向娜塔莎说了彼挨尔所说的一切。娜塔莎一听到他要到彼得堡去，就发呆了。

“到彼得堡去！”她重复地说，似乎不明白这句话。

但是看到玛丽亚公爵小姐脸上悲伤的表情，她猜中了她的悲伤的原因，便忽然哭起来了。

“玛丽，”她说，“你告诉我，我要怎么办。我怕变成一个品行不端的人。你怎么说，我就怎么做；你告诉我……”

“你爱他么？”

“是的。”娜塔莎低声说。

“那么，你为什么哭呢？我为了你觉得高兴。”玛丽亚公爵小姐说，她由于这些眼泪已经完全饶恕了娜塔莎的高兴了。

“这不会很快的，总有一天。你想吧，我做了他的妻子，你嫁了尼考拉，那时候多么幸福呵。”

“娜塔莎，我请求过你不要说这话。让我们说你的事吧。”

两人都沉默了一下。

“但是为什么要到彼得堡去呢！”娜塔莎忽然说，又赶快回答她自己，“不，不，应该这样……是吗，玛丽？应该这样……”

尾　声

第一部

1

一八一二年之后七年过去了。欧洲的波涛汹涌的历史海洋，在它自己的海岸之内平静了。它似乎是安静了；但那些推动人类的神秘力量（它神秘，因为人类运动的法则是我们不知道的），仍然继续在活动。

虽然历史海洋的表面似乎不在运动，人类却像时间的运动一样不断地在运动。各种各样人群集合起来又分散了；国家形成和瓦解的原因，各国人民迁移的原因，逐渐地形成了。

历史的海洋，现在不像先前那样从这个岸边向那个岸边急剧地涌来涌去；它在深处沸腾着。历史人物们不像以前那样地被波涛从这个岸边卷到那个岸边；现在，他们似乎在一个地方打漩。历史人物们，以前在军队的上层，以指挥战争、出征和会战反映群众的运动，现在却以政治外交的问题、法律和条约反映激荡的运动。

历史家们把历史人物们的这种活动，称为反动。

描写这些历史人物们的活动时，历史家们严厉地指责他们，在历史家们看来，历史人物就是他们所称的反动的原因。那时所有有名的人，从亚力山大和拿破仑到斯塔叶夫人、福提、涉林、斐希特、沙托不利昂[①]和其余的人，都受到他们的严厉的批评，看他们是促进进步或是增加反动而被免罪或被定罪。

按照他们的论著，俄国在这个时候也发生了反动，这个反动的罪魁是亚力山大一世——也正是这个亚力山大一世，依据他们的论著，是他统治初期的自由运动和拯救俄国的主要原因。

在现代的俄国文献中，从中学生到博学的史家，没有一个人不因为亚力山大在这一段统治时期的错误行为而攻击他。

“他应该这么做那么做。这件事他做得好，那件事做得不好。在他统治的初期，在一八一二年，他做得很好；但他把宪法给波兰[②]，成立神圣同盟，把权力给阿拉克捷夫，奖励高里村和神秘主义，后来又奖励锡施考夫[③]和福提，他做错了。他过问前线的军队，是做错了；他解散塞妙诺夫团[④]等事，是做错了。”

历史家们根据他们所有的关于人类福利的知识，对于他所做的一切责备，如要列举的话，会写满十多页纸的。

这些责备是什么意义？

历史家所称赞的亚力山大一世的那些行为——统治初期的自由措

---

① 毛注：福提（1792—1838）为道院之主持，在朝廷有势力，为共济会的有名的迫害者。
涉林（F.W·J. Schelling，1775—1854）德国哲学家，与斐希特相反对。
斐希特（J.B.Fichte，1762—1814）德国哲学家。曾主张教育救国。
沙托不利昂（François Renè Vicomte de Chateaubriand，1764—1848）法国之著作家，政治家。政治主张常变动。

② 毛注：一八一五年的维也纳会议决定成立波兰王国，有单独宪法，国王由俄皇兼任。一八三〇年波兰叛乱时终止。

③ 毛注：高里村（1773—1844）宗教会议的代表，教育部长。他不承认教育上的新东西，相信经文可以代替一切科学。
锡施考夫（1754—1841）著作家，政治家，曾任各项要职，一八一二年，任亚力山大之秘书，认为农民受教育是害多利少。

④ 毛注：禁卫军塞妙诺夫团在一八二〇年因为不服从司令官施发尔兹而被解散，官兵被分发到前线各部队，该团直到一八二三年始恢复组织。

施，对拿破仑的斗争，他在一八一二年所表现的坚决，一八一三年的远征，和史家们所责备的他的那些行为——神圣同盟，波兰光复，一八二○年以后的反动，这不都是从同样来源里，即造成亚力山大的那种个性的血统、教育、生活等等条件下，产生出来的吗？

这些责备的意义在哪里？

在这里，就是，亚力山大一世这样的历史人物，他处在人类权力最高的可能的顶点上，好像是在一切集中于他的历史光芒的眩目光线的焦点上；他也曾受到世界上最强有力的各种影响，就是和权力不可分离的阴谋、欺诈、阿谀、自骗的影响；他在他的生活的每一分钟都感觉到他对于欧洲的所发生的一切事件要负责任；他不是一个想象的人物，而是有生命的，像每个人一样的，有他的个人习惯、情感，对于善、美、真的渴慕——他这个人，在五十年前，[①]不是没有美德（史家并不责备他这一点），而是没有现在的教授——他从小就研究学问，即是读书、听讲演，并且在笔记本里作这些书本和讲演的笔记——所有的那种对于人类福利的见解。

但是即使我们假定，亚力山大一世在五十年前对于人类福利的见解是错误的，我们一定会不觉地假定，批评亚力山大的历史家们，过了若干时期以后，也要同样地显出他们对于人类福利的见解是错误的。我们研究历史的发展时，看到关于什么是人类福利的见解，是每年地随着每一个新著作家而不同的，因此，这个假定更是合理的、不可少的；因此，那似乎是福利的东西，过了十年，便显得是祸害；反之亦然。况且，我们还同时在历史中找到关于什么是祸害、什么是福利的完全矛盾的见解：有的人以为给予波兰的宪法和神圣同盟是他的功绩，别的人又以为这是亚力山大的过失。

关于亚力山大和拿破仑的活动，我们不能说它是有利或有害，因为

① 毛注：《战争与和平》于一八六九年完成。

我们不能说它为什么是有利，为什么是有害。假使有人不欢喜这种活动，那只是因为它不符合他对于什么是福利的有限的了解。无论我认为一八一二年我父亲的在莫斯科的房屋的保全，或俄军的光荣，或彼得堡大学或其他大学校的发达，或波兰的解放，或俄国的强大，或欧洲的均势，或某种的欧洲文化——进步，是福利，还是祸害，我一定要承认，每个历史人物的活动，在这些目的之外，还有其他的、更普通的、为我所不了解的目的。

但是我们假定，所谓科学有调和一切矛盾的可能性，有衡量历史人物和事件的经久不变的善恶标准。

我们假定，亚力山大可以把一切做得全然不同。我们假定，他可以依照那些责备他的、自命为知道人类运动最后目标的人们的指示，他可以按照现在责备他的人们给予他的民族性、自由、平等和进步的纲领（似乎没有其他更新的东西了）处理国事。我们假定，这个纲领是可能的，且是已经拟定的，亚力山大已经按照它实行。那么，那些反对当时政府政策的一切人们的活动，历史家认为良好而有益的活动，要变成什么样子呢？他们的活动便不会有的；生命不会有的；一切都不会有的了。

假使我们承认人类生活可以受理性控制——则生命的可能性就要被消灭了。

2

假使我们像历史家们所做的一样，认为是伟人们领导人类去达到某种目的：或是俄国或法国的强大，或是欧洲均势，或是革命思想的传播，或是一般的进步，或是任何东西，那么，我们没有“机会”与“天才”的概念，就不能说明历史现象。

假使十九世纪初叶欧洲这些战争的目的，是为了俄国的强大，那么，这个目的没有一切以前的战争、没有侵略就可以达到了。假使目的是为了法国的强大，那么，这个目的没有革命、没有帝国就可以达到了。假使目的是思想的传播，那么，印刷术在完成这项任务上要比军队好得多。假使目的是文化的进步，那么我们很容易知道，在人民生命和财产的损失之外，还有别的更完善的传播文化的方法。

为什么这件事是这样发生的，而不是那样发生的？

因为它是这样发生的。历史说："机会造成局面，天才利用局面。"

但什么是机会？什么是天才？

机会和天才这两个名词，指的并不是实际上存在的东西，因此是不能够下定义的。这两个名词只是表示对于现象的某种程度的了解。我不知道为什么发生了某一个现象；我以为我不能知道；因此我不想要知道，便说那是由于机会。我看见一种力量产生了一些和一般人类的能力不相称的效果；我不了解为什么发生了这件事，便说那是由于天才。

有一只羊，每天晚上被牧羊人赶到特别的栏里去喂食，长得比别的羊肥一倍，这只羊在羊群看来一定是天才了。这只羊每天晚上不到公共的羊圈里去，却在特别的栏里喂燕麦，并且这只羊长肥了，要被杀取肉，这个现象一定显得是天才和一系列非常的机会的惊人的结合。

但是只要那些羊不再以为，它们所发生的一切，仅仅是为了达到它们的羊的目的而发生的；只要那些羊承认，它们所发生的事情，也可以有它们所不了解的目的，他们便会立刻了解那只肥羊所发生的事情的统一性和连贯性了。即使它们不知道，由于什么目的它长肥了，但至少它们会知道，那只羊所发生的一切不是偶然发生的，它们不再需要机会和天才这些概念。

只要否认我们知道那个眼前的可以了解的目的，承认那最终的目的是我们不了解的，我们就可以明白历史人物生活的连贯性与合理性；我们明白他们所产生的、和一般人类能力不相称的行为的原因，我们不需要机会与天才这些字眼。

只要承认，欧洲各国人民变乱的目的是我们不知道的，而所知道的，只是起初在法国后来在意大利、非洲、普鲁士、奥地利、西班牙、俄罗斯的各次屠杀的事实，而自西向东和自东向西的运动是这些事件的共同实质，我们便不但不需要在拿破仑和亚力山大身上去找异常的能力和天才，而且不能把这些人看得和其余的人不同；不但不需要用机会去解释那些使得这些人成为他们那种样子的小事件，而且还会明白这一切的小事件是不可少的。

要承认我们不知道最终目的，我们便会明白地了解，正如同我们对于任何一种植物，不能想出比它自己所产生的更适合于它的花和种籽，我们也不能想出两个别的人，在他们的一切经历上，比拿破仑和亚力山大更充分更完美地适合他们必须完成的目的。

3

十九世纪初叶欧洲事件的基本重要的现象，是欧洲各国人民的群体自西向东以及后来自东向西的军事性的运动。这个运动的开始是自西向东的运动。要西方各国人民能够完成他们向莫斯科的军事性的运动，必须：（一）他们形成一个那么庞大的军事组织，它要能够承受东方军事组织的抵抗；（二）他们否认一切已有的传统和习惯，和（三）在完成这个军事性的运动时，他们有一个立于领导地位的人，这个人要能为他自己和他们辩护这个运动中所发生的欺骗、抢劫和屠杀。

从法国革命开始，旧的不够伟大的组织崩溃了，旧习惯和传统破坏了；新规模的组织、新习惯和新传统，一步一步地形成了，并且有了这样一个人，他要立于未来运动的领导地位，并且要对于行将发生的事件负全部的责任。

一个没有信仰、没有习惯、没有传统、没有名望的人，甚至不是一个法国人，似乎是由于最奇怪的机会，在激荡的法国各党派之间出现了，并且不依附其中任何一个党派，升到了显著的地位。

同僚的无知无识，反对者的软弱无能和无足轻重，直率的说谎，以及这个人的昭著的自以为是的狭窄性，使他升到军队的领导地位。在意大利的军队中的兵士们的好品质，敌方的士无斗志，他的孩子般的大胆和自信，使他获得了军事的荣誉。无数的所谓机会处处陪伴着他。法国执政者们对他的不满，变得于他有利。他要改变他的既定的路线的历次试图，都没有成功：他们没有欢迎他到俄国去服务，他要到土耳其去服务也没有成功[①]。在意大利的战争期间，他几次面临毁灭，每次都意外地得救了。俄军，就是可以毁坏他的荣誉的俄军[②]，由于各种外交上的原因，直到他在欧洲出现时才进入欧洲。

他从意大利回来时，看到巴黎的政府正在解体过程中，在这个政府中的人们不可避免地被排除、被消灭了。使他脱离这个危险境地的机会自动地出现了，那就是无意义的、无目的的非洲远征。这样的所谓机会又是于他有利。不可攻破的马尔太岛不放一枪便投降了；最莽撞大胆的计划获得了胜利。敌方的舰队，后来不让一只船通过，当时却让他的全军通过了。在非洲，对于几乎没有武装的人民，犯下无数的暴行。干这些暴行的人们，尤其是他们的首领，使他们自己相信这是极好的，这是光荣，这好像是凯撒和马其顿王亚力山大。

那个光荣与伟大的理想，就是不但不认为自己所做的任何事件是错的，并且夸耀自己所犯的每个罪恶，赋予它不可理解的超自然的意义——这个理想，是注定了领导这个人以及与他有关的人们的，在非洲有了充分的发展。他所做的一切都成功了，瘟疫没有纠缠他。屠杀俘虏的残忍，没有算作他的罪恶。小孩般粗心大意地、毫无理由地、不光荣地离开非洲，丢下在苦难中的同伴，这却算作他的功劳；敌人的舰队又

① 毛注：一七九五年八月拿破仑曾请求政府派赴土耳其改组炮兵。

② 毛注：拿破仑于一七九八年乘船赴埃及。苏佛罗夫于一七九九年率军入意大利，在卡萨诺〔Calsano〕击败摩罗〔Moreau〕，在特拉比阿〔Trebbia〕击败麦克唐纳尔〔Macdonald〕，在诺维〔Novi〕击败朱伯尔〔Joubert〕。

放他通过了两次。当他已经完全醉心于他所犯的侥幸成功的罪恶行为，对自己的任务有了准备，没有任何目的来到巴黎的时候，在一年之前可以使他灭亡的共和政府现在快要完全解体了。他这个和政党无关的人，现在来到巴黎，这只能够提高他的地位了。

他没有任何计划，他怕一切；但各政党拉拢他，要求他加入。

只有他一个人，带着他在意大利和埃及养成的光荣与伟大的理想、自我崇拜的狂想、犯罪的胆量、说谎的勇气——只有他一个人能够证明要做的事是正当的。

那个未来的地位需要他，因此，虽然几乎不是出于他的志愿，虽然他犹豫不决，缺乏计划，虽然他有一切错误，他也卷入了以攫取权力为目的的共谋，这个共谋获得了成功。

他被拉进了执政委员会的会议。他感到恐惧，想要逃走，认为他自己毁灭了；他假装昏厥；说出一些足以致他死命的无意义的话。但先前聪明而骄傲的法国执政委员们，现在觉得他们的任务已经完毕，比他更狼狈了，他们没有说出那些应该说的话，以便保持他们的权力并且消灭他。

机会，无数的机会给了他权力；所有的人们，好像是出于共谋，一同巩固了这种权力。机会造成了当时法国执政委员们那样的人物，他们服从他；机会造成了巴弗尔一世那样的人物，他承认他的权力；机会造成一个反对他的共谋，这个共谋不但没有损害他，且反而加强了他的权力。机会使翁歧安公爵落到了他的手中，并且意外地使他杀死他，因此这比一切的方法都更有力量地使群众相信他有理，因为他有权力。机会造成了这个情况，就是他虽然集中全力准备远征英吉利（这显然要使他毁灭的），他却从来不曾实现这个意向，而偶然地攻击马克和不战而降的奥地利人。机会和天才给了他在奥斯特理兹的胜利，并且由于机会，所有的人，不但法国人，而且整个欧洲——除了没有参加那些要发生的事件的英国——所有的人，都不管他们先前对于他的罪恶所怀的恐怖和憎恶，现在都承认他的权力，他给他自己的头衔，他的伟大与光荣的理想，这个理想在所有的人看来是极好的、合理的东西。

好像是为了估量他们自己，对当前的运动作好准备，西欧的军队，加强着，壮大着，在一八〇五年、一八〇六年、一八〇七年、一八〇九年，向东方推进了好几次。一八一一年，在法国组成的一个人群，和中欧的各国人民汇合成为一个庞大的人群。随同人群的扩大。替这个运动的领导人作辩护的力量也加大了。在这个大运动之前的十年预备期间，这个人结交了所有的欧洲的君王。世界上的被褫夺权力的君王们，不能使用任何合理的理想，反对拿破仑的毫无意义的光荣与伟大的理想。他们一个一个地连忙向他表示他们的无足轻重。普鲁士王派他的妻子去求这个伟人的恩典；奥地利皇帝认为这个人把皇帝的女儿带上他的床乃是一种恩惠；教皇，各国的神圣物的监护人，用他的宗教帮助这个伟人提高地位。与其说是拿破仑使他自己准备去执行他的任务，毋宁说是他四周的人使他准备去担负所发生的和应发生的事情的责任。他所做的行为、罪恶和不足道的欺骗，没有一件不立刻在他四周人们的口头上当作了伟大的事业。德国人能够替他想出的最好的庆祝是耶拿和奥拿斯泰特的庆祝。不但他伟大，而且他的先人、他的兄弟、他的义子、他的妹丈都伟大。一切事情的发生，是为了使他丧失最后的理性，并且为他准备可怕的任务。他准备好了的时候，军队也准备好了。

侵略军向东急进，达到了最后的目标——莫斯科。都城被占领了；俄军所受的损失，超过敌军以前的从奥斯特理兹到发格拉姆各次战争中所受的损失。机会和天才始终不渝地用一连串的成功把他引向注定的目标，现在那些机会和那种天才都没有了，却忽然出现了无数的相反的机会，从他在保罗既诺的受凉，以至严寒和焚烧莫斯科的火星；他的天才，却也消失了，代之而出现的是空前的愚蠢和卑鄙。

侵略军逃跑着，向回转，又逃跑着，而所有的机会现在已经不赞助拿破仑，却老是反对他了。

自东向西的相反运动发生了，它和先前自西向东的运动是异常相似。在这个大运动之前，在一八〇五、一八〇七、一八〇九年，有过同样的自东向西的运动的试图；有过同样的广大人群的结合；中欧各国人民同样的加入这个运动；中途同样的动摇；和同样的越接近目标时速度越大。

巴黎——最后的目标——到达了。拿破仑的政府和军队被毁灭了。拿破仑本人不再有任何意义了；他所有的行为显然是又可怜又可憎的；但是又有了不可解的机会：联盟国仇恨拿破仑，认为他是一切灾祸的原因；他的实力和权柄被剥夺了，他的罪恶和欺诈被暴露了，在他们看来，他应该是一个像他十年之前和一年以后那样的人，不守法的强盗。但是由于某种奇怪的机会，没有人了解这个。他的任务还没有完毕。这个在十年之前、一年以后被人看作不受法律保护的强盗的人，被送到离法国两日航程的岛上去了，这岛是因为什么缘故给他作为他的领土的，还拨给他卫队和几百万金钱。

4

各国人民的运动在它的岸边平息了。大运动的波涛低落了，在平静的海面上发生了漩涡，外交家们在漩涡里旋转着，以为是他们造成了运动的平静。

但平静的海忽然动荡了。外交家们以为，他们的不和，是新的风浪的原因；他们期待他们的君主之间的战争；他们觉得这个局面是无法解决的。但是他们觉得正在翻腾的这个波涛，并不是从他们所期待的那个方面发生出来的。那个波浪又是从运动起点——巴黎——发出来的。从西方发生了这个运动的最后的逆流；这个逆流就是要解决那似乎无法解决的外交困难，结束这个时代的军事运动。

那个毁灭法国的人，没有阴谋，没有兵，独自回到法国来了。任何卫兵可以逮捕他；但是由于奇怪的机会，不但没有人抓他，而且大家都热烈地欢迎这个他们在一天之前所咒骂的、一个月之后又要咒骂的人。

为了替这最后的共同的一幕作辩护，这个人还是有用的。

这一幕是表演了。

最后的角色是扮演了。演员奉命卸去衣装，洗去铅粉和胭脂：不再需要他了。

经过了好几年。在这个期间，这个人孤独地在他的岛上，向他自己表演一幕可怜的喜剧，他欺诈、说谎，在不需要辩护的时候，为他的行为作辩护，并且向世界说明，在那一只无形的手指导着他的时候，人们当作权力的东西是什么。

舞台监督，结束了这个戏剧，卸下了演员的服装，把他指给我们看。

“看吧，你们所相信的是什么！这就是他！推动你们的不是他，却是我，你们明白了吗？”

但人们被运动的力量弄迷惑了，很久没有了解这一点。

亚力山大一世的生活显出了更大的连贯性与必然性，他就是领导自东向西的相反运动的人。

那个保护了别人、率领这场自东向西的运动的人，需要的是什么呢？

需要的是正义感和对欧洲事务的关心，然而又是目光远大、不被小利所蒙蔽的关心；需要的是对同伴们——即当时的帝王们——道德上的优越；需要的是温柔的、美好的个性；需要的是对拿破仑的个人怨恨。亚力山大一世身上具备了这一切；这一切是由他过去全部生活中无数的所谓偶然性预先形成的，亦即教育、自由主义的措施、周围拥有许多顾问、奥斯特理兹战役、提尔西特会谈和厄尔孚特会议。

在民族战争时期，这个人没有活动，因为不需要他。但是一旦爆发全面的欧洲战争显出了它的必要时，这个人便在这个时候，在应有的地方出现，并且联合欧洲各个民族，领导他们去达到目的。

目的达到了。在一八一五年最后一场战争之后，亚力山大便处在人类可能达到的权力的顶峰。他怎样运用这个权力呢？

亚力山大一世，欧洲的仲裁人，这个从早年就只努力为他的民族谋幸福的人，是自己祖国的自由改革的首倡者，现在，当他似乎拥有最大的权力，因而能够为他的民族谋幸福的时候，当拿破仑在流放中作出儿戏似的虚假的计划，说假使有权力他便要为人类谋幸福的时候，亚力山大一世完成了自己的使命，感觉到上帝的手在帮助他，他忽然认为这个虚假的权力是无足轻重的，他离弃了这种权力，把它交给他所轻视的可鄙的那些人，他只说："不属于我们，不属于我们，而属于你的大名！[①]我也是一个人，和你们一样的人；让我作为一个人那样活着，想想我的灵魂和上帝。[②]"

好像太阳和太空的每一个原子都是球形的，它本身是一个整体，同时又是大得为人类所无法了解的那个整体的组成部分一样——每一个人本身都有自己的各种目的，然而，他具有这些目的，是为那个人类所不了解的总目的服务的。

落在花上的蜜蜂把一个小孩螫了一下。于是这个小孩怕蜜蜂，说蜜蜂的目的是螫人。一个诗人欣赏蜜蜂在花蕊里采蜜，说蜜蜂的目的是采集花蜜。一个养蜂人看到蜜蜂采集花粉与蜜汁，带到蜂巢里去，说蜜蜂的目的是采蜜。另一个养蜂人更仔细地研究了蜂群生活，就说蜜蜂采集花粉与酿蜜是为了喂养小蜂，供养蜂王，就说蜜蜂的目的是种族的延续。植物学家看到蜜蜂把雄蕊的花粉带到雌蕊上，使雌蕊受粉，便认为这就是蜜蜂的目的。另一个人研究植物的传播，看到蜜蜂有助于这种传播，于是这个新的观察者就可以说，这就是蜜蜂的目的。但是蜜蜂的最

① 毛注：亚力山大命令制造一种徽章，作为一八一二年打败法军的纪念，它上面铸有这句话。

② 毛注：托氏在此或许是采用了在俄国流传多年的一种信念，即是亚力山大一世不是死于一八二五年，而是秘密隐居在西伯利亚，直到一八六六年。他的石棺在一九二七年打开时是空的。

后目的并不是用人类智慧所能发现的这个、那个，或任何一个目的可以说得清楚的。在发现这些目的的时候，人类的智慧越发达，那就越无法了解最终目的。

而人类所能做到的只是观察蜜蜂的生活和他种生命现象的相互关系。对于历史人物和各国人民的目的，也可以这么说。

5

一八一三年娜塔莎嫁给别素号夫，这个婚事是老罗斯托夫家中最后一件喜事。同年，伊利亚·安德来伊支伯爵死了；事情总是这样的，他死后老家庭也就分崩离析了。

上年的事件：莫斯科的火灾、逃离莫斯科、安德来公爵的死、娜塔莎的失望、彼恰的死、伯爵夫人的悲痛，这一切好像一个接一个的打击，都落在老伯爵的头上。他似乎不了解，并感到自己不能了解这一切事件的意义。因此，在精神上他这个老人觉得非常沮丧，仿佛在等待和祈求新的打击以结束自己的生命。他有时显得恐怖而心神恍惚，有时看来活跃而有进取心，但显得不自然。

娜塔莎的婚事在表面上使他忙碌了一阵子。他筹备午饭和晚餐，显然想要显得自己心情愉快；但是，他的愉快不像从前那样有感染力，却恰巧相反，引起了那些认识他的和爱他的人们的怜悯。

在彼挨尔夫妇离开之后，他安静下来，并且抱怨生活过得太无聊。过了几天，他得病了，躺在床上。在得病的头几天，虽然医生安慰他，但他知道，他起不来了。伯爵夫人在他床头的椅子上过了两星期，没有脱过衣服。每次她递给他药品时，他都啜泣着默默地吻她的手。在最后一天，他一面号啕大哭，一面请求妻子和不在跟前的儿子饶恕他断送了家产——这是他所感到的自身最大的罪过。他受了圣餐礼和终油礼，平静地死去了。第二天，成群的熟人来哀悼死者，挤满了罗斯托夫家租下的屋子。所有这些熟人，过去常常在他家里吃饭跳舞，也常常嘲笑他，现在都带着同样的内心责备和深受感动的心情，好像是在对谁为自己辩护说："是的，无论怎样，他是一个极好的人。这样的人现在已经遇不上了……谁没有弱点呢？……"

正当伯爵家的境况那么混乱，以致不能想象，假使他再活一年，这一切将如何了结的时候，他突然死去了。

尼考拉接到父亲去世的消息时，正随着俄军驻扎在巴黎。他立即呈请辞职，没有等到批准，就请假来到莫斯科。在伯爵死后一个月，他对家中挥霍金钱的情况才完全明了了，这些无可怀疑的小债加起来的巨额令人吃惊。债务要比家里的财产多一倍。

亲属和朋友们劝尼考拉拒绝接受遗产。但尼考拉认为拒绝接受遗产是对父亲的神圣的孝心的一种玷辱，因此他不愿听到拒绝的话，接受了遗产和还债的义务。

在老伯爵生前，由于他待人接物的宽厚善良，对于债主们产生了不太明显然而有力的影响，使他们缄默了很久，现在他们都突然来讨债了。事情总是这样的，他们发生了争执——谁先得到钱，就像米清卡和其他一些持有作为馈赠的空头期票的人，现在成了逼债最凶的债主。他们既不让尼考拉缓期，也不让他安宁，那些似乎可怜老伯爵的人——老伯爵是使他们遭受损失的人（假使有损失的话）——现在都无情地逼迫那个显然对他们并无责任、而是他自愿承担债务的年轻的继承人。

尼考拉所提出的计划没有一件办得到；地产按对折的价钱拍卖了，但仍有一半的债务没有偿还。尼考拉接受了妹夫别素号夫提供给他的三万卢布，以偿还那部分他认为是到期的要付现款的债务。为了避免因为还欠债而坐牢，像债主们向他所恐吓的那样，他又去服役了。

在军中他可以最先补升为团长，但是由于母亲现在抓住儿子不放，好像抓住生命的最后寄托物一样，因此要到军队里去是不可能的，虽然他不愿在莫斯科和从前的熟人待在一起，虽然他厌恶文职，但仍在莫斯科接受了文职，于是他脱下了心爱的军装，和母亲和索尼亚住在谢夫采夫·夫拉饶克街[①]的小屋里。

娜塔莎和彼挨尔这时候住在彼得堡，对尼考拉的情形了解得不清楚。尼考拉借了妹丈的钱，极力对他隐瞒自己的贫困的情形。尼考拉的境况是特别困难，因为他不但要用一千二百卢布的薪水维持自己和索尼亚及母亲的生活，而且还要那样地供养母亲，就是不让她注意到他们没有钱。伯爵夫人不能够了解，没有她从小所习惯的奢华的条件也可以生活，她不了解她使儿子感到多么为难，她不断地时而要用车子（他们没有马车了）去接朋友，时而要为她自己办贵重的食品，为儿子买酒，时而要钱替娜塔莎、索尼亚和尼考拉自己买意外的礼品。

索尼亚主持家务，服侍舅母，大声地读书给她听，忍受她的脾气和内心的憎恶，并且帮助尼考拉对老伯爵夫人隐瞒他们的贫穷的家境。尼考拉为了她对于他的母亲所做的一切，觉得自己受了索尼亚的无法报答的恩惠，他钦佩她的忍耐和忠顺，但是极力对她疏远。

他似乎在心里责备她：为了她太完善，为了她没有可以责备的地方。她有人们所重视的一切的优点，却几乎没有可以使他爱她的地方。他觉得，他愈重视她，愈不爱她。他相信她在信中所说的、她让他自由的话；他现在那样地对待她，似乎他们之间所有过的一切，是早已忘记了，并且无论如何不能够恢复了。

尼考拉的境况越来越坏了[②]。从薪俸里抽钱储存的念头成了梦想。他不但抽不出钱储存，并且为了满足母亲的要求，他甚至借了小债务。他想不出摆脱这种境况的办法。他的女亲戚们向他提议过的娶富家女子的意思，是他所反对的。另一个摆脱这种境况的办法——母亲的死——

---

① 毛注：莫斯科的贫民区。

② 毛注：尼考拉·罗斯托夫在父亲死后的生活，是仿照作者的父亲尼考拉·托尔斯泰的。作者写《战争与和平》时，姨母塔蒂安娜（即书中的索尼亚）还住在他家。作者是在复述他所密切认识的人们的实际心情和行为。

是他从来没有想到的。他不需要任何东西，不希望任何东西；他在内心深处，为了自己毫无怨言地忍受自己的境况而感觉到一种忧郁的严正的快慰。他极力躲避从前的熟人，以及他们的同情，和令人愤慨的帮助的提议；他避免了一切的消遣和娱乐，甚至在家里，除了和母亲玩牌，在房中沉默地走来走去，一袋一袋地吸烟以外，他什么也不做，他似乎是努力地维持着他心中的那种忧郁的心情，只有在这种心情中，他才觉得他能够忍受自己的境况。

6

冬初，玛丽亚公爵小姐到莫斯科来了。从城市的传闻中，她知道了罗斯托夫家的境况，知道了如何地“儿子为了母亲牺牲他自己”——城里的人这么说。

“我对他并不希望任何别的东西。”玛丽亚公爵小姐向自己说，快乐地感觉到她对他确实有了爱情。想起她对他们全家的友谊和近于亲戚般的关系，她觉得她应该去拜访他们。但是想起她和尼考拉在福罗涅示的关系，她又怕这么办了。然而在她来到莫斯科几个星期之后，她迫使她自己去看罗斯托夫家的人了。

尼考拉最先遇见她，因为到伯爵夫人的房里去，一定要经过他的房。在初见她的时候，尼考拉的脸上没有玛丽亚公爵小姐所指望看见的高兴的表情，却是公爵小姐从前没有看见过的冷淡、生硬和骄傲的表情。尼考拉向她问了安，陪她去见母亲，坐了五分钟光景，就从房里走出去了。

当玛丽亚公爵小姐走出伯爵夫人的房间时，尼考拉又遇见了她，特别庄重地、生硬地把她送到前室。她问到伯爵夫人的健康，他一句话也没有回答。“与您何干！让我安静吧。”他的目光这么说。

“为什么她要到这里来？她需要什么？我看不惯这些小姐们和这些

礼节！”在公爵小姐的马车离开之后，他大声地当索尼亚的面说，显然不能克制他的恼怒。

“啊，怎么能说这样的话，尼考拉！”索尼亚说，却难以掩饰她的高兴，“她是那么善良，妈妈那么喜欢她。”

尼考拉没有回答，只想要提也不再提到公爵小姐。但是自她来拜访以后，老伯爵夫人每天要提到她几次。

伯爵夫人称赞她，要求儿子去回拜她，表示她希望常常看见她，然而同时，当她说到她的时候，总是有脾气。

在母亲说到公爵小姐时，尼考拉极力沉默着，但是他的沉默使伯爵夫人生气了。

“她是很高贵的，很好的女孩子，”她说，“你应该去看她。你总得去看看人的；不然，我想，你和我们在一起要觉得无聊的。”

“但我一点也不希望这样，妈妈。”

“有时你想要看人，现在又不想了。我亲爱的，我真不了解你。有时你觉得无聊，有时你忽然什么人也不想看。”

“但是我没有说过，我觉得无聊。”

“哦，你自己说的，你不想看见她。她是很高贵的女孩子，你一直欢喜她；现在你忽然有了什么道理。一切都瞒我。”

“但是，什么也没有，妈妈。”

“即使我要你去做什么不愉快的事，也不过是要你去回拜她。似乎礼节上也应该……我求过你，现在我不再麻烦你了，你对母亲有秘密。”

“假使您想要我去，我就去。”

“我是反正一样的，我是为你才希望这样的。”

尼考拉咬着唇髭叹了口气，于是摆着纸牌，极力要把他母亲的注意力引到别的问题上去。

第二天，第三天，第四天，老是重复着同样的谈话。

玛丽亚公爵小姐，在她拜访了罗斯托夫家和尼考拉对她意外冷淡的接待之后，认为她不愿先去拜访罗斯托夫家倒是对的。

“我并不希望任何别的东西，”她自语着，乞求于她自己的自尊心，“我和他毫不相干，我只想去看老太太，她一向对我很好，我非常感激她。”

但是她不能够用这些想法使她自己安静下来。当她想起她的拜访时，一种类似懊悔的情绪苦恼着她。虽然她毅然地决定了不再到罗斯托夫家去，并且要忘掉一切，却总是觉得自己处于为难的境地。当她问她自己，是什么东西使她苦恼的时候，她不得不承认那是她和罗斯托夫的关系。他的冷淡的恭敬的态度，不是出于他对她的情感（她知道这一点），但是这个态度掩盖着某种东西。她需要明白的就是这个某种东西；她觉得要明白了这个，才能够安静下来。

仲冬的某一天，她坐在课室里考核侄儿的功课，这时，仆人通报罗斯托夫来拜访。她毅然地决定了不泄漏她的秘密，不表示她的不安，她邀了部锐昂小姐一同走进客厅里。

一看见尼考拉的面孔，她就明白了，他来只是为了尽礼节的，她毅然地决定了要用他对她说话的那种语气和他说话。

他们谈到伯爵夫人的健康，谈到共同相识的朋友，谈到最近的战争新闻，在礼节所需要的十分钟过去了的时候（过了这个时候客人就可以起身了），尼考拉起身告辞了。

公爵小姐借部锐昂小姐的帮助，使谈话进行得很好；但是正在最后的那一片刻，在他立起的时候，她是那样讨厌说到与她无关的事情，她是那样地只想到，为什么只有她一个人的生活幸福是那么少，以致她心不在焉，用她的明亮的眼睛向前面注视着，坐着不动，没有注意到他已经立起来了。

尼考拉看了看她，并且希望做出他没有看到她的心不在焉的样子，和部锐昂小姐说了几句话，又看了看公爵小姐。她还是坐着不动，她的温柔的脸上显出了痛苦。他忽然对她感到遗憾，茫然地觉得，也许他就是她脸上所表现的悲哀的原因。他想要帮助她，向她说点愉快的话；但是他不能够想出要向她说的话。

“再见，公爵小姐。”他说。

她清醒过来，红了脸，深深地叹了口气。

“啊，对不起，”她说，好像是睡觉醒来一样，“您已经要走了吗，伯爵？哦，再见！但是伯爵夫人的垫子呢？”

“等一下，我就去拿来。”部锐昂小姐说过，便走出了房。

两个人沉默着，偶尔地互相地望望。

“是的，公爵小姐，”尼考拉终于忧郁地微笑着说，“自从我们在保古恰罗佛初次会面以后，好像没有多久，但是已经过了许多日月了。那时候我们好像都很不幸，我宁愿付出巨大的代价，只要那个时间能够再来……但是不会再来了。”

当他说这话时，公爵小姐用她的明亮的目光凝视着他的眼睛。她似乎极力在了解他的话里的隐藏的含义，它会向她说明他对她的情感。

“是的，是的，”她说，“但是您用不着惋惜过去，伯爵。因为我现在了解您的生活，您会永远快乐地想起它的，因为您现在的生活里的自我牺牲……”

“我不能接受您的恭维，”他连忙地插言，“恰好相反，我不断地责备我自己；但这是完全没有兴趣的、不愉快的话题。”

他的目光又有了先前的生硬冷淡的表情。但是公爵小姐已经又看出了他就是她所知道、她所爱的那个人，她现在只是和这个人在说话。

“我想，您会让我说这话的，”她说，“我和您……和您的家庭是那么接近，我觉得，您不至于以为我的同情是不合适的；但是我弄错了，”她说，她的声音忽然发抖了，“我不知道为什么，”她恢复了镇静，继续说，“您以前不是这样的，并且……”

“有成千成万的理由为什么。”（他特别强调着这个字眼为什么。）“谢谢您，公爵小姐，”他低声地说。“有时候觉得难受。”

“就是这个缘故！就是这个缘故！”内在的声音在玛丽亚公爵小姐的心里说，“不！我不只爱他的那个愉快的、善良的、坦白的神情，我不只爱他的堂堂的仪表；我还看出了他的高贵的、坚毅的、自我牺牲的精神，”她向自己说，“是的，现在他穷，我有钱……是的，只是因为这个……是的，假使不是这个……”于是回想着他从前的温柔，她现在望着他的善良而忧郁的面孔，忽然明白了他冷淡的原因。

“为什么，伯爵，为什么？”她忽然地几乎叫起来，不觉地向他靠近着，“为什么，告诉我。您一定要告诉我。”

他沉默着。

“伯爵，我不知道您的为什么，”她继续说，“但是我觉得难受，我……我向您承认这个。您因为什么缘故，想要使我失去我们的从前的友谊。这件事使我痛苦。”她的眼睛里和声音里都含着泪，“我生活中的幸福是那么少，以致任何一种损失都使我感到痛苦……原谅我，再见。”她忽然哭了起来，走出房间。

“公爵小姐！等一下，看在上帝面上，”他叫喊着，极力要止住她，“公爵小姐！”

她回头看了一下。他们默不作声地彼此对视了一会儿，于是那遥远的、不可能的事情，忽然变为接近的、可能的和不可避免的事情了。

7

一八一四年秋，尼考拉娶了玛丽亚公爵小姐，然后带着妻子、母亲和索尼亚搬到童山居住。

在三年中，他没有出卖妻子的财产就偿还了其余的债务，并在表兄死后接受了一笔数目不大的遗产，又偿还了彼挨尔的债务。

又过了三年，到一八二〇年，尼考拉料理好了他的金钱事务，买下了童山附近的一个小田庄，并且洽谈了赎回奥特拉德诺的祖产的事，这是他最喜爱的地方。

因为不得已而开始管理产业，他很快就那么致力于农业，以致这事成了他心爱的几乎是唯一的工作。

尼考拉是一个普通的地主，不喜欢革新，特别不喜欢当时流行的英国式的新办法，他嘲笑有关农业的理论文章，不欢喜工厂，不欢喜昂贵的物产，不欢喜播种昂贵的粮食作物，总之，他不是单独从事任何一部分的农业。在他眼里常常只有一个完整的田庄，而不是它的任何一个单独部分。田庄上主要的东西，不是土壤中的氮和空气中的氧，不是特殊的犁和肥料，而是使氮、氧、肥料、犁产生作用的主要工具——即做工的农民。当尼考拉经管农业并且开始深入农业各个部门时，农民特别引起了他的注意；他觉得农民不仅仅是工具，而且本身就是目的，是判断者。起初他仔细观察农民，力求了解农民所需要的是什么，了解他们认为好的是什么、坏的是什么，他只是装作在安排和吩咐他们，实际上只是在向农民们学习，学习他们的耕作方法、言语，以及对于什么是好、什么是坏的判断。只是当他了解了农民的兴趣和意愿，学会了用农民的言语交谈，了解了农民说话中隐藏的含义，觉得自己接近了农民的时候，他才开始大胆地管理他们，即履行他对农民们所应尽的义务。尼考拉的经营管理产生了最辉煌的效果。

尼考拉在管理田庄时，由于他的眼力好，立刻非常恰当地指定了一些人做管事、村长、代表，假使农民自己能够推选的话，也一定会推选他们的，再说这些管事是从来不换的。在分析肥料的化学成分之前，在深入研究**借方与贷方**（他爱这么嘲笑说）之前，他了解了农民家牛的头数，用一切可能的方法增加牛的头数。他使农民的家庭维持最多的人数，不让他们分家。他同样严厉地对待懒惰的、放荡的和软弱无力的人，并且极力把他们赶出村去。

在播种和收割干草、粮食的时候，他对自己的田地和农民的田地是完全同样注意的。地主的田地能够像尼考拉的田地播种和收割得那么早、那么好，并且有那么多的收入，是少有的。

他不欢喜和家奴们打任何交道，让他们吃白食，大家都说，他放纵并且姑息了他们。在必须处理，特别是在必须处罚一个家奴的时候，他总是犹豫不决，而且还征求家里所有人的意见；在能够派家奴代替农民去当兵的时候，他就毫不犹豫地这么做。在处理有关农民的各种事件中，他从来没有产生过丝毫的犹豫。他知道，他的每项决定，会得到全体农民的赞成，只有一个或几个人反对。

他同样地既不许他自己只因为他想要那么做，就苛求或处罚一个人；也不许他自己只因为他希望那么办，就放松或奖赏一个人。他不能够说出来，他凭什么标准决定什么是应该做的，什么是不应该做的；但是在他的心里这个标准是坚定而不移的。

他常常苦恼地说到某种失败和混乱："对于我们俄国农民有什么办法呢？"并且自以为讨厌农民。

但是他全心全意地爱这种我们俄国的农民和农民的生活方式，就是因此他了解了，并且采用了，那个产生好结果的唯一的农业方法①。

玛丽亚伯爵夫人妒嫉丈夫的这种爱好，并且惋惜她不能分享；但她不能了解那个遥远的、对她是生疏的世界给予她丈夫的那种快乐和苦恼。她不能了解，他天一亮就起身，在田地上或打谷场上度过整个的上午，在播种、刈割或收获之后回来和她一道吃茶的时候，他为什么是那么特别地兴奋而快乐。她不明白，为什么他是那么羡慕地高兴地说到那个富足的、勤劳的农民马特未·叶尔米升和他家的人用车子整夜地装运禾捆；或者说到，在别人还没有收割的时候，他自己的禾捆已经成堆了。她不明白，当暖和的细雨落在枯萎的燕麦嫩芽上的时候，他为什么那么高兴地从窗口跨上露台，嘴里不断发出笑声，并且眨眼；或者在刈

① 毛注：此处所写尼考拉的农业方法和他对农民的态度很像《安娜·卡列尼娜》中的列文。两者都是根据托氏自己在一八六二——一八八〇年的处理方法。

草或收割的期间，风把阴雨的乌云吹散的时候，他为什么脸上发红，晒得淌汗，头发上发出艾与龙胆的气味，从打谷场上走来，高兴地用手拭着脸，说："那么再有一天，我的和农民的收成都要进仓了。"

她更不明白，为什么，他这个心地善良的、永远准备逢迎她的意志的人，在她替那些向她求情的农妇或农夫请求免除工作的时候，便几乎感到绝望；为什么，他，善良的尼考拉，固执地拒绝她，愤怒地要求她不要干涉别人的事。她觉得，他有一个特殊的、他所热烈喜爱的世界，它具有一些是她不了解的法则。

她有时极力要了解他，向他说到他的好处，说到他为他的家奴们所做的福利，这时他便生气，回答说："一点也不是的，我心里从来没有想到过；我并不要为他们的福利去做那件事。那一切邻人的福利，那一切是诗话和奇谈。我所需要的是我们的小孩不要讨饭，我一定要在我活着的时候改善我们的境遇，没有别的了。因此需要秩序，需要严格……没有别的了！"他说，急躁地握着拳头，"还有公正，当然的，"他又说，"假使农民受饥受寒，只有一匹可怜的马，他便不能替他自己、也不能替我做出工作了。"

大概正是因为尼考拉不让他自己想到，他是为了别人，为了德行在做什么事情，所以他所做的一切，都有好结果：他的财产迅速地增加；邻近的农奴来请求他收买他们，并且在他死后很久，农奴们还对于他的管理，保持着尊敬的怀念。"他是一个地主……农民的事情在先。他自己的事情在后。他不宽纵人的。总而言之——他是一个好地主。"

8

然而尼考拉在农业管理方面，只有一件事情有时候使他感到苦恼，这就是他的暴躁脾气，和他的骠骑兵的好用拳头的旧习惯。在起初的时候，他并不觉得这有任何应受指摘的地方，但在他结婚的第二年，他对于这种打人方式的看法忽然改变了。

夏季的一天，接替逝世的德隆的村长，被告发了欺骗和各种毛病，他从保古恰罗佛被找来了。尼考拉到台阶上去问他，村长刚刚回答了几句，便从门廊里传来了喊叫声和打人声。尼考拉回到屋内吃饭时，走到妻子的面前，她低头坐着在绣花，他照例地开始向她说到他早上所做的一切，顺便说到保古恰罗佛的村长。玛丽亚伯爵夫人的脸发红又发白，抿着嘴唇，仍旧低头坐着，对于丈夫的话没有回答。

“这个胆大的浑蛋，”他说，一想到他，便发火了，“哦，假若他向我说他吃醉了酒，他不知道……但是你怎么啦，玛丽？”他忽然问。

玛丽亚伯爵夫人抬起头，想说什么，但是又赶快地低下了头，噘起了嘴唇。

“你怎么啦？你有什么事？亲爱的……”

不好看的玛丽亚伯爵夫人，在哭的时候总是好看。她从来没有因为疼痛和恼怒而哭；总是因为悲哀与怜悯而哭。而当她哭的时候，他的明亮的眼睛便有了不可抵抗的魅力。

尼考拉刚抓住她的手，她便不能够克制她自己，哭起来了。

“尼考拉，我知道了……他有错，但你，为什么你？尼考拉……”她用双手掩了她的脸。

尼考拉沉默着，脸上发红，离开了她，开始在房中沉默地来回走动。他明白了她为什么哭，但是他的心里不能够一下子就和她意见一致，认为他从小所习惯的事，他认为最寻常的事，是错误的。

“这是心肠软，是噜苏，还是她有理？”他自问着。他还没有解决这个问题，便又看了看她的痛苦而可爱的脸，于是忽然明白了是她有理，是他自己又犯错误了。

“玛丽，”他走到她面前低声地说，“这事决不会再有了，我向你保证决不会有了。”他用颤抖的声音说，好像小孩子请求饶恕一样。

伯爵夫人的眼泪流得更厉害了。她抓住丈夫的手，吻了一下。

“尼考拉，你什么时候把浮雕戒指弄破了？”为了改换话题，她看着他的手说，他手上有一个拉俄孔人头像的戒指。

“今天，还是同样的事情。啊，玛丽，不要向我提到这个了！”他又脸红了，“我向你保证，我决不再做这样的事了。让这个永远地做我的纪念物。”他指着破戒指说。

从那时起，当他和村长们和管家们谈话时，他的血一涌上了他的脸，他的手一握成了拳头，尼考拉便转动手指上的破戒指，在使他发怒的人面前垂下了眼睛。但是在一年之中，他仍然忘记了两次，这时候，他又走到妻子的面前认错，又保证说，这确实是最后一次了。

“玛丽，你当真轻视我吗？”他问她说，“这是我活该。”

“假使你觉得，你不能够克制自己了，你就走开，赶快走开。”玛丽亚伯爵夫人忧郁地说，极力安慰丈夫。

在本省的贵族当中，尼考拉受人尊敬，但不得人喜欢。他不关心贵族的利益。因此有些人认为他骄傲。还有些人认为他愚蠢。整个的夏天，从春播到收获，他都忙于农业的活动。秋间，他像他在经营农业时那样以认真踏实的态度从事打猎，带他的猎队出门一两个月。冬天他访问别的村庄，或者读书。他所阅读的书主要的是历史书籍，他每年要花相当的钱定购。照他说，他替自己收集了一些重要的图书，并规定了他要读完他所购买的全部书籍。他神态庄重地坐在书房里读书；最初他把这件事看作是自己承担的一种责任，后来却变成了习惯的工作，使他得到一种特别的乐趣，并使他认识到他是在做一件严肃的事情。除了因事出门外，冬天大部分时间他都在家里，和家里人待在一起，做些母亲和小孩们之间的琐事。他对妻子越来越亲密了，每天都发现她身上新的精神财富。

索尼亚自从尼考拉结婚以后便住在他的家里。在结婚之前，尼考拉已经向妻子说过他和索尼亚之间所发生的一切，他指责自己，称赞她。他要求玛丽亚公爵小姐亲切友好地对待他的表妹。玛丽亚伯爵夫人感到她的丈夫很对不起索尼亚；也觉得她自己对不起索尼亚；她认为自己的财产影响了尼考拉的择配，她一点儿也不能责备索尼亚，她希望爱索尼亚；但是她不但不爱她，而且常常发现自己心中对她怀着恶感，而且不能自制。

有一天，她和自己的朋友娜塔莎说到索尼亚，以及自己对她的不公正的态度。

“你知道，”娜塔莎说，“你常常读福音书；那里有一个地方正是说到索尼亚的。”

“什么？”玛丽亚伯爵夫人惊异地问。

“‘凡有的，还要加给他。凡没有的，连他自以为有的，也要夺去。’你记得吗？她是没有的，为什么？我不知道，也许她没有自私，我不知道，但她被夺，被夺去了一切。有时我非常可怜她；从前我非常希望尼考拉娶她；但是我总是似乎预感到，这事做不到。你知道，她像草莓上的一朵不结果的花。有时我替她可惜，但有时我想，她并不像我们一样有这种感觉。”

虽然玛丽亚伯爵夫人对娜塔莎说，福音书上这些话不能这样去理解，但是看到索尼亚，她又同意娜塔莎的说法了。确实，索尼亚似乎并不因为她的境况而痛苦，完全安于这种不结果的花的命运。看来与其说她欢喜每个人，毋宁说她欢喜整个家庭。她好像一只猫，不依恋人，却留恋房屋。她侍候老伯爵夫人，并对孩子们既亲热又抚爱，并且常常为他们做些自己能够做的小事情；这一切事情她都不由自主地做了，但很少得到感谢……

童山的庄园是重新建造的，但已经没有公爵在世时那样的规模。在经济拮据的时候建造起来的屋子是较为简单的。在旧石基上盖起的大屋子是木头的，只是内部抹了灰泥。地板没有上油漆，大屋子里只安置了最简单的硬沙发、扶手椅、桌子和椅子，这些都是自家的木匠用自家的桦树做成的。屋子很宽大，有家奴的下房和客房。罗斯托夫家和保尔康斯基家的亲戚有时全家到童山来作客，带十六匹马、几十个仆人，住几个月。此外，一年中有四次，在主人夫妇的命名日和生日，有上百个客人来住上一两天。一年中其余的时间都过着不能违背的有规律的生活，做些日常的工作、喝茶和用自产的粮食做的早餐、午饭和晚饭。

9

一八二〇年十二月五日是冬季尼古拉节的前夜。这一年，娜塔莎带着小孩和丈夫，从初秋就在哥哥家作客。彼挨尔到彼得堡去了，照他说，他要为自己的私事到那里去三个星期，但是他在那里已经待了快有七个星期了。他们每时每刻都在等待着他回来。

十二月五日，除了别素号夫一家外，到罗斯托夫家作客的还有尼考拉的老朋友和退职的发西利·德米特锐支·皆尼索夫将军。

六日是庆祝日，有许多客人要来，尼考拉知道他得脱下棉袄，穿上礼服和尖头的紧靴，到他新建的教堂里去，然后受贺、宴客，说些贵族的选举[①]和收成的话；但是他认为在正期的前夕仍然应该过日常的生活。在午饭前，尼考拉审核了管事的关于内侄的财产锐阿桑村庄的账目；他写了两封公函，看过了谷仓、牛圈和马厩。他采取了预防大家意外地在明天守护神节都喝醉的办法。然后他回家吃午饭。他没有来得及和妻子单独交谈，便坐在全家都来聚餐的、摆有二十套餐具的长桌旁。桌旁有他的母亲、和她生活在一起的老女伴别洛娃、他的妻子、他的三个小孩、保姆、教师、内侄和他的教师、索尼亚、皆尼索夫、娜塔莎、她的三个小孩、他们的保姆和安居在童山的公爵的建筑师米哈伊·依发内支老人。

玛丽亚伯爵夫人坐在桌子的另一头。当她的丈夫在自己的位子上坐

① 毛注：各省贵族有一个组织，按期集会选举，在地方行政上有相当势力。

下来的时候，从他拿下餐巾以及迅速地推开他面前的茶杯和酒杯的姿势来看，玛丽亚伯爵夫人便断定他的心绪不佳，在他从农庄直接回来吃饭的时候，特别是在吃汤之前偶然会发生这种情况。玛丽亚伯爵夫人对丈夫的这种情绪了解得很清楚，在自己心情好的时候，她便安静地等待着他吃完汤，然后和他说话，要他承认他是无故地发脾气；但是，现在她完全忘记了自己的这种做法；因为他无故地向她发火，她觉得伤心，并且感到自己是不幸的。她问他，他到哪里去了。他回答了。她又问，农庄上的一切是否都很好。由于她那种不自然的口气，他不愉快地皱了皱眉头，急忙作了回答。

“我没有什么错，”玛丽亚伯爵夫人想，“他为什么对我发火？”从他回答的口气上，玛丽亚伯爵夫人听出了他对她不高兴，并有希望停止谈话的想法。她觉得自己的话说得很不自然；但是她无法克制自己不再问几句。

由于皆尼索夫在场，吃饭时的谈话立刻变得生动活泼，玛丽亚伯爵夫人也不再同丈夫说话了。当他们离开座位来感谢老伯爵夫人[①]的时候，玛丽亚伯爵夫人向丈夫伸出她的手，吻了丈夫，并问他为什么对她发火。

“你的想法总是很古怪，我没有想发火。”他说。

回答玛丽亚伯爵夫人的总是这句话：是的，我发火，但是我不想说。

尼考拉夫妇是那么要好，甚至由于嫉妒而希望他们之间有分歧的索尼亚和老伯爵夫人，也找不到指责的借口；但他们之间也有不和的时候。有时，正是在最幸福的时刻之后，他们会忽然产生疏远和不和的感觉；这种感觉，在玛丽亚伯爵夫人怀孕期间出现的次数最多。眼下她就处在这样的时刻。

---

① 毛注：饭后，向主妇道谢是俄国的风俗。此处出于礼节道谢老伯爵夫人，虽然她不是主妇。

“好吧，messieurs et mesdames,〔诸位先生、诸位女士，〕”尼考拉大声地、好像是愉快地说（玛丽亚伯爵夫人觉得这是有意要使她难受），“我早上六点钟就起来了。明天我得受苦去，今天我要去休息了。”

他没有向玛丽亚伯爵夫人再说别的，便走进小起居室，躺在沙发上。

“总是这样，”玛丽亚伯爵夫人心里想，“和大家说话，只是不同我说话。我知道了，知道了，他讨厌我。特别是在我有孕的时候。”她看看自己的大肚子，在镜中看看自己枯黄憔悴的脸，和比任何时候更大的眼睛。

这一切都使她觉得不愉快：皆尼索夫的叫声和笑声，娜塔莎的话声，特别是索尼亚迅速地投给她的目光。

索尼亚总是玛丽亚伯爵夫人首先选为发火的对象。

和客人们坐了一会，一点也没有了解他们所说的话，她便悄悄地走出房，进了育儿室。

小孩们坐在椅子上玩着“到莫斯科去”，邀她加入。她坐下来，和他们玩了一会，但是想到丈夫和他的无故恼怒，她不断地感到痛苦。她立起来，费力地踮脚走进了小起居室。

“也许他没有睡着；我要和他说明。”她向自己说。她的大孩子安德柔沙，仿效她，踮脚跟随着她。玛丽亚伯爵夫人没有注意到他。

“Chère Marie, il dort, je crois; il est si fatigué,〔亲爱的玛丽，我相信，他睡着了；他是那么疲倦，〕”索尼亚在大起居室中说（玛丽亚伯爵夫人觉得到处碰见她），“安德柔沙会吵醒他的。”

玛丽亚伯爵夫人回头看了一下，看见了后边的安德柔沙，觉得索尼亚是对的。正因为这个，她脸红了，并且显然费力地约束了自己不说出令人难受的话。她没有说话，但是为了不听索尼亚的话，她作了一个手势，要安德柔沙跟着她，要他莫吵，然后她走到门口去了。索尼亚从另外一道门出去了。尼考拉睡觉的房间里传出了均匀的呼吸声，这是他的妻子极其熟悉的。她听着这个呼吸声，在她面前看见了他的光滑漂亮的额头、胡须，和她在静夜中当他睡着的时候常常看得很久的、他的整个的脸。尼考拉忽然动了一下，咳了一声。就在这时候安德柔沙在门外叫了：“爸爸，妈妈站在这里。”

玛丽亚伯爵夫人恐惧得脸色发白，开始向儿子作手势。他不作声了，玛丽亚伯爵夫人觉得出现一刹那可怕的沉默。她知道，尼考拉不喜欢有人叫醒他。忽然门里又传出了清嗓子声和动作声，然后尼考拉的不高兴的声音说：“我没有片刻的安静。玛丽，是你吗？为什么你把他带到这里来了？”

“我只是来看看的，我没有看见……对不起……”

尼考拉咳了一下，又沉默了。玛丽亚伯爵夫人从门口走开，把儿子带到育儿室去了。五分钟后，小小的、黑眼的、三岁的娜塔莎，父亲的小心肝，听哥哥说父亲在睡觉，妈妈在起居室里，她没有让妈妈看见，跑到父亲那里去了。黑眼的小女儿大胆地打开了吱吱呀呀的门，肥胖的小脚踏着有劲的小步子，走到沙发那里，看了看父亲的睡态，他是背对着她睡的，她踮起脚跟，吻了父亲的放在头底下的手。尼考拉脸上带着亲昵的笑容转过身来。

“娜塔莎，娜塔莎！”玛丽亚伯爵夫人在门口发出恐惧的低唤声，“爸爸要睡觉。”

“不，妈妈，他不要睡，”小小的娜塔莎肯定地回答，“他在笑。”

尼考拉垂下了腿，坐起来，把女儿抱在怀里。

“进来，玛莎。”他向妻子说。

玛丽亚伯爵夫人进了房，坐在丈夫的旁边。

“我刚才没有看见她跟我跑来，”她羞怯地说，“我只是来看看的。”

尼考拉用一只手抱着女儿，看了看妻子，看见她脸上的内疚的表情，用另一只手臂搂抱她，吻了她的头发。

“可以吻吻妈妈吗？”他问娜塔莎。

娜塔莎害羞地微笑了一下。

“再亲亲。”她用命令的手势指指尼考拉吻过自己妻子的地方说。

“我不知道，为什么你以为我在发火。”尼考拉说，他知道妻子心里存在着这个问题，有意回答。

“你无法想象，在你那样的时候，我是多么难过、多么孤独。我总觉得……”

“玛丽，够了，别说蠢话了。你怎么不难为情。”他愉快地说。

“我似乎觉得，你不会爱我的，我那么丑……一向……而现在……在这样的情……”

“啊，你多么可笑！人不是由于美才可爱，而是由于可爱才美。只有玛尔维娜和别的女人才由于她们的美而被人爱。难道我爱自己的妻子吗？我不爱，但是，我不知道对你怎么说。没有你，在我们之间出现不和的时候，我便好像什么都完了，什么事也不能做了。那么我爱我的手指吗？我不爱，那么试一试把它割下来……”

“不，我不是那样的，但是我明白。你不是对我发火吗？”

“发得很厉害。”他微笑着说，站起来，理了理头发，开始在房间里来回走动。

“玛丽，你知道我想的是什么吗？”他开始说，现在，当他们已经和解的时候，他立刻想当妻子的面大声地说出自己的想法。

他没有问，她是否准备听他说；他觉得这反正一样。他有想法，因此她也会有想法。他对她说，他打算挽留彼挨尔和他们一起待到春天。

玛丽亚伯爵夫人听完了他的话，表示了一些意见，开始轮到她大声说出自己的想法。她想的是和小孩们有关的事。

“现在已经看得出她成人样子了。”她指着小小的娜塔莎用法语说，“你责备我们妇女说话没有逻辑。瞧，她说的话就表现了我们的逻辑。我说：爸爸要睡觉，而她说：不，他在笑。她说的是对的。”玛丽亚伯爵夫人幸福地微笑着说。

“是的，是的。”尼考拉用他有力的手抱住女儿，把她高高地举起来，放在他的肩上，抓住她的小腿儿，掮着她开始在房间里走来走去。父女俩的脸上都显露着无忧无虑的幸福神情。

“你知道，你也许是不公平的。你太爱这个了。”玛丽亚伯爵夫人用法语低声说。

“是的，但又怎么办呢？……我要尽量避免……”

这时从门廊和前厅里传来了开门的滑轮声和脚步声，好像是有人来了。

“有人来了。”

“我相信是彼挨尔，我去看看。”玛丽亚伯爵夫人说，从房间里走出去了。

她走了之后，尼考拉掮着女儿在房间里兜圈子跑。他喘着气迅速地把欢笑的女儿放下来，把她搂在怀里。他的跳动使他想起了跳舞，他一面望着女儿天真活泼的小圆脸，一面在想当他成了老人，带她出门，像他的已故的父亲和女儿跳丹尼·古柏舞那样和她跳美最佳舞的时候，她将是什么样子。

“是他，是他，尼考拉，”几分钟后，玛丽亚伯爵夫人回到房间里来说，“现在我们的娜塔莎活跃起来了。应该看看她的高兴劲儿，看看他因为过了日期马上就要挨骂的情景。走吧，我们快点去，我们去吧！你该放下她了。”她瞧了瞧缠住父亲的女儿，微笑着说。

尼考拉抓着女儿的手走出去了。

玛丽亚伯爵夫人留在起居室里。

“我决不，决不相信，”她低声对自己说，“我会这么幸福。”她脸上露出了笑容；但是正在这个时候，她叹了口气，一种淡淡的忧愁在她的深邃的目光里流露了出来。仿佛除了她所体验到的幸福之外，还有这一生得不到、此刻不由自主地回想起来的另一种幸福。

10

娜塔莎在一八一三年初春出嫁，一八二〇年她已经有了三个女儿和一个儿子，儿子是她所巴望的，现在由她亲自喂养。她长胖了，身子也粗了，因此很难认得出这个强壮的母亲就是从前那个身材瘦削、举止灵活的娜塔莎。她的脸型确定了，具有安静、温和、明朗的表情。她脸上从前那种不断燃烧着、成为她的魅力的青春焕发的火焰不见了。现在所能看见的只有她的脸和身体，她的心灵完全不见了。呈现在大家面前的是一个强壮、美丽、多子女的母亲。她身上从前的火焰现在很少燃烧了。只有像现在，当她的丈夫回来的时候，当小孩恢复健康的时候，或者当她和玛丽亚伯爵夫人回想起安德来公爵的时候（她从来没有对丈夫提到他，她认为丈夫会妒嫉她对安德来公爵的怀念），以及很难得地当什么东西偶然引起她唱起婚后完全丢弃了的歌曲的时候，她才会燃起从前的热情。从前的火焰在她丰满、美丽的身上燃烧起来的那些时刻，她显得比从前更加动人了。

在婚后，娜塔莎和丈夫在莫斯科、在彼得堡、在莫斯科乡下、在母亲那里，即在尼考拉家里都住过。年轻的别素号娃伯爵夫人很少在交际场中露面，那些看见她的人都对她不满意了。她既不动人，也不可爱了。娜塔莎并不是欢喜孤独（她不知道，她是否欢喜孤独，她甚至觉得她并不欢喜），但是她怀孕、分娩、喂小孩，还要时时刻刻照料丈夫生活的事情，使她只有放弃社交生活，才能够满足这些要求。所有在娜塔莎婚前认识她的人，对她发生的这种变化，好像对一件异乎寻常的事情一样感到惊奇。只有老伯爵夫人凭着母亲的敏感知道娜塔莎的一切热情冲动只是出于要有家庭、要有丈夫的愿望（像她在奥特拉德诺与其说是开玩笑，毋宁说是真心地大声说出的那样）——只有娜塔莎的母亲对于那些不了解娜塔莎的人们的惊讶感到诧异，她一再说，她一向知道娜塔莎将会成为一个贤妻良母。

“她只会把丈夫和孩子爱得过头，”伯爵夫人说，“这种爱甚至显得很愚蠢。”

娜塔莎没有奉行许多聪明人，特别是法国人所鼓吹的那种金科玉律，即主张女子在结了婚，不应当放松自己，不应当抛弃自己的才能，应该比少女时代更加注意自己的仪表，应该使她的丈夫像还没有做她的丈夫时那样对她神魂颠倒。正相反，娜塔莎立刻抛弃了她的所有嗜好，其中对她有最大引诱力的是唱歌。她抛弃了唱歌，正因为这对她的引诱力最大。娜塔莎既不注意自己的举止、或者语言的文雅、或者要向她丈夫表现她最好的仪态，也不注意自己的装束，或者不要用自己的苛求使丈夫为难。她所做的一切都违反那些规条。她觉得，从前她的本能教会她运用的那些令人迷恋的本领，现在在她丈夫的眼睛里只显得很可笑了，她在头一分钟便完全献身于她的丈夫——即把她整个心毫无保留地献给了自己的丈夫彼挨尔。她觉得她和自己丈夫的结合，不是靠着那种吸引她的诗意的情感来维持的，而是靠着别的一种不明确的、然而是坚固的东西来维持的，就像她自己的心灵与身体间的接合一样。

为了吸引她的丈夫而留鬈发、穿宽敞长衣、唱情歌，在她看来，是和她为了讨她自己的欢心而装饰她自己同样地奇怪。为了取悦别人而装饰自己，这也许是她所乐意的——她不知道——但是她完全没有工夫去做。她不注意到唱歌、服装，不考虑她所说的话，主要的原因是她简直没有时间注意这些事情。

我们知道，人有专心注意一件事情的本领，无论这件事是多么无关重要。我们知道，没有一件无关重要的事情，在对它集中注意的时候，不会变为无限地重要的。

娜塔莎所专心注意的事情，是她的家庭，就是她的丈夫（她应该那样守着他，要他完全属于她、属于家）和小孩们。（她应该怀孕、生育、喂养、教育他们。）

她，不但用她的智慧，而且用她整个的情感，用她整个的身心，愈深入她所注意的事物，这件事物在她的面前越扩大，她自己的力量便显得愈薄弱，愈不重要，所以她把一切的力量集中在一件事情上，而她还是没有工夫去完成一切她认为是必要的事情。

那时候，完全像现在一样，也有关于女权、关于夫妇关系、关于夫妇的自由与权利的谈话和讨论，虽然还不像现在这样叫作问题；但这些问题，不但不引起娜塔莎的兴趣，而且她简直不了解它们。

这些问题，在那时，像现在一样，只是对于那些只把婚姻看作夫妇双方互相获得的一种快乐，即是只看到结婚的初期，却没有看到结婚在家庭中的全部意义的人才有的。

这种讨论和问题，例如这个问题，如何获得吃饭的最大乐趣，在那时，像现在一样，对于那些觉得吃饭的目的是营养，婚姻的目的是家庭的人，是不存在的。

假使吃饭的目的是身体的营养，那么一次吃两顿饭的人，也许可以达到较大的乐趣，但是他不能达到目的，因为两顿饭是胃里不能够消化的。

假使婚姻的目的是家庭，那么，想要有许多妻子和丈夫的人，也许可以获得很多的乐趣，但是这样就没有家庭了。

假使吃饭的目的是营养，而结婚的目的是家庭，则整个的问题只能这样地解决，就是，不要吃得超过肠胃所能消化的分量，不要让丈夫或妻子超过一个家庭所需要的数量，即是一夫一妻。娜塔莎需要一个丈夫，她得到了一个丈夫。这个丈夫给了她一个家庭。她不但不需要另外一个更好的丈夫，而且，因为她的全部的精力都集中在为这个丈夫和家庭服务上，她不能设想，并且也没有兴趣去设想，假使有了另外一个丈夫，会发生什么样的情形。

娜塔莎不欢喜一般的社交团体，但她却更加看重亲戚们——玛丽亚伯爵夫人，她的哥哥、母亲和索尼亚。她看重这些人，她可以头发散乱地、穿着宽服、大步地从育儿室走到他们面前，带着快乐的面孔向他们指出襁褓上不是绿色而是黄色的斑点，听他们说安慰的话，说现在小孩好得很多了。

娜塔莎对自己疏忽到那样的程度，以致她的衣服、她的发饰、她的说错的话、她的妒嫉——她妒嫉索尼亚、女教师、所有的好看的不好看的妇女——成了她身边的人们的通常嘲笑的话题。一般的意见以为彼挨尔是惧内的，确实是这样的。在结婚的最初的几天，娜塔莎便说出了她的要求。彼挨尔非常惊异他妻子的、在他看来是完全新奇的见解，就是他的生活的每时每刻是属于她和他们家庭的；妻子的要求使彼挨尔惊异，但是也使他觉得满意，于是他听从了这些要求。

彼挨尔的服从是这样的，他不但不敢向任何妇女去献殷勤；而且不敢带着笑容和别的妇女谈话；他不敢仅仅为了消遣而到俱乐部去吃饭，他不敢任意花钱；他不敢长期出门，除非是为了要事，他的妻子把他的科学研究也包括在正事之内，她一点也不了解科学研究，但她却很重视。为了弥补这个，彼挨尔不但在家里有充分的权利按照他自己的意思处理他自己的生活，而且可以照他自己的意思处理全家的事情。娜塔莎在家里把自己当作丈夫的奴隶；当丈夫在研究的时候，在书房中读书或写作的时候，全家的人都要踮脚走路。只要彼挨尔表示他嗜好什么，则他所欢喜的事情总是会办到的。只要他表示他的愿望，娜塔莎便跳起来，跑去执行。

管理全家的，只是丈夫的假定的吩咐，即是娜塔莎所极力猜测的彼挨尔的愿望。生活方式、居住地址、朋友、亲戚、娜塔莎的事务、小孩们的养育——这一切不但是遵照彼挨尔所表现的意志去做的，而且娜塔莎极力猜测彼挨尔在谈话中所说出的想法里可能流露的意思。并且她能确实地猜中彼挨尔的愿望的实质是什么，一旦猜中了，她便坚决地记住她所猜中的意思。在彼挨尔自己想要改变他的愿望时，她便用他自己的武器反对他。

例如，彼挨尔所永远记得的那个困难的时候，在娜塔莎养了第一个体质柔弱的小孩之后，当他们不得不换了三个奶妈而娜塔莎失望得生病的时候，彼挨尔有一天向她说到他所完全同意的卢骚的思想，认为用奶妈是不自然的有害的。到了第二个孩子出世的时候，她便不管母亲、医生和丈夫自己的反对——他们都反对她自己喂奶，好像是反对当时闻所未闻的有害的东西一样——坚持她自己的主张，并且从那时候起，所有的小孩都由她自己喂奶。

在发怒的时候，夫妇吵架是极其常见的事，但在吵架很久之后，使彼挨尔高兴而惊异的是，不但在妻子的言谈中，而且在她的行动中，发现了他的被她反对过的主张。他不但发现这个主张，而且发现他的主张没有了他在提出的时候由于激动和争吵而加上去的一切多余的东西。

在结婚七年之后，彼挨尔快乐地、坚决地感觉到他不是一个坏人，他感觉到这一点，因为他在妻子的身上看到自己的反映。他觉得在他自己身上，好和坏互相混杂，互相掩映。但在妻子身上，只反映了他的真正好的地方；一切不是十分好的东西都被抛弃了。这种反映不是由于逻辑的思想，而是由于别的神秘的直接的途径。

11

两个月前，彼挨尔已经在罗斯托夫家作客时，接到了费道尔公爵的信，邀他到彼得堡去讨论那里的某一个团体的会员们所研究的一些重要的问题，彼挨尔是那个团体的主要创办人之一。

娜塔莎阅读丈夫的一切信件，她看了这封信，虽然感到离别丈夫的痛苦，却自动地提议要他到彼得堡去。对于丈夫的一切用脑子的抽象的事务，她虽然不了解，却很重视，她总是恐怕妨碍了丈夫的这种活动。对于彼挨尔看信之后的畏怯疑问的目光，她的回答是，要求他去，但是要他限定了他回来的确实的日期。他的假期是四个星期。

自从两个星期之前，彼挨尔假期届满的时候，娜塔莎便陷于不断的恐怖、悲伤和愤怒的心情中。

皆尼索夫现在是一位退休的、不满现状的将军了，他是在这最后的两星期中来到的。他惊异地、悲伤地好像看一个从前所爱过的人的不相似的画像一样地看着娜塔莎。她的目光既沮丧又寂寞，回答问题很混乱，只说些小孩的事，这就是他在从前的美女身上所看到、所听到的一切。

在这一期间，娜塔莎是悲伤的、恼怒的，特别是在她的母亲、哥哥、索尼亚或玛丽亚伯爵夫人安慰她，极力宽恕彼挨尔，并且设想他延迟的原因的时候。

“这都是蠢话，都是胡说八道，”娜塔莎说，“他的一切打算都不会有任何结果的，这全是愚蠢的团体。”她这样说到那些她过去坚决相信有其巨大重要性的事情。于是她到育儿室去喂她唯一的小孩彼恰。

当三个月的小人物躺在她怀里吃奶，她感觉到他嘴唇的吮吸和鼻孔的呼吸时，无论谁也不能够像这个小人物对她所说的话那么令人安慰，那么显得有理智。这个小人物对她说：“你在发火，你在嫉妒，你想报复他，你害怕，而我就是他，我就是他……”这是没有办法回答的。这是最真实不过的。

娜塔莎在这心绪不宁的两星期中，常常跑到小孩那里去寻找安慰，为他忙忙碌碌，以致把他喂得过分了，因此得了病。她担心他的病，同时她也正需要这样做。照顾小孩的时候，她对于丈夫的挂念就较容易忍受了。

当彼挨尔的车子在门口发出响声的时候，她正在喂奶，保姆知道该怎样使女主人高兴，她悄然无声地，然而迅速地、脸带喜色地走进门来。

“他来了吗？”娜塔莎迅速地低声问，她不敢动弹，以免惊醒睡着的小孩。

“他来了，太太。”保姆低声说。

血涌上了娜塔莎的脸，她的腿不由自主地挪动了；但是跳起来跑出去是不可能的。小孩又睁开眼对她看了一下。“你在这里。”他好像在这么说，接着又懒洋洋地咂响着嘴唇。

娜塔莎轻轻拔出奶头，把他哄了一会，递给了保姆，然后快步向门口走去。但她在门口停下了脚步，似乎觉得良心正在责备她，这是由于高兴才把小孩丢下得太快了，于是她回头看了一下。保姆正举起胳膊，要把小孩从栏杆上边放到小床上去。

"太太，去吧，去吧，放心吧，去吧。"保姆微笑着用保姆和主妇之间那种很随便的口气低声说。

娜塔莎轻轻跑到前厅去了。

皆尼索夫衔着烟斗从书房走进客厅，这时他初次认出了娜塔莎。她那焕然一新的脸上露出了鲜明的、喜气洋洋的神色。

"他来了。"她一面跑，一面对着他说，于是皆尼索夫也由于自己所不很喜欢的彼挨尔回来了而感到高兴。娜塔莎跑进前厅，看见一个穿皮大衣的身材高高的人正在解围巾。

"是他！是他！真的！就是他！"她自言自语着，于是向他飞跑过去抱住他，把他的头靠在自己的胸前，然后放开他，看了看彼挨尔那张幸福、发红和饱经风霜的脸。

"是的，这是他；他是幸福的，满意的……"

忽然她想起了她在最近两星期内所经受的思念不安的痛苦；她脸上所流露出的满心欢喜的神色消失了；她皱了皱眉头，于是一连串指责和怨言都倾注在彼挨尔的身上了。

"你倒舒服，还很高兴、很快活……我可怎样呢？你至少也要想想小孩。我要喂奶，我的奶又不好……彼恰要死了。可你却很快活。是的，你快活……"

彼挨尔认为这不能怪他，因为他无法早点回来；他知道，她的冲动是没有道理的，他也知道，两分钟后这种冲动就会过去；他尤其知道，他自己是快活的高兴的。他想要微笑，但他却不敢想到这么做。他做出可怜的惊恐的脸色，并且低垂了头。

"我不能够，实实在在！但是彼恰怎么样？"

"他现在不要紧了，我们去吧。你怎么不觉得惭愧！你要能够知道，我没有你的时候是什么样子，我多么痛苦……"

"你很好吗？"

"我们去吧，我们去吧！"她说，没有放开他的手臂。于是他们到自己的房里去了。

当尼考拉夫妇来找彼挨尔时，他在育儿室里，把醒了的婴儿托在他的宽大的右掌上，摇弄着他。在他的张着无牙的小嘴的宽脸上，现出了愉快的笑容。风暴早已过去了，娜塔莎的脸上出现了快乐明亮的太阳，她亲热地望着丈夫和小孩。

"和费道尔公爵把一切都谈好了吗？"娜塔莎说。

"是的，好极了。"

"你看，抬起来了（娜塔莎意思是说小孩的头），啊，他使我多么耽心啊……看见了公爵小姐吗？真的她爱那个……"

"是的，你想象得到的……"

这时尼考拉和玛丽亚伯爵夫人走进来了。彼挨尔没有把儿子从手上放下来，低头和他们接了吻，并且回答了他们的问题。虽然许多有趣的问题必须谈到，但是显然，戴帽子的晃着头的小孩吸引了彼挨尔的全部注意。

"多么可爱啊！"玛丽亚伯爵夫人说，望着小孩，和他玩着，"就是这一点我不明白，尼考拉，"她向丈夫说，"怎么你不明白这些小宝贝的好玩。"

"我不明白，我不能够，"尼考拉说，用冷淡的目光望着小孩，"不过是一块肉。我们去吧，彼挨尔。"

"主要的是，他是一个那么多情的父亲，"玛丽亚伯爵夫人说，为丈夫辩白着，"但是只要有了一岁光景……"

"不，彼挨尔很会看护他们，"娜塔莎说，"他说，他的手正是给小孩做椅子的。看呵。"

“啊，但并不是为了这个。”彼挨尔忽然笑起来说，转动着小孩，把他交给了保姆。

12

像每个大家庭那样，在童山的房屋里，有几个完全不同的集团住在一起，他们各自保持着自己的特点，并且互相让步，合成了一个和谐的整体。这个屋里所发生的每一事件，对于所有的这些集团，是同样地重要，同样地可喜的或悲伤的；但是每一个集团有它自己的特殊的、和别的集团无关的理由去为某一事件高兴或悲伤。

例如彼挨尔回来了，是快乐的重要事件，大家都觉得是如此的。

仆人们是主人的最可靠的裁判者，因为他们不是凭谈话和感情的表现来裁判的，而是凭他们的行动与生活方式来裁判的，仆人们都高兴彼挨尔回来，因为他们知道，他在家里的时候，尼考拉伯爵便不每天到农场上去，便更愉快更和蔼，还因为在节日他们都可以得到重赏。

小孩们和女教师们高兴别素号夫回来，因为没有一个人能像彼挨尔那样地领导他们过共同生活。只有他一个人能够在大钢琴上弹苏格兰舞曲（他的唯一的曲子），照他说，他们可以随着这个曲子跳一切可能的舞。并且他确实带礼物给大家。

尼考林卡·保尔康斯基现在是十五岁的、清瘦的、有鬈曲的金发和美丽眼睛的、多病的、聪明的男孩子了，他高兴，因为彼挨尔叔叔（他这么称呼他）是他的羡慕与热爱的对象。没有人唤起尼考林卡对彼挨尔的特别的爱，他只偶尔看见彼挨尔。他的扶养者玛丽亚伯爵夫人用尽了一切办法使尼考林卡像她一样地爱她的丈夫，于是尼考林卡爱姑父了；但是他爱他，却带着几乎察觉不出的轻视的意味。彼挨尔却是他所崇拜的。他不想当骠骑兵，不想做一个有圣·乔治勋章的骑士，像姑父尼考拉那样。他想要做一个有学问的、聪明的、善良的人，像彼挨尔那样。

在彼挨尔面前，他的脸上总是有高兴的光采，当彼挨尔和他说话时，他便脸红喘气。他没有疏忽过彼挨尔所说的一句话。然后他同代撒勒一起或一个人的时候，便回想并考虑彼挨尔的每句话的意义。彼挨尔的过去生活，他在一八一二年之前的不幸（关于这个，尼考林卡根据他所听到的话作出模糊的诗意的想象），他在莫斯科的冒险、他的被俘、卜拉东·卡拉他耶夫（他听彼挨尔说到他）、他对娜塔莎的爱情（这个孩子也特别地欢喜她），尤其是彼挨尔和他所记不得的亡父的友谊，这一切使彼挨尔在他眼中成了英雄与圣人。

根据别人说到他的父亲和娜塔莎时的片言只语，根据彼挨尔说到他的亡父时的兴奋，娜塔莎说到他的亡父时的谨慎而尊敬的温情，这个刚开始想到爱情问题的男孩子，明白了他的亡父爱过娜塔莎，并且在临死时，把她让给了朋友。这样的父亲，这个孩子所记不得的父亲，在他看来，是一个不能想象的神，他总是带着激动的心情和又悲又喜的眼泪回想他。所以这个男孩因为彼挨尔来了而觉得幸福。

客人们欢迎彼挨尔，因为他这个人总是能够使任何团体富有生气并且能够团结大家。

家中成年的人（且不说他的妻子），欢迎这个朋友，因为有了他就可以把生活过得更舒服更安宁。

老妇人们高兴他所带来的礼物，尤其是高兴娜塔莎又有生气了。

彼挨尔感觉到这些不同的集团对于他的不同的看法，急忙着满足每个人的希望。

彼挨尔是最心不在焉的、最健忘的人，现在按照他的妻子为他拟就的单子，买来了一切，没有忘记岳母与内兄的任何委托，赠送别洛娃的衣料，以及内侄们的玩具。在结婚的初期，妻子的这种要求——要他去办理并且不要忘记他所要购买的一切——使他觉得奇怪；当他在第一次的旅行中，忘记了一切的时候，她的认真的悲伤使他吃惊。但后来他便习惯了这件事了。他知道，娜塔莎不为她自己请求任何东西，而只是在他自愿办理的时候为别人请求，现在，他由于替全家买了礼品而感到一种意外的小孩般的乐趣，并且他没有忘记任何东西。假使他引起娜塔莎的责备，那只是因为他买的太多、太贵了。在大部分人看来她的两个短处，在彼挨尔看来却是她的两个长处——在衣着零乱和疏忽自己这两点之外，娜塔莎又加上了吝啬。

自从彼挨尔开始过着开支浩大的、住大房屋的家庭生活以来，令他诧异的是，他发觉他的花费比以前少了一半，而他最近的困难情况（主要的是由于前妻的债务）已经开始好转了。

生活节俭了，因为他的生活有了约束：那种最会浪费的奢华，那种随时可以改变的生活，彼挨尔现在已经没有了，并且也不希望再有了。他觉得，他的生活方式是永远地规定了，要这样一直到死，他没有权力加以改变，因此这种生活是较为节俭的。

彼挨尔带着愉快的笑脸整理着他所购买的物品。

“怎么样！”他说，好像店员一样拉开了一块衣料。

娜塔莎坐在他的对面，抱住坐在膝上的大女儿，把明亮的眼睛迅速从丈夫身上移到他所拿出的物品上。

“这是给别洛娃买的吗？好极了。”她摸了摸质料，“这要一卢布一尺吧？”

彼挨尔说了价钱。

“太贵了，”娜塔莎说，“哎，小孩同妈妈会多么高兴啊。只是你用不着替我买这个。”她无法忍住自己的微笑，赞赏着当时刚刚流行的镶珍珠的金梳子，补充说。

“阿代勒撺掇了我：她说，买吧，买吧。”彼挨尔说。

“我什么时候戴呢？”娜塔莎把它插在头发上，“这要在带玛盛卡出去的时候戴；也许到那时候又时髦了。好吧，我们走吧。”

于是他们收起了礼品，先到了育儿室，然后去看伯爵夫人。

当彼挨尔和娜塔莎腋下挟着包裹走进客厅时，伯爵夫人照常和别洛娃在玩她的牌戏。

伯爵夫人已经六十开外，头发全白了。她戴着一顶帽檐的皱边围住她整个脸的帽子。她的脸上已经起了皱纹，上唇瘪进去，眼睛已经花了。

在小儿子和丈夫相继死去之后，老伯爵夫人觉得自己是个偶然被遗忘在这个世界上的人，没有任何生活目的和意义。她吃、喝、睡觉、醒着，但她不是在生活。生活没给她任何新的印象。除了安宁，她不需要生活中的任何东西，但这个安宁她只能到死亡时才能得到。但是在死神还没有来到的时候，她必须生活，也就是要使用她的生命力。在她身上可以特别明显地看到很小的孩子和很老的老人身上所有的特点。她的生活里没有任何外在的目的，只看出她需要显示她的各种爱好与能力。她必须吃饭、睡觉、思想、说话、哭泣、工作、发脾气，等等，只是因为她有肠胃、头脑、肌肉、神经和肝脾。这一切她都做了，并且像人们在年富力强时那样是受外界的刺激而这么做的，人们在年富力强的时候，由于所向往的目的，却发现不了另一个运用自己力量的目的。她说话只因为她在生理上必须运用她的肺与舌头。她哭得像小孩一样，因为她必须擤鼻子等。在精力旺盛的人看来是目的的东西，在她显然是一个借口而已。

例如，在早晨，特别是假使她在头一天吃了油腻的东西，她便显得必须发怒，那时她便选择别洛娃的耳聋作最方便的借口。

她从房间的另一头开始向她低声说着什么。

“今天好像暖和了一点，我亲爱的。”她低声说。

当别洛娃回答说：“怎么，他们来了？”她便愤怒地嘀咕，“我的天哪，她真是个聋子，多蠢呀！”

另一个借口便是她的鼻烟，她觉得它有时太干，有时太湿，有时研得不好。在发了这些怒气之后，她的脸上便显得发黄。她的女仆们凭着准确的迹象，知道什么时候别洛娃又会耳聋，什么时候鼻烟又会太湿，什么时候她的脸又会变黄。因为她需要发发她的火气，有时她需要运用她剩余的思考能力，这时借口便是玩牌戏。当她需要哭的时候，那时借口便是逝世的伯爵；当她需要忧虑的时候，借口便是尼考拉和他的健康；当她需要恶意诅咒的时候，借口便是玛丽亚伯爵夫人；当她需要运用发音器官的时候——这多半是在六点钟以后，在幽暗的房间里吃过饭休息之后——那时的借口便是向同样的听众重复讲同一件事情。

老太太的这种情况是全家都知道的，尽管从来也没有人这么说，大家都尽一切可能的努力去满足她的这些要求。只在尼考拉、彼挨尔、娜塔莎和玛丽亚伯爵夫人偶然间互相交换的目光和忧郁的微笑中，表现出他们对她的要求相互理解的心情。

此外，这些目光还表现出别的意思；这些目光说，她已经尽了她人生的义务；说她整个人并不是大家现在所看见的这样，说到了这个从前是尊贵的、是和我们一样充满生命的、但现在是可怜的人，我们大家又要高兴地顺从她，克制自己。这些目光说，这是memento mori〔死的征兆〕。

全家的人中间，只有真正怀着恶意的、愚蠢的人和小孩不明白这一点而疏远她。

13

当彼挨尔夫妇来到客厅时，伯爵夫人正在习惯地运用她的智力玩牌戏，虽然她习惯地说着自己在彼挨尔或儿子回家时一向所说的话：“是时候了，是时候了，我亲爱的；我们等得不耐烦了。好，谢谢上帝。”在给她礼物时，她说着别的说惯了的话：“不是礼物珍贵，谢谢，亲爱的，而是你给我这样的老太婆……”显然，彼挨尔在这时候来到，她感到不高兴，因为他使她不能再把注意力用在未摆完的牌戏上面。

她摆完了排心思牌戏，这时候她才注意到礼物。礼物是一个精工制作的盒子，装有一个带盖子的画着牧羊女的淡蓝色法国赛佛尔茶杯，一个画有伯爵肖像的金鼻烟壶，这是彼挨尔在彼得堡向细工画家定做的（伯爵夫人早就想要这件东西）。她现在不想哭，因此她冷淡地看了看肖像，更加注意盒子了。

“谢谢你，我亲爱的，你使我安心了，”她说，她总是这么说，“你亲自带回来，这点是最好的。这太不像话了，你要把你的妻子责骂一顿才是。这是怎么啦？你不在家，她好像疯了。她什么也没看见，什么也不记得，”她说着说惯了的话，“你看，安娜·济摩非芙娜，”她说，“我的孩子带给我们一个多么好的盒子。”

别洛娃称赞了礼物，并赞美了自己的衣料。

虽然彼挨尔、娜塔莎、尼考拉、玛丽亚伯爵夫人和皆尼索夫要说许多在伯爵夫人面前不能说的话——不是因为要对她隐瞒什么，而是因为她对于许多事情都一无所知，假如他们在她面前说起什么，就不得不回答她许多提得不适时宜的问题，而且又要重复他们已经重复过许多次而她还是不能记住的话：说这个人死了，那个人结婚了——但他们仍照平常那样坐在客厅里的茶炊旁边喝茶，彼挨尔向伯爵夫人回答着她自己既不要听、别人也不感兴趣的问题，说是发西利公爵变老了，说玛丽亚·阿列克塞芙娜问候她并惦念他们云云……

在整个喝茶的时间里，人们就进行着这种谁也不感兴趣然而不得不进行的谈话。喝茶的时候，索尼亚坐在茶炊旁边，家里所有的成年人都围着圆桌坐着。小孩们、教师们、女教师们已经喝过茶，从隔壁房间里传来他们的声音。喝茶时，大家都坐在平时坐惯了的地方。尼考拉坐在火炉旁的小桌子边上，有人把茶递给他。老猎狗米尔卡（第一条米尔卡的女儿）嘴脸显得非常灰暗，一双大黑眼睛更加突出，躺在他身边的椅子上。皆尼索夫留着半白鬈曲的头发和胡子，身上的将军制服敞开着，坐在玛丽亚伯爵夫人的旁边。彼挨尔坐在妻子与老伯爵夫人之间。他知道，他说的话可以使老人发生兴趣，也是她能明白的。他说些外界社会上的事件，说到老伯爵夫人从前同辈团体中的那些人，这些人以前是一个真正的、生气勃勃的、独立的团体，但是现在大都分散在世界各地，像她一样，他们的年纪都很大了，收集着他们在早年生活中所种植的谷物的余穗。但他们，这些同辈的人，在老伯爵夫人看来，是唯一的、严肃的、真正的团体。娜塔莎从彼挨尔的兴奋上看出了他的旅行是有趣的，他想要向他们说许多话，但他不敢在伯爵夫人面前说。皆尼索夫不是家庭的一员，因此不明白彼挨尔的细心。他是一个不得意的人，极其关心在彼得堡所发生的事，并且不断地要求彼挨尔说到塞妙诺夫团①新近发生的事，说到阿拉克捷夫②，说到圣经会③。彼挨尔有时说得津津有味，便说到这些事，但是尼考拉和娜塔莎每次都使他回头说到依凡公爵和玛丽亚·安桃诺芙娜伯爵夫人的健康。

“哦，这一切的傻事，高司索尔④和塔塔蕊诺娃⑤，怎么样？”皆尼索夫问，“难道一切还是那样的吗？”

“谁说还是那样的？”彼挨尔叫着，“比以前更加有势力了。圣经会，它现在就是整个的政府了。”

“是什么，mon cher ami？〔我的亲爱的？〕”伯爵夫人问，她现在喝完了茶，显然是希望找到饭后发脾气的借口，“你说到政府什么？我不明白。”

“是的，你知道，妈妈，”尼考拉插言，他知道怎样把别的话转换为母亲的言语，“亚力山大·尼考拉耶维支·高里村公爵组织了一个团体，据说，因此他有了很大的势力。”

“阿拉克捷夫和高里村，”彼挨尔无心地说，“他们现在就是整个的政府。这样的政府！他们处处看到阴谋，并且惧怕一切。”

---

① 毛注：见尾声一章所注。

② 毛注：阿拉克捷夫因为残暴跋扈与极端反动而为人所不满。

③ 毛注：圣经会成立于一八一二年十二月，为高里村所创办，有政治作用，于一八二六年被封禁。

④ 毛注：高司索尔（1773—1858）曾于慕尼里创办宗教团体，一八二〇至一八二四年任彼得堡圣经会理事，后被放逐。

⑤ 毛注：塔塔蕊诺娃（1783—1856）为一八一七年彼得堡“精神联合会”之女创办人。

“哦，亚力山大·尼考拉耶维支公爵有什么过错吗？他是一个最可尊敬的人。我那时常在玛丽亚·安桃诺芙娜家遇见他，”伯爵夫人生气地说，因为大家沉默着更加生气了。她继续说，“现在所有的人都受指责了，福音会有什么坏处？”她站起来（大家也站起来了），带着严厉的样子，摇摆着走到起居室里她的桌前去了。

在接连的沉闷的缄默之后，从隔壁的房里传来了小孩的笑声和话声。显然小孩们当中发生了什么开心的兴奋的事情。

“完了，完了！”传来了小女孩娜塔莎的高兴的叫声，它比全体的声音都高。

彼挨尔和玛丽亚伯爵夫人和尼考拉互相看了一眼（彼挨尔总是看着娜塔莎），并且幸福地微笑了一下。

“这是绝妙的音乐！”彼挨尔说。

“这是安娜·马卡罗芙娜打完了袜子。”玛丽亚伯爵夫人说。

“啊，我去看看，”彼挨尔跳起来说，“你知道，”他停在门口说，“我为什么特别欢喜这种音乐。他们最先使我知道，一切都好。今天我回来的时候，我离家越近，我越耽心。进了前厅，听到安德柔沙在唱什么，哦，这就是，一切都好……”

“我知道，知道这种情绪，”尼考拉附和地说，“我不能去，那双袜子对于我是一件意外的事。”

彼挨尔走到小孩们那里，于是笑声和叫声更大了。

“好，安娜·马卡罗芙娜，”传来了彼挨尔的声音，“到房当中来，听命令——一，二，我喊三的时候……你站在这里。我来抱着你。来，一，二……”彼挨尔说，他停了停……“三！”房间里充满了小孩声音的狂喜的喊叫。

“两只，两只！”小孩们叫着。

这是两只袜子。这是安娜·马卡罗芙娜凭了只有她知道的一种秘诀用针同时打成的，在袜子打成时，她总是在小孩们面前得意地从一只里面抽出另一只。

14

不久之后，小孩们都来道夜安。小孩们和所有的人接了吻，男女教师们敬过礼，便走出去了。只有代撒勒和他的学生留了下来。这位教师低声地要他的学生下楼。

“Non, m-r Dessales, je demanderai à ma tante de rester.〔不，代撒勒先生，我要请求姑母让我留在这里。〕”尼考林卡·保尔康斯基同样低声地回答。

“Ma tante,〔姑母，〕让我留在这里吧。”尼考林卡走到姑母面前说。

他的脸上显出了恳求、兴奋、狂喜。玛丽亚伯爵夫人看了看他，又转向彼挨尔。

“你在这里的时候，他是不能走开的……”她向他说。

“Je vous le ramènerai tout-à-l'heure, m-r Dessales, bonsoir,〔我马上就把他带来给你，代撒勒先生，再见，〕”彼挨尔向这个瑞士人伸着手说，于是微笑着转向尼考林卡，“我还没有看见你。玛丽，他现在长得多么像他了。”他向着玛丽亚伯爵夫人说。

“像我的父亲吗？”男孩子说，脸色发红，抬起欢喜的明亮的眼睛，仰视着彼挨尔。

彼挨尔向他点了点头，并且继续说着被小孩们打断的谈话。玛丽亚伯爵夫人在做十字布刺绣；娜塔莎目不转睛地望着她的丈夫，尼考拉和皆尼索夫站起来，要了烟斗，吸着烟，向疲倦而坚持地坐在茶炊旁边的索尼亚要了茶，并且询问彼挨尔。那个鬈发的、多病的、有一双明亮眼睛的男孩子，不为人注意地坐在角落里，只把翻领中伸出的细颈子上的鬈发的头，向彼挨尔坐着的方向转动着，他偶尔颤抖着，向自己低语着什么，显然是体验着某一种新的强烈的情绪。

谈话转到了当时的关于上层政府的传闻，大多数的人通常把这当作内政上最重要的兴趣。皆尼索夫因为自己在官职上的失意而不满意政府，高兴地听着那时在彼得堡所发生的、在他看来是愚蠢的事，他对彼挨尔的话提出强有力的尖锐的批评。

“从前我们应该做德国人，现在我们和塔塔蕊诺娃、克裕得纳夫人[①]跳舞了，读……爱卡次号村和教友们的著作了。啊！再把我们的好汉拿破仑放出来吧，他会除去这些人的所有的愚蠢。把塞妙诺夫团交给施发尔兹这样的人指挥，像什么样子？”他喊叫着说。

尼考拉虽然不像皆尼索夫那样想要寻找一切的错误，也认为批评政府是一件非常值得而重要的事，认为任命A为某部大臣，派B为某省总督，皇帝说了什么，大臣说了什么——认为这一切是很重要的。他认为关心这些事情和询问彼挨尔，是必要的事。由于这两个人的问题，谈话没有越出关于上级政府的传闻的通常范围。

但是娜塔莎，知道丈夫的各种态度和想法，看到彼挨尔早就想要，却不能够把谈话引到别的方向上去，并且表现他的内心的想法，而他就是为了这个想法才到彼得堡去咨商他的新朋友费道尔公爵的，于是她用这个问题帮助了他：他和费道尔公爵的事办的怎样？[②]

“是什么事？”尼考拉问。

“总是同样的事情，”彼挨尔环顾着四周说，“大家看到，事情弄得那样糟糕，让它这样下去是不行的了。尽力反对它，是一切正直的人

① 毛注：克裕得纳夫人（1766—1824）于一八〇七年献身于神秘主义。一八一五年在巴登对亚力山大一世有点影响。一八一七年到俄国，但对他已无影响了。

② 毛注：费道尔的团体的目的就是十二月革命党的目的。托氏写此书之前，曾计划写一部关于十二月革命党的小说。但研究了起因，他认为最好是从一八〇五年写起。《战争与和平》连接了十二月革命党共谋形成的时期，即托氏在本章所暗示的。本书前部关于俄国共济会运动的细心描写是他研究共济会的结果，共济会是和十二月革命党密切有关的组织。在本书及《安娜·卡列尼娜》完成后，托氏再写那个主题，他写了几年，终于放弃了。

的责任。”

“正直的人能做出什么呢？”尼考拉微微地皱了皱眉说，“能做什么呢？”

“这就是……”

“到我的书房里去吧。”尼考拉说。

娜塔莎早已料到他们要来叫她去喂奶了，听到保姆的叫声，便到育儿室去了。玛丽亚伯爵夫人和她一道去了。男子们进了书房，尼考林卡·保尔康斯基，没有被姑父注意到，也走到书房里去了，坐在窗边黑暗处的写字桌前。

“那么你要怎么办呢？”皆尼索夫问。

“永远是些幻想。”尼考拉说。

“是这回事，”彼挨尔开言了，他没有坐下来，却时而在房中来回走动着，时而停止着，说话时声音含糊，并且用手做着迅速的姿势，“是这回事。彼得堡的情形是这样的：皇帝不问政事，他完全沉浸在这种神秘主义里。”（彼挨尔现在不能饶恕任何人的神秘主义了。）“他只寻求安宁，只有那些sans foi ni loi〔无信仰无法律的〕人能够给他安宁，他们胡乱地破坏一切，压制一切；马格尼兹基、阿拉克捷夫和tutti quanti〔这一类的人〕……你会同意的，假使你自己不管理农场，只想要过安静的生活，那么你的管事越残忍，你越容易达到你的目的。”他向着尼考拉说。

“那么，你说这话是什么意思？”尼考拉说。

“啊，一切都在毁灭。法庭里只有抢劫；军队里只有鞭打、操练、军屯[①]，人民受折磨，文化被压制。年轻的正直的人，都被毁灭了。大家知道，这样下去是不行的。一切都太紧张，一定要断了，”彼挨尔说

① 毛注：阿拉克捷夫的办法是使军队部分地自给自足。兵士受军事训练，垦殖屯区。此种远离家庭遭受苛罚的服役是最被痛恨的设施。

（自有政府以来，人们看到任何政府的措施，总是这么说的），[①]“我在彼得堡只向他们说了一件事情。”

“向谁？”皆尼索夫问。

“啊，你知道向谁，”彼挨尔皱着眉，意味深长地望着人说，“向费道尔公爵和他们全体。提倡文化和慈善事业，当然是好事。目的是良好的；但是在目前情况中，还需要别的东西。”

这时尼考拉注意到内侄的在场。他的脸色显得不高兴；他走到他面前去了。

“为什么你在这里？”

“为什么？让他在这里吧，”彼挨尔说，抓住尼考拉的手臂，又继续说，“这是不够的，我向他们说：现在需要别的东西。当你站立着等待紧张的弦就要崩断的时候，当大家等待着不可避免的事变的时候，我们一定要人数越多越好地、越紧越好地联合起来，反对共同的灾难。所有年轻的、强壮的人，都被诱惑、被腐化了。有的人受女色的诱惑，有的人受荣誉的诱惑，又有的人受虚荣和金钱的诱惑，他们都转到那个阵营里去了。独立的、自由的人，像您和我，完全没有了。我说，扩大团体的范围。不要单用美德做mot d'ordre〔口号〕，还要有独立和行动。”

尼考拉离开了内侄，愤怒地移动了一把椅子，坐下来听彼挨尔说话，不满意地咳嗽着，眉毛越皱越紧了。

“但行动有什么目的呢？”他大叫着，“您对政府持什么态度呢？”

“就是持这样的态度！持协助者的态度。假使政府容许，这个团体便可以不是秘密的了。它对于政府不但不是敌意的，而且这个团体是真正保守的。是道地的绅士的团体。我们只是为了防止普加巧夫[②]来屠杀

① 毛注：本段中反政府的倾向，是值得注意的，因为它表示托氏早年与晚年见解之间的关系。他在一八八〇年以后的反政府的结论，是他在解释基督教训时不可免的推论。那些结论是和他在有了解释之前早已表现的情绪一致的。

② 毛注：农民起义的首领，于一七七五年被害。

你我的子女，不让阿拉克捷夫送我到军屯区去——我们只是为了这个才互相联合的，唯一的目的是公共的福利和大家的安全。”

“是的，但那是秘密团体，因此是一个有敌意的有害的团体，它只能做出坏事。”

“为什么？难道拯救欧洲的‘托根本德’[①]？”（他们那时还不敢想到俄国拯救了欧洲）“产生了什么害处吗？‘托根本德，——这是美德的联盟。这是爱，是互助；这是基督在十字架上所宣传的……”

娜塔莎在谈话的当中来到房里，高兴地望着丈夫。她高兴的不是他所说的话。她甚至对他的话并不感觉兴趣，因为她觉得这一切是极其简单的，她早已知道了这一切（她觉得如此，因为她知道，这一切是从彼埃尔的整个心灵中发出来的），她所高兴的，是他的生气勃勃的喜气洋洋的神态。

那个被大家遗忘的、在翻领中伸着瘦颈子的孩子，更加高兴地狂喜地望着彼埃尔。彼埃尔的每个字都燃烧他的心，他的手指神经质地动着，他不自觉地折断了姑父桌上的落到他手里的火漆和羽毛笔。

“那完全不像你所设想的那样，德国的‘托根本德’就是那样的，那就是我所提议的。”

“啊，老兄，这个‘托根本德’对于吃香肠的人是很好的，但是我不了解这个，我甚至说不准这个字音，”皆尼索夫发出高大的坚决的声音，“我承认，一切都是腐化的、恶劣的，但是这个‘托根本德’我却不了解。若是不满意，那么就‘本特’[②]一下。那就对了！Je suis votre homme！〔我便是你的部下！〕”

彼埃尔微笑了一下，娜塔莎笑起来了，但是尼考拉把眉毛皱得更紧

---

① 毛注：Tugendbund，道德同盟之意，这是一八〇八年成立的一个德国团体，是一个有革命性的团体。

② Бунт “本特”暴动之意，与上文“本德”有关，是文字的游戏。——译者

了，并且开始向彼挨尔证明，不会有什么重大变革的，而他所说的一切危险只是他的想象中的。彼挨尔提出相反的意见，因为他的智力是更充沛更熟练，尼考拉觉得自己陷于困难的境地了。这使他更加发火了，因为他在他的心里面，不是由于理论，而是比理论更有力的东西，相信他的意见是无疑地正确的。

"听我向你说吧，"他说，站起来，手指发抖地把烟管靠在房间角落上，最后却没有靠在那里，"我不能向你证明。你说，我们的一切都腐化，要有变革；我不明白这一点；但是你说，誓言是有条件的东西，关于这一点，我要向你说，你是我的最好的朋友，你知道这个，但是你们组织秘密团体，你们开始反对政府——无论它是什么政府——我知道我的责任是服从政府。假使阿拉克捷夫马上命我带一连人去攻击你们，杀你们，我没有片刻的犹豫，我会去的。随便你怎样去批评吧。"

在这一番话之后，有了一阵令人感到不舒服的沉默。娜塔莎最先发言，卫护丈夫，攻击哥哥。她的辩护是软弱的、不合适的。但她的目的达到了。谈话又重新开始了，但是已经没有了尼考拉的最后的言语中的那种不愉快的敌对的态度了。

当大家站起来去吃夜饭时，尼考林卡·保尔康斯基面色发白，带着炯炯的发亮的眼睛走到彼挨尔面前。

"彼挨尔叔叔……您……不……假使爸爸活着……他会同意您吗？"他问。

彼挨尔忽然明白了，当他说话时，这个男孩子一定发生了多么特殊的、独立的、复杂的、强有力的情感和思想的活动，他想起了他所说的一切，他懊悔这个男孩听到他的话了。但是他不得不回答他。

"我想，是的。"他勉强地说，然后走出了书房。

男孩子低下头，这时候，才第一次注意到他在桌上所做的事情。他红了脸走到尼考拉的面前。

"姑父，饶恕我，我做的——无心。"他说，指着桌上的折断的火漆同羽毛笔。

尼考拉愤怒地颤抖了一下。

“好，好。”他说，把火漆和羽毛笔的碎片抛到桌下去了。显然是费力地压制了他的要爆发的怒火，他转身背着他。

“你根本不应该在这里。”他说。

15

吃夜饭的时候，谈话不再是关于政治和社交界了，恰巧相反，转到尼考拉最乐意的一八一二年的回忆上来了，这是皆尼索夫开头的，彼挨尔在谈话时是特别可爱而有趣的。最后亲戚们抱着最友好的态度分散了。

饭后当尼考拉在书房里脱了衣服，向等候他的管家发出吩咐，穿上了睡衣，走进卧室的时候，他看到他的妻子还在写字桌上写着什么。

“你在写什么，玛丽？”尼考拉问。

玛丽亚伯爵夫人脸红了。她怕她所写的东西是丈夫不了解、不赞同的。

她想要掩藏她所写的东西，但同时她又高兴已经被他发现，她不得不向他说了。

“这是日记，尼考拉。”她说，把她的遒劲有力的书法所写的蓝本子递给他。

“日记？”尼考拉带着嘲讽的意味说，接过本子。是用法文写的[①]：

“十二月四日。今天安德柔沙（长子）醒来，不想穿衣服，路易丝小姐派人找我。他又顽皮又固执。我试了试吓唬他，但是他的火气更大了。于是我亲自处理这件事了。我丢开了他，开始和保姆们叫别的孩子们起来，我向他说，我不爱他。他沉默了好久，似乎是惊异；然后，他只穿着一件衬衣跑到我面前来，并且哭泣着，我好久不能安慰他。显

① 毛注：这里的日记很像托氏的母亲所写的，现尚保存的日记。

然，最使他痛苦的，是他使我生了气；后来，晚上我把字条给他的时候，他又可怜地哭着，吻着我。用感情对待他，可以办到一切。”

“这条子是什么？”尼考拉问。

“我开始了每天晚上给大孩子们写评语，说明他们的行为怎样。”

尼考拉看了看她那双向他注视着的明亮的眼睛，继续翻着、读着。在日记中写下了在母亲看来是值得注意的、儿童生活的一切，写下了儿童的性格，或者提出了关于教育方法的一般的见解。它多半是最无关紧要的小事；但是母亲和此刻第一次读儿童生活日记的父亲并不觉得是这样的。

十二月五日是这样写的：

“米恰在桌上胡闹。爸爸吩咐不给他布丁吃。没有给他；但是别人吃时，他那么可怜地贪馋地望着他们。我觉得不给甜食这种处罚，只会助长好吃的心理。我要告诉尼考拉。”

尼考拉放下了本子，看了看妻子。明亮的眼睛疑问地望着他：他赞成或者不赞成她的日记？毫无怀疑的，不但是赞成，而且还有尼考拉对妻子的称赞。

“也许不需要做得这样的学究气，也许根本不需要这么做。”尼考拉想，但是这种以儿童道德修养为唯一目标的永远不懈的精神努力——使他高兴了。假使尼考拉能够了解他自己的心情，他便会发觉，他对妻子的坚贞的、亲切的、自豪的爱情的基础就是一种惊异的心情——他对于妻子的精神生活，对于妻子赖以生存的、而且他几乎不了解的、一种崇高的道德世界都感到惊异。

他所自豪的是，她那么聪明，他也很了解在精神世界中，他在妻子面前是无足轻重的，而他尤其高兴的是，她和她的心灵不但是属于他，而且是他自身的一部分。

“我很赞成，很赞成，我的亲爱的。”他带着意味深长的神色说，沉默了一会，他又说，“今天我的行为很不对。你不在书房里。我和彼挨尔在争论，我发了脾气。那是不行的。他是这样的一个孩子。假若娜塔莎不管他，我不知道他会变成什么样子。你可知道，他为什么到彼得堡去的吗？……他们在那里组织了……”

“是的，我知道，”玛丽亚伯爵夫人说，“娜塔莎告诉了我。”

“那么你知道，”他继续说，一想到他们的争论便生气了，“他要我相信，反对政府是一切正直的人的责任、誓言和义务……我可惜你不在那里。他们都攻击我，皆尼索夫和娜塔莎也……娜塔莎是非常可笑的。她是那样地管束他，可是一到了争论的时候，她便没有了自己的话，她只是说他的话了。”尼考拉说，屈服于那不可抵抗的、引起评论最亲爱最亲密的人的愿望，尼考拉忘记了他批评娜塔莎的话，也可以一字不变地用来说明他和他的妻子的关系。

“是的，我注意到了这一点。”玛丽亚伯爵夫人说。

“当我向他说，义务与誓言高于一切的时候，他开始证明那个天晓得的东西。可惜你不在那里，你会说什么？”

“在我看来，你是完全对的。我也这样地告诉了娜塔莎。彼挨尔说，大家受灾难，大家受痛苦，大家腐化，我们的义务就是帮助我们的同胞。当然，他说得对，”玛丽亚伯爵夫人说，“但是他忘记了，我们有别的更切近的责任，上帝指示给我们的责任，我们可以自己去冒险，但不能拿子女去冒险。”

“对了，对了，这正是我向他说的，”尼考拉附和着说，以为他果真说了这话，“他们坚持自己的意见，说到对同胞、对基督的爱，在尼考林卡面前说这一切，他溜到我的房里去了，把我的东西全弄坏了。”

“哦，尼考拉，你可知道，尼考林卡常常使我感到苦恼，”玛丽亚伯爵夫人说，“他是那样一个非常之好的孩子。我怕我为了自己的孩子们就把他忽略了。我们都有孩子，有亲人；但是他却没有。他总是一个人独自思索着。”

“可是我觉得，你用不着为了他责备你自己。最慈爱的母亲为亲生的儿子所能做到的一切，你都为他做了，并且还在做。当然，我高兴这一点。他是一个出色的、出色的孩子。今天晚上他出神地听彼挨尔说话。你可以想想看：我们去吃夜饭；我看了看，他把我桌上的东西都弄碎了，他立刻就向我说了。我从来没有发见过他说假话。出色的、出色的孩子！”尼考拉说，他心里不欢喜尼考林卡，但他总是想要承认他是出色的孩子。

“我还是和他的母亲不一样，”玛丽亚伯爵夫人说，“我觉得不是一样，这使我苦恼。很好的孩子，但是我非常替他耽心。社交对于他是有益的。”

“那么，这是不会很久的了，这个夏天我要带他到彼得堡去，”尼考拉说，“是的，彼挨尔向来是并且永久是一个幻想家。”他继续说，又回到那显然使他激动的、在书房中的谈话上去了。

“那里的一切——阿拉克捷夫好不好，那一切与我何关？当我结了婚，我的债务多得使我快要坐牢，我的母亲不能知道、不能了解这个的时候，那与我何关？后来有了你，有了小孩们，有了事业。我从早到晚在农场里，在账房里，难道是为了我自己的快乐吗？不是的，我知道，我应该工作，来安慰母亲，报答你，不让我的小孩像我那样地做乞丐。”

玛丽亚伯爵夫人想要向他说，人不是单有面包就可以满足的，他太看重这些事业了；但是她知道说这样的话是不必要的，是无用的。她只拿起他的手吻了一下。他把妻子的这种动作当作对他想法的赞成和确认，于是沉默地思索了一会儿，他又出声地继续表达他的想法。

“你知道，玛丽，”他说，“今天伊利亚·米特罗发尼克（他的管事）从塔姆保夫的村庄上来了，说他们已经要付树林的八万卢布了。”

于是尼考拉带着兴奋的面色，开始说到不久就可赎回奥特拉德诺田庄的可能。“再过十年，我就让小孩们……有顶好的境况。”

玛丽亚伯爵夫人听着丈夫说，并且明白了他向她所说的一切。她知道，当他这样地用言语表达想法时，他有时会问她，他说了什么，当他发觉她在思索别的东西时，他便生气了。但是她因此作了很大的努力，因为她对于他所说的话，不感到一点儿兴趣。她望着他，并没有想到别的，却感觉到别的东西。她感觉到她对于这个人的顺从而亲切的爱恋，这个人永远不会了解她所了解的一切，她似乎因此更加爱他，热烈地深深地爱他。这种心情吸引了她的全部注意，使她不能考查丈夫的计划的细节；在这种心情之外，还有一些和他所说的话毫无关系的别种想法在她的心中一闪而过。她想到她的内侄。丈夫说到侄儿在彼挨尔说话时的兴奋，使她大大地吃惊，她想起了侄儿的温良敏感的性格的各种特点；她想到侄儿，也同时想到她自己的小孩们。她没有比较她的侄儿和自己的孩子们，但她比较了她对于他们双方面的情感，并且悲伤地发觉到，在她对于尼考林卡的情感中缺少了什么。

有时她想到，这种差别是由于他们的年龄；但是她觉得，她自己对不起他，她在自己的心中向自己保证了要加以改正，并且要去做那不可能的事——即是，在这一生之中，爱她的丈夫、小孩们和尼考林卡，和全体的同胞，就像基督爱人类一样。玛丽亚伯爵夫人的心灵永远地渴望着那无限的、永恒的、完善的东西，因此她永远不能安宁①。在她的脸上，显出了一种严肃的表情，表现着她的被身体所拖累的心灵的高尚秘密的痛苦。尼考拉看了她一下。

"我的上帝！当她的面色是这样的时候，我便觉得她要死了，假如她死了，我们要变成什么样子呢？"他想，于是站在圣像前，开始作晚祷。

16

娜塔莎单独和丈夫在一起，也只像妻子和丈夫说话时那样地说话，即是异常明确地迅速地了解并交换彼此的想法，违反一切的逻辑规律，

① 毛注：托氏说到玛丽亚伯爵夫人的话正是说他自己，说明了他的一部分的目的和努力，这正是使他的妻子沮丧并且使后来作品的许多读者感到困惑的。

没有判断、推论和结论，而是用完全特别的方法。娜塔莎是那么惯于用这种方法和丈夫说话，因此，她觉得，在彼挨尔按照思想的逻辑性和她说话的时候，她和丈夫之间便一定要发生冲突。当他开始审慎地、镇静地证明或说话时，当她也照他那样地开始说话的时候，她便知道这一定会引起争吵。

在只剩下他们俩在一起的时候，娜塔莎便大睁着幸福的眼睛，轻轻地走到他面前，忽然迅速地抓住他的头，紧抱在她的怀里，说："现在你完全，完全是我的了，我的了！不许你走开！"从这时候起，便开始了那个违反一切逻辑规律的谈话，谈话违反逻辑规律，是因为在同一时间谈到一些完全不同的题目。同时谈论许多问题，这不但不妨碍明白的了解，而且反之，是他们彼此充分了解的最可靠的标志。

好像在梦里一样，除了那指挥梦境的情绪，一切是不可靠的，无意义的，矛盾的；同样的，在这违反一切理性法则的谈话中，连贯的明确的东西，不是言语本身，而是那指导言语的情绪。

娜塔莎向彼挨尔说到哥哥的日常生活；说到丈夫不在家时她是多么痛苦，没有生气；说到她是多么地比过去更爱玛丽；说到玛丽是怎样地在各方面都比她好。娜塔莎说这话，是坦白地承认，她知道玛丽的优点，同时，她说这话，是要求彼挨尔仍然爱她而不爱玛丽，不爱所有其他的妇女，特别是现在，当他在彼得堡看到许多妇女之后，她要他把这话再说一遍。

彼挨尔回答着娜塔莎的话，向她说到，他在彼得堡的晚会和宴会上，和妇女们在一起，觉得多么难受。

"我完全不会和妇女们说话了，"他说，"简直是无聊。况且，我是那么忙。"

娜塔莎注意地看了看他，继续说："玛丽，她多么可爱啊！"她说，"她多么善于了解小孩们哦。她似乎是看透了他们的心，例如昨天米清卡胡闹……"

“他多么像他的父亲呵。”彼埃尔插言。

娜塔莎明白，为什么他提到米清卡像尼考拉：他想起他和内兄的争吵，觉得不愉快，他想要知道娜塔莎对于这事的意见。

“尼考拉有个弱点，假使一件事不是大家都承认的，他无论如何不会同意的。我明白，你正是看重那ouvrir une carrière〔开辟新途径〕的事情。”她说，重复着彼埃尔曾经说过的话。

“不是，要点是，”彼埃尔说，“在尼考拉看来，思考和讨论是一种娱乐，几乎是时间的消遣。他正在购置图书，并且定了一个规则，不读完已经买的书——西斯蒙地，卢骚，孟德斯鸠——不买新书，”彼埃尔微笑着说，“你知道，我多么对他……”他正要缓和他的话，但娜塔莎打断了他的话，使他觉得这是不必要的。

“所以你说，在他看来，思考是一种娱乐……”

“是的，在我看来，别的一切是娱乐。我在彼得堡的全部时间里，看见大家，都好像在梦里一样。当我进行思考的时候，别的一切是娱乐。”

“啊，多么可惜，我没有看见你是怎样和小孩们见面，”娜塔莎说，“你最喜欢哪一个？当然是莉萨了。”

“是的，”彼埃尔说，并且继续着他心中的思考，“尼考拉说，我们不应该去想。但是我不能够。不用说的，我在彼得堡，我觉得（我能向你说这话），没有我，一切都要解体。人人坚持他自己的主张。但我能把大家联合在一起，后来我的想法是那么简单明白。我并不说，我们应该反对这个那个。我们也许是错误的。我说：爱好正义的人们，联合起来吧，让我们只有一个旗帜——积极的美德。塞尔基公爵是出色的人，并且聪明。”

娜塔莎不会怀疑彼埃尔的想法是伟大的想法，但是有一件事使她感到苦恼。这件事就是——他是她的丈夫。“难道这么一个重要的并且是社会所需要的人——同时又是我的丈夫吗？怎么会是这样的呢？”她想向他表示这个怀疑，“谁能够决定，他是真比一切的人都聪明呢？”她问自己，并且在心中想到那些被彼挨尔所很尊敬的人们。从他的谈话上看来，这些人当中没有一个人是像卜拉东·卡拉他耶夫那样地受他尊敬。

“你知道我在想什么？”她说，“想到卜拉东·卡拉他耶夫。他怎样？他现在会赞成你吗？”

彼挨尔一点也不诧异这个问题。他知道妻子的思想的线索。

“卜拉东·卡拉他耶夫吗？”他说，想了一下，显然是诚恳地极力设想卡拉他耶夫对于这个题目的意见，“他不会了解的，然而也许会了解的。”

“我非常爱你！”娜塔莎忽然说，“非常非常！”

“不，他不会赞成的，”彼挨尔想了一下说，“他要赞成的，是我们的家庭生活。他很希望在一切之中看到适宜、幸福、安宁，我要骄傲地把我们给他看看。你说到离别。你不会相信的，我在离别后，对你有一种多么特别的情感……”

“但是还有……”娜塔莎正要开口。

“不，不是那样。我永远不会停止爱你的。不能够爱得再多了；但这是特别的……啊，是……”他没有说完，因为他们的交遇的目光把其余的话说完了。

娜塔莎忽然说：“说到蜜月，说最大的幸福是在开头，这是多么愚蠢啊。正好相反，现在是最好的。但愿你不要走开。你记得，我们怎样争吵的吗？总是我不对，总是我。我们为什么吵——我记也记不得了。”

“总是为了同样的事，”彼挨尔微笑着说，“嫉……”

“不要说了，我不能忍受了！”娜塔莎喊叫着。她的眼睛里发出冷淡的、愤怒的光。沉默了一会，她又说，“你看见她了吗？①”

“没有，就是看见了——也不认识了。”

① 毛注：这种无理的嫉妒，总是托尔斯泰夫妇之间不幸的原因，他的小说《魔鬼》提出了“你看见她了吗”这个问题的说明。

他们沉默了一会。

“啊，你知道吗？你在书房里说话的时候，我望着你的，”娜塔莎说，显然极力驱逐着飘来的阴云，“你像男孩子，”（她这么叫她的儿子）“像得不能再像了。啊，现在是去看他的时候了……喂奶了……可惜我要走开。”

他们沉默了几秒钟。然后，忽然在同一时间，两人互相地转过脸来，开始说了什么。彼挨尔自满地神往地开始说话，娜塔莎带着宁静的幸福的笑容。他们俩互相地打了岔，两人都停止了，让对方先说。

“不，你说什么？说，说。”

“不，你说，没有什么，是废话。”娜塔莎说。

彼挨尔说完了他开始说的话。还是继续地自满地谈论他在彼得堡的成就。这时候他觉得，他是注定了要给全俄罗斯的社会、给全世界一个新的方向。

“我只想说，一切的有伟大后果的想法，总是简单的。我的全部的意思是说，假使恶人联合起来，形成了一种力量，那么正直的人也一定要联合起来。你看这是多么简单。”

“是的。”

“但是你想说的是什么？”

“没有什么，废话。”

“哦，还是说吧。”

“没有什么，琐碎的事，”娜塔莎说，她的笑容更加明朗了，“我只想说到彼恰：今天保姆来把他从我手里抱去的时候，他笑了，皱眉了，紧贴着我——他一定是以为他在捉迷藏。他非常可爱。哦，他在哭了。好，再见！”于是她从房里走出去了。

这时，在楼下尼考林卡·保尔康斯基的卧房中，照常地点着一盏小灯（这个男孩怕黑暗，他们不能改正他的这个缺点）。代撒勒高枕在四个枕头上，他的罗马式的鼻子发出有节奏的鼾声。尼考林卡刚刚在冷汗中醒来，大睁着眼睛，坐在床上，向前面望着。可怕的梦惊醒了他。他梦见了他自己和彼挨尔穿了盔甲，好像卜卢塔克画本中所画的一样。他和彼挨尔叔叔走在大军的前面。这个军队是那布满空中的、好像秋天飘动的蛛网那样的、被代撒勒叫作 le fil de la vierge〔游丝〕的白色斜丝组成的。前面是光荣，光荣和这些丝全然一样，但是更加稠密。他们——他和彼挨尔——轻飘地快乐地被推动前进着，渐渐地接近目标。忽然，那些推动他们的丝开始松弛了，紊乱了，觉得难受了。尼考拉·依理支姑父带着威胁的严厉的样子站在他的面前。

“这是您做的？”他指着折断的火漆和羽笔说，“我爱您，但是阿拉克捷夫命令了我，我要杀死那向前进的第一个人。”尼考林卡回头看了看彼挨尔，但是彼挨尔已经不在了。彼挨尔变成了他的父亲——安德来公爵，他的父亲没有形状和容貌，但是他在那里，于是尼考林卡望着他，感觉到爱的软弱无力：他觉得自己无力、无骨、无形。他的父亲抚爱他，可怜他。但尼考拉·依利支姑父向他们面前越走越近了。一阵恐怖袭击了尼考林卡，他醒了。

“我的父亲，”他想（虽然家里有两幅酷似的画像，尼考林卡却从来没有用人的形象去想象他的父亲），“父亲在我身边，抚爱了我。他赞成我，赞成彼挨尔叔叔。无论他向我说的是什么——我都要去做。牟修士·斯开佛拉烧了他的手。为什么在我的生活里不会发生同样的事？我知道，他们希望我读书。我要读书。但是有一天我要停止读书的；那时我要做点事情。我只求上帝一件事：让我去做卜卢塔克著作中的人们所做过的同样的事情，我也要做的像他们做的一样。我要做得更好。大家都要知道我，爱我，佩服我。”忽然尼考林卡觉得他的胸部有了呜咽的感觉，于是他哭起来了。

“Êtes-vous indisposé?〔你不好过吗？〕”代撒勒的声音在说。

“Non,〔不，〕”尼考林卡回答，躺到枕头上去了，“他和蔼、善良，我爱他，”他想到代撒勒，“但是彼挨尔叔叔呵！他是一个多么了不起的人啊！父亲呢？父亲！父亲！是的，我要做那连他也会满意的事情……”

第二部

1

历史的主题是各国人民和人类的生活。而要直接了解和记录——是直接描写人类的生活，甚至描写一国人民的生活，都是不可能的。

古代的历史家们常常只采用一种简单的方法去描写、去了解那似乎难以捉摸的东西——人民的生活。他们描写那些统治人民的个别人们的活动；他们认为这种活动就是全国人民的活动。

个别人们怎样地使各国人民按照他们的意志去活动，而他们自己的意志又是被什么领导的？历史家们回答的时候，对于第一个问题，认为上帝的意志使各国人民顺从某一被选定人的意志，对于第二个问题，认为上帝领导这个被选定人的意志去达到注定的目标。

古人解决这些问题的方法，是相信上帝直接参与人事。

新的历史科学在理论上否认这两种理论。

新的历史科学，既然否认了古人所相信的人服从上帝、各国人民被领导着去达到注定目标的说法，则它所应该研究的，似乎不是权力的表现，而是形成权力的原因。但它并没有这么做。它在理论上否认了古代的史家们的见解，在实际上却效法他们。

新的历史，不说到被赋予神权的、并被上帝意志直接领导的人们，却提出了被赋予非常超人能力的英雄，或者只是从君王到新闻记者各种各样领导人群的人们。新的历史不说到从前的，合乎神意的，犹太人、希腊人、罗马人的目标，古代的历史家认为这是人类运动的目标；新的历史提出了它自己的目标——法国人、德国人、英国人的福利，或者最抽象地说，全人类文化的福利，而全人类的意思，通常是指住在大陆西北一小角上的各国人民。

新的历史否认了古人的信念，却没有用新的见解来代替旧的，而理论的逻辑使历史家们在否认了君主的神权和古人的命运之后，由别的途径达到同一的结论：认为（一）各国人民是由个别人们领导的，并且（二）有一个一定的目标，各国人民和人类向着它前进。

在所有的近代历史家们的、从吉朋到博克尔的著作中，虽然有表面上的意见分歧和各自表面上的立论新颖，可是它们的基础却都是建立在这两个古旧的不可避免的论点上的。

第一，史家描写个别人们的活动，认为这些人是领导人类的；有的只认为君王们、统帅们、大臣们是这种人；有的在君王之外，还认为演说家们、学者们、改革家们、哲学家们、诗人们是这种人。第二，人类所向往的目标是史家知道的：有的认为这种目标是罗马、西班牙和法国的伟大；有的认为它是自由、平等，以及世界上叫作欧洲的那个小角落的某种文化。

一七八九年，在巴黎发生了骚动；它滋长、蔓延，并且由各国人民自西向东的运动表现出来。这个运动向东推进了几次，和自东向西的相反运动发生冲突；一八一二年，它达到了最远的界限——莫斯科，并且明显对称地发生了自东向西的相反运动，并且正像第一个运动一样，带走了中欧的各国人民。这个相反的运动达到了西方的第一个运动的起点——巴黎，然后平静下来了。

在这二十年之间，广大的田地没有耕种，房屋被焚，商业改变了方向，无数的人贫穷了或发财了，迁移了，无数的宣扬爱人类的道理的基督教徒互相屠杀。

这一切是什么意义？这是为什么要发生的？是什么东西使那些人焚烧房屋、屠杀同类？什么是这些事件的原因？是什么力量使人们干了这样的事？人类碰到过去那个时代的纪念碑和传说的时候，便会向自己提出这些不自觉的、天真的、最合法的问题。

为了解答这些问题，我们求教于历史科学，它的目的是使各国人民和人类认识他们自己。

假若历史维持着旧观点，它便要说：上帝为了奖赏或处罚他的人民，给了拿破仑权力，并且领导他的意志去达到神圣的目标。这个回答是完全的、明了的。我们可以相信或者不相信拿破仑的神圣的作用；但是任何相信它的人，便要觉得，在这个时候的全部历史里面，一切都是可以理解的，并且不会有任何矛盾。

但是新的历史科学不能这样地回答。科学不承认古人的这种上帝直接参与人事的概念，因此它应该作别种回答。

新的历史科学，回答这些问题时说：您想要知道这个运动是什么意思，它是为什么发生的，是什么力量产生了这些事件的吗？您听吧。

“路易十四是一个很傲慢、很自恃的人；他有如此这般的情妇们和如此这般的大臣们，他把法国治得很糟。路易的继承人也是软弱无能的人，也把法国治得很糟。他们也有如此这般的宠臣和如此这般的情妇。此外，有几个人在那时著了几本书。在十八世纪末，在巴黎聚集了二十来个人，他们开始说到一切的人是平等的、自由的。因此在整个的法国，人们开始彼此砍杀，互相淹死。这些人杀死了国王和许多别的人。那时候在法国有一个天才人物，就是拿破仑。他在所有的地方征服了所有的人，就是他杀死了许多人，因为他很有天才。因为某种缘故，他去杀非洲人，他杀得那么好，并且是那么狡猾聪明，以致他到了巴黎，便命令了所有的人都服从他。大家都服从他了。他做了皇帝之后，又到意大利、奥地利和普鲁士去杀人。在那里杀死很多人。在俄国有一个亚力山大皇帝，他决心恢复欧洲的秩序，因此他和拿破仑打仗。但在一八〇七年他忽然和他友好，在一八一一年又和他争吵，于是他们又杀死许多人。拿破仑率领六十万人到俄国去，占领了莫斯科，后来他忽然跑出莫斯科，那时亚力山大皇帝，由于施泰恩和别人的意见的帮忙，联合了欧洲，武装起来，反对欧洲和平的破坏者。拿破仑的同盟者，都忽然变成了他的敌人，他们的兵力进攻了拿破仑新召集的军队。联盟国战胜了拿破仑，攻入巴黎，逼迫拿破仑退位，把他送到厄尔巴岛上，没有夺去他的皇帝的头衔，并且向他表示各种的敬意，虽然五年之前、一年之后，大家都认为他是一个不法的大盗。于是被法国人和同盟国一直嘲笑到这时候的路易十八开始执政。拿破仑对着老禁卫军流泪，退了位，被逐出国境。后来，老练的政治家们和外交家们（特别是塔来隆，他能在别人之先坐在某一个椅子上，因而扩大了法国的疆界），在维也纳举行谈判，借这些谈判使得各国人民幸福或不幸。忽然外交家们和君王们几乎争吵起来了。他们几乎又要准备率领他们的军队互相屠杀了。但是正在这时候，拿破仑带了一个营来到巴黎，恨他的法国人，立刻都服从他了。但同盟国的君王们因此发怒了，又和法国人打仗了。他们把天才的拿破仑打败了，并且忽然认为他是大盗，把他送到圣·爱仑那岛上去了。在这里，这个逐客，离开了他所心爱的朋友们和他所爱的法国，慢慢地死在小岛上，把他的伟大事迹遗留给后人。但欧洲发生了反动，所有的帝王又开始压迫他们的人民。”

不应该认为这是嘲笑，是历史著述的讽刺。恰好相反，这是各种的史家——从回忆录和各国专史的著作人到通史和那时的一种新的文化史的著作人——所作的那些矛盾的、不切题的、各种回答的最温和的表现。

这些回答的奇怪与可笑，是由于新的历史，好像是一个聋子一样，在回答无人问他的问题。

假若历史的目的是描写人类和各国人民的运动，则第一个问题便是：什么力量在推动各国人民？不回答了这个问题，则所有其余的问题都是不可解的。对于这个问题，新的历史费尽苦心地回答说，拿破仑很有天才，或者说路易十四很傲慢，或者说某些著作家写了某些书。

这一切很可能是这样的，并且人类准备同意这种说法。但所问的并不是这个。这一切可能是有趣的，假使我们承认神权；这种神权的基础就是它本身，这种神权总是同样的，通过拿破仑之流、路易之流和历史家们来领导各国人民的。但是我们并不承认这种权力，因此，在说到拿破仑之流、路易之流和著作家们之前，必须指出这些人和各国人民的运动之间的实际联系。

假使有别的力量代替神权，则必须说明这个新的力量是什么，因为历史的全部兴趣正是在这种力量里面。

历史似乎假定，这种力量是当然存在的，并且是人所周知的。虽然大家希望承认这种新的力量是人所周知的，但是读了很多历史著作的人，不觉地要怀疑，这种新的力量是否真是人所周知的，历史家们自己对它的了解是那么各不相同。

2

是什么力量在推动各国人民呢？

个人传记的历史家和各国人民专史的历史家，认为这种力量是英雄和君王的固有的权力。据他们的叙述，历史事件仅仅是拿破仑之流的、亚力山大之流的，或者总之，是个人传记的历史家所描写的那些人们的意志所产生的。这种历史家们关于推动历史事件的力量这问题所作的回答，在每个事件只有一个史家的时候，才是令人满意的。但是一旦各国的、各种见解的史家们开始描写同一事件时，他们所给的回答便立刻失去全部的意义了，因为他们对这种力量的了解不但是各不相同，而且常常是十分矛盾。这个史家断言某一事件是拿破仑的权力产生的；那个史家认定它是亚力山大的权力产生的；第三个史家认为它是某某第三个人的权力产生的。此外，这种史家们，甚至在说明同一个人的权力所依据的那种力量的时候，也是互相矛盾的。保拿巴特派的提埃尔说，拿破仑的权力的依据是他的德行和天才，共和党兰夫来[①]说，他的权力的依据是他的奸诈与欺骗人民。所以这种史家们互相破坏各人的立论，因而使人不能了解产生事件的力量，并且对于历史的主要问题没有作出任何回答。

通史的史家，研究所有的各国人民，似乎认为研究个人的史家们关于产生事件的力量的见解是不正确的。他们不承认这种力量是英雄们和统治者们的固有的权力，认为它是各种不同方向的许多力量的结果。描写战争或一国人民的屈服时，通史的史家不在一个人的权力中寻找事件的原因，却在与事件有关的许多人的相互作用中去寻找。

按照这种见解，历史人物们的权力，作为许多力量的产物，似乎不能被看作产生事件的力量。然而，通史家，在大多数的情形中，仍然认定权力是产生事件的力量，是事件的原因。按照他们的说明，有时历史人物是他的时代的产物，而他的权力只是各种力量的产物；有时他的权力是产生事件的力量。例如，该尔维努斯、施洛瑟[②]和其他许多人，有时证明拿破仑是革命和一七八九年的思想和其他原因的产物，有时又坦白地说，一八一二年的远征和别的他们所不欢喜的事件，只是拿破仑的错误的意志的产物，而一七八九年的思想的发展被拿破仑的横暴跋扈所阻碍了。革命思想，时代精神，产生了拿破仑的权力。拿破仑的权力又压迫革命思想和时代精神。

这种奇怪的矛盾不是偶然的。它不但在每一个步骤上出现，而且通史家们的一切著作都是由一连串的这种矛盾所组成的。这种矛盾之所以发生，是因为通史家们走上了分析的道路，却又半途而止了。

要使各项分力产生一定的合力或合成力，必须各项分力的总和等于合成力。这个条件从来没有被通史家们注意过，因此，为了解释合成

① 毛注：Pierre Lanfrey（1828—1877）所著《拿破仑一世史》在托氏将完成《战争与和平》时开始问世。

② 毛注：Glrvinus该尔维努斯（1805—1871）德国史家；Schlosser施洛瑟（1776—1861）海岱堡的历史教授，著有世界史十九卷。

力，他们不得不承认，在不充分的分力之外，还有一个未说明的力量，它影响着合成力。

专史的史家们描写一八一三年的远征或部蓬朝的复辟时，直率地说，这些事件是亚力山大的意志造成的。但通史家该尔维努斯，驳斥专史家的这种意见，极力证明一八一三年的远征和部蓬复辟，在亚力山大的意志之外，还有许多原因——施泰恩、梅特涅、斯塔叶夫人、塔来隆、斐希特、沙托不利昂和其他许多人的活动。历史家显然把亚力山大的权力分成各项分力：塔来隆、沙托不利昂等人；这些分力的总和，即沙托不利昂、塔来隆、斯塔叶夫人和其他许多人的作用，显然并不等于整个的合成力，即是并不等于这个现象——数百万法国人服从部蓬皇朝。沙托不利昂、斯塔叶夫人和其他许多人，彼此说点什么话，这只影响他们的互相关系，并不能说明数百万人的服从。因此，为了说明从这些分力中怎样地产生了数百万人的服从，即是，从等于一A的各项分力中，怎样地产生了等于千A的合成力，史家又不得不承认一种力量，即是他曾经否认的权力，认为权力是许多力量的合成力，即是，他不得不承认一种未说明的、对合成力发生影响的力量。这就是通史家们所做的事情。因此，他们不但和专史家们互相矛盾，而且他们自己也互相矛盾。

乡下人对雨的原因没有明白的概念，凭着他们希望落雨或者晴天而说：风吹散了乌云，或者风吹来了乌云。有时候，通史家们，当他希望这样，当这样便符合他的学说的时候，也同样地说，权力是事件的结果；有时候，当他们需要证明别的东西的时候，他们说权力产生事件。

第三种史家，所谓文化史家，走着通史家所开辟的路线（通史家认为有时著作家和妇女是产生事件的力量），却认为这种力量是全然不同的东西。他们认为文化、认为精神活动就是这种力量。

文化史家们是完全追随他们的原型——通史家们的，因为，假使历史事件可以用某些人怎样地对待某些人来说明，为什么不用某些人写了某些书来说明呢？这些历史家，从大量的和每个重要现象同时存在的迹象中选择了精神活动的迹象，说这个迹象就是事件的原因。虽然他们极力证明，事件的原因是精神活动，但是要非常勉强，我们才能承认在精神活动与各国人民的运动之间有任何的关系；然而无论如何，我们不能够承认精神活动领导人们的行动，因为这一类的现象——例如人类平等的宣传所引起的法国革命时期的最残忍的屠杀，仁爱的宣传所引起的残忍的战争和死刑——是和这种见解矛盾的。

但是即使承认充满这种历史的一切狡猾捏造的理论都是正确的，承认某种所谓主义的难以确定的力量统治着各国人民——历史的主要问题仍然没有得到解决，而是在从前的君主的权力，在通史家所提出的顾问们和别的人们的势力之外，又加上了一个新的力量——主义，而主义和群众之间的关系是尚待说明的。这是可以了解的：因为拿破仑有权力，所以发生了事件；相当勉强地，还可以了解：拿破仑和别的势力在一起是事件的原因；但是《Le Contract Social》〔《社会契约》〕这本书怎么会使法国人互相淹死——若是没有这个新力量和事件之间因果关系的说明，是不能够了解的。

无疑，在所有同时代的人们之间是有关系的，因此可以找出人们的精神活动和他们的历史运动之间的某种关系，正如同在人类运动和商业、工艺、园艺，以及随便您举出的任何东西之间，可以找出某种关系。但是为什么人们的精神活动，在文化史家看来，是一切历史运动的原因或表现——这是难以了解的。史家们的这种结论只可以用下面的理由来解释：（一）历史是有学问的人写的，因此他们理所当然地认为他们这个阶层的活动是全人类运动的基础，正如同商人们、农人们、军人们，也理所当然地持有同样的想法。（这个意思没有被商人们、军人们表示出来，只是因为他们不写作历史。）（二）精神活动，教育，文明，文化，主义——这一切都是不明显、不确定的概念，在它们的旗帜之下，极其便于运用意义更不清楚的、因此很容易被应用在任何学说之中的字眼。

但是，且不说这种历史的内在价值（也许，这种历史对于某种人、对于某种事是有用处的），各种文化史（一切的通史都开始越来越和它们相近）是重要的，因为它们把各种宗教的、哲学的、政治的学说当作事件的原因，详细地、认真地加以分析，每当它们要描写实际历史事件时，例如一八一二年的出征，他们便不觉地把它写成权力的产物，直率地说，这个出征是拿破仑的意志的产物。文化史家们这么说，不觉地和他们自己矛盾，他们证明，他们所发明的这种新的力量并不说明历史事件，而解释历史的唯一方法就是用他们似乎并不承认的权力。

3

火车头走动。有人问，它怎么会走动？农人回答：鬼使它走动。另一个人说：火车头走动，因为它的轮子在转动。第三个人认为运动的原因是那被风吹走的烟。

这个农人是难以驳倒的。他想到了一个圆满的解释。要驳倒他，就必须有人向他证明，鬼是没有的，或者另一个农民向他说明，并不是鬼，却是一个德国人在开动火车头。要到那时候，由于这些说法的矛盾，他们才会知道他们两人都不对。但是那个说轮子转动是原因的人是不攻自破了，因为他既然走上分析之途，他便应该继续前进：他应该说明轮子转动的原因。在他没有找出火车头运动的最后原因是汽锅中蒸汽压力的时候，他没有停止寻找原因的权利。那个人，用被风吹回去的烟来解释火车头运动，显然注意到轮子的转动不是原因，便抓住了他所看见的第一个迹象，并且把它作为原因。

可以说明火车头运动的唯一的概念，是那个和所见的运动相等的力量。

可以说明各国人民的运动的唯一的概念，是那个和各国人民的全部运动相等的力量。

然而，在这个概念之下，有各种各样的史家所提出的，和所见的运动完全不相等的、各种各样的力量。有些人认为它是英雄们直接的固有的力量，好像农人在火车头里看到鬼一样；又有些人把它当作几种别的力量所产生的力量，例如轮子的转动；还有人把它当作智慧的影响，例如被风吹走的烟。

在史家写的是个别人们的历史，无论他们是凯撒之流、亚力山大之流、路得之流，或是福尔泰之流，而不是全体人们的历史，不是全体参与事件的人们的历史的时候，便不能不把人类运动的力量归于个别的人们，这种力量强使别人把他们的活动推向某一个目标。史家所知道的这种唯一的概念，就是权力。

这个概念是唯一的工具，可以运用它去处理现在所说到的历史材料；谁损坏了这个工具，像博克尔那样，而不知道别的处理历史材料的方法，便是使他自己失去处理历史材料的唯一的可能的方法。为了解释历史现象，权力概念是不可少的，这一点已由通史家和文化史家们自己最充分地证明了，他们表面上否认权力的概念，却又不可避免地在每一步骤上利用它。

历史科学，在处理人类的问题的时候，直到现在，好像流通的货币——纸币与硬币——一样。传记的和各别的民族的历史好像纸币。在没有人问到它们保证金的时候，它们可以行使流通，完成它们的任务，对任何人无害，甚至有益。只要忘记了英雄的意志怎样产生事件这个问题，则提埃尔的历史便会是有趣的，有教益的，并且还会有点儿诗意。但是，正如对于纸币的实际价值会发生疑问，或者是因为它们容易制造，制造太多了，或者因为人们要用它兑换现金——同样的，对于这种历史的真正价值也会发生疑问，或者是因为这种历史出现得太多，或者因为有人在直率地问道：拿破仑用什么力量做了这个？就是，要通用的纸币兑换真正了解的纯金。

通史家们和文化史家们好像是这么一种人，他们承认纸币的缺点，决定了用一种没有金的比重的金属来铸造硬币代替纸币。货币确实是硬币了，但只是硬币而已。纸币还可以欺骗无知的人，但是没有价值的硬币不能够欺骗任何人。正如同金子要在能够交换、可供使用的时候才是真金。同样的，通史家要在能够回答历史的主要问题——什么是权力——的时候，通史家才是真金。通史家们矛盾地回答这个问题，文化史家却简直是规避它，回答全然一些不相干的话。好像仿金的赝币，只可以在同意把它当作金子的人们之间，在不知道金子性质的人们之间使用。同样的，通史家与文化史家，不回答人类的主要问题，只是为了他们自己的某种目的，充当大学校和读者大众——他们是所谓重要书籍的爱好者——之间的流通货币。

4

既然否定了古代的观念，不承认人民的意志对于某一被选定者的神圣服从，不承认被选定人的意志对于上帝的服从，那么历史若不选择两者之一：或者恢复上帝直接参与人事的旧信念，或者确定地说明产生历史事件的所谓“权力”的那种力量的意义——便会处处遇到矛盾。

恢复旧信念是不可能的：那个信念已经破坏了，因此必须说明权力的意义。

拿破仑下令征集军队去打仗。我们是那么习惯于这个概念，我们是那么习惯于这个见解，以致这个问题——为什么当拿破仑说某句话的时候，六十万的人便去打仗——在我们看来是没有意义的。他有权力，因此他的命令被执行了。

假使我们相信权力是上帝给他的，这个回答便是完全令人满意了。但是我们既不承认这个，便不得不明确一下，一个人统治许多别人这种权力是什么。

这种权力不能够是一个强者对于一个弱者体力优越的那种直接权力——那种优越是建立在体力的发挥或者体力的威胁上的——例如赫叩

利斯的权力；它也不能建立在道德力量的优越上，如同一些历史家们单纯地所想的，他们说历史上的大人物是英雄们，即是禀赋了非凡的精神、智慧与所谓天才的人们。这种权力不能建立在道德力量的优越上，因为历史向我们说明，统治无数人民的路易十一之流和梅特涅之辈，都没有任何特殊的精神力量的优点，而且相反，他们大都在精神上比他们所统治的无数人民中任何一个人更加虚弱，拿破仑之流的英雄人物是不用说了，关于他们的精神特性的见解是极为分歧的。

假使权力的来源不在于掌握权力的人的身体特性和精神特性，那么显然这种权力的来源应该离开这个人去寻找——到那些掌握权力的人与群众的关系中去寻找。

法律科学正是这样理解权力的，这种法律科学的本身就是历史的兑换处，它要使历史上对权力的理解兑换成纯金。

权力是人民群众意志的集中表现，它以明许和默许的方式转移到群众选举出来的统治者身上。

法律科学是由这种讨论组成的，就是国家和权力，假使可以形成的话，是怎样形成的；在法律科学的范围里，这一切都很明白；但是应用于历史时，这种权力的定义是需要加以说明的。

法律科学对国家和权力的看法，好像古人对火的看法一样，把它们当作一种绝对存在的东西。但从历史上来看，国家和权力只是现象，正如同从现代物理学来看，火不是元素，而是种现象。

由于历史观点和法律科学观点之间的这种根本差异，便产生了这样的情形：法律科学可以详细地说出，按照它的意见，权力应该怎样形成的，以及那超越时间固定不变地存在着的权力是什么；但是对于历史问题——关于在一定时间内变动不定的权力的意义——它是不能回答的。

假使权力是转移到统治者身上的意志的集中体现，那么普加巧夫是群众意志的代表吗？假若他不是，那么为什么拿破仑一世却是代表呢？为什么拿破仑三世在部洛涅被捕时是一个罪犯，为什么后来那些被他逮捕的人们又都是罪犯呢？[①]

在有时只有两三个人参与其事的宫廷政变中，群众的意志也移交给新的统治者了吗？在国际关系中，人民群众的意志也移交给他们的征服者了吗？在一八〇八年，来因联盟的意志移交给拿破仑了吗？一八〇九年，当我们的军队和法军结成联盟去攻打奥地利时，俄国人民群众的意志也移交给拿破仑了吗？

对于这些问题可以从三方面回答：

或者（一）认为，群众的意志总是无条件地移交给他们选出的这个或那个统治者，因此，任何一种新的权力的产生，任何一种同已经移交的权力的斗争，都只能看作对真正权力的破坏。

或者（二）认为，群众的意志是在一定的、确知的条件下移交给统治者的，并表明，对权力的限制、有关权力的冲突甚至消灭权力，这是因为统治者没有遵守权力移交给他们时的那些条件。

或者（三）认为，群众的意志是有条件地移交给统治者的，但这些条件是不清楚的、不确定的，而许多权力的产生以及它们的争斗与衰落，只是由于统治者或多或少地执行了那些不清楚的条件，即群众的意志从这部分人移交给那部分人时的条件。

历史家们便照这三种方法说明群众和统治者们的关系。

有些历史家，就是前面提到的那些写个人传记的历史家们，由于心灵单纯，不理解权力意义的问题，他们好像承认，群众的集中意志是无条件地移交给历史人物的，因此，这些历史家在描写某一种权力时，认为这种权力本身就是一种绝对的和真正的权力，而任何反对这种权力的别的力量都不是权力，而是破坏权力，是暴力。

---

① 毛注：拿破仑三世于一八五二——一八七一年为皇帝。一八三六年在斯特拉斯堡篡夺皇位未成，流放美国，一八四〇年在部洛涅篡夺皇位，被判处无期徒刑。六年后逃亡英国。《战争与和平》写作时，他是皇帝。

他们的学说适合历史的原始与和平时期，若应用于各国人民生活中的复杂的、骚乱的时期（在这种时期，各种权力同时兴起并互相斗争），便有这个缺点，即君主正统主义的历史家将证明，法国的国民议会、执政委员会和保拿巴特只是真正权力的破坏者；共和派和保拿巴特派将各自证明，国民议会和帝国是真正权力，而其余的都是权力的破坏者。显然这些史家们所提出的互相冲突的权力解释，只能满足最年幼无知的小孩子们。

另一种史家，认为这种对历史的看法是错误的，说权力的基础是大众的集中的意志有条件地转移给统治者，而历史人物只在这个条件之下——就是执行人民意志默许地指定给他的纲领——才有权力。但这些条件是什么，这些史家们没有告诉我们，或者即使说了，也老是互相矛盾的。

每个史家，按照各人对于什么是人民的运动目标的见解，在法国或别国人民的伟大、财富、自由、教育中找寻这些条件。姑且不说史家们关于这些条件的矛盾的见解；即使我们承认这些条件的共同纲领是存在的，我们也会发现，历史事实几乎总是和这个学说矛盾的。假使权力转移时的条件是人民的财富、自由、教育，那么，为什么路易十四世和约翰四世平安地度过他们的统治时期，而路易十六世和查理一世要被他们的人民处死呢？对于这个问题，史家们回答说，路易十四世的行为，违反这个纲领，影响了路易十六世。但为什么不影响路易十四世和路易十五世？为什么偏偏要影响路易十六呢？这种影响有什么期限吗？对于这些问题没有回答，而且不能有回答。这种看法同样地不能说明，为什么集中的意志在数世纪之内保留在统治者和他们继承者的手中，后来忽然在五十年间，相继转移给国民议会，给执政委员会，给拿破仑，给亚力山大，给路易十八世，又给拿破仑，给查理十世，给路易·非利普，给共和政府，给拿破仑三世。在解释这类的人民意志从一个人迅速转移给另一个人的时候，特别是在涉及国际关系、征服和联盟的时候，这些史家们不得不承认，一部分的这种转移不是人民意志的正常的转移，而是一些偶然现象，这些现象取决于某一外交家或帝王、或政党领袖的狡猾、错误、奸计或弱点。所以大部分历史现象——内战、革命、征服——在这些史家们看来，不是人民意志自由转移的结果，而是一人或数人的错误的意志的结果，这又是权力的破坏。因此这种历史家们也把历史事件看作是违背他们的学说的。

这些史家们好像这样的一个植物学家——他看到，有几种植物从双子叶种籽中生长出来，便坚持一切生长的植物，都只长成两片叶子；认为棕榄树、菌子，甚至橡树充分地长大了，并不像是一双叶子，便都是违背他的学说的。

第三种史家认为，大众的意志有条件地转移给历史人物，但这些条件是我们不知道的。他们说，历史人物有权力，只是因为他们执行那托付他们的人民大众的意志。

但是在这种时候，假使推动各国人民的力量不是历史人物，而是各国人民本身，那么这些历史人物的重要性在哪里？

这些史家们说，历史人物表现人民大众的意志，历史人物的活动便是表现人民的活动。

但是在这种时候便要发生这个问题，表现大众意志的，是历史人物们的全部活动呢，还是只有某一方面的活动呢？假使历史人物们全部活动，如某些历史家所想的，是大众意志的表现，则拿破仑和叶卡切锐娜之流的传记中的全部宫廷丑事的详情，都是各国人民的生活的表现了，这显然是没有意义的；假使只有历史人物们活动的某一方面是各国人民的生活的表现，如同别的所谓哲学的历史家所想的，那么为了确定历史人物活动的哪一方面表现人民的生活，我们先要知道民族的生活是什么东西组成的。

遇到这种困难的时候，这种史家们便发明了最不明确的、难以捉摸的、一般的抽象概念，这种概念可以包括极多的事件，他们说，这种抽象概念就是人类运动的目标。最通常的、几乎是所有的史家们所采用的一般的抽象概念是：自由、平等、教育、进步、文明、文化。史家们假定某种抽象概念作为人类运动的目标，去研究那些留下最大多数纪念碑的人们——帝王们、大臣们、将帅们、著作家们、改革家们、教皇们、新闻家们——因为所有的这些人，在他们看来，是助成或阻碍某一抽象概念的。但是因为无法证明人类的目的是自由、平等、教育或文明，又因为群众和人类统治者和教导者的关系，只是建立在这个武断的假定上的，即是，群众的集中的意志总是转移给那些为我们所注意的人们的——所以无数的流动迁移、焚烧房屋、抛弃农事、互相屠杀的人们的活动，决不是十几个没有焚烧房屋、没有从事耕种、没有杀死同类的人们的活动可以说明的。

历史处处证明这一点。西方各国人民在十八世纪末叶的骚动，以及他们向东方的急进，是路易十四、十五、十六、他们的情妇和大臣的活动，是拿破仑、卢骚、狄德罗、保马晒和其他许多人的生活可以说明的吗?

俄国人民向东方、向卡桑、向西比利亚的运动，是伊凡四世病态性格的详细情况，是他和库尔不斯基的通信可以说明的吗?

十字军时代各国人民的运动是高德弗利之流、路易之流，和他们情妇们生活的研究可以说明的吗？我们还是不了解那次的各国人民自西向东的运动，它没有目的，没有领导，只有一群流氓和彼得隐士[①]。更不可解的，是在历史人物们明白地提出了那次远征合理的神圣的目的就是解放耶路撒冷的时候，这个运动却中断了。教皇们、国王们、武士们鼓动人民去解放圣地；但是人民不去，因为从前鼓动他们参加运动的那个未知的原因，不复存在了。高德弗利之流和行吟诗人们的历史[②]，显然

① 毛注：彼得隐士是法国善行僧，据传说，曾鼓动第一次十字军。

② 毛注：高德弗利为十一世纪末第一次十字军的领袖。行吟诗人为十二、十三世纪游行吟唱情诗及十字军歌曲的人。

不能包括各国人民的生活。高德弗利之流和行吟诗人们的历史只是高德弗利之流和行吟诗人们的历史，而各国人民的生活和感情冲动的历史，仍然是未知的。

著作家们和改革家们的历史，更没有向我们说明各国人民的生活。

文化史向我们说明著作家或改革家的感情冲动、生活条件、思想。我们知道，路得发过暴躁的脾气，说过一些什么话；我们知道，卢骚多疑，他写过了哪些书；但是我们不知道，为什么在宗教改革之后各国人民互相屠杀，在法国革命时期人们互相杀头。

假若我们像最新的史家们所做的那样，把这两种历史合并在一起，这便是君王们和著作家们的历史，而不是各国人民的生活的历史。

5

各国人民的生活是少数人的生活包括不了的，因为还没有找出来这些少数人和各国人民之间的关系。有一种学说认为这种关系的基础是建立在人民集中的意志转移给历史人物之上的，这种学说，只是一个假定，并没有得到历史经验的证实。

人民大众的集中的意志转移给历史人物的学说，也许在法律科学的领域内可以说明很多东西，也许这对于法律科学的目的是不可少的；但是应用在历史方面，一旦发生革命、征服、内战时，即是，一旦历史开始时——这个学说便不能说明任何东西。

这种学说，似乎是不可驳倒的，正因为人民意志转移的事实是不能证实的，因为它从来就没有过。

无论发生了什么事件，无论谁领导这个事件，这个学说总能说，某某人领导事件，因为集中的意志转移给他了。

这种学说对于历史问题所作的回答，就好像一个人看着移动的一群畜牲，没有注意田野各处牧草的不同的性质，没有注意牧人的鞭策，便认为，某一走在畜群之前的畜牲就是这群畜牲朝某一方向行走的原因。

"畜群朝那个方向走，是因为走在前面的那只畜牲领导它们，所有其他的牲畜的集中的意志转移给这个畜群的领袖了。"承认无条件的转移权力的第一种史家们这么回答。

"假使领导畜群的畜牲有变动，这是因为全体畜牲的集中意志从这个领袖转移给另一个领袖了，而这是以这个畜牲是否领导它们走向全体畜群所选定的方向而定的。"史家们这么回答，认为大众的集中的意志是在他们认为已知的条件下转移给统治者的。（用这种观察的方法，便常常发生如此的情形：观察者按照他所选择的方向来判断，认为在大众改变方向时，做领袖们的不是那些在前面的人们，却是站在旁边，甚至有时是在后边的人们。）

"假使领导的畜牲不断地改变，整个畜群的方向不断地改变，则这是因为，为了要顺着一定的方向前进，畜牲们把它们自己的意志转移给我们所注意的那个畜牲了，因此，为了研究畜群的运动，我们必须注意在畜群各方面走动的那些显著的畜牲。"第三种史家们这么回答，他们认为一切历史人物——自君王到新闻家——都是他们的时代的反映。

人民大众的意志转移给历史人物的学说，只是一种意译——只是把问题换了别的字眼表达出来。

什么是历史事件的原因？权力。

什么是权力？权力是转移给某一个人的集中的意志。

人民大众的意志是在什么条件之下转移给一个人的？那条件就是这个人必须表现全体人们的意志。这便是说，权力就是权力。就是说，权力是一个名词，它的意义是我们不了解的。

假使人类知识的领域只限于抽象的思考，则人类批评了科学对权力所作的解释之后，就可以获得结论，说权力只是一个字眼，事实上并不存在。但是为了认识现象，在抽象思考之外，人类还有一个工具——经验，人类用经验证实思考的结果。但是经验告诉我们，权力并不只是一个字眼，而是确实存在的现象。

没有权力的概念，便不能描写人们协同的活动，这是不待言的；历史，对当代事件的观察，都证明权力是存在的。

在一个事件发生时，总是要出现一个人或者许多人，那个事件好像是按照他们的意志发生的。拿破仑三世下了命令，法国人便到墨西哥去了[①]。普鲁士国王与俾斯麦下了命令，军队就开进了保希米亚[②]。拿破仑一世下了命令，法军便进了俄国。亚力山大一世下了命令，法国人便服从部蓬皇朝。经验告诉我们，无论发生了什么事件，这个事件总是和下命令的一个人或数个人的意志有关系。

史家们，由于承认神意参与人事的旧习惯，想要认为赋得权力的人的意志表现就是事件的原因；但是理论和经验都没有证实这个结论。

一方面，我们的深思熟虑表明：一个人的意志表现——他的言语——只是某一事件中，例如在战争中或者在革命中所表现的整个活动的一部分；因此，要不承认那不可解的、超自然的力量——神迹的作用，就不能承认言语能够是无数的人的运动的直接原因。另一方面，即使承认言语能够是事件的原因，历史却表明出来，历史人物意志的表现，在许多场合里，并不产生任何效果，就是说，他们的命令不但是常常不能执行，而且有时甚至发生和他们的命令完全相反的效果。

不承认神意参与人事，我们便不能把权力当作事件的原因。

从经验的观点看来，权力只是个人意志表现和别人执行这个意志之间的一种关系。

为了说明这种关系的条件，我们不得不最先恢复意志表现的概念，

---

① 毛注：一八六四年麦克米伦得法军协助，获得墨西哥王位，美国内战结束后，法军退出，一八六七年托氏写此书后部时，麦克米伦被墨西哥人枪毙了。

② 毛注：指一八六六年普奥战争。

这却是关于人的，而不是关于神的。

假使神发命令，表现自己的意志，像古代历史向我们所说的那样，则这种意志的表现是和时间无关的，不是任何原因所引起的，因为神不是和事件连在一起的。但是说到命令——在时间之内进行活动的、互相有关的人们的意志表现——为了说明命令和事件的联系，我们不得不恢复（一）一切所发生的事件的条件：各项事件以及下命令的人在时间之内的连续运动，和（二）下命令的人和那些执行他的命令的人们之间不可避免的关系。

6

只有那和时间无关的神的意志的表现，能够和若干年内或若干世纪中所发生的整串事件有关，并且只有不受任何限制的神，能够单凭他自己的意志，决定人类运动的方向。但是人在时间之内进行活动，并且他自己参与事件。

恢复第一个被忽略的条件，时间的条件，我们知道，若是没有前面的命令，使最后的命令可以执行，则没有一个命令是可以执行的。

从来没有一个命令是自发地出现的，或者是包括整串的事件的；但是每一个命令是从另一个命令产生的，并且决不和整串的事件有关，而总是只和事件的某一时期有关。

例如，当我们说拿破仑命令军队去打仗时，我们是一系列的互相有关的、有连贯性的命令，合并在一个单独的命令中。拿破仑不能下命令出征俄国，并且从来没有下过这个命令。他今天下命令写某些公文给维也纳，给柏林，给彼得堡；明天下某些敕令和命令给军队，舰队，军需处，等等，等等——这只是无数的命令，是一系列的命令，适应了把法军引入俄国的一系列事件。

拿破仑在他的整个统治期间，下了许多关于远征英吉利的命令，他没有对于任何别的计划耗费过那么多的精力和时间，然而在他的整个统治期间，他没有一次试图实现这个计划，却作了对俄的远征，在他屡次表示的信念中，他认为和俄国联盟是有利的——这是因为他的第一类的命令不适应、第二类命令却适应那一系列事件。

命令要能切实执行，就必须有人发出可以执行的命令。但是，要知道什么可以执行，什么不可以执行——这是不可能的，不但无数的人所参与的拿破仑征俄之役是如此，而且最简单的事件也是如此的，因为要执行任何一个命令，总要遇到无数的阻碍。在每个被执行的命令之外，总是有许多没有被执行的命令。一切不能执行的命令都是和事件没有关系的，并且是不会被执行的。只有那些可能执行的命令，是和那适应整串事件的整串的有连贯性的命令有关系的，并且是会被执行的。

我们有一个错误的概念，认为事件之前的命令就是事件的原因。这个错误的概念是这么发生的，就是，当一个事件发生的时候，当无数的命令之中的几个和事件有关系的命令被执行了的时候，我们便忘记了许多别的因为不能执行而没有被执行的命令。此外，我们在这方面的错误的主要的根源，就是在历史叙述中，把一系列的、无数的、各种各样的、最小的事件（例如：造成法军入俄的一切事件），按照这串事件所产生的结果，概括为一个事件，并且配合着这种概括，把整串的命令概括为一个单独的意志表现。

我们说：拿破仑想要进攻俄国并且做了这件事。事实上，在拿破仑的全部活动中，我们决不会找到和表现这种意志相类似的东西，我们只看到一串的命令，或者他的意志的表现，表现的倾向是极其多样、极不确定的。在拿破仑的无数的未被执行的命令中，有一些关于一八一二年出征的命令被执行了，这不是因为这些命令和别的未被执行的命令有什么区别，而是因为这些命令适应那使法军侵入俄国的事件。正如同在镂花作品上出现了某一种图形，不是因为在图形的某一边上色以及如何上色，而是因为在镂花图形的各方面都上了色。

所以在我们观察命令和事件在时间上的关系时，我们发现，命令决不能是事件的原因，而是在两者之间有某种确定的关系。

要明白这种关系是什么，必须恢复另一个被忽略的条件，即是，任何命令都不是神所下的而是人所下的，并且下命令的人自己也参与那个事件。

下命令的人和他所命令的人的关系，正是所谓权力。这种关系的内容如下：

人们为了共同的活动，总是结成某种团体，在这种团体中，虽然各人在共同行动中的目标不同，但参与行动的人们之间的关系却总是一样的。

人们结成这种团体，他们之间总是有这样的关系，就是，在他们结合起来所要做的联合行动中，最大多数的人最直接地参与行动，最少数的人最不直接地参与行动。

在人们为了完成共同行动而结成的一切团体中，最明显而确定的一种是军队。

组成任何军队的人员：是低级军事人员——士兵，他们在全军中总是占最大多数；和较高级的军事人员——伍长，军曹，他们的数目比兵少；和更高级的军官，他们的数目更少，这样下去，直到最高军事权力，它集中在一个人身上。

军事组织可以完全同样正确地用圆锥体来说明，它的直径最大的底是兵；上面的较小的横断面是军中较高的阶级，如是直到圆锥体的顶点，这个顶点是统帅。

人数最多的士兵是圆锥体的最下层和基础。士兵直接地刺戳、砍斩、放火、行劫，而且总是奉较高级的人的命令做这些事的，他自己决不下命令。数目较少的军曹们的直接行动比士兵少，但是他们已经下命令了。军官的直接行动更少，他们下的命令更多。将军只是命令军队行动，指示目标，他自己几乎决不使用武器。统帅决不会直接参与行动的本身，只发出关于大军运动的一般的命令。人们彼此之间这种同样的关系，也显示在任何从事共同活动的人群中——在农业中、商业中，在任何衙门里。

所以，用不着特别分析一个圆锥体的所有相连的横断面，一个军队的所有的阶级，或任何衙门或公共机关的从最低至最高的阶级与地位——我们便看到一种规律，按照这个规律，人们为了完成共同行动，总是结合成为这样的关系，即是，他们愈直接参与行动，他们愈不能命令，而他们的人数愈多；他们愈不直接参与行动，他们命令愈多，而他们人数愈少；这样的，直到最上层的一个人，他最不直接参与事件，而最会把他自己的活动用在发布命令上。

这便是下命令的人们和他们所命令的人们的关系，这是所谓权力这个概念的本质。

我们承认时间的条件——一切的事件都是在时间的条件下发生的，我们便发见，一个命令，要在它和相符的一串事件有关系的时候，才可以执行。我们承认下命令的人和执行命令的人之间的关系这个必要的条件，我们便发见，由于事件本身的性质，命令者参与事件的本身最少，而他们的活动完全是在颁布命令上。

7

当一个事件发生时，人们表示他们对于这个事件的各种意见和希望，而因为事件是许多人的共同行动的结果，所以在表现出来的许多意见和希望之中，必然有一个会实现的，即使是近乎实现的。当所表现的一种意见实现时，这个意见在我们看来是和事件发生了关系，好像是事件之前的命令一样。

许多人拖一根木头。人人都表示他自己的意见：怎样拖，向哪里拖。他们拖开了木头，结果是，这件事做得正和他们当中的一个人所说的一样。他下了命令。这是原始形态的命令和权力。

那个用他的双手工作愈多的人，便对他所做的事想的愈少，对共同活动所能产生的结果考虑愈少，下命令也愈少。那个下命令愈多的人，由于他的语言活动愈多，显然用他的双手工作愈少。

在一大群向着一个共同目标前进的人里面，有很显著的一部分人，他们愈不直接参与共同活动，他的在命令方面的活动愈多。

当一个人单独活动时，他总是有某一类的理由，他似乎觉得，这些理由曾经领导他的过去的活动，为他的现在的活动作辩护，指导他去计划他的将来的行为。

一群人所做的事也完全是这样的，他们让那些不直接参与事件的人们对于他们的集体活动找理由、作辩护、提建议。

由于我们知道的和不知道的理由，法国人开始互相淹死、互相斩杀。那配合和伴同这个事件的辩护理由就是人们所表现的意志，认为这是为了法国的福利、为了自由、为了平等所不可少的。人们停止互相厮杀，而伴同这个事件的辩护理由就是必须权力集中，对抗欧洲，等等。人们从西方到东方去，屠杀同类，而伴同这个事件的言论，是法国的光荣，英国的卑鄙，等等。历史向我们指出，关于事件的这些辩护理由，都没有任何常识，而且都是自相矛盾的，例如说杀人是由于承认他的权利，而在俄国杀死无数的人，是为了使英国屈服。但是这些辩护理由在当时具有不可缺少的作用。

这些辩护理由使造成事件的人们免除了道德责任。这些临时的目的，好像是为了扫除轨道上的积雪而安置在火车头前面的扫帚一样，扫除了人类道路上的道德责任。没有这些辩护理由，便不能回答人们研究每个历史事件时所自动出现的最简单的问题：即是，无数的人怎样地犯了共同罪孽，打仗，杀人，等等？

在现在的复杂的欧洲政治社会生活方式中，能够想出来，有任何事件不是君王、大臣、国会、报纸所规定、指令、命令的吗？有任何共同行动不能够拿政治统一、国家主义、欧洲均势和文化作为它的辩护理由吗？所以，每个发生的事件，不可避免地符合某一个表示过的希望，并且得到辩护，显得是一个人或几个人意志的产物。

一只航行的船，无论向哪个方向行驶，在它前面总是可以看见被它分开的波浪。在船上的人看来，这些波浪的运动是唯一的可以看见的运动。

只有时时刻刻密切地注意这个波浪的运动，并且比较这个运动和船的运动，我们才能相信，波浪的每一瞬间的运动是船的运动所引起的；要认为我们自己也是不知不觉地在运动，就会使我们发生错误。

我们若时时刻刻注意历史人物们的运动，（即是，承认一切事件的必要条件——运动在时间中的连续性，）而不忽视历史人物和大众的不可少的关系，我们便也看到同样的情形。

当那只船照着一个方向航行时，在它前面的是同样的波浪；当它常常改变方向时，在它前面的波浪也常常改变。但是无论它向哪一边转动，在它的运动之先总有波浪。

无论发生了什么事，总似乎是，那正是所预见的、所命令的事。无论船向哪里行驶，波浪既不领导也不加速它的运动，却在它前面激荡着，并且远远地使我们觉得，它不但是自动地在运动，并且领导船的运动。

历史家们只研究历史人物意志的各种表现，而它们对于事件的关系是命令，便认为事件是以命令为转移的。但是在我们研究事件本身以及历史人物和大众的关系的时候，我们发现历史人物和他们的命令是以事件为转移的。这个结论的无疑的证明就是，无论有多少命令，假使没有其他的原因，事件是不会发生的，但事件一旦发生时——无论是什么事件——则在各人的不断地表现出来的一切意志之中，总会发现一些意志，它们在意义上、在时间上对于事件的关系是命令。

我们获得了这个结论，可以直接地肯定地回答历史上的这两个主要的问题：

一、什么是权力？

二、什么力量产生各国人民的运动？

一、权力是某一个人和别的许多人的关系，在这种关系中，这个人愈是表现进行中的共同行动的意见、预料和辩护理由，便愈不直接参与行动。

二、产生各国人民的运动的，不是权力，不是精神活动，也不是两者的结合，如史家所想的；而是参与事件的一切人们的活动，并且他们总是这样地结合的，即是，最直接参与事件的人，负的责任最小；反之亦然。

事件的原因在精神方面是权力，在物质方面则是那些服从权力的人。但是因为精神活动，离开了物质活动，便是不可思议的，所以事件的原因，既不在此，亦不在彼，而在两者的结合。

或者，换言之，原因的概念是不能应用在我们所观察的现象上的。

在最后的分析中，我们达到了无穷尽的循环，达到了人类的智慧在一切思维领域中所要达到的最后界限，假使人类的智慧不是玩忽自己的主题。电产生热，热产生电。原子相吸，原子相斥。

说到热、电或原子的最简单作用时，我们不能说为什么会产生这些作用，于是我们说，这些现象的本性是如此的，我们说这是它们的规律。同样的情况也适用于历史现象。为什么发生战争或革命？我们不知道。我们只知道，为了作出这种或那种举动，人们结成某一种团体，而且大家都参加这个团体。我们说，人们的本性是如此的，这是一种规律。

8

假使历史是研究外表现象的，那么发现了这种简单明显的规律便够了，我们也可以结束我们的讨论了。但历史规律是和人类有关的。一粒物质的微粒不能对我们说它并不感到相吸和相斥，不能对我们说这个规律是错误的；但是，人是历史的主题，人坦率地说：我是自由的，因此我不服从规律。

人的意志自由的问题，虽然没有提出来，它的存在在历史的每一步中却是都感觉得到的。

所有严肃地进行思考的历史家都不自觉地遇到这个问题。历史的一切矛盾的含混不清，以及这种科学所走的错误道路，都仅仅是由于这个问题没有得到解决。

假使每个人的意志是自由的，即假使每个人能够随心所欲地去行动，则全部历史将是一系列没有关系的偶然事件。

假使在一千年之间，几百万人当中有一个人能够自由地行动，即随心所欲地行动，则显然，这个人的一种违反规律的自由行动，便会破坏全人类的任何规律存在的可能性。

假使有一个制约着人类行动的规律，便不可能有自由的意志，因为那时候人们的意志一定得服从这个规律。

在这个矛盾中存在着自由意志的问题，这问题从最古的时代起就引起了最聪明人的注意，从最古的时代起就被认为有非常重要的意义。

问题在于无论从什么观点——神学的、历史的、伦理的、哲学的观点出发——把人当作观察对象时，我们发现了一个必然性的普遍规律，人和万物一样都服从这个规律。但是我们自己把人看作我们所意识到的东西时，我们便觉得自己是自由的。

这种意识是自我认识的根源，它是完全独立的，和理智无关的。人类通过理智观察自己，但它只通过意识认识自己。

不意识到自己，任何一种观察、任何一种理智的应用都是不可想象的。

为了理解、观察、作出结论，人应该首先意识到自己是活的。人知道他自己是活的，只是由于人有欲望，即意识到自己的意志。人意识到组成自己生命实质的意识，也不能不意识到他的意志是自由的。

假使有人在观察他自己的时候，看到他的意志总是受同一规律的支配（无论他是观察饮食的需要，或脑力的活动，或任何别的事情），他便不能不把他的意志永远不变的方向看作是意志的限制。假如它是不自由的，也不可能是受限制的。一个人觉得他的意志是受限制的，正因为他意识到他的意志是自由的。

您说：我是不自由的。但是我举起了手又放下来了。每个人都懂得，这个不合逻辑的回答是自由的、辩驳不倒的证明。

这个回答是不服从理性的意识的表现。

假使自由的意识，不是自我认识的、单独的、和理性无关的来源，它便要服从理论和实验；但事实上，这种服从是不存在的，是不可思议的。

一系列的实验和理论，向每一个人证明：他，作为观察的对象，是服从一定的规律的，并且人服从这些法则，他一旦认识了引力或不渗透性的规律，他便决不会反对这些规律。但同样的一系列的实验和理论向他证明：他在内心里所感觉到的完全自由是不可能的，他的每一动作都取决于他的构造、他的性格和影响他的各种动机；但是人决不服从这些实验和理论的结论。

根据实验和理论，人知道了石头是向下坠的，人无疑地相信这个，并且总是期望他所知道的规律是有效的。

同样无疑地，他知道他的意志服从规律，但是他却不相信，并且不能相信这个。

无论实验和理论有多少次向人证明：他在同样的条件之下，他有同样的性格，他便要做出他以前做过的同样的事情；然而当他在同样的条件之下，有同样的性格，第一千次去做那永远结果相同的动作的时候，他仍然无疑地觉得自己还像实验之前那样地相信，他可以如他所愿地去行动。每个人，无论是野蛮人还是圣人，纵然实验和理论向他不可否认地证明了：想要在同样的条件之下有两种不同的动作是不可能的，他仍然觉得没有这个不合理的概念（而这就是自由的实质），他便不能想到生活了。他觉得，纵然这是不可能的，它却是有的；因为假若没有这种自由的概念，他便不但不能了解生活，而且不能过片刻的生活了。

他不能够生活，是因为人的一切渴望，对于生活的一切动机，都只是渴望增加自由而已。富裕——贫穷，光荣——无闻，权力——服从，强大——软弱，健康——疾病，教养——愚昧，劳动——闲逸，饱足——饥饿，美德——罪恶，这都是较高或较低程度的自由。

要设想一个没有自由的人，是不可能的，除非把他看作一个被剥夺了生命的人。

假使自由的概念，在理性看来，是无意义的矛盾，例如在同样条件之下做两种不同动作的可能性，或者是没有原因的行动，则这只证明意识不服从理性。

这是不可动摇的、不可辩驳的、不服从实验和理论的、被一切思想家所承认的、被一切人们无例外地所感觉到的自由的意识，没有了这个意识，则任何关于人的概念便是不可思议的。这个意识是问题的另一面。

人是全能、全善、全知的上帝的创造物。什么是罪恶？——罪恶的概念是从人的自由的意识中产生的。这是神学的问题。

人的行动服从普遍的、不变的、由统计学所表现的规律。什么是人对于社会的责任？——这个概念是从自由的概念中产生的。这是法律的问题。

人的行动是从人的先天性格，和对人有影响的各种动机里产生的。什么是良知，是从自由的意识中所产生的行为的善恶的概念？这是伦理问题。

和人类一般生活有关系的个人，似乎服从那决定一般生活的法则。但同一的人，脱离了这种关系，便似乎是自由的。应该怎样去看各国人民和人类的过去的生活呢？看作人们自由活动的产物或是不自由活动的产物呢？这是历史的问题。

直到我们的这个自以为是的、知识普及的时代，由于最有效的愚昧工具——刊物的传播，意志自由的问题才到了这个问题本身不能存在的地步。在我们的时代，大部分所谓前进的人们，即是那群无知的人，接受了那些只研究问题的一面就去解决整个问题的自然科学家们的研究结果。

精神和自由意志是没有的，因为人的生活是由肌肉运动表现的，而肌肉运动是受神经活动约制的；精神和自由意志是没有的，因为我们是在不可知的时代从人猿演变来的——他们这么说、写、印，一点也不怀疑，这个必然性的原则，就是他们现在那么热心地力求用生理学和比较生物学来证明的必然性的原则，在数千年前，不但被一切宗教被一切思想家承认过，而且从来没有被否认过。他们不知道，自然科学在这个问题中的任务，只是解释这问题的一方面的一种工具。因为，从观察的观点看来，理智和意志只是脑筋的分泌物（secrétion），并且，人，服从普遍的规律，可能是在不可知的时代从低级动物发展出来的——这只是从新的方面说明数千年前一切宗教与哲学理论所承认的真理，即是，在理智的观点上，人服从必然性的法则，但它没有使这个问题的解决获得丝毫的进展，这问题有相反的建立在自由的意识上的另一方面。

假使人是在不可知的时代从人猿演变出来的，则这和说人是在某一个时期从一块泥土变出来的，是同样可以了解的（在第一个情形中，X是时间，在第二个情形中，X是起源），而这个问题——怎样把人对自由的意识和人所服从的必然性的法则结合起来——是不能用比较生理学和动物学来解决的，因为在蛙、兔、人猿的身上，我们只能观察到肌肉的和神经的活动，而在人的身上，又有肌肉的神经的活动，又有意识。

自然科学家们和他的信徒们以为他们解决了这个问题，他们好像那些被指定去涂抹教堂的一面墙壁的泥水匠，他们乘总监工不在场的时候，由于热心过分，用泥灰涂抹了窗子、圣像、细木工和还未砌扶壁的墙，他们高兴着，从他们泥水匠的观点上看来，一切是平整而光滑的。

9

在解决自由意志和必然性问题方面，历史比其他研究这个问题的科学占了一个便宜，对于历史，这个问题不是关于人的自由意志的本质，而是关于意志在过去、在一定条件下的表现。

在解决这个问题方面，历史对于其他科学所处的地位，好像实验科学对于思辨科学所处的地位一样。

历史的主题不是人的意志本身，而是我们的关于人的意志的陈述。

因此对于历史，不像对于神学、伦理学和哲学那样，自由意志和必然性之结合这个不可解决的神秘，是不存在的。历史所研究的是陈述人的生活，在这种陈述中已经完成了这两个矛盾的统一。

在实际生活中，每一个历史事件，人的每一个行动，是很清楚地很明确地被了解的，而不感到丝毫矛盾，虽然每个事件显得一部分是自由的，一部分是必然的。

为了解决这个问题：如何结合自由意志和必然性以及什么是这两个概念的实质，历史哲学能够而且应该采取一种和其他科学的路线恰好相反的方法。历史不应该对自由意志和必然性这两个概念的本身先下了定义，再把生命现象放置在这两个定义之下，却应该从大量的、历史范围之内的、总是显得以自由意志和必然性为转移的现象之中，求出自由意志与必然性这两个概念的定义。

无论我们所研究的关于许多人的或一个人的活动的陈述是什么样的，我们都认为它一部分是人的自由意志的产物，一部分是必然性法则的产物。

无论我们说的是各国人民的迁移和野蛮人的侵入，还是拿破仑三世的命令，或还是一个人在一小时前所做的从几条散步的方向中选择一条的行为，我们都看不到丝毫的矛盾。指导这些人们的行为的自由意志与必然性的分量，在我们看来，是明白地确定了的。

关于自由意志是多是少的概念，常常是随着我们观察现象时的观点的差异而有差异的；但是人的每种行为，在我们看来，都不外是自由意志和必然性的一定程度的结合。在我们所研究的每个行为中，我们看到一定成分的自由意志和一定成分的必然性。在任何行为中，我们总是看到，自由意志愈多，则必然性愈少；必然性愈多，则自由意志愈少。

自由意志和必然性的比例，是随着我们研究行为时的观点的差异而增减的；但这种比例关系，永远是反比例的。

一个要淹死的人，抓住另外一个人，把他也淹死了；或者一个因为哺育小孩而疲惫、饥饿的母亲偷取食物；或者一个受过纪律训练的人，在队列中奉到命令杀死一个不能自卫的人——这些人，在知道他们所处的境况的人看来，似乎是罪过较轻的，即是，他们是较不自由的，较为服从必然性的法则，在不知道那个人自己要淹死、那个母亲饥饿、那个兵是在队列中的人看来，他们是较为自由的。同样的，一个人在二十年前杀了人，后来平平静静地于人无害地在社会上过活，在二十年之后研究他的行动的人看来，他似乎是罪过较轻的，他的行动是较为服从必然性的法则的，而在事后第二天研究同一行动的人看来，他的行动是较为自由的。同样的，疯人、醉汉，或受强烈刺激的人的每个行动，在了解有这种行动的人的精神状态的人看来，是自由意志较少而必然性较多的，在不了解的人看来，是自由意志较多而必然性较少的。在这一切的事件中，随着研究行动时的观点、自由意志的概念有所增减，必然性的概念也相应地有所增减。所以必然性显得愈多，自由便显得愈少，反之亦然。

宗教，人类的常识，法律科学和历史本身，同样地了解必然性和自由意志间的这种关系。

在一切事件中，我们的自由意志和必然性的概念是有所增减的，这一切事件，没有例外，都有这三个理由：

一、有行动的人和外在世界的关系；

二、他和时间的关系；

三、他和产生行动的原因的关系。

（一）第一个理由是我们或多或少了解到的人和外在世界的关系，是我们或多或少了解到的每一个人和一切与他同时存在的东西的关系。就是这个理由使我们明白将要淹死的人，比在干地上活着的人，是更不自由而更服从必然性；使那个在人口稠密的地方和别人有密切关系的人的行为，或者那个被家庭、官职、企业所约束的人的行为，比那独居孤处的人的行动，无疑是更不自由、更服从必然性的。

假使我们只研究一个单独的人，不知道他和他四周一切的关系，我们便觉得这个人的每个行动是自由的。但是假使我们知道他和四周的东西的任何关系，假使我们知道他和任何东西，和他所交谈的人，和他所读的书，和他所做的工作，甚至和他四周的空气，和那照在他四周物体上的光线的关系，我们便知道，这些条件中的每一件都对他有影响，并且至少控制他的活动的某一方面。我们愈知道这些影响，我们对于他的自由意志的概念便愈减少，而对于他所服从的必然性的概念愈增加。

（二）第二个理由是：我们或多或少了解到的人和外在世界的时间关系，或多或少了解到的人的行动在时间中所占的地位。就是因为这个理由，世界上的第一个人的堕落（它的后果是人类的起源），比现在人的结婚，显得是更不自由的。就是因为这个理由，百年前的与我有时间关系的人们的生活与活动，在我看来，不能够像现代人的、而后果是我所不知的生活同样自由。

在这方面，关于自由意志和必然性的概念的多少，取决于发生行为的时间和判断行动的时间相隔的长短。

假使我研究片刻之前我在大概和现在一样的环境中所作的行动，我便觉得，我的行动无疑是自由的。假使我判断一个月前所作的行动，那么，在不同的环境里，我不得不承认，假使没有这个行动，则这个行动所产生的许多有益的、如意的甚至是必要的东西也不会发生。假使我回想更早的时候的行动，十年前或者更早，则我的行动的后果，在我看来，是更明显；并且我难以想象，假使没有这个行动，便会发生什么样的情形。我向后回想愈远，或者同样的，我向前推论愈远，则我的关于行动自由的见解是愈可疑了。

我们在历史中发现了同样的关于自由意志参与人类一般事件的信念

的级数。我们觉得，当代的事件无疑是一切已知的人们的行为；但在较为久远的事件中，我们看到了它的不可避免的后果，除了这些后果，我们不能设想到任何别的后果。我们回想的事件愈久远，我们愈觉得它们是不自由的。

普奥战争在我们看来是俾斯麦的狡猾行为等等的必然的结果。

拿破仑的各次战争，在我们看来，虽然已经可疑，却还是英雄们的意志的产物。但是我们已经把十字军远征看作一个在历史上占有确定地位的事件，并且没有它，则欧洲的近代史是难以想象的，虽然同样地在十字军远征的编年史家们看来，这个事件只是某些人们的意志的产物。在谈到各国人民的迁移的时候，现在没有一个人会认为，欧洲世界的复兴是以阿提拉[①]的任意行为为转移的。我们在历史上的研究对象愈遥远，产生事件的人们的自由意志愈是可疑，必然性的规律愈明显。

（三）第三个理由是我们或多或少已了解到的无穷的因果关系，这种因果关系是理性的不可避免的要求，并且每个被了解的现象，从而人的每个行动，在这种因果关系中都一定有它的确定地位，它既是前面的行动的结果，又是后面的行动的原因。

就是因为这个理由，我们愈是知道人所服从的、从观察中得来的、那些生理的、心理的，和历史的规律，我们愈是正确地了解行动的生理的、心理的、历史的原因，我的所观察的行动愈是简单，那个人——他的行动被我们观察的人——的性格与智慧愈不复杂，我们的行动和别人的行动便愈不自由，而愈服从必然性法则。

当我们完全不了解一个行动的原因时——无论它是罪恶、善行或者是不分善恶的行动——我们认为这个行动有最大成分的自由意志。假如这是罪行，我们便极力要求处罚这种行动；假如这是善行，便尽量称赞这种行动。假如这是不分善恶的行动，我们便认为它有最大的个性、独

① 公元五世纪的匈奴王。——译者

特性和自由。但是即使我们知道了无数原因中的一个，我们便要承认一定成分的必然性，就不那么要求惩罚罪恶，不那么承认善行的功绩，而似乎是独特的行动也显得不那么自由了。罪犯是在坏人成群的环境中长大的，这种情况也可以减轻他的罪。父亲、母亲的自我牺牲，可以得到报酬的自我牺牲，比无故的自我牺牲更可以理解，因此显得是不大值得同情，较不自由。宗派或党派的创始人、发明家，当我们知道了他的活动是如何准备的，用什么准备的，就不那么使我们惊异了。假使我们有一系列的实验，假使我们经常观察寻找人们行动中原因和结果之间的联系，那么我们把结果和原因联系得愈正确，则人们的行动在我们看来愈是必然的，愈是不自由的。假使所观察的行动是简单的，并且我们有很多这样的行动作观察，则我们对于这些行动的必然性的概念会更强些。一个不正派的父亲的儿子的不正派行动，陷入某种环境中的一个女人的过失行为，一个酒徒的醉酒，等等，这些行动的原因我们愈了解，我们便愈觉得这些行动是不自由的。假使我们所观察的一个人的行动是智慧最低的，如小孩、疯子、傻瓜，则我们知道了他们行动的原因和他们性格与智力的单纯，便会看到那么多的必然性和那么少的自由意志，以致我们一旦知道那些造成行动的原因，便能立刻预言到他们的行为。

一切法典中免罪与减罪的情况都是建立在这三个理由的基础上的。追究责任的大小，要看我们对于这个行动受到批判的人所处的环境的了解有多少，要看行动到判断行动之间相隔的时间的长短，以及对于行动原因的了解得深浅。

10

因此，我们对自由意志与必然性的概念，是随着人与外界的联系的多少、时间的远近、行为同原因的密切程度如何（我们是根据这些原因来观察一个人的生活现象的）而逐渐减少或增加的。

所以，假使我们研究一个人的情况，他与外在世界的关系是尽人皆知的，从行动到作出判断之间的时间是极长的，行动的原因是极其可以理解的，则我们便会获得最大的必然性与最小的自由意志的概念。假使我们研究一个对外部条件的依赖性是极小的人，假使他的行动产生的时间和现在相隔极近，而他的行动的原因我们不了解，那么我们便会获得最小的必然性与最大的自由意志的概念。

可是无论在这种或那种情形下，无论我们怎样改变自己的观点，无论我们怎样搞清楚人和外在世界的关系，无论这个关系在我们看来是多么可以理解，无论我们怎样延长或缩短时间，无论这些原因在我们看来是多么明白或者多么不可理解——我们决不能够想象完全的自由意志或完全的必然性。

（一）无论我们怎样设想一个人不受外在世界的影响，我们决不会获得在空间中的自由意志的概念。人的每个行动不可避免地要受他自己身体和他四周的事物的制约。我举起一只手，又把它放下来。我的行动在我看来是自由的；但是我问自己：我能不能把我的手向各个方向举起来，我看得出，我的手是向着举手动作受阻不大的方向举起的，这阻力就像存在于我身体四周一样存在于我自己的身体里。假使在一切可能的方向上我选择了一个方向，则我选了这个方向，是因为它的阻碍最少。要我的行动是自由的，则必须它不遇到任何阻碍。要设想一个人是自由的，我们必须设想他是在空间之外，而这显然是不可能。

（二）无论我们怎样缩短评判的时间和行动的时间，我们决不会获得在时间中的自由的概念。因为假使我考察一秒钟前所做的行动，我仍然要认为它是不自由的，因为这个行动是和它发生的那一刹那联系在一起的。我能举起我的手吗？我举起了一只手；但是我问自己：我能在刚刚过去的顷刻之间不举我的手吗？为了要自己相信这个，我在下一秒钟不举我的手。但我不是在提出问题的前一俄顷没有举我的手。时间过去了，我没有权力留住时间，我那时所举的手，已经不是我现在不举的手，我举手时的空气，已经不是现在包围我的空气了。做第一个动作时的那一刹那是不回返的，在那一刹那之间，我只能做一个动作，无论我做的是什么动作，只能是一个动作。我在后一刹那没有举手，这不是证明我不能够举起它。因为，在一个刹那之间，我的动作只能够是一个，它不能够是另一个。要设想行为是自由的，就必须在现在、在过去和将来的界限上去设想它，即是在时间之外去设想它，而这是不可能的。

（三）无论增加了多少了解原因的困难，我们决不会获得完全自由的概念，即是，没有原因。无论我们的或别人的任何行动中的意志表现的原因，在我们看来，是多么不可解的，理性的第一个要求却是假定和寻找原因，因为没有原因，则任何现象都是难以想象的。为了要做出一个没有任何原因的动作，我举起我的手，但是，这个——我要做出一个没有原因的动作——便是我的动作的原因。

我们设想一个人完全脱离了一切影响，只考察他的现在这一俄顷间的行动，并且假定它不是任何原因所引起的，但是即使我们认为那无穷小的必然性近于零，我们也不能获得人的完全自由的概念；因为一个人，不受外界的影响，处在时间之外，和原因没有关系，便不是一个人了。

同样的，我们决不能设想一个人的行动只完全服从必然性的法则，而无自由意志的成分。

（一）无论我们怎样增加我们对于人的空间条件的知识，这种知识决不会是完全的，因为这些条件的数目是无穷的，正如空间的无穷一样。因此，在一切条件、对人的一切影响没有明白确定时，便没有完全的必然性，仍然有相当成份的自由。

（二）无论我们怎样延长我们所观察的现象和批判之间相隔的时间，这个间隔是有限的，而时间是无穷的，因此在这方面决不会有完全的必然性。

（三）无论我们是多么了解任何行动的因果链条，我们决不会知道整个的链条，因为它是无穷的，所以我们又决不会获得完全的必然性。

此外，假使我们认为那剩余的极小的自由意志近于零，认为在某种情形中——如将死的人、胎儿、白痴的情形——完全没有自由意志，但是这么一来，我们就会破坏我们所研究的关于人的概念；因为一旦没有自由意志，便没有人了。因此，人的行动完全服从必然性的法则，没有丝毫的自由的余地——这个概念，正和人的完全自由的行动的概念一样，是不可能的。

因此，要设想一个人的行动只服从必然性的法则，而没有自由意志，我们就必须承认这种知识；无穷数的空间的条件，无穷大的时间的期限和无穷多的原因。

要设想一个人是完全自由的，不服从必然性的法则，我们就必须设想他是单独一个人，在空间之外，在时间之外，在因果关系之外。

在第一种情形中，假使有必然性而无自由意志是可能的，我们便要由于必然性本身而获得必然性的法则的定义，即是，没有内容的形式而已。

在第二种情形中，假使有自由意志而无必然性是可能的，我们便要在空间、时间、原因之外获得无条件的自由，这自由，因为是无条件的，不受任何限制的，所以什么也不是，或者是没有形式的内容而已。

总之，我们应该达到了那两个构成人类的整个宇宙观的基础：不可解的生命实质，以及规定这种实质的法则。

理性说：（一）空间，和使它有可见性的一切物质形式，是无穷的，并且不能有别种想法的。（二）时间是片刻不停的无穷的运动，并且不能有别种想法的。（三）因果关系没有开始，也不能有终结。

意识说：（一）只有我，一切存在的东西只是我；因此，我包括空间。（二）我用现在不运动的瞬间测量运动的时间，我只在这个瞬间中，感觉到我自己是活的；因此，我是在时间之外。（三）我是在原因之外，因为我觉得我自己是我的生命的每一现象的原因。

理性表现必然性的规律。意识表现自由的实质。

不为任何东西所限制的自由，是人的意识中的生活实质。没有内容的必然性是人的具有三种形式的理性。

自由意志是被研究的。必然性是研究的。自由意志是内容。必然性是形式。

只有区分这两种以形式与内容为互相关系的认识的起源，我们才能获得这两个互相排斥的、而分开来又不可理解的自由意志与必然性的概念。

只有把两者结合起来，我们才能获得关于人类生活的明确概念。

在这两个合在一起互相规定为形式与内容的概念之外，任何其他的生活概念是不可能的。

我们关于人类生活所知道的一切，只是自由意志和必然性的一定关系，即是，意识和理性规律的一定关系。

我们对于外在自然世界所知道的一切，只是自然力和必然性的或生命实质和理性规律的一定关系。

自然界的生命力是在我们之外的，是我们所感觉不到的，我们称这些力量为引力、惯性、电力、兽力，等等；但人的生命力是我们可以意识到的，我们叫它自由。

但是正如同每个人所感觉到的、而它本身是不可理解的引力，我们对它所服从的必然性的规律认识到什么程度（从一切物体有重量的基本知识，直到牛顿定律），我们便对它了解到什么程度；同样的，每个人所意识到的而它本身是不可理解的自由意志力，我们对它所服从的必然性的规律认识到什么程度（从每个人都要死的事实，到最复杂的经济学的规律、历史学的规律的知识），我们便对它了解到什么程度。

一切的知识只是把生命实质放在理性法则之下。

人的自由意志和任何别种力量的区别，就在这种力量是人可以意识到的；但在理性看来，它是和任何别种力量没有区别的。引力、电力或化学亲和力，它们彼此的分别，只在这些力量被理性分别地下了定义。同样的，在理性看来，人的自由意志力和他种自然力的区别，只在理性所给它的定义。自由意志，脱离了必然性，即是，脱离了对自由意志予以定义的理性规律，便是和引力、热力、草木生长力没有差别的；从理性看来，它只是生命一刹那间的不确切的感觉。

好像那尚未明确的使天体移动的力的实质，那尚未明确的热力、电力、化学亲和力、生命力的实质组成了天文学、物理学、化学、植物学、动物学等内容，同样正是自由意志力的实质组成了历史的内容。但是正如每种科学的主题是这种未知的生命实质的表现，而这种实质的本身只能成为形而上学的主题——同样正是人的自由意志力在空间、在时间、在因果关系中的表现，组成了历史的主题，而自由意志的本身又是成为形而上学的主题。

在生物科学中，我们把自己所知道的东西称作必然性的规律；我们把自己不知道的东西叫作生命力。生命力只是一种我们所知道的生命实质的其余未知部分的说法。

同样正像在历史中，我们把自己所知道的东西叫作必然性的规律，把不知道的东西叫作自由意志。在历史看来，自由意志只是一种我们所知道的人的生活规律的其余未知部分的说法。

11

历史研究人的自由意志在时间中、在因果关系中与外在世界发生关系时的表现，即用理性的规律对这种自由意志下定义，因此，用这些规律对这种自由所下的定义准确到什么程度，历史的科学性便达到什么程度。

在历史看来，人的自由意志是影响历史事件的强大力量，即是一种不服从规律的力量，正如在天文学看来，认为有一种自由意志在推动天体。

这种假定会毁坏各种规律存在的可能性，即毁坏任何科学存在的可能性。假使存在着一个自由运动的天体，则凯卜勒与牛顿的定律都不复存在了，任何关于天体运动的概念也不复存在了。假使存在着一种人的自由行动，则任何一种历史规律都不复存在了，任何关于历史事件的概念也不复存在了。

在历史看来，有许多条人类意志运动的线索，线索的一端隐没在未知之中，而在线索的另一端，有现代人的自由意识在空间、在时间、在因果关系中运动着。

这个运动的范围在我们眼前展开得愈广，这个运动的规律便愈明显。发现这些规律并加以说明，就是历史的任务。

历史科学现在顺着它所走的路线在研究自己的主题，在人类自由意志中寻找现象的原因，从历史科学的这种观点来看，要表现历史科学的那些规律是不可能的，因为无论我们怎样限制人们的自由意志，一旦我们认为它是一种不从属于规律的力量，规律的存在便是不可能的了。

只有在我们把这种自由意志限制到极其微小，即把它看作无限小的时候，我们才能相信原因是根本不可了解的，到那时候历史才不去寻找原因，而把寻找规律作为它的任务。

寻找这些规律早就开始了，历史所必须采用的新的思考方法是和旧历史——总是一再分析，一直把现象的原因分析来分析去——所趋向的自身毁灭同时出现的。

一切人类科学走的都是这条路。最精确的数学科学，得出了无穷小数时，就扔掉了分析过程，进入了综合未知的无穷小数的新过程。数学抛弃了原因的概念去寻找规律，即寻找一切未知的无穷小的元素所共有的性质。

别的一些科学虽然形式不同，却也用了同样的思考方法。当牛顿发表引力定律时，他没有说太阳或地球有吸引的性质；他说，一切物体，从最大的到最小的，都有互相吸引的性质，即是，放弃了物体运动原因的问题，他发表了自无穷大的到无穷小的一切物体共有的性质。各种自然科学也在做同样的事情：它们丢开原因问题，寻找法则。历史也采取同样的方法。假使历史的主题是研究各国人民和人类的运动，而不是记述个别人们生活的插曲，则历史也应该放弃原因的概念，而寻找法则——自由意志的一切同等的、不可分开地互相关联的、无穷小的元素所共有的法则。

12

自从哥白尼的学说被发现、被证实之后，仅仅承认不是太阳运动而是地球运动，便足以破坏古人的全部宇宙学。否证了这个学说，就可以保存天体运动的旧概念，但是没有否证它，便似乎不能继续研究托来美的世界了。但是甚至在哥白尼的学说发现之后，托来美的世界还被人继续研究了好久。

自从有人说出了并且证明了出生率和犯罪率服从数学定律，一定的地理的和政治经济的条件决定这种或那种政府形式，人口和土地的一定关系产生人民的移动——从那个时候起，历史所寄托的那些基础便在实际上被毁坏了。

否证了这些新的规律，就可以保存历史的旧见解，但是没有否证它们，便似乎不能继续把历史事件当作人们自由意志的产物而加以研究了。因为，假使由于某种地理的、人种的或经济的条件，成立了某种政府，或发生了某种移民，则那些在我们看来是建立某种政府或引起人民移动的人们的自由意志，便不能再被我们当作原因了。

然而旧历史却继续地和统计学、地理学、政治经济学、比较语言学、地质学的法则在一起被人研究，而这些规律都是直接反对它的理论的。

在物理哲学中，新旧观点之间进行着长久而顽强的斗争。神学卫护旧观点并且谴责新的观点破坏天示。但是当真理取得胜利时，神学仍然屹立在新基础上。

现在，在历史方面新旧观点之间的斗争是同样长久而顽强的，神学同样地卫护旧观点，并且谴责新的观点破坏天示。

在前一情形中，正和在后一情形中一样，斗争引起了双方的热情，却掩盖了真理。在一方面，是骇怕和舍不得失去历代以来所建起的全部理论体系；另一方面是破坏的热情。

那些反对物理哲学的新兴真理的人们似乎认为：假若他们承认了这个真理，便破坏了对于上帝、对于天穹创造、对于努恩的儿子约书亚神迹的信仰。哥白尼和牛顿的定律的保卫者，例如福尔泰，似乎认为：天文学法则破坏了宗教，并且他利用了引力定律作为反对宗教的武器。

现在我们同样地似乎认为：只须承认必然性的规律，破坏心灵、善、恶的概念，以及建立在这个概念上的政府、教会制度。

现在同样的像福尔泰在他那时一样，必然性法则的自动的保卫者、利用必然性规律作为反对宗教的武器；然而正和天文学上哥白尼学说一样，历史上的必然性的规律，不但没有破坏，且甚至加强了政府和教会制度所依据的基础。

正如同那时在天文学的问题上一样，现在在历史学的问题上，整个的观点差异，是在承认或者不承认以一种绝对单位作为可见现象的衡量器。在天文学方面，这是地球的不动；在历史方面，这是人格的独立，即自由意志。

正如同在天文学方面，承认地球运动的困难，在于放弃地球不动的直感和行星运动的直感，同样的，在历史方面，承认人格服从空间、时间和因果规律的困难，在于否认个人人格独立的直感。但是，如同在天文学方面，新的观点说："诚然，我们并不感觉到地球的运动，但是，承认地球的不动，我们便将获得荒谬的结论；而承认我们所感觉不到的运动，我们便得到各种规律。"同样的，在历史方面，新的观点说："诚然，我们并不感觉到我们的依从关系，但是承认我们的自由意志，我们将得到荒谬的结论；而承认我们依从外在世界、时间和原因，我们便得到各种规律。"

在天文学方面，必须否认地球在空间中不动的感觉，而承认我们所感觉不到的运动；在历史方面，同样的，必须否认被感觉到的自由意志，而承认我们所感觉不到的依从关系。

附　录

内容概览

译者编

第一卷　第一部（1805）

1. 在彼得堡。女官安娜·芭芙洛芙娜·涉来尔的晚会。她和发西利·库拉根公爵谈到拿破仑。她的做媒的计划。
2. 涉来尔的客人们。发西利公爵的女儿爱仑、儿子依包理特。莉萨·保尔康斯卡雅公爵夫人。彼挨尔·别素号夫。
3. 关于拿破仑和翁歧安公爵的谈话。彼挨尔的言论。安德来·保尔康斯基到会。
4. 德路别兹卡雅公爵夫人要求发西利公爵的事。彼挨尔和客人的争论。依包理特用俄语说趣事。
5. 客人们辞散。彼挨尔和安德来公爵谈到选择职业的事。
6. 安德来夫妇的争吵。彼挨尔听安德来谈论自己、婚姻、妇女。彼挨尔在深夜酒会上看打赌。
7. 在莫斯科。罗斯托夫家母女同名的两个娜塔丽的命名日。卡拉基娜母女道贺，谈到别素号夫老伯爵的病。
8. 罗斯托夫家的幼辈：娜塔莎，尼考拉，彼恰，索尼亚，作客的保理斯·德路别兹考。对玩偶米米开玩笑。
9. 在客厅里。伯爵和客人谈话。伯爵夫人谈到教育。尼考拉和索尼亚。
10. 娜塔莎·罗斯托娃藏在花房里。尼考拉和索尼亚接吻。娜塔莎在花房里吻保理斯。他们谈到爱情。
11. 在客厅里的双双情侣：索尼亚和尼考拉，娜塔莎和保理斯。他们和韦娫争吵。罗斯托娃伯爵夫人和德路别兹卡雅公爵夫人的谈话。

12. 德路别兹卡雅和儿子保理斯去探望别素号夫伯爵。他们遇见发西利·库拉根。
13. 彼挨尔在莫斯科他父亲的家里。保理斯和彼挨尔的谈话。
14. 罗斯托娃伯爵夫人向丈夫要钱，她和德路别兹卡雅两人的眼泪。
15. 罗斯托夫家命名日酒宴之前。沈升和别尔格在伯爵书房中谈话。彼挨尔·别素号夫在罗斯托夫家客厅中。阿郝罗谢摩娃来到。
16. 酒席间谈到檄文以及对拿破仑的战争。骠骑兵上校。尼考拉·罗斯托夫的答辩。娜塔莎的胡闹。
17. 幼辈唱歌。索尼亚流泪。她对娜塔莎的说明。娜塔莎等合唱泉水曲。跳舞。罗斯托夫伯爵和阿郝罗谢摩娃跳丹尼·古柏舞。
18. 在别素号夫伯爵家。准备举行涂油礼。发西利公爵和卡姬施关于伯爵遗嘱的密谋。
19. 彼挨尔和德路别兹卡雅一同回家。彼挨尔在临死的父亲的接待室里。
20. 彼挨尔在父亲的病房里。别素号夫伯爵的涂油礼。大公爵小姐拿走遗嘱。
21. 卡姬施和德路别兹卡雅争夺公文夹内的遗嘱。别素号夫老伯爵的死。
22. 在保尔康斯基家的田庄童山。老公爵和他的女儿玛丽亚。几何学课。尤丽·卡拉基娜的信。玛丽亚的回信。
23. 安德来·保尔康斯基公爵和妻子到达童山，会见玛丽亚和法国女子部锐昂。老公爵和儿子谈到战争与政治。
24. 童山的午饭。老公爵和儿子关于苏佛罗夫和保拿巴特的争论。
25. 安德来公爵整装参军，和父亲、妻子、妹妹告别。起程。

第一卷　第二部（1805）

1. 一八〇五年十月，俄军在奥国不劳诺。步兵团准备检阅。道洛号夫的蓝大衣事件。
2. 团受库图索夫检阅。总司令和齐摩亨说话，唤出道洛号夫。检阅后兵士们的谈话。士兵们唱歌。
3. 库图索夫和奥国参谋部的将军的谈话。安德来·保尔康斯基在库图索夫的司令部里。热尔考夫开玩笑。安德来的愤怒。
4. 尼考拉·罗斯托夫和德国人谈话。皆尼索夫回营。军官切李亚宁来到。罗斯托夫破获切李亚宁偷钱袋。
5. 皆尼索夫骑兵连的军官们的谈话。
6. 俄军向维也纳撤退。渡恩斯河。后卫指挥派聂斯维次基再度传令骠骑兵烧桥。
7. 恩斯河桥上的拥挤。过桥的兵士的谈话。聂斯维次基在桥上遇见皆尼索夫。
8. 法国炮兵轰击骠骑兵。皆尼索夫的骠骑兵连过桥。团长命令皆尼索夫骑兵连回去烧桥。尼考拉·罗斯托夫在烧桥时的体验。
9. 库图索夫的军队顺多瑙河撤退。俄军在克累姆斯的交战胜利。总司令派安德来送捷报给奥国宫廷。奥国军事大臣的冷遇。
10. 安德来在不儒恩住在友人外交官俾利平家，和俾利平谈到维也纳被法军占领，克累姆斯之战。
11. 安德来在俾利平家的俄国青年外交官团体中。俾利平用依包理特·库拉根招待安德来。
12. 奥皇法兰西斯接见安德来。安德来回到俾利平家。俾利平叙述法国元帅们巧计夺取维也纳桥。
13. 安德来在撤退的俄军之间。安德来为了医生妻子的车子的缘故和押运官发生冲突。总司令部的惊惶不安。

14. 库图索夫派巴格拉齐翁的四千前卫军去号拉不儒恩阻挡敌军。牟拉向俄军建议休战。拿破仑要牟拉撕毁停战协定的信。
15. 安德来在巴格拉齐翁的支队中，和值日官视察阵地。随军商店帐篷里的屠升上尉。前线上，道洛号夫和法国掷弹兵的争论。
16. 安德来在屠升的炮兵连视察阵地，无意中听到军官们在棚子里的谈话。法军第一炮。屠升从棚里出来。
17. 射恩格拉本战役的开始。安德来驰往格儒安特会巴格拉齐翁。巴格拉齐翁在屠升的炮兵连。
18. 巴格拉齐翁在支队的右翼。战事的迫近。伤兵。进攻的法军纵队和两营俄军。巴格拉齐翁率领俄军攻击。
19. 俄军右翼的撤退。左翼两个团长：将军和上校比勇。皆尼索夫骑兵连的攻击。尼考拉·罗斯托夫在攻击中受伤。
20. 在森林中遭法军突然袭击的步兵团。齐摩亨连的攻击。道洛号夫的英勇。屠升的被忘记的炮兵连的作用。屠升的幻想。安德来·保尔康斯基传达撤退的命令。
21. 屠升炮兵连的撤退。屠升和罗斯托夫在营火旁。将军传见屠升。巴格拉齐翁问屠升丢炮的事。安德来出面为屠升说话。夜间受伤的罗斯托夫在营火边。

第一卷　第三部（1806）

1. 发西利·库拉根拉拢彼挨尔娶他的女儿。安娜·芭芙洛芙娜的晚会。爱仑和彼挨尔在姑母的角落里。
2. 发西利的晚会，爱仑的命名日。彼挨尔的犹豫。发西利的祝福。彼挨尔和爱仑结婚。
3. 老保尔康斯基公爵接到发西利要和儿子来童山的消息。老公爵吩咐用雪封路。午饭。小公爵夫人的生活和心情。库拉根父子的谈话。小公爵夫人和部锐昂小姐替玛丽亚打扮。

4. 玛丽亚会客。阿那托尔对部锐昂的兴趣。老公爵穿衣会客。责备女儿的服装。发西利说明来意。玛丽亚弹大钢琴。

5. 晚间三个女性(玛丽亚、部锐昂、小公爵夫人)的心情。阿那托尔和部锐昂在花房会面。父女的谈话。玛丽亚在花房碰见阿那托尔和部锐昂。

6. 罗斯托夫家接到尼考拉的信。娜塔莎和索尼亚谈到尼考拉。安娜·米哈洛芙娜传信，伯爵夫人读信。全家的回信。

7. 尼考拉找保理斯·德路别兹考讨家信和钱。尼考拉看信。安德来看保理斯。尼考拉和安德来冲突。

8. 俄皇、奥皇检阅军队。尼考拉对皇帝的爱和崇拜。

9. 保理斯托安德来为他谋得要人副官之职。安德来接待俄国老将军的情形。安德来替保理斯求道高儒考夫。保理斯的兴奋。

10. 俄军在维绍的胜利。罗斯托夫买法国俘虏的马。罗斯托夫在皇帝经过时的狂喜。皆尼索夫庆祝升官。罗斯托夫幻想。

11. 皇帝违和。战争的准备。道高儒考夫向安德来说他和拿破仑的会面。安德来和道高儒考夫谈到作战计划。库图索夫的悲观。

12. 军事会议。威以罗特的作战命令。安德来在交战前夜的感想和功名心的幻想。

13. 尼考拉·罗斯托夫在前线。他的幻想。巴格拉齐翁派尼考拉去探察法军的哨兵线。巴格拉齐翁留尼考拉做传令官。拿破仑的文告。

14. 俄军纵队的运动。混乱。对奥国人的不满。号德巴赫小河的战斗。拿破仑。

15. 库图索夫派安德来制止第三师。两个皇帝。俄皇责问何不开战。库图索夫下令攻击。米洛拉道维支领纵队参战。

16. 两军交战。俄军逃跑。库图索夫受伤。安德来拿军旗迎敌受伤。他想到高高的天穹。

17. 俄军右翼。巴格拉齐翁派尼考拉去找总司令或皇帝。禁卫骑兵的进攻。尼考拉碰见逃跑的俄军和奥军。
18. 尼考拉在卜拉村。战场死伤。法军射击尼考拉，尼考拉看见皇帝却不敢前去。俄军纵队的撤退，法军炮轰奥盖斯特堤。道洛号夫。
19. 安德来伤卧卜拉村山。拿破仑巡视战场，命令抬安德来到裹伤站去。拿破仑看受伤的俄国军官们。安德来想到伟大和生死的无足重轻。

第二卷　第一部（1806）

1. 在莫斯科。尼考拉·罗斯托夫告假回家。皆尼索夫。女孩们。尼考拉和索尼亚的爱情问题。
2. 尼考拉的心情。老罗斯托夫伯爵准备俱乐部的酒席。莫斯科的舆论。
3. 俱乐部的宾客。嘉宾巴格拉齐翁。酒宴。祝酒。
4. 彼挨尔的苦恼。彼挨尔向道洛号夫挑斗。劝解无效。
5. 决斗。道洛号夫受伤。
6. 彼挨尔的心情。彼挨尔和爱仑的决裂，要打死爱仑。彼挨尔去莫斯科。
7. 童山。老公爵和玛丽亚认为安德来已死。
8. 莉萨的分娩。接医生。此时安德来回家。
9. 莉萨分娩。莉萨之死。埋葬。婴儿命名。
10. 尼考拉·罗斯托夫和道洛号夫的接近。道洛号夫爱上索尼亚。关于战争的谈论。民团。
11. 圣诞节后。索尼亚拒绝道洛号夫的求婚。尼考拉的心情。
12. 约盖勒的跳舞会。皆尼索夫和娜塔莎跳美最佳舞。

13. 道洛号夫的告别宴。赌牌。尼考拉·罗斯托夫输钱给道洛号夫。
14. 尼考拉的赌债和懊丧。
15. 尼考拉回家。娜塔莎唱歌。
16. 尼考拉向父亲要钱还赌债。皆尼索夫向娜塔莎求婚。老伯爵夫人拒绝。皆尼索夫回营。尼考拉回团。

第二卷　第二部（1807）

1. 驿站。彼挨尔等马。他遇见共济会会员巴斯皆夫。
2. 巴斯皆夫和彼挨尔的谈话。彼挨尔的印象。
3. 在彼得堡。维拉尔斯基。会所。入会仪式。指导员的考问。
4. 维拉尔斯基拷问彼挨尔。手套。捐款。
5. 发西利要替彼挨尔同爱仑和解。彼挨尔怒斥发西利。彼挨尔的南行。
6. 安娜·芭芙洛芙娜的晚会。她用保理斯招待客人。谈到普奥两国。爱仑看中保理斯。
7. 依包理特的话。保理斯到爱仑家去。
8. 童山。老保尔康斯基做民团总司令。安德来照顾生病的婴儿。父亲的信。
9. 俾利平的信说到战役以及上层的磨擦。婴儿病转好。
10. 彼挨尔在基辅视察田庄。他的解放农奴的计划。一八〇七年春彼挨尔回彼得堡，他受到管家的愚弄。
11. 彼挨尔到保古恰罗佛看安德来·保尔康斯基。说各人的事情。说到善恶。安德来对解放农奴不感兴趣。安德来的消极。彼挨尔的积极。
12. 彼挨尔和安德来在渡船上谈人生的目的。安德来的悲观。彼挨尔相信来生。谈话对安德来的影响。
13. 到童山会见玛丽亚。“上帝的人”。

14. 老公爵和彼挨尔的谈话。他们对彼挨尔的好评。
15. 尼考拉回团。驻军国外。饥饿和疾病。野菜根。
16. 土窑。皆尼索夫夺取运粮车。皆尼索夫在司令部的争执。放血。皆尼索夫在侦察时受伤。
17. 弗利德兰战役后的休战。尼考拉去医院看皆尼索夫。医院情况。
18. 尼考拉愿替皆尼索夫去递请愿书给皇帝。
19. 俄皇与拿破仑会面。保理斯在提尔西特做侍从。尼考拉找到保理斯。两人对法国人的看法。尼考拉的纳闷。
20. 俄皇的住处。尼考拉要交请愿书给皇帝，遇见骑兵将军。把请愿书交给了他。
21. 授勋。尼考拉看见俄皇亚力山大和拿破仑。法军宴请俄军。尼考拉·罗斯托夫的迷惑。他在酒店和人争吵。

第二卷　第三部（1809—1810）

1. 现实生活。一八〇九年春天。安德来在保古恰罗佛的工作与生活。他替农民所做的事情。安德来去看儿子的田庄。树林中的橡树。
2. 安德来到罗斯托夫家。在奥特拉德诺的月夜。安德来听到窗外娜塔莎和索尼亚的谈话。
3. 安德来回家。老橡树长叶子。安德来心情转变。他决定到彼得堡去。
4. 内政改革。安德来在彼得堡。见阿拉克捷夫陆军大臣。
5. 彼得堡的社交界。在考丘别家，安德来遇见斯撇然斯基。斯撇然斯基看中安德来，要替他帮忙。
6. 斯撇然斯基和安德来的单独长谈。斯撇然斯基对他的影响。安德来做法规编纂委员会的分组主席。
7. 彼挨尔和彼得堡的共济会。他的生活。他出国。回彼得堡时，他在会上的演说。

8. 爱仑的信。彼挨尔到莫斯科看巴斯皆夫。彼挨尔与爱仑和好。
9. 爱仑的交际成功。她的客厅。她和保理斯的关系。
10. 彼挨尔的日记，记他在一八〇九年十一月、十二月的生活。
11. 罗斯托夫家在彼得堡。别尔格向韦娅求婚。嫁产问题。
12. 娜塔莎和保理斯。
13. 娜塔莎向母亲说到保理斯。她的母亲和保理斯谈话。
14. 一八一〇年元旦前夜要人家的跳舞会。罗斯托夫家的人的准备和打扮。撇隆斯卡雅同赴舞会。
15. 舞厅里。撇隆斯卡雅的说明。彼挨尔·别素号夫。安德来·保尔康斯基。
16. 皇帝进来。波兰舞。华姿舞。彼挨尔要安德来陪娜塔莎跳舞。娜塔莎的欢喜。安德来的快感。
17. 邀娜塔莎跳舞的人。四对舞。娜塔莎给安德来的印象。安德来要娶娜塔莎的意念。彼挨尔的愁闷。
18. 俾兹基访安德来。安德来到斯撇然斯基家吃饭。安德来对他自己和工作的幻灭。
19. 安德来拜访罗斯托夫家。娜塔莎的歌声对安德来的作用。夜间安德来的兴奋和他的将来的计划。
20. 别尔格请彼挨尔赴晚会。别尔格和韦娅。招待彼挨尔。客人们。
21. 彼挨尔注意安德来的神情。韦娅和安德来谈到娜塔莎。
22. 安德来公爵在罗斯托夫家一整天。娜塔莎和母亲谈到安德来。安德来向彼挨尔说到自己对娜塔莎的爱情。
23. 安德来征求父亲的同意。娜塔莎唱歌。安德来回来，向伯爵夫人提到婚事。安德来向娜塔莎求婚，说到婚期。
24. 安德来和娜塔莎的相处。安德来要娜塔莎有困难时找彼挨尔。安德来到国外去调养。
25. 老保尔康斯基的性格的改变。玛丽亚的苦恼。她写信给尤丽·卡拉基娜说到安德来的事。

26. 夏天安德来从瑞士寄信给玛丽亚说到他和娜塔莎的婚约。老公爵要娶部锐昂小姐。玛丽亚的幻想。

第二卷 第四部（1810—1811）

1. 尼考拉·罗斯托夫自军中告假回家。索尼亚。尼考拉对安德来和娜塔莎婚事的意见。
2. 尼考拉管家务。他和米清卡算账。他的怒火。
3. 天气。罗斯托夫家的打猎准备。管狗猎人大尼洛。尼考拉决定出猎。
4. 猎队出发。遇到“伯伯”的猎队。两队混合。彼恰和娜塔莎。老伯爵。树林里。开始猎狼。
5. 追狼。大尼洛捉狼。
6. 猎狐狸。猎队和依拉根家的猎人发生争执。依拉根邀罗斯托夫到他的高地上去猎兔子。伯伯的如加伊胜利。
7. 晚间在伯伯家里。招待的食品。伯伯弹六弦琴。娜塔莎跳俄国舞。回家时，尼考拉和娜塔莎在途中的快乐。
8. 罗斯托夫家的境况。伯爵夫人劝尼考拉娶尤丽·卡拉基娜，不满意索尼亚。
9. 圣诞节。娜塔莎的愁闷和差派唤使。娜塔莎弹六弦琴。
10. 尼考拉、娜塔莎、索尼亚在起居室回忆过去。娜塔莎唱歌。伯爵夫人的泪。化装的家奴。幼辈们化装。到灭留考娃家去。雪地月光下。尼考拉赶车。
11. 在灭留考娃家。俄国舞。合唱。游戏。索尼亚到仓房里去算命。尼考拉吻索尼亚。
12. 回家途中。娜塔莎和索尼亚在镜子里看未来的事。以为看见了预兆。

13. 伯爵夫人反对尼考拉娶索尼亚。一月初，尼考拉回团。伯爵夫人生病。伯爵带索尼亚和娜塔莎去莫斯科。

第二卷　第五部（1811—1812）

1. 彼挨尔在莫斯科的生活。他问自己，有何目的？为什么？
2. 冬初，老保尔康斯基到莫斯科。他虐待玛丽亚。玛丽亚教侄儿。老公爵和部锐昂小姐的接近。
3. 老公爵和美提弗耶医生的冲突。老公爵命名日的宴会。政治的谈话。拉斯托卜卿。反法的空气。
4. 饭后，彼挨尔和玛丽亚谈到安德来和娜塔莎。
5. 保理斯和尤丽。他们俩的忧郁。诗和画。阿那托尔。保理斯求婚成功。
6. 老罗斯托夫伯爵、娜塔莎、索尼亚来莫斯科，住在玛丽亚·德米特锐叶芙娜·阿郝罗谢摩娃家。
7. 娜塔莎跟父亲去看老公爵。玛丽亚接待他们。老公爵的古怪行为。娜塔莎和玛丽亚的互相反感。
8. 罗斯托夫家的人晚上看戏。邻近包厢里的爱仑。
9. 歌剧。娜塔莎和爱仑认识。迪波尔的跳舞。娜塔莎在爱仑的包厢里。
10. 爱仑介绍阿那托尔给娜塔莎。阿那托尔爱上娜塔莎。夜间娜塔莎的思绪。
11. 阿那托尔在莫斯科，住在彼挨尔家，和道洛号夫结伴。
12. 玛丽亚·德米特锐叶芙娜的星期日。爱仑来访和邀请娜塔莎。
13. 爱仑的晚会。绕枝小姐诵诗。阿那托尔和娜塔莎跳舞，吻娜塔莎。
14. 玛丽亚·德米特锐叶芙娜访老公爵。娜塔莎接到玛丽亚公爵小姐和阿那托尔的信。
15. 索尼亚发见阿那托尔的信。娜塔莎写信给玛丽亚解除自己和安德来的婚约。娜塔莎赴库拉根家的大宴会，又遇见阿那托尔。索尼亚注意娜塔莎的行动。

16. 道洛号夫替阿那托尔所定的计划。车夫巴拉加。
17. 道洛号夫陪阿那托尔去诱拐娜塔莎。玛丽亚·德米特锐叶芙娜的听差捉阿那托尔未成。
18. 玛丽亚·德米特锐叶芙娜责备娜塔莎。老伯爵不知情由。
19. 玛丽亚·德米特锐叶芙娜找彼挨尔谈话。彼挨尔告诉娜塔莎说阿那托尔已经结婚。
20. 彼挨尔寻找阿那托尔，要他离开莫斯科。
21. 娜塔莎服毒。安德来回到莫斯科。彼挨尔和他谈话。
22. 彼挨尔看娜塔莎。彼挨尔向她说自己的热诚。一八一二年的彗星。

第三卷　第一部（1812）

1. 一八一二年。论历史事件的原因。帝王是历史的奴隶。
2. 拿破仑从德来斯登到波兰。渡聂门河。波兰矛枪骑兵泅渡维利亚河。
3. 俄皇亚力山大在维尔那。别尼格生伯爵家的跳舞会。法军越境的消息。俄皇给拿破仑的信。
4. 巴拉涉夫往法军阵营送信。他遇见牟拉。牟拉的话。
5. 巴拉涉夫见大富，大富的恶意。拿破仑接见巴拉涉夫。
6. 拿破仑和巴拉涉夫的谈话。拿破仑的怒火。
7. 拿破仑邀巴拉涉夫吃饭。拿破仑的话。
8. 安德来追踪阿那托尔，过童山时，为部锐昂和父亲争执。和玛丽亚谈话。
9. 安德来在德锐萨，在军中。三军。八个互相冲突的派别。第九派。
10. 安德来认识卜富尔。
11. 非正式的军事会议。卜富尔的独断。安德来愿在军中，不在皇帝身边。

12. 尼考拉在军中，写信给索尼亚。军队撤退，他和依利因遇暴风雨。
13. 旅店里。玛丽亚·根利荷芙娜。军官们。茶。开心。医生。
14. 尼考拉的勇气。奥斯特罗夫那的战斗。
15. 尼考拉·罗斯托夫的骠骑兵攻击法国龙骑兵。虏获法军官，尼考拉的心情。
16. 莫斯科。娜塔莎生病。医生的用途。
17. 娜塔莎和彼挨尔。娜塔莎跟别洛娃做斋戒。教堂祈祷。康复。
18. 宣战书。娜塔莎做午祷。祈祷胜利。
19. 彼挨尔的心情转变。启示录。“六六六”。彼挨尔送消息给罗斯托夫家。
20. 彼挨尔在罗斯托夫家。娜塔莎又唱歌。索尼亚诵读诏书。彼恰要从军。娜塔莎知道了彼挨尔爱她。
21. 彼恰到克里姆林宫看皇帝。受挤。他抢到皇帝的饼干。
22. 贵族和商人在斯洛保大宫集会。彼挨尔参加讨论。
23. 拉斯托卜卿的话。莫斯科贵族的贡献。皇帝说话。彼挨尔供给并掌管一千名民团。

第三卷　第二部（1812）

1. 论拿破仑与俄皇在一八一二年战争中的地位。事件的进展是不能预料的。
2. 老保尔康斯基公爵对部锐昂小姐不亲密了。玛丽亚和尤丽通信。老公爵接到安德来的信。
3. 老公爵派阿尔巴退支到斯摩棱斯克去办事，他摆床的问题，重读儿子安德来的信，明白了局势。
4. 阿尔巴退支到斯摩棱斯克去看省长。费拉蓬托夫的厨娘受弹伤。

败兵抢店。安德来遇见阿尔巴退支，别尔格。

5. 安德来率团经过童山。回家。小女孩们和李子。兵士们在塘里洗澡。“炮灰”。巴格拉齐翁给阿拉克捷夫的信。

6. 实质与形式。安娜·芭芙洛芙娜和爱仑在彼得堡的敌对的客厅。发西利·库拉根对于库图索夫的意见。

7. 法军向莫斯科推进。拿破仑和拉夫如施卡的谈话。

8. 老保尔康斯基公爵中风，被送往保古恰罗佛。玛丽亚和父亲的最后见面。老公爵的死。

9. 保古恰罗佛农民的性格和农民生活的暗流。阿尔巴退支和村长德隆谈话。农民决定了不供给车马。

10. 部锐昂小姐劝玛丽亚不要离开。玛丽亚和德隆谈话。

11. 玛丽亚对农民说话。农民不信，不放她离开保古恰罗佛。

12. 夜间，玛丽亚回想她和父亲的最后的相见。

13. 尼考拉·罗斯托夫和依利因骑马来到保古恰罗佛。尼考拉和玛丽亚相见。

14. 尼考拉责问农民并加以威胁。预备了车马送玛丽亚上路。尼考拉和玛丽亚的两心相爱。

15. 安德来到总司令部去，遇见皆尼索夫。皆尼索夫向库图索夫提出游击队的计划。

16. 神甫的妻子献面包和盐。库图索夫和安德来说话，安德来不愿留在司令部里。“忍耐与时间”。

17. 皇帝走后的莫斯科。拉斯托卜卿的传单。尤丽的告别晚会。说法语的罚金。

18. 拉斯托卜卿的传单。彼挨尔和顶大的公爵小姐。人群殴打法国人。彼挨尔离莫斯科到军队里去。

19. 保罗既诺会战在何处发生，如何发生的?保罗既诺会战的阵地。

20. 彼挨尔遇见前进的骑兵和撤退的伤兵车。他和军医的谈话。彼挨尔寻找阵地。民团挖壕沟。

21. 彼挨尔在高尔该山丘上。抬斯摩棱斯克圣母的行列。群众和库图索夫对圣母的礼拜。

22. 保理斯遇见彼挨尔。道洛号夫向库图索夫报告。库图索夫和彼挨尔说话。道洛号夫要同彼挨尔和好。

23. 彼挨尔跟别尼格生到前线左翼。别尼格生说明阵地，彼挨尔不了解。别尼格生改变库图索夫的一项作战命令。

24. 交战前夕，安德来想到生死。彼挨尔看他。

25. 齐摩亨对库图索夫的意见。“战争必须扩大范围。”彼挨尔回高尔该。安德来想到娜塔莎。

26. 拿破仑的早装。德·波赛先生从巴黎带来的“罗马王”的画像。拿破仑的命令。

27. 拿破仑的作战训令。命令没有执行。

28. 拿破仑伤风。为什么要有这个会战?历史事件的原因。

29. 拿破仑和德·波赛先生谈话，和拉卜谈话。药片。夜色。战斗开始。

30. 彼挨尔在高尔该山丘上看战场。晨雾。炮兵轰击。彼挨尔下山。

31. 彼挨尔在保罗既诺桥上。拉叶夫斯基多角堡上的青年军官。弹药缺乏。

32. 多角堡被法军占领。彼挨尔和法国军官搏斗。俄军收复多角堡。

33. 战事的发展。识别发生的事件的困难。事情并不遵照命令而进行。

34. 白利阿尔向拿破仑要求增援。派弗利安师增援。德·波赛请吃早饭。

35. 库图索夫。他斥责福尔操根。明日进攻的命令。军心。

36. 安德来和预备队在火线下。安德来受炮弹伤。裹伤站外。

37. 手术帐篷里。取出安德来的大腿碎骨。阿那托尔的腿断下。安德来可怜他。

38. 拿破仑的懊丧心情。他的智慧和良知是蒙昧的。他计算法军死亡很少。
39. 战后的战场情况。俄军获得精神的胜利。

第三卷　第三部（1812）

1. 运动的连续。阿基利斯和乌龟。历史法则。历史的微分。说明历史事件和说明车头运动的对比。
2. 总结保罗既诺会战，说明库图索夫的后来的运动。
3. 库图索夫在波克隆尼山。将军们的几个小团体。阴谋。向他提出的问题。
4. 菲利军事会议。小女孩玛娫莎。
5. 论莫斯科的放弃。拉斯托卜卿的行动。居民的行动。
6. 爱仑在彼得堡。改信天主教。良心指导者。
7. 爱仑重新结婚的计划。俾利平的办法。爱仑写信和彼挨尔离婚。
8. 彼挨尔和兵士们走到莫沙益司克。他在路边过夜。车上睡觉。
9. 彼挨尔做梦。马夫的声音。彼挨尔回莫斯科。
10. 彼挨尔在拉斯托卜卿的客室中。韦来夏根和克流恰罗夫事件。
11. 彼挨尔会见拉斯托卜卿，他劝彼挨尔离开莫斯科。彼挨尔从家里秘密出走。
12. 罗斯托夫家的彼恰从军。等车。准备的忙碌。娜塔莎和彼恰。
13. 收拾东西。娜塔莎邀受伤军官住她家。老伯爵夫人和彼恰。
14. 娜塔莎装箱工作成功。安德来·保尔康斯基的车子进了罗斯托夫家的院子。
15. 莫斯科的末日。罗斯托夫家的车子卸下行李让给受伤军官。
16. 别尔格来罗斯托夫家借车。娜塔莎最后的吩咐。
17. 安德来的车子。索尼亚和伯爵夫人保守秘密。娜塔莎看见彼挨尔。

18. 彼挨尔住在巴斯皆夫的空房子里。疯子马卡尔·阿列克塞维支。仆人盖拉西姆。
19. 拿破仑在波克隆尼山上看莫斯科城。他等待“保亚尔”的代表团。拿破仑下令进城。
20. 莫斯科和无蜂王的蜂巢相比。
21. 俄军退出莫斯科时的情形。兵士抢劫。莫斯科桥阻塞。
22. 罗斯托夫家守房子的人。本家来找伯爵借钱。
23. 工人在酒店的吵闹。酒保和铁匠打架。拉斯托卜卿的传单。警察局长的活剧。
24. 拉斯托卜卿最后的发号施令。
25. 拉斯托卜卿的愤怒。韦来夏根事件。拉斯托卜卿从后门逃走。
26. 法军进莫斯科城。牟拉。克里姆林宫门的射击。论法军变为盗贼。论莫斯科大火。
27. 彼挨尔要杀死拿破仑的计划。醉汉吃醉了酒，攫去手枪。
28. 醉汉用手枪打法国军官拉姆巴。彼挨尔夺下手枪。“法国人”。
29. 拉姆巴上尉和彼挨尔一同吃饭。两人谈话。彼挨尔翻译德语。各人说出自己的恋爱故事。
30. 罗斯托夫家在梅济锡。火光。
31. 娜塔莎知道了安德来同路。夜间，娜塔莎去看安德来。
32. 安德来的伤痛情况。他和娜塔莎说话。他的清醒。娜塔莎一直照料安德来。
33. 彼挨尔出门找拿破仑。难民。火灾。彼挨尔救出一小女孩。
34. 彼挨尔救护一个女子，和法国兵打架。彼挨尔被法国兵当作纵火犯捕去。

第四卷　第一部（1812）

1. 彼得堡的上层社会。安娜·芭芙洛芙娜的晚会。发西利读总主教的信。爱仑的病。
2. 保罗既诺胜利消息。爱仑的死。莫斯科失守的消息。
3. 专使米邵的报告。皇帝的谈话。
4. 尼考拉·罗斯托夫到福罗涅示办差。省长家的晚会。尼考拉的风头。省官妻子。
5. 尼考拉和省官妻子的调情。省长夫人做媒。
6. 玛丽亚在福罗涅示城姑母马尔文采娃家。尼考拉·罗斯托夫和玛丽亚的会面。两人的钟情。
7. 教堂里。尼考拉和玛丽亚的谈话。索尼亚和伯爵夫人的信。尼考拉和玛丽亚的接近。
8. 索尼亚在特罗伊擦写信之前的情形。索尼亚对娜塔莎的心情。
9. 彼挨尔的囚禁。第一次的审问。在马厩里。
10. 彼挨尔被押出狱。大富审问彼挨尔。短暂的人类关系。制度杀人。
11. 彼挨尔看枪毙囚犯。彼挨尔得救。
12. 彼挨尔在俘虏军人营房里。他的心理状况。卜拉东·卡拉他耶夫。他给彼挨尔的印象。
13. 卜拉东的农民习惯。他的言语。
14. 玛丽亚带侄上路到雅罗斯拉夫去。她到达罗斯托夫家的住处。玛丽亚和娜塔莎的见面。
15. 玛丽亚和安德来会面。安德来和儿子尼考卢施卡的会面。玛丽亚的哭泣。尼考卢施卡的性情。
16. 安德来弥留时的心情。他对娜塔莎的爱。礼仪和诀别。安德来的死。

第四卷　第二部（1812）

1. 历史事件的原因。俄军退出莫斯科后到塔路齐诺的运动。侧面行军的讨论。
2. 库图索夫的任务。拿破仑写给库图索夫的信。俄军在塔路齐诺时的力量变化。
3. 统帅部的派别斗争。皇帝给库图索夫的信。哥萨克兵打兔子，发觉法军没有戒备。
4. 库图索夫签署作战命令。叶尔莫洛夫和其他将军们跳舞的诡计。
5. 进攻延迟。库图索夫的怒火。
6. 战斗。奥尔洛夫支队。俘获法军及战利品，几乎抓住牟拉。
7. 库图索夫批评部下不贯彻执行命令。塔路齐诺战斗的意义。
8. 拿破仑在莫斯科的行动。
9. 拿破仑的各种公告。
10. 命令的无效。兵士抢劫对于军纪的影响。
11. 彼挨尔的四个星期的囚禁。卡拉他耶夫和灰毛狗。卡拉他耶夫和法国兵的衬衫。
12. 彼挨尔的内心改变。俘虏和法兵对他的态度。
13. 法军撤退。俘虏撤退。鼓声。火场。
14. 街道上。过桥的拥挤。马肉汤。第一个夜间露宿。彼挨尔的独自的笑声。营火。
15. 俄军。道黑图罗夫奉命攻击法军不鲁歇师。福明斯克战斗。全部法军。
16. 保号维齐诺夫夜间送情报给库图索夫。唤醒值日将军。
17. 库图索夫夜间思索。库图索夫听报告。他的动情。
18. 法军退却。哥萨克兵在马洛—雅罗斯拉维次几乎抓住拿破仑。

19. 法军向斯摩棱斯克大道撤退。库图索夫一个人所了解的东西。将领们攻击法军的愿望。

第四卷　第三部（1812）

1. 战争的民族性。剑术原则。
2. 游击战。论士气。
3. 游击战的开始和最盛期。皆尼索夫的计划。
4. 皆尼索夫在树林中。彼恰·罗斯托夫送信给皆尼索夫。彼恰留在皆尼索夫身边。
5. 俘虏小孩，鼓手。齐杭·协尔巴退逃脱法兵的追赶。
6. 彼恰见到齐杭和皆尼索夫说话。
7. 彼恰的心理。树林守舍的餐饭。彼恰和小鼓手。
8. 道洛号夫和皆尼索夫的会面。彼恰要跟道洛号夫到敌人阵营里去。
9. 道洛号夫和彼恰通过了哨岗。他们到法国军官当中。彼恰心理。
10. 守舍外边。彼恰和哥萨克兵谈话。磨刀。彼恰睡梦。黎明。
11. 出发。攻击。彼恰中弹而死。救下了俘虏。有彼挨尔在内。
12. 彼挨尔在俘虏团体中。卡拉他耶夫途中生病。彼挨尔对人生的新的了解。他的脚痛。
13. 灰毛狗。卜拉东·卡拉他耶夫叙述商人的故事。
14. 法国元帅的逃跑。卡拉他耶夫的死。
15. 彼挨尔的睡梦。游击队的袭击。彼挨尔遇救。道洛号夫数俘虏。皆尼索夫埋彼恰。
16. 法军的后退和损失。柏提挨给拿破仑的信。
17. 蒙眼捉人的游戏。逃跑与追赶的损失。
18. 分析拿破仑的伟大。

19. 切断法军为什么没有实现。

第四卷　第四部（1812）

1. 娜塔莎和玛丽亚的悲哀。娜塔莎对生活和家庭的疏远。
2. 彼恰的死讯。伯爵夫人的悲恸。娜塔莎照料母亲。
3. 娜塔莎的伤痛的复原。娜塔莎和玛丽亚的接近。两人同阵到莫斯科去。
4. 库图索夫的行动的分析。
5. 库图索夫在民族战争中的历史地位。他的卓见。
6. 库图索夫在克拉斯诺向兵士说话。
7. 团的宿夜。野营。兵士们的活动。
8. 兵士的心情和谈话。
9. 拉姆巴和侍从兵莫来。亨利四世歌。
10. 渡柏来西那河。库图索夫驻军维尔那。皇帝来到。授勋章。
11. 皇帝和库图索夫的冲突。库图索夫的衰老与死。
12. 彼挨尔在奥来尔的疾病和复原。他对生活的新态度。
13. 彼挨尔对人们的新态度。他到莫斯科去。
14. 莫斯科的恢复。两种抢劫。
15. 彼挨尔到莫斯科后，访问玛丽亚。娜塔莎在那里。
16. 娜塔莎说到安德来和她的最后相处。
17. 彼挨尔谈他自己的历险。玛丽亚看到两人之间的爱。她和娜塔莎谈到彼挨尔。
18. 彼挨尔的兴奋和结婚的念头。彼挨尔向玛丽亚说了心事。
19. 彼挨尔的心情和幸福的疯狂。
20. 娜塔莎的心情改变。她爱彼挨尔。

尾声　第一部（1813—1820）

1. 历史动力。亚力山大一世的历史地位。反动。生活和理性。
2. 论机会和天才，以羊群相比。关联性。
3. 十九世纪初叶欧洲各国人民的运动。论光荣和伟大。拿破仑的权力的成因。从莫斯科到巴黎。
4. 最后的一幕和最后的角色。岛上的拿破仑。亚力山大一世放弃权力。蜜蜂的目的。
5. 一八一三年，娜塔莎嫁彼挨尔，老罗斯托夫伯爵去世。尼考拉从巴黎退休回家。债务。尼考拉维持母亲和索尼亚的生活。
6. 冬初，玛丽亚到莫斯科，她和尼考拉的会面。尼考拉的冷淡。尼考拉回拜玛丽亚。伯爵夫人的垫子。情感由冷变热。泪。接近。
7. 一八一四年秋，尼考拉娶玛丽亚，和母亲及索尼亚住童山。六年之间的家务管理。尼考拉经营农事的方法。家境好转。
8. 尼考拉的暴躁脾气，打村长。玛丽亚的劝说。不结实的花朵索尼亚。家庭生活。
9. 一八二〇年冬。皆尼索夫在尼考拉家作客。别素号夫全家在尼考拉家作客。尼考拉的命名日。尼考拉和玛丽亚的爱。他们的孩子们。
10. 娜塔莎和彼挨尔的婚后生活。娜塔莎的性格改变。爱和争吵。
11. 彼挨尔从彼得堡回来。夫妻之间。
12. 彼挨尔的为人。他带回的礼品。老伯爵夫人的残年。
13. 吃茶时的谈话。彼挨尔和小孩们玩袜子。
14. 谈社会趋向。政府的反动。彼挨尔和尼考拉的对立。侄儿尼考林卡的兴奋。
15. 玛丽亚的日记。夫妇的谈话。
16. 娜塔莎和彼挨尔在一起时的谈话。娜塔莎的嫉妒。楼下的尼考林卡和教师代撒勒。

尾声　第二部

1. 历史科学。神的意志。
2. 推动各国人民的力量。三种史家。
3. 以火车头作比喻。历史的纸币与硬币。
4. 论人民意志的转移和权力。
5. 论权力。命令和事件的关系。
6. 论权力概念的要素。下命令的人和被命令的人的关系。
7. 论事件的原因。
8. 自由意志和必然性。
9. 自由意志和必然性和三个理由的关系。
10. 自由意志和必然性和三个理由的变化的关系。意识和理性法则的某种关系。
11. 历史科学。
12. 新观点和旧观点。

以上内容概览包括全书四卷及尾声，

共十七部，三百六十一章。

图书在版编目(CIP)数据

战争与和平:全4册/(俄罗斯)托尔斯泰
(Tolstoy,L.N.)著;高植译.—长春:吉林出版集团
股份有限公司,2013.8
(名家名译)
ISBN 978-7-5534-0103-4

Ⅰ.①战… Ⅱ.①托… ②高… Ⅲ.①长篇小说—俄
罗斯—近代 Ⅳ.①I512.44

中国版本图书馆 CIP 数据核字(2013)第 242988 号

战争与和平(全4册)

著　　者 [俄]列夫·托尔斯泰
译　　者 高　植
责任编辑 王　平　张晓华
封面设计 观止堂_未　氓
开　　本 650mm×960mm　1/16
印　　张 97.25
版　　次 2013年11月第1版
印　　次 2019年5月第2次印刷

出　　版 吉林出版集团股份有限公司
电　　话 总编办:010-63109269
发行部:010-63104979
印　　刷 三河市华润印刷有限公司

ISBN 978-7-5534-0103-4　　定价:240.00元(全4册)